三余堂随笔

王宝成 / 著

西北大学出版社

图书在版编目(CIP)数据

三余堂随笔/王宝成著. --西安：西北大学出版社，2017.9

ISBN 978-7-5604-3775-0

Ⅰ.①三… Ⅱ.①王… Ⅲ.①随笔-作品集-中国-当代 Ⅳ.①I267.1

中国版本图书馆 CIP 数据核字(2017)第 234354 号

三余堂随笔

王宝成 著

西北大学出版社出版发行

（西北大学校内 邮编：710069 电话：029-88302621 88303593）

http://nwupress.nwu.edu.cn　E-mail:xdpress@nwu.edu.cn

新华书店经销　西安华新彩印有限责任公司印刷

开本：787 毫米×1092 毫米　1/16　印张：25.25

2017 年 9 月第 1 版　2017 年 11 月第 2 次印刷

字数：354 千字

ISBN 978-7-5604-3775-0　定价：58.00 元

目 录

一、史话 1

天下大势　后来者胜 3
孔子与子路 14
君子之风 18
不自量力 21
政宽与猛 24
做坏事的成本 26
汉宣帝微时浪荡无行 29
司马迁的叹息 31
秦、隋亡于一种历史惯性 34
《左传》与《史记》取舍不同 49
汉儒的失败 55
史书善喻理 57
有幸有不幸 60
汉人取名 62
忠臣不和，和臣不忠 64
古今第一谀文 68
乡愿、悾人与罢民 71

《报任安书》与《报孙会宗书》.......... 76
土崩瓦解.......... 78
汉相者许负.......... 82
谶纬之言.......... 85
成败看世态.......... 91
士行天下.......... 94
《史记》互见之法.......... 110
汉宣、元之际官场风气.......... 115
家有悍妇.......... 133
折节向学.......... 136
挟天子以令诸侯.......... 139
中看不中用.......... 142
士子无耻.......... 147
"童心"天子.......... 151
血腥杀戮的乱世之主.......... 156
且慢下结论.......... 161
物欲与人欲.......... 164
女主之欲.......... 169
唐初祖孙三代俱得风疾.......... 171

魏元忠入狱..................................174

斥逐卢杞......................................185

一患未除一患生..........................189

理乱与理治..................................192

宋、明遗诏结局不同..................195

求忠臣必于孝子之门..................198

解缙其人......................................205

李时勉动辄得咎..........................211

太后淫乱......................................214

慈禧的用人手段..........................217

二、读史拾遗...............................219

定心与正心..................................221

不争为高......................................222

矍铄哉是翁..................................224

金人..225

王莽、曹操女有节烈行..............227

教子善恶......................................228

多活人而邀后福..........................229

唾面自干.................................230

"直"与"枉"...............................232

以河为誓.................................234

心动.....................................236

古人饮酒有节.............................237

隐人之恶.................................238

甚美必有甚恶.............................239

《大风歌》与《秋风辞》...................241

尝粪.....................................243

古人抄书未为窃...........................244

修齐治平.................................246

辨奸而能讨...............................247

依时献物.................................248

想当然耳.................................249

鉴人之难.................................251

为吏忌刚.................................253

有教并非无类.............................255

政须通人情...............................257

禅与世俗.................................259

板着脸孔的幽默 261
　　宰相之事 263
　　东汉末二帝 265

三、《说苑》类丛 267

四、拈花一笑 285

五、读书感会 315

　　黔之驴 317
　　可人 319
　　"懂"与"会" 321
　　丑女 323
　　章台柳 328
　　通脱 332
　　马二先生 334
　　求其放心 337
　　选择性悖论 341
　　庄子行于山 344
　　桃花源的魅力 348

"回"字有四种写法 354
孤独者 356
皇帝的新衣 362
关于书房 364
烟与酒及其他 368
闲思录 371
温良敦厚 373
求救的艺术 375
前后孙悟空 379
"泼猴"孙悟空 381
书堪折时直须折 385
吴组缃的妙论 386
知己之悟 388
为什么要读古书? 390

后记 392

一

史话

一、史话

天下大势　后来者胜
——《史记》中先秦诸侯称王的缘起

这个题目，原可以做一篇大文章，甚至可以著一部皇皇巨著。毕竟周八百余年历史，发生了太多事，《左氏春秋》也只记了二百五十余年。以数千字交代诸侯称王的缘起，殊非易事。故只打算理一条线索出来，以待后来诸贤。

春秋，齐、晋先后迭起，做诸侯盟主，继而楚兴，继而吴、越兴，垂涎华夏，图谋取代齐、晋。

三家分晋，昔日的超级大国不复存在，历史进入战国。诸侯征战仍在继续，但已经不是图霸，相反，通常情况下是在求得新的平衡。此时，一个新的不平衡势力出现了，它就是秦国。纵观秦国历史，这个国家从来不图取虚名，只重实际。中原纷战，三家分晋，给它扩充实力提供了一次又一次机会。在与邻国的争战中，秦国屡屡得利。韩、魏喂饱了它，也撑大了它的胃口。在别国使者奔走于战争与和平之际，秦国已经准备好了锋芒利刃。

天下大势，后来者胜。这是先秦诸侯称王给我们的启示。

一

周武王灭殷，遍封子弟及功臣谋士。师尚父首封，封地营丘，也即后来的齐国。封弟周公旦于曲阜，也就是鲁国。封另一个族弟召公奭于燕，即后来的燕国。其他如封弟叔鲜于管，封叔度于蔡，等等。

周武王同母兄弟共十人，按次序依次为：伯邑考、武王发、管叔鲜、周公旦、蔡叔度、曹叔振铎、郕叔武、霍叔处、康叔封、冉季载。除伯邑考早卒外，其他均有封国。

除此，吴王是周氏宗亲，卫侯是武王同母小弟，晋公是周武王的儿子、周成王的弟弟。晋君被封还有一段来历：成王继位时年纪尚幼，一次，与弟弟叔虞游戏时，把桐树叶削成玉圭的模样，付与叔虞说：我把这个封给你。在他是作为玩笑，但这个玩笑话却被一旁的史官记录下来。几天后，史官提醒成王，要求他兑现承诺。成王开始不想认账，说不过开玩笑而已。史官正色说："天子无戏言。言则史书之，礼成之，乐歌之。"（《史记·晋世家》）不得已，成王只好封叔虞于唐地。

郑国受封还要晚一些。郑桓公是周厉王的小儿子、周宣王的庶弟，虽然有了封地，但仍然在王室供职。周幽王任命桓公为司徒，让他"和集周民"，抚慰人心。

其他，如宋国是殷人的宗国。周为了不绝殷祀，封纣王子武庚禄父。未料，武庚禄父与监视他的管叔、蔡叔合谋为乱。武庚禄父要造反，意图恢复殷商，管、蔡则因不满周公把持朝政，心思各自不同。周公平叛，重封殷人宗亲微子，国于宋。

卫国的情况类似于宋国，管理对象也主要是殷民。可见周人一直不放心殷人。

陈国是舜帝的后代，杞国是禹帝的苗裔，都和宋国立国原因一样——出于承续舜禹的香火而封，国家都很小。

这些诸侯国的封爵或公或侯，最初的封地只有百里之广。

以与周室的关系而论，齐、晋、鲁、郑诸国较近，爵位也高，这也是他们以后称霸，做诸侯盟主的政治优势。吴王与晋君黄池之会，两君争诸侯长。吴王说："于周室，我为长。"晋君说："于姬姓，我为伯。"他们把与周室的关系作为争霸的资本，各执一词。

楚国最先自称为王，之后吴、越也如是。楚的情况比较特殊，因

一、史话

为它自称蛮夷之国，春秋时期才慢慢融入华夏，被其他诸侯国承认也是很晚的事。《左传》称楚君为楚子，他之称王不具代表性。吴、越的情况与楚相当。除此，华夏诸侯都按照各自的勋爵供职周室。其中，齐、晋两国功最大，周天子给予专讨之权，但基本的尊卑秩序尚能维持。

　　进入战国，情况发生了变化。三家分晋，韩、赵、魏三君自称为王。其中，魏野心最大，俨然是新的晋君。魏国的疆界、人口、地理位置比韩、赵优越，实力更雄厚。它曾多次迁都，最初都于魏①，后迁霍②，再迁安邑，最后定都大梁。之所以如此，因其境内少有山川之险，属于四战之地。在魏、霍受赵的威胁，在安邑虽有黄河之险，但腹背受敌，故只能偏安大梁。如此并没有少安，它与韩国战，赵国乘其后；与赵国战，齐国乘其后。恢复强晋的计划无望，魏国只好与齐国握手言欢。它曾与齐"徐州相王"，彼此称王，平分霸业。在称王这件事上，韩、魏、赵始作俑，各国继其后，楚、秦、宋、燕、中山相继称王，与誉为天子的周王比肩矣。天下进入弱肉强食的时代，不复有任何力量可以扭转。

　　之后，秦国大举东进，逼退韩、魏，取得崤关。关西之地尽为秦有，齐国这个老霸主感到极大的威胁。当时，能与秦抗衡的大国仅齐与楚。出于共同的目的，齐、楚握手言和，率诸侯抗击，试图阻止秦东进南下的进程。几经努力无效，齐国丧失信心。为讨秦的欢心，也为了偷安一隅，它向秦出了一个主意：分天下为东、西，秦为西帝，齐为东帝，两国并立，弭兵息争。这个可笑的君子协定很快被撕毁，秦游走于齐、楚之间，加兵韩、赵、魏、燕，诸侯联盟很快冰解。

　　观察诸侯称王的历程，对于了解周朝的衰败，明晰当时的天下大势，不无裨益。历史仿佛总在进步，但进步的只是手段，所谓的"器之用"。西方曾有人说，今天的所谓思想家，远不如14世纪一个修道士距离上帝更近。

---

① 魏，位于今山西芮城北。
② 霍，位于今山西霍县西南。

二

吴、越、楚、秦四国的情况比较特殊，前三国有记载以来即自称为王，但也是一厢情愿，并没有得到其他诸侯国的认可。《春秋》对此区分很清。《春秋》严夷夏之防，"内其国而外诸夏，内诸夏而外夷狄"（《春秋公羊传·成公十五年》），吴、越、楚三国地位仅同于诸夏，比夷狄近一些。《史记》将它们与列国并传，显然没有顾及这一点，尤其将《吴太伯世家》列为第一，反映了司马迁另一种态度。秦的地位最低，被封为列国已经是很晚的事了。

春秋是齐、晋的时代，齐桓、晋文之事贯穿了春秋时期。代之而起的则是吴、越、楚、秦，它们一登上历史舞台，便咄咄逼人，不是代周天子维持秩序，而是要据天下为己有。纵观周朝历史，敢于在王城耀武的只有楚、秦二国。楚庄王甚至想把九鼎据为己有。秦昭襄王灭成周，第一件事就是把九鼎搬到自己都城。

于此我们发现，历史发展并不如人们想象的那样，文明不仅未能战胜野蛮，反而往往被野蛮取代。魏晋南北朝如此，五代十国如此，元、清也如此。落后文明常常表现出强大的生命力，历史上被称为新生力量的，恰恰就是野蛮势力。值得庆幸的是，中华文明连绵不绝，艰难延续下来。

吴国在殷时被封为伯。《国语·吴语》记载，晋、吴黄池之会时，晋定公派人对吴王夫差说："夫命圭有命，故曰吴伯，不曰吴王。"吴王此时欲与晋争霸，故晋公揭吴国的老底，说吴国最初不过是伯爵，远在身为公爵的晋国之下，劝他安分守己，不要自称为王。

吴的祖先太（泰）伯和周同宗，武王克纣后，找寻太伯的后人。太伯的后人早已分为两支。一支逃到了吴地定居下来，在那个方外之地做了逍遥王。武王因此封其后于二国，一曰虞，一曰吴。

虞国早早就被晋国灭掉。晋打算伐虢，借道于虞。虞国大夫宫之奇不同意，他用"辅车相依，唇亡齿寒"的道理劝说国君。虞、虢俱为小国，合则两存，斗则两亡，假如虢国灭亡，虞国很难独存。孰料虞公不信这个邪，他天真地以为："晋，吾宗也，岂害我哉？"（《左传·僖公五年》）后来晋灭虢国回来，顺便也把虞国吃掉了。

吴最初是一个蛮夷之地，被称为"荆蛮"，人们文身断发，形同野人。吴太伯之后十九世，到了寿梦时代，吴国初具规模。他自称为王，有代周室王其地之意。他的后代虽然也以王领之，但已经失掉了吴王的初衷。

吴虽自称为王，但实际久不与中国交通，它自寿梦时才开始有自己的纪年，而且未受到华夏文明之风的影响。直到寿梦二年（约前585年），楚大夫巫臣叛逃至晋国，后被晋人派去出使吴国，其间教会了吴人兵车战阵之法。之后，又把自己儿子留在吴国，做了吴的行人①。巫臣这么做，并不是格外喜欢吴国，而是出于复仇的目的——培植吴国来对付楚国。至此，吴国才真正与外界交往，融入诸侯的行列。

三

越国历史盖与吴国相当，最早也是"文身断发，披草莱而邑焉"（《史记·越王句践世家》，后同）。到勾践时，自称为王。大约他这个王久不被周室承认，直到吴、越多年交战，越最终灭吴，与齐、晋诸侯盟会，做了新的霸主之后，周元王才派使节赐胙，命为伯。公、侯、伯、子、男。越王得到的这个封爵，距离自己的期望还相差甚远，但不管怎么说，总算得到了认可，有了正式的身份。

勾践之后第六代，越王无强执政，他继承了越国好勇斗狠的习性，迷醉于与诸侯争胜，计划北伐齐，西伐楚。齐威王听到消息后，立刻派人游说越王。齐使开口就说道："越不伐楚，大不王，小不

---

① 行人，类似于现在的外交部礼宾司，掌朝聘之礼，待四方之使。汉代改称典客，也叫大鸿胪。

伯……""且王之所求者，斗晋、楚也；晋、楚不斗，越兵不起，是知二五而不知十也。此时不攻楚，臣是以知越大不王，小不伯。"齐国自田氏篡国，早已没有齐桓公时的霸气，国力衰微，战斗力锐减，害怕南方这个好战之国，故力劝越王把视线放在晋、楚两国。齐使知道越王的心病，故而把"大不王，小不伯"吊在嘴上，激越王舍齐而伐晋、楚。实际情况是，各诸侯国并不承认越王，这应该也是越东征西战的原因——他始终在争取自己的政治地位。

四

楚是颛顼的后代，称高阳氏。周成王时，正式封熊绎于楚，把它叫作楚蛮，很有些瞧不起的意味。当时，周四境有北夷、西戎、东狄、南蛮。楚国与吴、越一样俱是南蛮。周成王封楚时，连带爵位、姓氏、国都一并确定下来。封熊绎为子男，姓芈氏，居丹阳。

熊绎之后第四代，熊渠①做国君，先后征伐庸、杨粤②等地，侵占了大片领土。于是遍封诸子，长子封为句亶③王，次子封为鄂④王，少子封为越章⑤王，可见它的领域之广。熊渠自己称王，又把儿子也都立为王，可见他对周礼无知。熊渠还洋洋得意地说："我蛮夷也，不与中国之号谥。"（《史记·楚世家》，后同）大约他也心知这样做有些不妥，却自恃蛮夷，不受中国之礼约束。直到周厉王时，熊渠听说厉王暴虐，怕因此被伐，故悄悄取消王号。

前741年，也即周幽王为犬戎弑后三十年，楚君蚡冒弟熊通弑兄子代立，是为楚武王。此后楚国君主均称王。武王三十五年（前706

---

①楚子孙多以熊为名，由此知熊是楚人的图腾。故楚人也称有熊氏。
②杨粤，又称杨越。
③句亶，即今江陵。
④鄂，即今武昌。
⑤越章，未明其地，大约在长江靠近越国的地方。

年），楚人伐随国。随国位于今湖北随州，与楚为邻。随君质问楚王：我没有犯下过错，凭什么伐我？楚王回答："我蛮夷也。今诸侯皆为叛相侵，或相杀。我有敝甲，欲以观中国之政，请王室尊吾号。"原来他伐随的真正目的，在于逼迫周天子封他一个爵号。这话自己不好说，只能通过随君嘴里说出。这样，随君只好到洛阳跑一趟，他对周王说，希望天子能器重楚国，提高楚王的爵位。周王显然对楚王一直以来的狂妄自大不满，未给随君面子。楚王知道结果后，气愤地说："吾先鬻熊，文王之师也，早终。成王举我先公，乃以子男田令居楚，蛮夷皆率服，而王不加位，我自尊耳。"之后就负气称王，公开以王的身份与诸侯往来。这件事传到周天子耳里，王室震怒。惜乎此时的周王室，已不复有往日的威风，没有能力号令天下讨楚。周天子只好唤来随君问罪，责怪他助纣为虐，称楚为王。而楚国也认为随君在周天子面前没有给自己说好话，又发兵伐随。随君在这件事上两头受气，吃尽了苦头，他体会到了小国之辱。

武王之后，楚国逐渐强盛起来，灭掉了江、汉之间的许多小国。到楚成王时，周天子已无法不予正视，恢复了与楚断绝已久的来往，并赐胙，命曰："镇尔南方夷、越之乱，无侵中国。"他正式承认了楚在南方诸国的领袖地位。周王的这个诏命，实际上无异于安抚楚国，担心荆蛮北上捣乱。

自诸侯霸国产生，意味着周王室地位日渐下降。《史记》记载："是时周室微，唯齐、楚、秦、晋为强。晋初与会，献公死，国内乱。秦穆公辟远，不与中国会盟。楚成王初收荆蛮有之，夷狄自置。唯独齐为中国会盟，而桓公能宣其德，故诸侯宾会。"（《史记·齐太公世家》，后同）齐桓公霸，率诸侯伐楚。楚成王兴师以对，诘问齐国为何伐楚。管仲回答："昔召康公命我先君太公曰：'五侯九伯，若实征之，以夹辅周室。'赐我先君履，东至海，西至河，南至穆陵，北至无棣。楚贡包茅不入，王祭不具，是以来责。昭王南征不复，是以来问。"管仲这话说得很大，一方面称齐受王命有专征之权，另一方面责备楚国未向周天子进贡，缺乏诸侯之礼，最后把周昭王之死也归罪于楚国。楚王回答:"贡之不入,有之,寡人罪也,敢不共乎!昭王之出不复,君其问之水滨。"楚王这番话透漏了一个事实:楚国虽被周室承认,但未向周室朝贡。纳贡称臣是诸侯的基本礼仪。《左传》记载,诸侯例当向周天子奉朝请,领历法,参与庙祭、郊祭及丧祭等。天子、诸侯间的礼法非常多。楚连朝贡都做不到,其他更谈不上。

这段对话又牵涉另一件公案。周昭王好游玩,在南方巡狩时,坐船渡汉水,中途船身解体,昭王溺死。这件事昭王做得太荒唐,故死后周室讳莫如深。管仲重新提起这件事,实际上也属于无礼。他的逻辑是:汉水属楚地,周王死在这里,与楚国脱不开干系。楚王的回答也很聪明,他承认"包茅不入"有罪,但拒不承认天子之死与己有关,认为是欲加之罪,故而反唇相讥:天子之死你不要问我,去问汉水好了。

应该从这件事起,楚国正式迈入诸侯的行列。之后,它一步一步向北方进逼,与齐、晋诸国并肩,成为另一个霸国。

五

与上述诸侯国相比,秦无论政治地位,还是历史地位都很低。秦的祖先也是颛顼的苗裔,"鸟身人言",信奉的图腾是鸟。商纣王时,蜚廉和恶来父子两人,一个孔武有力,一个善跑如飞,都先后以材力[①]侍从纣王。周缪(穆)王时,秦的一个后代叫造父,是御车的能手,以此而得缪王的青睐。蜚廉、恶来、造父都是秦有名的先祖。后代人写文章,比喻力大无比,往往会提到蜚廉、恶来,提到善御的技能则称道造父,与孟子提到的善于驾车驱驰的王良齐名。

秦与赵出于同一个祖先。起初,秦的先祖受封赵城,姓赵氏,历代做晋的公卿,出了很多有名的大夫,如赵衰、赵穿、赵盾、赵括、赵同、赵武等。后来六卿分晋的时候,产生了赵国,于是成了新的

---

① 材力,指武力。

诸侯。

另一支迁徙到了陇东，在今天水一带定居下来，被称为西垂、西鄙之地。他们擅长养马牧羊，生活习俗与当地土著西戎无异。因此，周孝王就委派其为周养马，活动范围在汧水、渭水之间。秦人不负周天子重望，马养得非常好，使陇山一带牛马成群。这样，孝王下命表彰："昔伯翳为舜主畜，畜多息，故有土，赐姓嬴。今其后世亦为朕息马，朕其分土为附庸。"(《史记·秦本纪》，后同）之后，他们才正式有了自己的姓氏，也有了自己的封邑——秦。和今天的概念不同，秦指今甘肃天水一带，以后被称为秦州。后来他们立国称秦，即源于此。

周天子把嬴秦视为附庸，并没有把它太当回事。周制视远近分宇内为五服，即邦内甸服、邦外侯服、侯卫宾服、夷蛮要服、戎翟荒服，各服均以百里为差。按照这个标准，嬴秦仅属于荒服之列，还没有什么政治地位。除此，周王交给他们的唯一任务是养马，世世代代为周廷服务。

秦被封为诸侯还是东周初的事，要说还是西戎帮助了秦。西戎作为周的化外之民，一直伺机作乱。周厉王无道，诸侯稍叛，西戎遂反。他们成为周王室的隐忧。周宣王继位后，命令秦人讨西戎。秦因功被封为"西垂大夫"，正式成为周王室的一员。周幽王因褒姒废太子，触怒了申后的族人。申侯勾结西戎伐周，杀死了幽王。周王室不得不东迁，是为东周。此过程中，秦襄公率兵靖难，打跑了犬戎，并护送周王室迁至洛阳成周。周平王继位后，立即大行封赏。他封秦襄公为诸侯，把岐山以西之地尽封于秦，曰："戎无道，侵夺我岐、丰之地，秦能攻逐戎，即有其地。"从此，秦正式列入诸侯之林。

秦长期与西戎、犬戎杂居，不仅了解他们的习性，而且掌握其弱点，故总能打胜仗。加之继承了先祖尚武的传统，军队战斗力十分强悍。自古陇西出将军，秦李信，汉李广、李陵，甚至唐李渊都出于此。故人言：关西出将，关东出相。

在秦国争雄的历史上，有两个重要人物，为秦的基业奠定了雄厚的基础：一个是秦穆公，一个是秦孝公。秦穆公有两件事值得称道。一是平定西戎，雄霸西方，"益国十二，开地千里"。秦霸占了西戎千里之广的土地，名副其实变成了一个大国。与此同时，借此除掉了一个心腹大患，能够腾出精力一心一意面对东方。一是扶晋。他先后立公子夷吾、公子重耳，做成秦晋之好的美事。晋是大国，又是周室同姓。晋乱时，正值秦兴起，老牌"帝国主义"也不得不依靠新兴力量。此事对提高秦在诸侯中的影响至关重要，因此它的政治地位空前提高。秦、晋崤之战，是秦与诸侯的第一次交锋。此次试兵，拉开了秦东进的漫漫长路。秦穆公使秦摘掉了"西鄙之国"的帽子，其他诸侯再也没有理由轻视它了。

第二个是秦孝公。他一生野心勃勃，致力于国家强盛。即位之初，他赈孤寡，招战士，明功赏，大张旗鼓地说："昔我穆公自岐、雍之间，修德行武，东平晋乱，以河为界，西霸戎翟，广地千里，天子致伯，诸侯毕贺，为后世开业，甚光美。……宾客群臣有能出奇计强秦者，吾且尊官，与之分土。"为了实现穆公未竟的事业，孝公不惜与人分土，招致贤人，于是就有商鞅变法，重修刑，务耕稼，劝战死，国力与战斗力空前提高。变法中，有一件十分重要的标志性事件，就是搭建了国家架构——在国内设立四十一县。这为秦以后建国，实行郡县制，打下了制度基础。仅此一点，齐、晋、楚诸大国都没有料及，有的尽管部分实行了县制，但也很不完全，往往局限在新征服的领土实行。它们只能做霸国，没有统一天下的理想。还有赋税制的实行。这件事齐国做得最早，晋、鲁、郑诸国都有很好的实践。而秦则把它拿来变成了自己的东西，建立了国家经济制度。秦没有一样东西是自己发明的，都是学习他人，它只是善于使用罢了。仅这一点就很了不起。秦孝公黾勉图治，引起周王朝高度重视，天子又一次"致伯"。

史书称，春秋之间，秦久不与诸侯之事。秦是彻头彻尾的现实主义者，它与晋、楚、郑发生过多次战争，其中与晋的争战最多，但大多是为了抢地盘，没有一次是谋求争霸。晋、楚、齐则不然，主要为了争霸，或保护盟国。秦一直致力于向外扩张，为此而富国强兵、积攒实力，直到可敌天下的那一刻。

秦之称王，始于秦孝公的儿子惠文王。此时周室益衰，战国争雄，齐、魏自称为王，韩国及齐后也称王，惠文王顺其自然，也自立为王。与秦不同，齐、魏、韩称王不是因为国家强大到非称王不可，而只是为了求得自我满足。

六

夏曾佑说："有周一代之事，其关系于中国者至深，中国若无周人，恐今日尚居草昧。盖中国一切宗教、典礼、政治、文艺，皆周人所创也。中国之有周人，犹泰西之有希腊。"(《中国古代史》)周这样一个政治、宗教、文化完备的朝代，享国八百余年，是有文字记载以来历时最久的，可谓空前绝后。周朝强盛时，普天之下，莫非王土，号令遍及天下。待威势稍替，诸侯竞相挟天子以令诸侯，逼得王室不得不依靠霸国的力量，才稍稍保持仅有的尊严于万一。至于后期陵夷，不得不承认："西周之地，绝长补短，不过百里。名为天下共主，裂其地不足以肥国，得其众不足以劲兵。"(《史记·楚世家》)当此时，韩、魏、郑屡侵周地，天子之尊聊胜于无。

鹬蚌相争，渔翁得利。周朝衰落的同时，诸侯兴起。于诸侯同时并兴的，还有他们的家臣，如晋六卿、鲁三桓、齐田氏。这就像传递接力棒一样，周王把权杖交给诸侯，诸侯又交给臣子。王权—霸权—臣权，三部曲就这样一曲曲奏响。周没落的历程，也是权力下移的过程。继诸侯家臣之后，士阶层产生了，诸子百家出现了。这一批人的力量逐渐壮大，甚至于影响着诸侯国的政治走向。诸侯、家臣、士都寄生于周，周室衰微，这些力量自然上扬。力量再行下移，最后终于呼唤和培养出一个刘邦。刘邦依靠的对象，是新一代的士大夫。士阶层走向朝廷，掌握起国家命运。他们的力量如此之大，从此，再没有什么力量能与之匹敌。

孔子与子路

孔子说：质胜文则野，文胜质则史。前一句话说的是子路。

众弟子中，孔子训斥最多的是子路。

一天，他问子路：你知道仁、知、信、直、勇、刚之蔽吗？子路回答：不知道。孔子呵斥道：你坐下，我告诉你，"好仁不好学，其蔽也愚；好知不好学，其蔽也荡；好信不好学，其蔽也贼；好直不好学，其蔽也绞；好勇不好学，其蔽也乱；好刚不好学，其蔽也狂"。孔子批评子路不好学，因此无法做到仁、知、信、直、勇、刚。

恐怕在孔子的弟子中，子路是最不好学的。他自己就说过："有民人焉，有社稷焉，何必读书，然后为学？"在孔子眼里，他最不长进。

孔子和弟子们聊天，让大家说一说自己的理想。子路率先表白："千乘之国，摄乎大国之间，加之以师旅，因之以饥馑；由也为之，比及三年，可使有勇，且知方也。"孔子听完，微微一笑。这笑却是哂笑，带有嘲笑的味道。弟子们离开后，曾晳问孔子：先生为什么要笑子路？孔子说："为国以礼，其言不让，是故哂之。"孔子笑子路不谦虚，说大话，不懂得为国以礼的道理。

子路问先生：学习治国之道后就可以去做吗？孔子回答：有父母在，你怎么能私自做主呢？冉有也拿这个问题去问，孔子却回答：闻道之后就可以去做。别人不解，孔子说：冉有这个人平日犹疑不前，所以要鼓励他进取；子路勇武过人，不知道畏忌，所以要压压他的性子。

一、史话

孔子曾不无感慨地对得意弟子颜回说:"用之则行,舍之则藏,惟我与尔有是夫!"旁边的子路多嘴:如果让您带领三军,打算与谁一起去呢?他满以为打仗这事能轮到自己,孔子却回答他:"暴虎冯河,死而无悔者,吾不与也。必也临事而惧,好谋而成者也。"他表示不愿意与仅有匹夫之勇的人共事,如果要与人共事,也要找行事认真谨慎、懂得戒惧、善于谋划的人。这话对子路是个打击。

孔子病重,子路组织大家准备后事。他自作主张,把先生葬礼的规格提高到诸侯等级。孔子病好之后,知道了此事,骂子路说:"久矣哉,由之行诈也!无臣而为有臣。吾谁欺?欺天乎!"他说子路干这种骗人的勾当,不是一次两次了,这次又僭越礼仪,陷自己于不臣,简直就是欺天!

子路也是唯一敢顶撞先生的弟子。

卫灵公夫人南子,把持卫国朝政。当时,诸侯们都批评卫国是"牝鸡司晨"。孔子游历列国,到了卫国。南子要求拜见,孔子不得已见了。南子的声誉不好,孔子是知道的。所以,当他见过南子出来后,子路即面有不悦,对他很不赞成。孔子辩白道:"予所否者,天厌之!天厌之!"为了表白自己,孔子急得赌咒发誓。

鲁国季氏家臣公山弗扰叛乱,召致孔子。孔子打算去,子路又不高兴了。他说:没有地方去也就罢了,为什么一定要到公山氏那里去呢?孔子辩解说:公山氏召我,难道没有他的用意吗?假如有人用我,我将恢复东周之礼,把东方治理好。不为人用,是孔子一生最大的伤痛。

一次,子路问孔子:如果卫君起用您治理国家,您首先准备怎么做?孔子说:首先要正名。子路反驳道:您竟迂腐到这种程度,名又怎么能正?孔子勃然大怒:"野哉,由也!君子于其所不知,盖阙如也。"无礼粗野的子路啊!君子对于他所不懂的,宁愿不说也不能像你这样乱说。接着他发表了自己著名的"正名论":"名不正,则言不顺;言不顺,则事不成;事不成,则礼乐不兴;礼乐不兴,则刑罚不中;刑罚不中,则民无所措手足。故君子名之必可言也,言之必可行也。君子于其言，无所苟而已矣。"子路一句话戳到了孔子痛处，惹得先生大为光火。

在诸多弟子中，孔子和子路的关系最为特殊。师生二人有时像一对冤家，经常磕磕碰碰。子路是个诚实的人，没有太多心眼，憨实可爱。有时口无遮拦，心里想什么就说什么，发现老师不对就忍不住说出来。孔子实在拿他没有办法。

子路仅比孔子小九岁，是个武夫，性格有些粗鲁。孔子周游列国时，子路给他驾驶马车。路上，有的学生走散了，有的学生到别的诸侯国当官去了，但子路一直不离不弃地追随着先生。孔子对子路很信任，也很了解。他说："道不行，乘桴浮于海。从我者，其由与？"孔子对子路的忠心称道不已。虽然一直训斥子路，但孔子对他的能力还是比较赏识的，曾说"由也，千乘之国，可使治其赋也""由也果，于从政乎何有？"在德行、言语、政事、文学四教中，孔子把子路归为政事一类，认为他有执政能力。

这一对师生有着超乎他人的默契。孔子早就预测到子路的悲惨结局。"若由也，不得其死然。"子路去卫国从政，做了卫大夫孔悝的邑宰。卫乱，孔子听说后，叹息道："嗟乎，由死矣。"子路果然死掉了。

子路死得异常壮烈。事情是这样的。卫灵公太子蒯聩与灵公夫人南子积怨甚深，蒯聩设计欲除掉南子。被发现后，蒯聩跑到了宋国。卫灵公死后，出公立。蒯聩与人合谋潜回卫国，来到孔悝家，逼着他出面废掉出公，立自己为君。孔家是卫国的世臣，影响力极大。孔氏一个家臣偷跑出来，把消息告诉了子路。子路立即上路，赶回国都。刚到城外，碰见孔子的另一个学生子羔。子羔劝子路不要前往，免得白白送死。子路回答：既然食人之禄，就不能临难逃避。当时城门已经关闭，守门的人认识子路，也劝他不要进城。子路依然回答："利其禄，必救其患。"进城以后，子路飞快地赶到孔悝身边。其时，孔悝已被太子蒯聩劫持。子路劝说蒯聩放掉孔悝，蒯聩不理会，命手下武士对付子路。在与武士的拼杀中，子路战死了。临死前，他整理好被割断的冠缨，自言自语道："君子死，冠不免。"他表现得十分从容。

两个弟子的死，对孔子的打击很大，一个是颜回，一个是子路，甚至超过儿子孔鲤。子路死了,孔子的一面镜子没有了。对子路的教育,孔子一直是"如切如磋,如琢如磨"。他耐着性子施教,但似乎并没有改变子路的性格,他还是按照自己的风格死掉了。

君子之风

吴国公子季札,以让国著名。逃王位后,他四处游历,遍观诸国礼乐,广交贤良。当时,鲁卿叔孙豹、齐相晏婴、郑相子产、晋卿叔向等都是各国的重臣,季札与他们都结下了深厚友谊。

季札聘问鲁国,见到了叔孙豹,交谈之后深为满意。最后,由衷地告诫他:"子其不得死乎?好善而不能择人。吾闻'君子务在择人'。吾子为鲁宗卿,而任其大政,不慎举,何以堪之?祸必及子!"(《左传·襄公二十九年》,后同)他称叔孙豹为"吾子",言谈之中倾注了一片怜爱之情。他劝叔孙豹注意用人,不然,将为人所害。

他到齐国时,适逢齐乱,遂警告晏婴:"子速纳邑与政!无邑无政,乃免于难。齐国之政,将有所归,未获所归,难未歇也。"让晏婴交出政权,不要做无谓的牺牲。晏婴听从,还政齐景公,终免于难。

在郑国,季札初次见子产,寥寥数语,大有相见恨晚之感。互相交换礼物后,季札郑重其事地说:"郑之执政侈,难将至矣!政必及子。子为政,慎之以礼。不然,郑国将败。"他嘱咐子产要以礼治国。

最后季札来到晋国,见到了赵、韩、魏三家公卿,叹道:晋国不久将为这三家所有!临离开时,他专门找到叔向,心情格外沉重,说道:"吾子勉之!君侈而多良,大夫皆富,政将在家。吾子好直,必思自免于难。"季札对叔向的怜惜之情溢于言表。

在对四国的聘问中,季札犀利地看到了各国的隐患,也为"四贤"的命运担忧。他语重心长的告诫,体现了长者之风。

季札的游历,使人想到孔子,但两人有不同,季札是出世者,孔

一、史话

子是入世者。相较而言，季札与现实保持着"入乎其内，出乎其外"的关系，他不即不离，故而超脱、清醒，看问题深刻，鞭辟入里。

孔子的游历，自有其命世的抱负和理想，然而这却导致他一生的厄运。知其不可为而为之，使孔子的人生平添了一份殉难者的艰难与沧桑。

与孔子相比，季札多了一份睿智。

在一次游历途中，他"北过徐君。徐君好季札剑，口弗敢言。季札心知之，为使上国，未献。还至徐，徐君已死，于是乃解其宝剑，系之徐君冢树而去。从者曰：'徐君已死，尚谁予乎？'季子曰：'不然。始吾心已许之，岂以死背吾心哉'"（《史记·吴太伯世家》）。季札与徐君是一面之交，徐君看上了季札佩带的宝剑，口虽不言，还是让季札觉察到了。徐君死后，季札把宝剑献到他墓前。宝剑是维持他们关系的信物，也是君子之交的见证。礼让与守信是季札遵循的道德原则。在他看来，践诺就是守信，比宝剑更可贵。活人尚不能欺，何况鬼乎！

这件事，徐人赞道："延陵季子兮不忘故，脱千金之剑兮带丘墓。"（《新序·节士》）

春秋多君子，这是那个时代令人着迷的原因之一。孔子向往三代。我们不知道他心目中的三代是什么情形，通过《左传》，约略知道了一些。

叔向有这样一段经历。

晋平公时，公卿强。士匄掌朝政，杀羊舌虎等，囚叔向。大夫乐王鲋是晋君嬖臣，来见叔向①，表示愿向晋君求情，将他赦免。叔向看不起乐王鲋为人，故不应。乐王鲋出，叔向不拜。有人因此责怪他，叔向自信地说：祁奚一定会来救我，我且等着。他的家臣闻听后，急忙来问：乐王鲋言于君无不行，自愿请救，您不同意；祁大夫

---

① 羊舌肸，字叔向。

未必肯帮您,您却寄望于他,这是为什么?叔向说:"乐王鲋,从君者也,何能行?祁大夫外举不弃仇,内举不失亲,其独遗我乎?"(《左传·襄公二十一年》,后同)果然,乐王鲋讨好不成,嫉恨叔向,在晋君面前屡进谗言,叔向岌岌乎殆哉!祁奚听说后,来见士匄,劝说道:"夫谋而鲜过,惠训不倦者,叔向有焉,社稷之固也。犹将十世宥之,以劝能者。今壹不免其身,以弃社稷,不亦惑乎?鲧殛而禹兴。伊尹放大甲而相之,卒无怨色。管、蔡为戮,周公右(佑)王。若之何其以虎①也弃社稷?子为善,谁敢不勉?多杀何为?"此言一出,士匄大悦,当即释放叔向。

祁奚不负叔向,一言以救。

结尾很有意思,《左传》又写道:叔向得释后,"(祁奚)不见叔向而归。叔向亦不告免焉而朝"。祁奚救了叔向,却自始至终未见叔向一面,事情办完后直接回家去了;叔向被救,也不找祁奚言谢,径自赴朝理事去了。看两人的表现,好像什么都没有发生过。

祁奚之救叔向,不仅为叔向个人,乃为晋国。如他"外举不弃仇,内举不失亲"那样,只要对国家有利,无所谓孰亲孰仇。在祁奚看来,叔向是贤臣,国家不能失去他,所以必须要救。这不是个人的事,故谈不到受恩。公忠体国而不受私惠,是古人的高风。叔向被救,不谢祁奚,绝不是大恩不言谢。他清楚,祁奚救自己是为国惜才,如果去谢恩,等于小觑了祁奚,曲解了他的公心。能为晋国挽救一个干臣,才是祁奚的真实目的。故而叔向"不告免焉而朝"。

这就是君子之风!

---

①虎,指羊舌虎。

不自量力

春秋时，齐桓公死，国乱。齐人欲立孝公，其他四公子反对。宋襄公出兵，打败了四公子之徒，立齐孝公。

时中原无主，宋襄公安齐功成，心思重起来。鲁僖公十九年（前641年），宋人围攻曹国。二十一年春，宋襄公与楚人为鹿上之盟，求霸诸侯于楚，楚人许之。楚是大国，宋襄公欲行诸侯之事，需先征得楚国同意。是年秋，宋襄公会诸侯于盂，楚人与盟，执宋襄公以伐宋。楚人也想做霸主，答应宋襄公后，这时又反悔了。是年冬，楚释宋襄公。二十二年，宋襄公伐郑，楚救郑。宋、楚战于泓，宋师败绩，宋襄公伤股。

宋襄公争霸一事持续了四年。直到鲁僖公二十三年夏五月，宋襄公因伤势过重而卒，这一场闹剧才画上了句号。

从开始到结束，宋人大都反对襄公争霸。初，宋襄公使邾文公杀鄫君祭祀于社，承诺把东方之地交付于邾。司马子鱼反对："古者六畜不相为用，小事不用大牲，而况敢用人乎？祭祀以为人也。民，神之主也。用人，其谁飨之？齐桓公存三亡国以属诸侯，义士犹曰薄德。今一会而虐二国之君，又用诸淫昏之鬼，将以求霸，不亦难乎？得死为幸！"子鱼已经看出宋襄公的心思，说他如果不重人君之德，杜绝以活人祭祀之类事，不仅求霸不成，连寿终正寝都难。

曹不服宋，宋人讨之。子鱼又言："文王闻崇德乱而伐之，军三旬而不降，退修教而复伐之，因垒而降。《诗》曰：'刑于寡妻，至于兄弟，以御于家邦。'今君德无乃犹有所阙，而以伐人，若之何？盍姑内省德乎？无阙而后动。"他仍劝宋襄公内自修德，德修而后伐人，庶几有胜算。

翌年，与楚国毗邻的随国，率汉水以东诸侯叛楚。楚伐随，取成地而还。君子曰："随之见伐，不量力也。量力而动，其过鲜矣。善败由己，而由人乎哉？"宋大夫臧文仲感慨道："以欲从人则可，以人从欲鲜济。"他指宋公合诸侯之事，讽谏其控制好自己，不要被欲望冲昏头脑。

宋襄公与楚为鹿上之盟。公子目夷曰："小国争盟，祸也。宋其亡乎，幸而后败。"

秋，宋襄公与诸侯盟于盂。子鱼说："祸其在此乎！君欲已甚，其何以堪之？"

楚人执宋襄公。子鱼曰："祸犹未也，未足以惩君。"

郑伯如楚，宋襄公怒，率军伐郑。子鱼曰："所谓祸在此矣。"果然楚伐宋以救郑。

目夷、子鱼四言祸，反复提醒宋襄公，宋襄公此时根本听不进去。

鲁僖公二十二年冬十一月，宋襄公与楚人战于泓，是为泓之战。时宋军已在泓水边严阵以待，楚军渡河，司马子鱼建议趁机击之，可一战而胜。宋襄公不同意。楚军渡河后，阵列不整，子鱼又建议发起进攻，宋襄公仍不同意。待楚军列阵已毕，宋人才发起冲锋，结果大败于楚军。

战后，国人都怨宋襄公。宋襄公不服："君子不重伤，不禽二毛。古之为军也，不以阻隘也。寡人虽亡国之余，不鼓不成列。"宋人是殷商遗民，故宋襄公自称"亡国之余"。

宋襄公如此迂腐，子鱼实在看不惯，反驳道："君未知战。勍敌之人隘而不列，天赞我也。阻而鼓之，不亦可乎？犹有惧焉。且今之勍者，皆吾敌也。虽及胡耇，获则取之，何有于二毛？明耻教战，求杀敌也，伤未及死，如何勿重？若爱重伤，则如勿伤；爱其二毛，则如服焉。三军以利用也，金鼓以声气也，利而用之，阻隘可也，声盛致志，鼓儳可也。"作战之事，论的是胜败，面前只看见敌人，不知有他。徒自顾虑不重伤，不擒二毛，不战可也，又何必战？

泓之战，宋军失败，宋襄公伤亡，《春秋》却赞赏其"君子大其不鼓不成列"。春秋诸侯作战，有许多道义准则，包括"不伐丧国""不伐信国"等。宋襄公"不鼓不成列"被视为仁义之师。

宋襄公妄自尊大，不自量力，与楚争霸，一败涂地。这看起来是个笑话，却并不可笑。且看当今世界，宋襄公之徒还少吗？

政宽与猛

郑相子产治国，主张用法。他打了个比方，说教化如水，刑法如火。水，看似很温和，故而人近之；火，人人都惧怕，故而远之。所以，死在水里的人多，因火而死的人少。故此他主张用法，以为法能使国人畏惧而不敢触犯。子产以此治国。刚开始人们不接受，从政一年，国人憎恨，咒骂道："取我衣冠而褚之，取我田畴而伍之。孰杀子产，吾其与之！"（《左传·襄公三十年》，后同）三年之后，国人得到实惠，又传诵道："我有子弟，子产诲之。我有田畴，子产殖之。子产而死，谁其嗣之？"

子产临死前，对接替他为相的子大叔说："我死，子必为政。唯有德者能以宽服民，其次莫如猛。夫火烈，民望而畏之，故鲜死焉。水懦弱，民狎而玩之，则多死焉。故宽难。"（《左传·昭公二十年》）

晋大夫叔向与子产意见相反，主张用"礼义仁信"治国。听说郑国铸刑书，叔向当即写信给子产，反对他这么做，说："始吾有虞于子，今则已矣。昔先王议事以制，不为刑辟，惧民之有争心也。犹不可禁御，是故闲之以义，纠之以政，行之以礼，守之以信，奉之以仁，制为禄位，以劝其从，严断刑罚以威其淫。惧其未也，故诲之以忠，耸之以行，教之以务，使之以和，临之以敬，莅之以强，断之以刚。犹求圣哲之上，明察之官，忠信之长，慈惠之师，民于是乎可任使也，而不生祸乱。民知有辟，则不忌于上，并有争心，以征于书，而侥幸以成之，弗可为矣。"（《左传·昭公六年》，后同）这封信较长，所引只是其中一部分。最后叔向说了一句吓人的话："国将亡，必多制。"他以为先王之制已经十分完备，子产铸刑书属于多事，是亡国之举。

对叔向的指责，子产不以为然。他复书道："若吾子之言，侨①不才，不能及子孙，吾以救世也。既不承命，敢忘大惠？"

子产以救世为目的，终其为相都在坚持他的治国理想。子产死后，接替他的子大叔不以为是，主张为政宽和。但情况没有他料想的那么好，郑国一夜之间出现了很多盗贼，成为一患。子大叔后悔了，不得已兴兵除盗，这才又用起子产的办法。

孔子也赞赏子产的治国主张，夸道："善哉，政宽则民慢，慢则纠之以猛。猛则民残，残则施之以宽。宽以济猛，猛以济宽，政是以和。"（《左传·昭公二十年》）他主张宽严相济，视情况选择相应的治政之道。

自春秋以来，治国思想不外两途：一是儒家主张的以礼义教化治国，此之谓王道；二是法家的以刑法治国，此之谓霸道。到了汉初，又出现了一种新思想，即以黄老之术治国。三者有时也不完全对立，即如汉宣帝则"杂用之"。魏晋南北朝时更多地吸收了黄老、释家的成分，宋、明两朝固然以名教为本，然而也不拒绝王安石、张居正的变法。三种治国思想各有利弊，很难评判谁高谁低。大体治平世当用儒，宽而和；治乱世当用法，严以猛；乱世之后用黄老，久而安。开创之君重在立，中兴之君重在变，平庸之君重在守。选择什么样的治国路线，关键在于对时世的判断——身处乱世还是平世、人心思乱还是人心思治。这些都需要好好把握。还有一点更要命：自己本来是平庸之主，却总觉得受命于危难之际，把好好的国家折腾得鸡犬不宁。王莽就是一例。

---

①子产，名公孙侨。

做坏事的成本

做好事不易，成就一件事更难，况且历尽磨难，有时还未必如愿。这个道理人人都懂。

做坏事也不容易，代价很大，有时付出的成本不比成就一件好事低。做一个彻头彻尾的坏人也难。

但丁的《神曲》描述了地狱里的情形。地狱之门上，镌刻着这样一段话：

从我这里走进苦恼之城
从我这里走进罪恶之深渊
从我这里走进幽灵队里
…………

由苦恼而陷入深渊，而成为幽灵，是一般人走向地狱的必由之路。

春秋时，楚平王有一个宠臣，叫费无忌[①]，就是这样一步步陷入罪恶的深渊的。他先是离间平王父子关系，一来二去激怒了平王，把太子贬窜。之后又构陷太子太傅伍奢，害伍奢和他的大儿子伍尚被杀，次子伍员[②]逃亡吴国。身处吴国的伍子胥时刻不忘报仇，十六年后带吴兵杀进楚国郢都。费无忌早被楚人处死，平王也已死去。伍子

[①] 费无忌，《左传》中名无极，《史记》中名无忌。
[②] 伍员，即伍子胥。

胥无法排解愤怒，从坟墓里挖出平王，鞭尸三百。

这一切都因费无忌而起。

费无忌之所以这样干，起初只因为与太子建不睦，怕太子即位后对自己不利。本来，关系不睦可以修复，纵修复不好，至多不被重用。费无忌却不这样想，他野心勃勃，不愿坐以待毙，决心把太子扳倒。为了扳倒太子，他动起了脑子。

楚平王二年（前527年），费无忌奉命到秦国为太子迎娶新妇——秦君的宗室女嬴氏。费无忌发现新妇姣好，动起了念头。他极力渲染新妇的容貌，劝平王把她据为己有。平王答应了，新妇被送到了王宫。

这年夏天，楚国准备伐濮。费无忌对楚王说：当今天下，晋国为霸，要时刻当心晋人南顾。城父是楚国北方屏障，地位非常重要，不如派太子去那里镇守，可免后顾之忧。

楚王听后很高兴。这样，太子建被打发到城父去了。

虽然太子远离都城，但费无忌深知，这还不足以摇动其根本。太子身边还有伍奢，必须下狠心斩草除根，不如此，自己将永无安身之时。

转过年，费无忌对楚王造谣说：我得到一个消息，太子与伍奢策划叛乱，他们据城父，与齐、晋勾结，要对楚国不利。楚王信了，召回伍奢质问。伍奢知道又是费无忌下蛆，责怪楚王道：君主令太子守边，已经做错一次，怎么又信谗言，怀疑太子？楚王不听，命人把伍奢抓了起来，又派人去杀太子。谁知派去的人不但没杀太子，反而故意走漏了消息。太子闻风而动，逃到了宋国。

伍奢被抓后，费无忌对楚王说：伍奢的两个儿子伍尚、伍员都很有才干，如果任其逃到吴国，将遗患于楚。不如以他们父亲的名义将他们招来除掉，楚国从此就太平了。

楚王随即派人找到伍尚、伍员兄弟，哄骗两人说：你们俩若能去面见国君，国君就会免除尊大人之罪。伍尚兄弟明白，此去注定无回。二人商量对策，伍尚对弟弟说：我能死，你能报。父有难不奔赴未为孝，父子之仇不报未为勇。为今之计，我赴父难，随父以死，你逃亡吴国，寻机为我们报仇，尔其勉之！

于是，伍员从后门逃跑，伍尚随使者来到父亲身边。当听到伍员已逃奔吴国，伍奢叹息道：今后，楚君当食不安、寝不寐，楚国再无宁日了。

楚君把伍奢父子处死，楚国从此陷入内乱。

六年之后，楚平王崩，楚昭王即位。当初，太子建被废，他被立为新太子。

次年，伍子胥扶助吴王阖庐夺得王位，开始主政吴国。从这一年起，他为复仇开始作准备。

也就在这一年，费无忌被楚人处死。平王违世后，费无忌并没有安生。他到处煽风点火，构陷大臣，楚人恨之入骨。当时子常为令尹，国人流言四起，怨执政不明，子常不知所措。有个大臣进言道："怨谤不已，乃国有谗人之故。费无忌就是这个谗人，国人都知道，只是令尹不知罢了。这个费无忌，蒙蔽先王，赶走大臣朝吴，逐出蔡侯朱，废太子建，杀连尹伍奢，罪大恶极，现在又蛊惑新君。不早除掉，则国无宁日。"子常恍然，立即把费无忌抓起来处死，尽灭其族，流言顿息。

吴、楚之战历经十数年，吴国终于在鲁定公四年（前506年）打败楚人，进入楚国都城郢。楚君仓皇逃亡，先奔郧，继奔随，被随君收留。吴大军进入郢都，大肆掳掠。据说伍子胥报父仇不得，把楚平王从坟墓中挖出来，鞭尸三百，以解其恨。

费无忌以一己之私，把楚国拉入战争的灾难。故宋人李常宁言："天下至大，宗社至重，百年成之而不足，一日坏之而有余。"刘行简言："天下之治，众君子成之而不足，一小人败之而有余。"（《困学纪闻》卷十五）皆至论也。

费无忌除掉太子建、除掉伍奢一家，其目的是为了固己之位，但在消灭所有政敌后，他也把自己置于了死地。世上的事大致如此：因为有敌对方，也才有自己存在的价值；一旦敌对方不存在了，自己也就没有存在的价值了。

汉宣帝微时浪荡无行

汉宣帝为西汉中兴之主,是个继体守文之君。他定匈奴于塞外,画功臣于麒麟阁,与诸儒论经于石渠阁,让后代称羡不已。

宣帝名刘询,是武帝曾孙、戾太子孙。诞后遭遇戾太子之祸,父母均被刑,养于掖庭狱,号皇曾孙。当他还在襁褓时,就坐收系邸狱,遇大赦,被人载送祖母史良娣家,后有诏掖庭养视,属籍宗正。这样的经历,磨炼了他的性格。《汉书》载,宣帝"高材好学,然亦喜游侠,斗鸡走马,具知闾里奸邪,吏治得失。数上下诸陵,周徧三辅,常困于莲勺卤中。尤乐杜、鄠之间,率常在下杜"。在下杜期间,他体验到民间疾苦,也沾染了些浪荡子的不良习气,如喜好斗鸡走马等赌博游戏,所交往的朋友也大率如此。杜陵人陈遂,"宣帝微时与有故,相随博弈,数负进。及宣帝即位,用遂,稍迁至太原太守,乃赐遂玺书曰:'制诏太原太守:官尊禄厚,可以偿博进矣。妻君宁时在旁,知状'"(《汉书·游侠传》,后同)。宣帝大概闲来无事,拿陈遂调侃,有意提起旧事,说陈遂过去欠他赌债,现在做太守,是时候偿还了。他怕陈遂忘记,还补充道:贵夫人君宁当时在场,她可以做证。"遂于是辞谢,因曰:'事在元平元年赦令前。'"《汉书》又补注一句"其见厚如此"。于此可见二人关系。他们少年时就是一对玩伴,刘询做皇帝后,对陈遂仍念念不忘,授以方任之职,享俸两千石。

天子为讨还昔日赌债一事下诏,在历史上还少见。看来,宣帝并不介意自己少年无行,也无意掩盖这些有损尊严的旧事,反倒怕别人忘记,专门提醒。这和后代一些帝王拼命掩饰往昔丑事,不惜杀害知情者的行为相反，反映出宣帝人情味很浓。也可能汉时风气就是这样，做天子没有那么多拘束。也许与遗传有关，汉高祖刘邦年轻时就是一个浪荡子。陈遂巴不得皇帝不忘旧事。诏书下来后，他赶紧附和，上书谢罪，证明确有其事，连时间都记得清清楚楚。

宣帝少年时还有一个朋友，叫王奉光。这个名字起得好，意思是一生有贵人提携。"奉光少时好斗鸡，宣帝在民间数与奉光会，相识。"（《汉书·外戚传》，后同）史书有一个原则，叫为君者讳，为尊者讳。推测两人经常在一起，就不是简单的相识了，他们相识的媒介就是斗鸡。这样快乐的日子给双方留下了很深的印象，不然就不会有后来的事情发生。"奉光有女年十余岁，每当适人，所当适辄死，故久不行。及宣帝即位，召入后宫，稍进为婕妤。"王奉光的女儿嫁不出去，因为每当嫁人，新郎都会死掉。民间谓此类女人命硬、克夫。但宣帝居然不怕，果断把她迎娶回宫，封为婕妤，以后竟做了皇后。

汉宣帝不像其他皇帝生于妇人，养于宫人。儿时荒诞、顽劣而充满诱惑的生活，触发了他的激情；坎坷的遭遇，又使他过早成熟。两种体验交互作用，使他老于世故，在人情练达等方面超过同龄人。在处理少年朋友关系时，他表现得格外老练。对于陈遂，诏书表面提及的是赌债一事，而内心深处，恐怕是在提醒陈遂：我因为旧情才格外对你恩遇，也希望你不要忘记这一点。对于王奉光，则不但娶了他女儿，而且因为外戚关系，封他为邛成侯。在处理这些事时，宣帝更多地展现了他温情、洒脱、宽厚的一面，我们由此看到了一个丰满的天子形象。少年时的恶习，并不影响他成为一个好皇帝。

一、史话

司马迁的叹息

大凡邀功取名,鲜有终其身者。司马迁论及周勃、周亚夫父子道:"绛侯周勃始为布衣时,鄙朴人也,才能不过凡庸。及从高祖定天下,在将相位,诸吕欲作乱,勃匡国家难,复之乎正。虽伊尹、周公,何以加哉。亚夫之用兵,持威重,执坚刃,穰苴曷有加焉!足己而不学,守节不逊,终以穷困。悲夫!"(《史记·绛侯周勃世家》)此谓周氏父子因足己不学、守节不逊,导致穷困之祸。

谓商鞅:"商君,其天资刻薄人也。迹其欲干孝公以帝王术,挟持浮说,非其质矣。且所因由嬖臣,及得用,刑公子虔,欺魏将卬,不师赵良之言,亦足发明商君之少恩矣。余尝读商君开塞耕战书,与其人行事相类。卒受恶名于秦,有以也夫。"(《史记·商君列传》)此谓商鞅以刻薄寡恩,卒受其祸。

谓李斯:"以闾阎历诸侯,入事秦,因以瑕衅,以辅始皇,卒成帝业,斯为三公,可谓尊用矣。斯知六艺之归,不务明政以补主上之缺,持爵禄之重,阿顺苟合,严威酷刑,听高邪说,废嫡立庶。诸侯已畔,斯乃欲谏争,不亦末乎。人皆以斯极忠而被五刑死,察其本,乃与俗议之异。不然,斯之功且与周、召列矣。"(《史记·李斯列传》)此谓李斯不守节持正,而苟阿顺时,终致身死人手。

谓蒙恬:"夫秦之初灭诸侯,天下之心未定,痍伤者未瘳,而恬为名将,不以此时强谏,振百姓之急,养老存孤,务修众庶之和,而阿意兴功,此其兄弟遇诛,不亦宜乎?何乃罪地脉哉?"(《史记·蒙恬列传》)他批评蒙恬阿意兴功,疲劳天下。

谓韩信："假令韩信学道谦让，不伐己功，不矜其能，则庶几哉，于汉家勋可以比周、召、太公之徒，后世血食矣。不务出此，而天下已集，乃谋畔逆，夷灭宗族，不亦宜乎。"（《史记·淮阴侯列传》）他认为韩信伐功矜能，不以时叛逆，死其当然。

谓袁盎、晁错："袁盎虽不好学，亦善傅会，仁心为质，引义忼慨。遭孝文初立，资适逢世。时以变易，及吴、楚一说，说虽行哉，然复不遂。好声矜贤，竟以名败。晁错为家令时，数言事不用；后擅权，多所变更。诸侯发难，不急匡救，欲报私仇，反以亡躯。语曰：'变古乱常，不死则亡'，岂错等之谓邪。"（《史记·袁盎晁错列传》）此谓二人取败怪不得别人。

谓魏其侯窦婴、武安侯田蚡："魏其、武安皆以外戚重，灌夫用一时决策而名显。魏其之举以吴、楚，武安之贵在日月之际。然魏其诚不知时变，灌夫无术而不逊，两人相翼，乃成祸乱。武安负贵而好权，杯酒责望，陷彼两贤。呜呼哀哉！迁怒及人，命亦不延。众庶不载，竟被恶言。呜呼哀哉！祸所从来矣。"（《史记·魏其武安侯列传》）此谓窦婴、田蚡以外戚之重，乃效儿女子之妒，互相排挤，两败俱伤。

史迁伤诸人有始无终，卒被祸患，感慨系之。然迁亦以一言而构祸，世事无常，故不可测矣！班固论史迁："乌呼！以迁之博物洽闻，而不能以知自全，既陷极刑，幽而发愤，书亦信矣。迹其所以自伤悼，《小雅》巷伯之伦。夫唯《大雅》'既明且哲，能保其身'，难矣哉！"（《汉书·司马迁传》）班固讥史迁不能以智保全，下蚕室，受幽刑，难称明哲。然而班固自己也因附窦宪，纵子弟、家奴不法，下狱死。

世间事永远有后来者，范晔也以此讥笑班固："固伤迁博物洽闻，不能以智免极刑；然亦身陷大戮，智及之而不能守之。呜呼，古人所以致论于目睫也！"（《后汉书·班固传》）谁知，范晔此论也未出"目睫"，外于逋逃之渊薮，他被人诬陷造反，死于刘宋王朝的刀斧之下。

史迁作《史记》，班固作《汉书》，范晔作《后汉书》，都付出了血的代价。三部名垂千古的史书，都浸淫着斑斑血迹。他们以鲜血与生命，为自己的作品祭奠，浇灌出朵朵奇葩。

他们之后，除了北魏崔浩著《北魏史》丧命以外，很少出现为著述而献身的事，难怪之后的史书无法超越前三史。

史迁而班固，而范晔，见识不可谓不高。班固和范晔对同为史家的前人的命运，抱着不同于他人的特殊情怀。他们在总结他人的遭遇时，不免有兔死狐悲的感伤，同时对自己的处境也心存警惕，敏感而不安。但不幸的是，三个人都吊诡地陷入同一种命运，让人不禁感叹：命运无常，远非智力可及，岂保身之术所可道邪！

秦、隋亡于一种历史惯性

考察历史，我们会发现，它常常如老人一样固执，对旧时代依恋，对新时代排斥。这一点，表现在一些所谓的短命王朝如秦、隋等，尤为如此。让人怀疑：决定历史走向的究竟是人力，抑或是惯性？

在长期的兴亡治乱中，历史往往被一种惯性推动，反映出一种惯性规律。治世如此，乱世也如此。

之所以剖析这两个王朝，是因为它们在特殊性、典型性、影响力等方面具有排他性。秦之后，隋之后，一直到今天，大家还对其有浓厚兴趣。洪迈说："自三代讫于五季，为天下君而得罪于民，为万世所麾斥者，莫若秦与隋，岂二氏之恶浮于桀、纣哉？盖秦之后即为汉，隋之后即为唐，皆享国久长。一时议论之臣，指引前世，必首及之，信而有征，是以其事暴白于方来，弥远弥彰而不可盖也。"（《容斋续笔》）

秦、隋之亡，除自身原因外，决定它们命运的还有时势，包括历史环境、人心向背等。也就是说，它们处于一个不得不亡的历史趋势下。从宏观历史的角度来看，它们受一种历史惯性的驱使。这不是危言耸听，或历史虚无主义。

历史不是逻辑推理——必然条件造成必然结果。如秦之亡，或者并不如史家所称，是亡于暴政。现今又有观点，称秦亡于奢。对那段历史进行考量之后会发现，这些观点还不足以支撑结论。或者说，暴政也好，奢侈也好，只是造成秦亡的外部原因，而不是社会主因。建朝短短十五年，无论它如何暴、如何奢，都不足以导致它在这么短的时间内灭亡。历史上有很多比秦始皇更贪暴的君主，他们并没有造成江山沦替，最多只不过被废、被诛，很少有王朝改姓的现象。这点看看魏晋南北朝史实就清楚了。

秦亡的原因究竟是什么？汉人总结了很多。贾谊对秦历代君王的历史做了一个分析，认为秦国积代以武力征服天下，至秦始皇，犹不变其道，施政暴虐，赖刑罚禁锢人心。这是他取亡的根本原因，也印证了陈涉举事时说的那句"天下苦秦久矣"。在这个问题上，秦始皇父子背上了人们对历代秦君的积怨。贾谊接着说："故秦之盛也，繁法严刑而天下振；及其衰也，百姓怨望而海内畔矣。"（《史记·秦始皇本纪》，后同）贾谊以此总结道："是以君子为国，观之上古，验之当世，参以人事，察盛衰之理，审权势之宜，去就有序，变化有时，故旷日长久而社稷安矣。"他认为，治国当知权变，秦王不懂与时俱进，所以很快失败。汉武帝时，儒生徐乐上书，认为天下之患在于土崩，不在于瓦解。陈涉起义，属于土崩，应格外注意；七国之乱，只是瓦解，料不为患。儒生严安则认为："向使秦缓其刑罚，薄赋敛，省繇役，贵仁义，贱权利，上笃厚，下智巧，变风易俗，化于海内，则世世必安矣。"（《史记·平津侯主父列传》）这个观点倒和近世的相近。

以上原因恐怕都是外部因素，就事论事而已。如果把秦朝十五年放到春秋战国这样一个长期的历史背景来看，秦之亡恐怕是一种历史必然。六国亡了，秦继其后，它不过与战国其他六国的消亡一样，也是时势所然。

纵观历史，我们发现，一个朝代有一个朝代的使命。使天下复归于统一，是秦的使命；收拾山河，结束战乱，是隋的使命。然而，天下一旦归于一统，战乱一旦消弭，秦、隋的使命也就结束了。这是否为一种历史宿命呢？

秦末现象之一：灭秦是人心所向

秦末，至少在楚地，广泛流传着一句谶言——楚虽三户，亡秦必楚。秦惠文王时，秦相张仪以欺骗手段唆使楚怀王与齐国断交，破坏了苏秦发起的合纵战略。之后，秦对楚国屡屡进兵，连陷多座城池。孤立无援的楚王惴惴不安。秦昭襄王时，秦王邀请楚怀王到秦国会盟。楚怀王一到秦国，就被扣留下来，后来竟抑郁而死。《史记·楚世家》记曰："顷襄王三年，怀王卒于秦。秦归其丧于楚。楚人皆怜之，如悲亲戚。诸侯由是不直秦。秦、楚绝。"这就是那句谶言所涉及的史实。这句话不只楚人吊在嘴里，而且广传天下，既是一种号召，也是对秦的诅咒。项梁、项羽叔侄响应陈涉起事，也以此为由。谋士范增曾对项梁分析道："陈胜败固当。夫秦灭六国，楚最无罪。自怀王入秦不反，楚人怜之至今，故楚南公曰'楚虽三户，亡秦必楚'也。今陈胜首事，不立楚后而自立，其势不长。今君起江东，楚蜂（起）之将皆争附君者，以君世世楚将，为能复立楚之后也。"范增预言陈胜失败的原因竟是未立楚后为君，可见当时的人心。项梁从其计，找到了楚君的后代——一个放羊娃，立为楚怀王。项羽后来又尊他为义帝。

客观地讲，陈胜并没有忽视楚王这件事。起事之初，他就敏锐地看到天下人心，提出了两条举事理由：一是太子扶苏之事，二是项燕之事。他说："吾闻二世少子也，不当立，当立者乃公子扶苏。扶苏以数谏故，上使外将兵。今或闻无罪，二世杀之。百姓多闻其贤，未知其死也。项燕为楚将，数有功，爱士卒，楚人怜之。或以为死，或以为亡。今诚以吾众诈自称公子扶苏、项燕，为天下唱，宜多应者。"（《史记·陈涉世家》）他差一点儿就与范增不谋而合，可惜缺少权术，没有找到合适的王权代理人，挟天子以令诸侯，而是过早地自封为王。还有一个致命的问题是，他自封为陈王，号为"张楚"，把自己等同于楚王，以复楚收天下人心。这就犯了大忌。

尽管如此，陈胜一旦揭竿而起，天下响应者云从，各路豪杰横空出世，秦末的九州大地一时烽火遍起。"当此时，诸郡县苦秦吏者，皆刑其长吏，杀之以应陈涉。"（《史记·陈涉世家》，后同）陈胜打到陈地，三老、豪杰都对他说："将军身被坚执锐，伐无道，诛暴秦，复立楚国之社稷,功宜为王。"在陈胜的队伍里,还有一类人格外引人注目,那就是儒生。《史记·儒林列传》载:"及至秦之季世,焚《诗》、《书》,坑术士,《六艺》从此缺焉。陈涉之王也,而鲁诸儒持孔氏之礼器往归陈王。于是孔甲为陈涉博士,卒与涉俱死。陈涉起匹夫,驱瓦合谪戍,旬月以王楚,不满半岁竟灭亡,其事至微浅,然而缙绅先生之徒负孔子礼器往委质为臣者,何也?以秦焚其业,积怨而发愤于陈王也。"孔甲是孔子之后,他加入陈胜义军具有极强的象征意义。这似乎反映出这样一种情势:天下人无论贵族、士大夫、儒生、闾左之民,都自发地起来抗秦,而且大有与秦不两立的决绝态度。

这种态势显然不是秦十五年造成的,乃历时久远,从战国时就积累起来的家国仇恨。秦始皇及秦二世在位,重刑罚、苛赋役、发卒戍长城、建阿房宫、起骊山陵、焚书坑儒……这些都是事实。但这些事,秦历代君主多数都干过,春秋战国许多诸侯也干过,只不过秦始皇是集大成者而已。为什么仅他们父子被视为仇雠?原因可能并不复杂。秦始皇翦灭了六国,统一了天下,这件事现在看来,是秦始皇一生最大的功绩,但当时人并不这么看。秦灭六国是六国人心里最大的耻辱,不仅楚国人持此心,其他各国人也如此,只不过楚人的反应最为强烈而已。

秦始皇曾下过一道令,得意地细数他灭六国的功绩:"异日韩王纳地效玺,请为藩臣,已而背约,与赵、魏合从畔秦,故兴兵诛之,虏其王。寡人以为善,庶几息兵革。赵王使其相李牧来约盟,故归其质子。已而背盟,反我太原,故兴兵诛之,得其王。赵公子嘉乃自立为代王,故举兵击灭之。魏王始约服入秦,已而与韩、赵谋袭秦,秦兵吏诛,遂破之。荆王献青阳以西,已而畔约,击我南郡,故发兵诛,得其王,遂定其荆地。燕王昏乱,其太子丹乃阴令荆轲为贼,兵吏诛,灭其国。齐王用后胜计,绝秦使,欲为乱,兵吏诛,虏其王,平齐地。寡人以眇眇之身,兴兵诛暴乱,赖宗庙之灵,六王咸伏其辜,天下大定。"(《史记·秦始皇本纪》)这道令中,出现最多的词汇是"背约""畔秦""发兵诛""虏其王""灭其国",这恐怕是他一生的得意与骄傲。但他没有想到的是，六国后人把这一点一滴都作为仇恨记在了心里。

周八百余年分封制，依靠诸侯分管天下，遂成尾大不掉之势。至春秋，天子地位旁落，霸国代理王权，甚至发生了楚王问鼎、秦师耀兵，以及诸侯与天子之师对战之事。齐、晋、楚等大国主持天下，为争夺"国际警察"地位明争暗斗。其时，秦还是一个"西鄙"远国。到了战国，诸侯各自为战，天子更是形同虚设，这才为秦统一提供了机会。昔日的霸主相继没落，在秦国这个新生力量面前相形见绌。秦积二百余年努力，把诸侯六国蚕食净尽，实现了中央集权的大统一。这时，面临的形势变化了，秦始皇治国的办法却没有什么改变。正如贾谊所说，秦不懂权变，以武力打天下，统一后仍用治理秦国的那一套办法来治理天下，被社会普遍拒绝，固其然哉！

毕竟春秋战国五百余年，诸侯国由周初传说的八百个，经吞并、分裂演变为七国，其他六国尽管弱不禁风，但尚能维持。人们已习惯旧君的统治，突然间六合归一，认可它还需要一个较长的过程。况且秦始皇又不是个仁义君主，他横征暴敛、严刑重罚，推翻他便成了社会的共同意志。

地火在熊熊燃烧，陈胜振臂一呼导致了火山爆发。几乎一瞬间，秦王朝就被大火席卷。在整个过程中，陈胜功不可没。他首发其事，在一个绝佳的时间段，为抗秦提供了难遇的契机。

对秦王朝的痛恨、对旧时代的依恋，促使人们起来推翻秦王朝。复仇与复国是这个时期的两大主题。

在众多豪杰中，哪一类人是推翻秦王朝的领导者呢？他们推翻秦朝后，又要干些什么呢？

秦末现象之二：贵族阶层的复国心态

陈胜失败之后，领导义军的一个中坚阶层出现了，那就是昔日的贵族，如项梁、项羽、魏豹、田市、田都、张良……可以罗列出一长串名字。尽管在这支队伍里，相继有彭越、黥布等草莽，有刘邦、萧何、韩信、陈平等小吏、信士，有范增、张耳、陈余、郦食其、陆贾、娄敬、叔孙通等儒士、说客，但领导这支队伍的核心是贵族。历史上农民起义举不胜举，但真正推翻一个朝代的，仅朱元璋而已。往往农民起义首先发端，而继成其事者乃昔日的贵族。秦末也不出此轨迹。灭秦之事嚆矢于陈胜，真正灭秦的却是项羽，以及他领导的贵族力量。

秦灭六国之后，聚天下兵革于咸阳，销以为钟虡、铜人十二，以示休兵。这是学周武王"纵马于华山之阳，放牛于桃林之虚，偃干戈，振兵释旅，示天下不复用也"（《史记·周本纪》）。与此同时，又把掳来的诸侯囚于咸阳、美人充于后宫，将天下十二万富豪也迁徙到咸阳，始皇以为从此可享太平。他没有料及的是，虽然各国的诸侯王被俘、被杀，但他们的同姓后代，以及各国庞大的公卿、大夫、军将或他们的后裔仍然存在。这个阶层不但未被消灭，而且盘根错节，仍在各地发挥着作用。东阳少年杀县令，欲推故令史陈婴为长，遭陈婴母亲劝阻，她的理由是陈婴祖上没出过一个贵人，现在暴得大名不祥，这个首领应让给别人。于是，陈婴对众少年说："项氏世世将家，有名于楚。今欲举大事，将非其人不可。"（《史记·项羽本纪》）可见这些世家在当地的影响。这些人亲历国家消亡，亡国之恨常系心头，复仇复国是很多人的终身事业。张良家族世代为韩相，韩国亡后，弟弟死了他都顾不得埋葬，一心要复仇，尽散家财以结刺客。始皇东巡，至博浪沙，张良与刺客以铁椎击始皇车。

当时，包括贵族阶层在内，他们的目的是要灭"暴秦"。这只是一句口号而已，却让历史学家误以为真，认为秦亡于暴。秦历史上最大的一次杀戮是长平之战，战后秦人坑赵卒四十万，但那是白起干的，昭襄王时的事。同样的事项羽也干过。秦军将章邯率军投降，项羽担心秦军哗变，尽坑秦军，这一次是二十万。秦立国后，见于史书的最大一次集体杀戮就是焚书坑儒，杀死四百六十余人。至于秦刑法严，大概也只能称之为"酷"，而不应归为"暴"。相反的，秦亡不是因为暴虐，恰恰是它的暴虐还没有足够的威慑力，未使天下人畏惧詟伏。

裂天下而为诸侯国，是贵族阶层的共同心愿，也是社会一般人的心态。项梁、项羽要复楚，魏豹要复魏，张良要复韩，田市、田都诸人要复齐。一旦有机会，他们或扶助别人，或自立为王。这一点，历来人们看得很明白。赵翼说："然楚、汉之际，六国各立后，尚有楚怀王心，赵王歇，魏王咎，魏王豹，韩王成，韩王信，齐王田儋、田荣、田广、田安、田市等。即汉所封功臣，亦先裂地以王彭、韩等，继分国以侯绛、灌等。盖人情习见前世封建故事，不得而剧易之也。"（《廿二史札记》）历史并不总在前进，保守势力在某个特定时期常常会拉历史倒车。这一点在陈胜举事之初就显现出来。陈胜的大将周市乃魏人，曾事春申君，谋士张耳、陈余也是魏人。张耳做过公子无忌的门客，他曾劝说陈胜缓称王，这几乎就是张良后来劝说刘邦的原版。武臣被陈胜派去北略赵地，孰知武臣一到邯郸，就自封为赵王。武臣被部下所杀，张耳、陈余马上找来赵歇，立为赵王。这个赵歇是赵君的后代。

一般人常根据项羽的"富贵不归故乡，如衣绣夜行"这句话，断定他没有做天下雄主的志向。这话没有错，但从情而论，当时的诸侯王们，谁不作如是想？

项羽灭秦后，自封为西楚霸王，并大封诸侯。我们且看那一份长长的诸侯名单：

章邯为雍王，他是秦降将；

秦长史司马欣，有德于项梁，封塞王；

秦都尉董翳，劝章邯降楚，封翟王；

瑕丘申阳，下河南郡，迎楚河上，封河南王；

韩王成已立，就封；

赵将司马卬定河内，数有功，封殷王；

徙故赵王歇为代王；

赵相张耳为常山王；

一、史话

楚将黥布为九江王；

鄱君吴芮为衡山王；

义帝柱国共敖为临江王；

徙燕王韩广为辽东王；

燕将臧荼从楚救赵，为燕王；

徙齐王田市为胶东王，齐将田都为齐王，故秦所灭齐王建孙田安为济北王。

这些诸侯要么是旧贵族，要么是新贵族，却无一是陈胜的义军。

诸侯王受封后，各自回国就封，新的春秋战国之势又形成了。他们回到封国后，立刻展开混战，不是互相攻击，就是产生内讧，一些竟与项羽反目成仇。当年秦始皇汲取周亡的教训，不再分封诸侯，而项羽灭秦后，却反其道而行之。有人说，项羽失败在于分封不公，如田荣、彭越、刘邦、黥布、陈余等，即以此为由而反。实际上，分封不公固然要反，纵分封公道迟早也要反，不是这些人反，就是那些人反，天下没有一个共同拥戴与信服的宗主，必然会大开战端。刘邦建汉后也大封诸侯，天下却不至于乱，原因是他很快就以各种理由灭掉了几乎所有异姓王，包括燕王臧荼和接替他的卢绾及韩王信、淮阴侯韩信、淮南王黥布、梁王彭越等。除了一个赵王敖外，全被诛灭。赵王敖是刘邦的女婿，否则他也难逃劫运。至此，战国末以来的贵族阶层不复存在。汉大封同姓子弟时，已没有多少人有非分之想了。

秦末现象之三：贵族阶层的没落

项羽领导的贵族阶层推翻了秦朝，却被以刘邦为代表的新生力量取代，灭秦的胜利成果被刘邦及其周围的沛县人攫取。

诡异的历史宿命又一次出现。秦灭六国，意味着它历史使命的结束。六国贵族推翻秦，他们的历史使命也随着秦的消亡而消亡。由西周至汉代，历史的主人频繁更替，总趋势却是权力不断下移。西周是天子的历史，东周是诸侯的历史，秦末是贵族的历史，汉代是士的历史。天子之权被王权取代,王权被贵族取代,贵族被布衣取代。君权神授的神话一次次被打破,天子的神座以及不可逾越的神权,最后竟落在一个流氓无产者手里。

周而秦,秦而汉,历史的车轮沿着众神之山奥林匹斯疾驰而下,势不可当。然而它并不总在前进,在某个特殊时期表现为短暂的倒退,比如秦末,只不过持续时间很短而已。历史总是逞"之"字形轨迹前行,不管前进抑或倒退,都是被一种惯性驱使。

项羽、刘邦的楚汉之争,是贵族与取代他们的下层力量的斗争。这种斗争在项、刘一出世就已经预示。秦始皇游会稽,项羽看到后,不由自主说道:"彼可取而代也。"(《史记·项羽本纪》)而刘邦看到秦始皇后,喟然叹息道:"嗟乎!大丈夫当如此也。"(《史记·高祖本纪》)取代秦始皇是两人的共同愿望。我怀疑项羽、刘邦说的这两句话是司马迁的编造。司马迁具有非凡的编故事能力,凡《史记》中的可疑之处恰是他施展天纵之才的所在。但他关于项、刘的这一创作,恰恰符合二人的性格。

项、刘抱着这样的志向灭秦,又抱着同样的目的互相争锋。项羽有古之大将之风,而刘邦多奇谋诡计。在近五年的战争中,项羽的性格缺陷一点点暴露出来,包括主观独断、器局狭隘、御人无术等,与刘邦的包容大度、狡黠机智、从善如流适成鲜明对照。常年的交锋,刘邦总是处于困境,屡战屡败,屡败屡战,表现出百折不挠的柔韧与顽强的生命力。项羽几乎从来没有把刘邦放在眼里,也从来没有看得起刘邦。但就是这个项羽眼里的泼皮无赖,却最终打败了他。项羽性格上的自恋与脆弱导致了最终的失败,他实在输不起。项羽虽然失败了,但他最后的谢幕却证明了他是一个十足的贵族。垓下之战,项羽四面楚歌,战败后,他愤然自刎乌江。这一场景十分凄美,显示了项羽骨子里的烈士精神,他是那个时代的最后一个贵族。

楚汉战争中,涌现出了一个新的将星——韩信,他是士人出身。正如刘邦的出现一样,他的出现代表了一个新阶层的产生,代表了一个新阶层的新生力量。韩信、陈平等人最初都在项羽的麾下,不被重

一、史话

用而改投刘邦——贵族势力总是瞧不起底层，宁愿把他们推向对立面。

与韩信一起走向历史舞台的，还有萧何、曹参、樊哙等。这些人全是刘邦的同乡，因此人称刘邦以沛县人治天下。举一县之力打败项羽，举一县之力治理天下，而且把国家治理得相当好，这常让人觉得不可思议，却实实在在发生了。它的深层含义是：郡县打败了诸侯，郡县取代诸侯掌管天下，以项羽为代表的贵族诸侯彻底退出了历史舞台。

一个人的选择常常代表了他那个阶层。刘邦取得天下，张良默默退出，他实在是一个智者。对于张良的退出，很多人不理解，是因为不懂他内心的痛楚与孤独。一个消灭了贵族势力的新生政权出现了，作为昔日贵族的一分子，张良不免有一种遗老心态。遁入玄门，恐怕是他最好的落脚。

隋的灭亡，是此前南北朝故事的重演

以同样的目光考察隋朝的历史，探寻隋亡的原因，也能发现相似的轨迹。

隋的统治仅仅三十八年，如秦一样，隋也是一个短命王朝。不知为什么，人们普遍对秦抱有一种反感态度，至少是一种蔑视态度，而对隋，则抱有普遍的同情心。大概人们觉得隋朝开三百年大唐，对唐的贡献不容小觑，却恰恰忽视了秦对汉朝四百余年乃至中国封建王朝两千余年历史的贡献。汉朝实行的郡县制，包括它所有的行政体制都沿袭秦制。这一套制度一直沿袭至晚清，没有根本性改变。有时候，对历史的错觉会造成态度上的偏差。

同样，人们对隋朝命运惋惜的同时，不约而同地会把一切责任推给隋炀帝。关于这一点，下文还要谈到。

习惯上，人们容易往后看，把隋与唐代连在一起，却很少结合此前此后的历史进行纵观，尤其忽视了隋以前的历史。如果深入研究下去，就会了解它是在怎样一种历史情境下统一天下的，对它迅速得天下、迅速失天下的成败之路就有一个合乎情理的解释。

魏晋以来，历史一直处在动荡中。曹魏命运与隋朝相似，它是怎样夺得天下，也是怎样失掉天下。之后的晋朝相对稳定一些，享国达一百五十六年。就这一百五十六年，也是跌跌撞撞地走过来的。东晋时天下已经分为南北，它偏安江南，黄河北部被五胡割据，即所谓的五胡十六国。这些野蛮的生力军有时甚至侵占到淮北、江北，有次竟然打到建业。东晋的年代几乎与五胡十六国相当，尽管也发生过同室操戈的惨剧，好在一直是同姓执掌天下。而江北的情况就大不相同，汉、成、前凉、后赵、前秦、前燕、后秦、后燕、西燕、西秦、后凉、南凉、北凉、南燕、西凉等国如走马灯似的你方唱罢我登场，一直处于虎狼噬犬羊的生存法则中。这种乱世法则也影响到南朝，宋、齐、梁、陈就是在此环境下产生的。各朝也都十分短命，宋六十年，齐二十四年，梁五十六年，陈三十三年，与汉四百余年、唐近三百年简直无法比较。

北朝至北魏时相对安定下来，享国一百四十九年。北魏亡，乱局又开始了。北魏分裂为东魏、西魏，东魏仅存在十七年，西魏仅二十三年。之后它们分别被北齐、北周取代，北齐二十八年，北周二十五年。北周武帝宇文邕灭北齐统一北方，他死后仅三年，北周政权就被隋文帝杨坚窃取。一些史书记载这一政权交替时用了一个词，称"杨坚篡周"。宋人袁枢在他的《通鉴纪事本末》中，就是这样评价的。杨坚与王莽篡汉、曹氏篡汉、司马氏篡魏一样，都有些来路不正。相比之下，他的行为更具有北朝乱世的风格。

之所以不厌其烦地罗列这一时期各朝的统治时间，为的是给读者留下一个印象：隋朝与它之前的所有朝代一样，都比较短命。这是那个时期共有的现象，不值得大惊小怪，历史并没有因为它有统一天下之功而格外眷顾。

"杨坚篡周"，与此前的拓跋氏、元氏、高氏、宇文氏在性质上没有太大差别。在北周朝廷里，杨坚处在鲜卑宇文氏族的包围之下，他的思想、行为深受异族影响,而且他自己也不是纯粹的汉人,妻子独孤氏更是完完全全的胡人——虽然受到一定程度的汉化,但并不表明他们就是汉人。从某种意义上讲,杨氏取代宇文氏,与宇文氏取代高氏、高氏取代元氏一样,都是北朝适者生存的生物链中的一环。隋炀帝亡隋,也与此前拓跋氏、元氏、高氏、宇文氏灭亡的轨迹一样,弱者必然要被人吃掉。这有点儿像丛林法则。

东魏、西魏、北齐、北周乃至隋朝的命运及周期律,反映了一种骨牌效应。隋只是一个环节而已,它受到这一时期历史惯性的支配。

南北朝时期特有的怪象:换天子不换大臣

南北朝时期,朝代更替几成常事,北朝更如此。这个时期有一个奇特的现象:换天子不换大臣。尽管旧朝消亡了,昔日的天子或废或杀,朝臣依旧还是那帮人。这种事在乱世不足为奇。五代时期,有一个四世三公,叫冯道,他在后唐、后晋、后汉、后周都做过官。朝代更替似乎与他无关,人称不倒翁。帮助隋文帝篡周的谋士高颎是北周的内史下大夫,李德林是御正下大夫,帮助他平乱的韦孝宽、梁士彦、宇文述、崔弘度、杨素等都是北周故臣,宇文述还是北周宗亲。这些人,故天子在,他们帮助故天子,新天子出,他们又帮助新天子,似乎毫无忠义可言。当时,这并不是一件羞耻之事,大家并不以为奇怪。朝代更替频繁,谁有权势谁坐天下,这是一种常态。与此相联系的另外一种常态就是,不论谁坐天下,大臣还是那帮大臣。此风积习已久,人们并不觉得吃新朝的饭与吃旧朝的饭有什么两样,少有颜真卿、文天祥那样的节烈之臣与赴死之事。隋取代北周后,起兵诛讨的也就一个尉迟迥而已。不只北朝如此,南朝也如此。隋文帝征南陈,陈大臣降的降,逃的逃,毫无抵抗能力。陈后主被俘,唯有一个许善心终日东向而哭,文帝高兴地说:"我平陈国,唯获此人。既能怀其旧君,即我之诚臣也。"(《资治通鉴》卷第一百七十七)可见对旧主忠义的人实在太少。这个许善心哭了几天,又穿起朝服,做了隋的官。

　　这个时期要作"忠臣传",则少有其人;如果要作"贰臣传",则满朝俱是。

　　与隋文帝杨坚同时起事的杨素、宇文述,后来成了隋的股肱之臣。杨素因为权重被隋文帝疑忌,抑郁而死。他的儿子杨玄感为此愤愤不平。大业九年（613 年）,隋炀帝二征高句丽,杨玄感即在洛阳举兵发难。宇文述在炀帝立太子一事倾尽全力,他的三个儿子宇文智及、宇文化及、宇文士及因此被重用,成为炀帝的显臣,宇文士及还娶公主为妻。这样一个世受隋荫的家族,按理应对隋感恩戴德、忠心耿耿,却首先背叛。江都之难,带头发难的就是宇文化及,他还下令缢杀了炀帝。隋朝亡在他手里。

　　隋朝官员沿袭了北朝的风气,要他们忠君事主实在太难为人。从某种程度上来说,隋朝就是亡在这种风气之下的。隋朝的最大失败在于没有改变这种风气,或者说还来不及改变这种风气。这个任务交给了唐人,唐朝切切实实树立了新的风气,确立了新的治国理念、新的君臣之道。

　　隋朝的大多数好的制度都被唐朝继承下来。它对唐朝最大的贡献还是唐太宗所讲的"镜鉴"作用,正如秦对汉的启示一样。

　　隋朝在抵制旧时代,包括改变旧朝遗风、旧制方面起到了刹车片的作用,它是下一个划时代的前奏。

隋的短命,唐的长久,都因于一种历史惯性

　　隋朝在文帝主政期间,国富民强,几乎可以与汉朝文景之治媲美,何以到炀帝时就身死国亡?隋炀帝主政仅十四年,几乎与秦朝相当,无论他怎样荒唐,也不足以在这么短的时间里就把自己搞得置身绝地。究其原因,仍是时势使然。天下并没有平息,表面上的大一统并不能遏制人们争夺天下的野心。对王权的偷窥、觊觎是那个时期的一种惯性,一旦有机会,各种势力就会出来作祟。隋亡后,大江南北

顿起无数豪强，一夜间天下乱成了一锅粥。这种情况在隋炀帝三打高句丽时已经发生。他固然是讳疾忌医、养痈成患，但客观地讲，以他的能力对付乱世，无异于以孤羊投群狼。

平心而论，隋炀帝也是一个想要有所作为的英主，他以阴谋手段夺得太子之位，可能是他一生最大的污点，唐太宗何其不如此呢？以道德评价帝王，可能会局限于史学家的眼光。隋炀帝自取灭亡的转折点在三打高句丽，无果而终，徒惹天怨人怒。但唐太宗也曾多次出兵高句丽，最初一次御驾亲征，也没有得太多便宜。两相比较，何以结果迥异？

隋炀帝三打高句丽，到处修宫殿，征民夫修运河，多次南巡北狩，使得财力窘困，民不安业。他所做的这一切只是太平天子的本色。他心胸狭窄、虚荣、好色，喜欢到处游玩，走到哪里都浩浩荡荡，众多车骑仪仗相随，看起来风光无限。一旦遇事则胸无成算，躲进后宫不出来，任凭大臣们处置，眼看着国事日非一日。

隋炀帝其人在历史上并不少见，许多人还不如他，但别人不一定亡国。各人所处时代不同，结果也就不同。北朝遗绪，乱是常态，故隋炀帝不得不亡。与前后夺取天下的其他君主相比，隋文帝得到得太容易，他的后代远未体会到持国的艰难，也缺乏足够的训练和准备。

历史常处于一种惯性中。唐代自德宗780年至唐亡的907年，国家百余年处于不安定状态，藩镇之乱，宦官专权，天子常被人赶得到处乱跑，奉天、扶风、凤翔、汉中常是天子避难之地。这样的情形在隋，恐早已维持不住，至少隋帝还未受此辱。唐摇摇晃晃撑持了百余年，天下早已分崩离析，但唐天子就是不倒。日本历史学家称之为"唐代的韧性机制"（气贺泽保规《绚烂的世界帝国：隋唐时代》）。其实原因没有多复杂，只是能够把握国家命运的两类人——藩镇、宦官没有一个希望唐亡。藩镇视唐天子为周天子，把自己当作诸侯，愿称臣就称臣，愿进贡就进贡，乐得割据一方，坐地为王。宦官更如此，他们寄生于天子，没有天子他们就失去了存在的合理性，故而他们宁愿天子暗弱，便可以牢牢控制。各种不可靠因素综合在一起，竟然形成了一种相对稳定的构架,这不能不说是一种奇迹。而且还形成了一种自平衡机制,一旦哪一个藩镇过于强大,威胁到天子或别的藩镇,其他人就会出来干预,重新造就一种新的平衡。天子、藩镇、宦官,三者彼此能够相安以生,只是受一种生存惯性的支配罢了。

与人们乐见唐的统治一样,隋人司空见惯的是江山易代。宇文氏手刃隋炀帝,不过在重演他们先祖的故事。隋炀帝亲自挑选的御林军骁果军将的哗变,说明在那个特殊时代几乎没有值得信任的力量。动乱之际,每个人自然的选择就是投靠新主。宇文化及弑主后,百官们第一时间"悉诣朝堂贺"。唯一人不至,就是前文提到的那个许善心,他因此被杀。他的侄子也投靠了宇文化及,成了宇文化及身边的红人。这一场景也是隋文帝当初所经历过的。

对秦、隋这样的短命王朝,历史并没有简单地否定,相反,他们对历史所起的开山作用越来越受到尊重。汉、唐固执地因袭前朝,坚定地实现了前朝预定的政治理想、治国方略。它们之间的关系看起来不是对手,倒更像是一种父子承继。

秦、隋掀开了汉、唐新的纪元。秦、隋灭亡之后,促成它们灭亡的历史因素不复存在,天下信马由缰地踏上一个新的和平时代,越过动乱的崇山峻岭,呈现在汉、唐面前的是沃野千里、一马平川。

一、史话

《左传》与《史记》取舍不同

　　《左传》与《史记》各有所长，前人已备述，盖《左传》长于断事，《史记》长于叙事。

　　《史记》于汉史一节，详略分宜，有如指掌，班固不能及矣；于春秋史，则稍逊《左传》。固然史实久远，难以苛求，然以《左传》证之，疏漏之处不在少。非资料不足，以其重西汉而轻春秋。

　　试举二例。

　　专诸刺吴王一事，《史记·刺客列传》载："四月丙子，光伏甲士于窟室中，而具酒请王僚。王僚使兵陈自宫至光之家，门户阶陛左右，皆王僚之亲戚也。夹立侍，皆持长铍。酒既酣，公子光佯为足疾，入窟室中，使专诸置匕首鱼炙之腹中而进之。既至王前，专诸擘鱼，因以匕首刺王僚，王僚立死。左右亦杀专诸，王人扰乱。公子光出其伏甲以攻王僚之徒，尽灭之，遂自立为王，是为阖闾。"

　　公子光请吴王僚吃饭，暗自备下了鸿门宴。吴王为防万一，安排了大批侍卫警戒，队伍由宫中排列到公子光家里，甚至在宴席上，还有武士手持长铍，环列两旁。这说明吴王对自己这位叔伯兄弟早有戒心，故而严加防范。待吴王酒酣之际，公子光假装足疾离开，命早已在窟室待命的专诸进去，以献鱼为名，抽出藏在鱼腹中的匕首，刺死吴王。专诸得手之后，公子光伏兵四起，尽灭僚的亲属，遂自立为王。

　　此事或许太简单，敢情那么多卫兵都是摆设！

　　《左传》于此作了详尽陈述。昭公二十七年（前515年），"夏四月，光伏甲于堀①室而享王。王使甲坐于道，及其门。门阶户席，皆王亲也，夹之以铍。羞者献体改服于门外，执羞者坐行而入，执铍者夹承之，及体以相授也。光伪足疾，入于堀室。鱄设诸置剑于鱼中以进。抽剑刺王，铍交于胸，遂弑王"。

专诸原名叫鱄设诸。鱄，是一种鱼的名字。今人据其名猜测他善于烹鱼，也没有大错。

《史记》所述事实大体与《左传》一样。不同者，《左传》陈述了为什么公子光选择置剑于鱼的刺杀方式，而不用项庄舞剑的方式，或别的其他手段。因王僚防守甚严，其他人不能近身，纵使上饭菜的"羞者"进去，也须在门外换衣，膝行而入，而且两旁执长铍的卫士贴身紧逼，防止他有任何非常举动。好在没人检查饭菜，这就给了专诸可乘之机。

对当时的场面，《左传》的描述很是精彩：剑戟交错，伏兵暗藏，餐桌上散发出异常紧张的气氛。

而《史记》有些太简约，且平铺直叙，缺少场面感。

《左传》载，昭公三年，齐景公欲与晋平公交好，愿将姜氏嫁于晋君，派卿相晏婴赴晋国提亲。晋国大夫叔向接待了他。办完公事后，叔向奉命请晏婴飨宴。席间，两人有一番意味深长的对话。

叔向曰："齐其何如？"

晏子曰："此季世也，吾弗知。齐其为陈氏矣！公弃其民，而归于陈氏。"

叔向问晏婴：齐国现在怎么样？晏婴毫不避讳，称齐国处于末世，随时会被陈氏取代，原因是"公弃其民"。这样大不韪的话竟然不避讳，在于两人相知甚深。

为什么齐国国政会归于陈氏？晏婴接着解释道："齐旧四量，豆、区、釜、钟。四升为豆，各自其四，以登于釜。釜十则钟。陈氏三

---

① 堀，同"窟"。

量，皆登一焉，钟乃大矣。以家量贷，而以公量收之。山木如市，弗加于山。鱼盐蜃蛤，弗加于海。民参其力，二人于公，而衣食其一。公聚朽蠹，而三老冻馁。国之诸市，屦贱踊贵。民人痛疾，而或燠休之，其爱之如父母，而归之如流水，欲无获民，将焉避之？"

晏婴说，陈氏为邀结人心，不惜亏血本。别人是大斗进而小斗出，陈氏不然，以大斗贷人而以小斗收进。对山木、鱼盐之类所需，陈氏以平价出售，不加分毫，国人深受其惠。与此相反，齐公不以民为本，大肆敛财，老百姓辛勤所得的大部分都被他收敛去了，国库里钱物堆积如山，有些甚至腐败了，而官员的生活却得不到保障，连国家尊养的三老也不免受冻挨饿。齐公又好刑杀，受刖刑被砍足的人太多，以致市场上"屦贱踊贵"。齐公与陈氏形成鲜明对照：一方陷老百姓于苦海，人们痛心疾首；另一方爱民如子，人们归之如流水。长此下去，陈氏能不取代齐国吗？

晏婴以沉郁的心情说出这番话。叔向有同感，连连点头，接着语气沉重地说起了晋国："然。虽吾公室，今亦季世也。戎马不驾，卿无军行。公乘无人，卒列无长。庶民罢敝，而宫室滋侈。道殣相望，而女富溢尤。民闻公命，如逃寇仇。栾、郤、胥、原、狐、续、庆、伯，降在皂隶。政在家门，民无所依。君日不悛，以乐慆忧。公室之卑，其何日之有？谗鼎之铭曰：'昧旦丕显，后世犹怠。'况日不悛，其能久乎？"

叔向说，晋与齐一样，现在也是末世的景象。很久没有打仗了，国家不振旅，公卿不带兵，军将不服众。庶民疲敝不堪，饿殍相望；王公奢侈荒淫，幸臣愈加猖獗。栾、胥等八大公族横遭贬黜，国政出于私门，国人闻命，逃之不迭，如避寇仇。国是如此不堪，晋王犹不知悔改，沉湎于歌舞升平，不知何日是个头！

叔向说这番话时，桌前如豆的灯火左右摇曳，时明时暗，好像随时要被窗外的黑幕吞没。

看来，晋国的情况不比齐国强，晏婴不由得担心起来，他问叔向："子将若何？"

叔向曰："晋之公族尽矣。肸闻之，公室将卑，其宗族枝叶先落，则公从之。肸之宗十一族，唯羊舌氏在而已。肸又无子。公室无度，幸而得死，岂其获祀？"

叔向名羊舌肸，叔向是他的字。

叔向情绪十分低落，回答道：晋国公族已经全完了。如果把国家比作大树，它倒下前，枝叶势必先落。就拿我来说，羊舌氏原来有十一族，现仅存我们这一支，公室又无法依赖，我死后，可能连在坟前祭奠的人都没有。

晏婴与叔向这一长段对话，真实地反映了春秋末年的情形。齐、晋都是华夏大国。想当初齐桓公时，南伐楚，北伐戎，与诸侯"兵车之会三，乘车之会六，九合诸侯，一匡天下"，齐国是响当当的霸国。晋国称霸时间更久，达百年。自晋文公始，晋国就是诸侯领袖，东征西讨，尊王攘夷，被东方诸国拥戴为盟主。周天子曾"赐大辂，彤弓矢百，玈弓矢千，秬鬯一卣，珪瓒，虎贲三百人"，授予晋君专杀之权，代周王以讨不庭，其地位何其崇高。如今，两国相继衰败，威风扫地，大臣们都为此担忧起来。

两国共同的问题是君主昏庸，政出私门。

不出二人所料，之后，齐国被陈氏取代，晋国被韩、赵、魏三姓瓜分，历史进入战国。

《左传》文字号称简洁，却不厌其烦地实录晏婴、叔向的对话，因二人都是贤相，他们的态度在很大程度上反映了史实，也代表着作者的观点。

这一段对话十分精彩，作者不着一言，褒贬尽寓其中。后人评价道，"晋用六卿，齐用雅尾陈氏，而以请昏（婚）成昏等事，使两贤人往还，含涕为欢，强颜从事，彼此相视，苦衷早已默喻也。叔向有问，晏子于知己之前，尽情倾吐。……老臣至此真无泪可挥矣"（竹添光鸿《左氏会笺》，后同），而叔向之答"直与晏子之言，同声一哭也"。

《史记·管晏列传》对此事一字未提，却于《齐太公世家》记道：

齐景公九年（前539年），"景公使晏婴之晋，与叔向私语曰：'齐政卒归田（陈）氏。田氏虽无大德，以公权私，有德于民，民爱之'"。仅寥寥数句。《史记·晋世家》记曰：晋平公十九年（前539年），"齐使晏婴如晋，与叔向语。叔向曰：'晋，季世也。公厚为台池而不恤政，政在私门，其可久乎！'晏子然之"。仅此而已。

《史记》对先秦历史的记录，大率如此，以粗线条勾勒，类似大事年表。刘知几说《史记》周以上多阔略无体统，秦汉以下始条贯有伦。他说中了《史记》之病。

《左传》作史，记言多而记事少，公卿大夫之言占据绝大篇幅。像这样详细记录晏婴、叔向对话的情况，在《左传》中多见。纵使记录战事也如此，如晋楚城濮之战、宋楚泓之战、秦晋崤之战、晋楚邲之战、晋齐鞌之战、晋楚鄢陵之战……战事那么紧张，左氏还忙里偷闲，用大量篇幅记录交战双方的对话，预测战争胜败。往往战事未开，胜败已定。

这就是《左传》的笔法，也是它的风格：一边记史，一边对历史进行定义。晏婴定义齐景公，叔向定义晋平公。孟子说："孔子成《春秋》而乱臣贼子惧。"左氏沿袭了孔子《春秋》的风格，忠实地遵循着孔子的义法。

司马迁笔大如椽，他的关注点聚焦于能影响历史进程的大事，以及命运坎坷、故事性强的风云人物。诸如赵盾弑君、晋文公逃亡、赵氏孤儿、伍子胥报仇、范雎复出、廉颇蔺相如之交、吕不韦为相、战国五公子，以及刺客、侠客之类，都是先秦引人入胜的故事，也是《史记》神来之笔。其中，一些是历史事实，而相当一部分竟是传说。如赵氏孤儿及吕不韦与秦太后私通的故事，虽精彩、悬疑，但虚构成分很大，人物、史实均与《左传》《战国策》不符。司马迁对此似乎乐此不疲。

司马迁也记言，多出自《国语》。除了引用孔子之言，他比较喜欢游士、纵横家之言，如鲁仲连、樗里子、邹阳、李斯、苏秦、张仪等，或高深莫测，或纵横交错，或一言以兴邦，或一言以覆国。对这些人的言论，他大量引用，显然夸大了他们的历史作用。孟子说："圣王不作，诸侯放恣，处士横议，杨朱、墨翟之言盈天下。"又说："公孙衍、张仪岂不大丈夫哉？一怒而诸侯惧，安居而天下熄。"孟子的看法，司马迁应该是赞同的。

这是司马迁的风格，个性鲜明，"生当作人杰，死亦为鬼雄"，如他的命运一样。

我曾到过司马迁的故里韩城，那是一个不大的小城，民风淳朴。司马迁祠矗立在一座高阜之上，向下远望，依稀可见黄河。河水静静地流淌着，在阳光下泛起粼粼白光。令人惊异的是，黄河流经韩城，恰好绕了一个不小的弯儿，它如同一张弓，拥持着这座古城。司马迁祠恰好位于这张弓的弓弦处。这片黄河着意涵养、滋润的地方，出现司马迁这样一位巨人，不足为奇。

《左传》是一部贵族史，它的语言、风格体现了贵族风尚；《史记》则是一部士大夫史，其语言、风格更多地体现了一种命世意识。前者温文尔雅，于细微处料天下；后者跌宕起伏，在关键处做文章。

汉儒的失败

继战国末邹衍"五德终始论",汉儒董仲舒、刘向父子推出"阴阳五行说",副之以"通三统""建三正",主张天人相应。董仲舒曰:"臣谨案《春秋》之中,视前世已行之事,以观天人相与之际,甚可畏也。国家将有失道之败,而天乃先出灾害以谴告之;不知自省,又出怪异以警惧之;尚不知变,而伤败乃至。以此见天心之仁爱人君而欲止其乱也。"(《汉书·董仲舒传》)刘向曰:"和气致祥,乖气致异;祥多者其国安,异众者其国危,天地之常经,古今之通义也。"(《汉书·楚元王传》)

其说用于政治,钱穆总结,有以下一套进程:圣人用命—天降符瑞—推德定制—封禅告成功—王朝德衰—天降灾异—禅国让贤—新圣人受命。

汉儒大多对此深信不疑。

刘向言:"自古及今,未有不亡之国。"谷永言:"天下乃天下之天下,非一人之天下。"京房曰:"故人可欺,天不可欺也。"诸人以星变灾异戒惧人君,提醒谨防亡国之征。

汉昭帝元凤三年(前78年),泰山有大石自立,昌邑有枯木复生,上林苑有卧柳自立,虫食树叶成文字,曰"公孙病已立"。眭弘以为:"先师董仲舒有言,虽有继体守文之君,不害圣人之受命。汉家尧后,有传国之运。汉帝宜谁差天下,求索贤人,禅以帝位,而退自封百里,如殷周二王后,以承顺天命。"(《汉书·眭弘传》)他提出让汉帝退位,以顺应天命。

成帝时，齐人甘忠可诈造天官历，称："汉家逢天地之大终，当更受命于天。"哀帝立，黄门侍郎李寻也持此说："汉历中衰，当更受命。"

当时诸儒俱信此说，谓天道无常，世道推移。追其根本，则出于对秦亡的深刻记忆。秦之教训，对诸儒影响甚巨，以一姓欲为万世主的理想从此破灭，故主张复三代，行尧舜，推禅让。恰好西汉诸帝对秦亡也有切肤之痛，"殷鉴不远，在夏后之世"。故其深自惕厉，一遇灾异就神情紧张。武帝、昭帝、宣帝、元帝均有罪己诏，他们心头都悬着一柄剑。也出于这个原因，整个西汉尚称开明，除平帝幼小外，诸帝无一昏庸，唯一一个昌邑王也因做事荒唐而被废掉。

任何一种理论都会走入绝地。汉儒持"五德终始说"，最终毁了汉朝，造就出一个自称受天之命的王莽。王莽政治，几乎完全因循汉儒的观念，以所谓王道治天下。要之，更比汉儒纯粹。他推行三代井田之制，十一而税，欲消弭贫富不均的积弊，使天下实现大同。这种做法，极受汉儒推戴。刘歆、孔光追随其左右，为之张目。从某种意义上说，王莽变法，也是汉儒的变法。王莽为大将军、安汉公，到改元居摄，到称假皇帝，到即真，这些过程自有王莽的野心，而诸侯公卿大夫的拥戴也是很重要的因素。

钱穆以为，王莽变法失败，约为数端：（一）失之太骤，无次第推行之计划；（二）奉行不得其人，无如近世之政治集团来拥护其理想；（三）多迂执不通情实处。他进而总结道："王莽的政治，完全是一种书生的政治。"（《国史大纲》）

还有一点需要指出，王莽的变法是自上而下的变法，听起来很理想，但迂阔之至，实施起来困难重重。故下层人民深受其害，首先举起义旗的就是积贫积弱的流民。

王莽之败，意味着汉儒政治理想的失败。从此，"五德终始说"很少再被人提起。

一、史话

史书善喻理

古史常以民谚喻理，语言飞动，倍增奇效。

《左传·宣公十一年》载，申叔时曰："……'牵牛以蹊人之田，而夺之牛。'牵牛以蹊者，信有罪矣；而夺之牛，罚已重矣。"一人牵牛践踏了禾田，这固然不对，但田主因此而夺走牛，这就过分了。此喻以引事切当，多为后人用。

晋文公赏从亡之功。有不以其功受上赏者，介子推曰："窃人之财，犹谓之盗，况贪天之功以为己力乎？"（《左传·僖公二十四年》）

《战国策·韩策》载，"宁为鸡口，无为牛后"。

《战国策·齐策》载，苏代谓孟尝君曰："今者臣来，过于淄上，有土偶人与桃梗相与语。桃梗谓土偶人曰：'子，西岸之土也，挺子以为人。至岁八月，降雨下，淄水至，则汝残矣。'土偶曰：'不然。吾西岸之土也，土，则復西岸耳。今子东国之桃梗也，刻削子以为人。降雨下，淄水至，流子而去，则子漂漂者将何如耳？'……"天雨，土偶变为泥，桃梗被河水冲走，两者并无太大区别，而彼此却以之讥刺对方。纵横家善机辨若此。

《史记·赵世家》载，"赵简子有臣曰周舍，好直谏。周舍死，简子每听朝，常不悦，大夫请罪。简子曰：'大夫无罪。吾闻千羊之皮不如一狐之腋。诸大夫朝，徒闻唯唯，不闻周舍之鄂鄂，是以忧也'"。

《史记·货殖传》载，"农不如工，工不如商，刺绣文不如倚市门"。看来，农工不如商，自古有之。

项羽语人曰："富贵不归故乡，如衣绣夜行。"（《史记·项羽本纪》)形象地刻画项羽,无过这句话。他志向小而慕荣名,无怪其败。

宋义曰:"夫搏牛之虻不可以破虮虱。"(《史记·项羽本纪》)牛与虻是生死交,虻能吸血于牛,却对付不了小小的虮虱。

汉景帝曰:"食肉不食马肝,不为不知味。"(《史记·儒林列传》)马肝有毒,食之必亡,不食它未必不知马味。

主父偃语人曰:"生不五鼎食,死即五鼎烹耳。"(《史记·平津侯主父列传》)这是主父偃的人生格条,不幸而成谶,"五鼎食"他得到了,"五鼎烹"也兑现了。

项羽欲结韩信,信曰:"吾闻之,乘人之车者载人之患,衣人之衣者怀人之忧,食人之食者死人之事,吾岂可以向利背义乎!"(《史记·淮阴侯列传》,后同)及被逮,曰:"果若人言,'狡兔死,走狗烹;高鸟尽,良弓藏;敌国破,谋臣亡。'天下已定,我固当烹!"

蒯通因诱韩信谋反被逮,通曰:"秦失其鹿,天下共逐之,于是高材疾足者先得焉。跖之狗吠尧,尧非不仁,狗因吠非其主。当是时,臣唯独知韩信,非知陛下也。"秦失其鹿,天下共逐之,故其然也,乃把自己比作吠尧之犬!我若是刘邦,也会饶了他,人不会和一只犬过不去。

《汉书·贾谊传》载,贾谊上书文帝:"夫抱火厝之积薪之下而寝其上,火未及燃,因谓之安,方今之势,何以异此!"

《汉书·霍光传》载,"霍氏(光)奢侈,茂陵徐生(福)曰:'霍氏必亡。……'其后霍氏诛灭,而告霍氏者皆封,人为徐生上书曰:'臣闻客有过主人者,见其灶直突,傍有积薪,客谓主人,更为曲突,远徙其薪,不者且有火患。主人嘿然不应。俄而家果失火,邻里共救之,幸而得息。于是杀牛置酒,谢其邻人,灼烂者在于上行,馀各以功次坐,而不录言曲突者。人谓主人曰:"乡使听客之言,不费牛酒,终亡火患。今论功而请宾,曲突徙薪亡恩泽,焦头烂额为上客耶?"主人乃寤而请之。今茂陵徐福数上书言霍氏且有变……往事既已,而福独不蒙其功,唯陛下察之,贵徙薪曲突之策,使居焦发灼烂之右。'上乃赐福帛十疋,后以为郎"。

这个故事很复杂，后人把它总结为一个成语，叫"曲突徙薪"。用一个故事作喻，是古人常用的方法。

另有"屋漏在上，知之在下""长袖善舞，多钱善贾""天下熙熙，皆为利来。天下壤壤，皆为利往"等，形象生动，胜人千言。

相比而言，更喜欢汉刺史张纲说的一句话：豺狼当道，安问狐狸！

有幸有不幸

苏武出使西域十九年，不辱使命而返。汉室格外奖赏，宣帝于麒麟阁图画功臣，苏武与同列，殊为人歆羡。然出使西域者，知名者除张骞、苏武外，另有路充国、常惠、张胜等见于史书。与苏武同还者九人，已知者三人，未知者尚六人。其时，匈奴留汉使，汉也留匈奴使，未载于史书者更不知其数。赵翼因此感叹：人有幸有不幸，传不传亦有命。(《廿二史札记》)

世事率多如此，有幸有不幸，遂使人不胜叹。

韩非著《孤愤》《五蠹》等，秦始皇读后，感叹道："嗟乎，寡人得见此人与之游，死不恨矣！"(《史记·申不害韩非列传》)因攻韩国，逼得韩国送韩非到秦。韩非来到秦国，却不被信用，遭李斯忌恨，媾言下狱，一包毒药要了他的命。韩非始受始皇欣赏，然终因始皇之故死在秦国，此幸邪，不幸邪？！

汉武帝招致天下贤良文学之士，主父偃、徐乐、严安先后上书言事。天子召见三人，说道："公等皆安在？何相见之晚也！"(《史记·平津侯主父列传》，后同)随即拜三人为郎中。三人中，主父偃最为杰出，数见上，为武帝出了不少主意。武帝也没有亏待他，一年中四次提拔。这个人当红时专横跋扈，到处揭发别人，甚至齐王都被他弹劾而死，因此结怨甚深。他有一句名言：丈夫生不五鼎食，死即五鼎烹。原话是这样的："臣结发游学四十余年，身不得遂，亲不以为子，昆弟不收，宾客弃我，我陀日久矣。且丈夫生不五鼎食，死即五鼎烹耳。吾日暮途远，故倒行暴施之。"可见他做事是出于报复。他也因此引起了公愤。赵王告他受诸侯贿，武帝犹豫，不忍诛杀。御史大夫公孙弘强烈主杀，曰："……主父偃本首恶，陛下不诛主父偃，无以谢天下。"可见人情所在！当初主父偃、徐乐、严安三人同时被武帝接见，徐乐、严安不知所终，至死官居郎中，独主父偃大红大紫，官居显位，结局也最惨。相比之下，孰幸孰不幸？

东方朔自售于汉武帝，称"年十三学书，十五学剑，十六学《诗》《书》，诵二十二万言，十九学《孙》《吴》，亦诵二十二万言。今年二十二，长九尺三寸，目若悬珠，齿若编贝，勇若孟贲，捷若庆忌，廉若鲍叔，信若尾生：若此可为天子大臣矣"（《廿二史札记》）。他盛称自己饱学、英俊，集勇、捷、廉、信于一身，足堪大用。放言无忌若此，但武帝喜欢，让他待诏金马门。喜欢归喜欢，武帝却没有怎么重用他，视其如枚皋、李延年，"以倡优蓄之"。东方朔最初以滑稽吸引了武帝，却也因为滑稽没有做到"天子大臣"，有幸抑或不幸？

汉末孔融、杨修、祢衡俱以才地自负，羞与时人同列，三人之间更是互相称引，以吹捧为能事。祢衡谓孔融"仲尼不死也"，孔融回报祢衡"颜渊复生"。最狂妄者当属祢衡，他视天下人如无物，唯喜孔融、杨修，常对人赞不绝口道："大儿孔文举①，小儿杨德祖②。余子碌碌，莫足数也。"（《后汉书·文苑列传》）后三人皆以狂悖，被曹操除掉，身死非命。才地之与孔融、杨修、祢衡，为幸为不幸欤？！

---

①孔融，字文举。
②杨修，字德祖。

汉人取名

西汉人取名，重名现象较多，可以约略观察当时的社会趣向。

四"延年"：李延年，武帝时倡优，外戚；杜延年，廷尉杜周子，封建平敬侯，宣帝时太仆；韩延年，成安侯，官至太常；田延年，阳城侯，大司农。

三"千秋"：韩千秋，韩延年父，车骑校尉；张千秋，张汤孙，富平侯张安世长子，中郎将；田千秋，武帝、昭帝时丞相，封富民侯，本性车。

三"食其"[①]：郦食其，高祖时谋士；审食其，辟阳侯，吕后宠臣，后人谓"辟阳之宠"；赵食其，卫青右将军，主爵都尉。

三"宣"：薛宣，成帝时御史大夫；鲍宣，哀帝时谏大夫；彭宣，关内侯，历仕右扶风、廷尉、大司农、光禄勋、左将军。

二"敞"：张敞，宣帝时官至京兆尹；杨敞，宣帝时丞相，封安平敬侯。

二"不疑"：直不疑，封塞侯，官至御史大夫，景帝时击吴楚有功；隽不疑，武帝时官至京兆尹，汉良吏。

二"万年"：陈万年，宣帝、元帝时御史大夫；解万年，成帝时将作大匠。

二"王莽"：除篡汉王莽外，武、昭之际，另有一王莽。《汉书·

---

① 食其，音 yì jī。

一、史话

武五子传》载，燕王"后谓群臣：'盖主报言，独患大将军与右将军王莽。今右将军物故，丞相病，幸事必成，征不久'"。此王莽乃大将军卫青之右将军，昭帝时已死。

除此，以"安世""延寿"为名者也不在少。

"延年""千秋""万年""安世""延寿"等名盛行于西汉，反映了当时人心思治——希望长治久安的普遍社会心理。

不只取名，取字重复者也很多。东方朔字曼倩，隽不疑字曼倩，于定国字曼倩。

以"翁""子"为字者更比比皆是。

金日䃅字翁叔，赵充国字翁孙，疏广字仲翁，朱买臣字翁子，韦玄成字少翁，魏相字弱翁，梁丘贺字长翁，王式字翁思。

息夫躬字子微，苏武字子卿，吾丘寿王字子赣，终军字子云，王褒字子渊，公孙贺字子叔，杨恽字子幼，陈咸字子康，胡建字子孟，梅福字子真，霍光字子孟，辛庆忌字子真，陈汤字子公，段会宗字子松，平当字子思，王吉字子阳，鲍宣字子都，李寻字子长，赵广汉字子都，尹翁归字子兄，张敞字子高，王尊字子赣，郑崇字子游，孙宝字子严，何并字子廉，冯奉世字子明，张禹字子文，孔光字子夏，王商字子威，朱博字子元，翟方进字子威，谷永字子云，杜邺字子夏，杨雄字子云。

以"子云""子思""子都""子赣""子夏"为字的人很多。人们不惜重名，纷纷借孔子弟子的名为字，可见汉人尊儒的程度。

其他以"君""仲""卿""长卿"等为字者也常见，都有习礼重经的意思。

忠臣不和，和臣不忠

光武帝以睢阳令任延为武威太守。帝亲见，戒之曰："善事上官，无失名誉。"任延对曰："臣闻忠臣不私，私臣不忠。履正奉公，臣子之节。上下雷同，非陛下之福。善事上官，臣不敢奉诏。"帝叹息曰："卿言是也。"（《后汉书·循吏列传》）

孔子说："君子和而不同，小人同而不和。"（《论语·子路》）忠臣不和，和臣不忠，唯其不和，方见其忠。上下相和，沆瀣一气，最为偾事、害公。这是一层意思。另一层：人人相和，上令下从，不辨事之真伪，虚与委蛇，又复沦为思想上的奴隶，从而培养出无所顾忌的暴君。

孔子这个意思，晏子阐释得更透彻。《左传》载，齐景公有宠臣梁丘据，巧言令色，深得景公欢心。时晏子为齐相，君臣闲谈之间，景公提起此人，掩饰不住对梁丘据的厚爱，赞道："唯据与我和夫。"

晏子早看不惯此人，反驳道："据亦同也，焉得为和？"

景公一愣，随即又问："和与同异乎？"

晏子有一大段话，论起"和"与"同"之异。他说：

"和如羹焉，水火醯醢盐梅以烹鱼肉，燀之以薪。宰夫和之，齐之以味，济其不及，以泄其过。君子食之，以平其心。君臣亦然。君所谓可而有否焉，臣献其否以成其可。君所谓否而有可焉，臣献其可以去其否。是以政平而不干，民无争心。故《诗》曰：'亦有和羹，既戒既平。鬷嘏无言，时靡有争。'先王之济五味，和五声也，以平其心，成其政也。声亦如味，一气，二体，三类，四物，五声，六律，七音，八风，九歌，以相成也。清浊，小大，短长，疾徐，哀乐，刚柔，迟速，高下，出入，周疏，以相济也。君子听之，以平其心。心平，德和。故《诗》曰：'德音不瑕。'今据不然。君所谓可，据亦曰可。君所谓否，据亦曰否。若以水济水，谁能食之？若琴瑟之专一，谁能听之？同之不可也如是。"

晏子由调羹说起，由五味讲到了五声，并引用《诗经》作比，区分"和"与"同"之别。他指出，"君所谓可而有否焉，臣献其否以成其可。君所谓否而有可焉，臣献其可以去其否"，这是"和"；而"君所谓可，据亦曰可。君所谓否，据亦曰否"，则是"同"。

《国语·郑语》载，郑桓公为周司徒，对周朝多难深以为忧，与史伯谈及，问："何所可以逃死？"

史伯给他讲了一通道理。

桓公又问："周其弊乎？"

史伯肯定地回答："殆于必弊者。"

之所以会如此，是因为：

"今王弃高明昭显，而好谗慝暗昧；恶角犀丰盈，而近顽童穷固。去和而取同。夫和实生物，同则不继。以它平它谓之和，故能丰长而物生之；若以同裨同，尽乃弃矣。故先王以土与金木水火杂，以成百物。是以和五味以调口，刚四支以卫体，和六律以聪耳，正七体以役心，平八索以成人，建九纪以立纯德，合十数以训百体。出千品，具万方，计亿事，材兆物，收经入，行姟极。故王者居九畡之田，收经入以食兆民，周训而能用之，和乐如一。夫如是，和之至也。于是乎先王聘后于异姓，求财于有方，择臣取谏工而讲以多物，务和同也。声一无听，物一无文，味一无果，物一不讲。王将弃是类而与剸同。天夺之明，欲无弊，得乎？"

这里也提到了"和"与"同"的问题，认为"和实生物，同则不继"。此与晏子的主张相同，甚至推理方式也十分接近。

一般认为，《左传》与《国语》俱出于左丘明之手，《国语》是他做《左传》的剩余材料，故而留下了很多《左传》的痕迹。我们且不去管它。

"和"与"同"的讨论甚至延续到后汉。后汉人刘梁为此专门做了一篇《辩和同之论》，认为"得由和兴，失由同起，故以可济否谓之和，好恶不殊谓之同"（《后汉书·文苑列传》），基本维持了孔子的意见。

关于孔子"君子和而不同，小人同而不和"这句话，杨伯峻先生解释道："君子用自己的正确意见来纠正别人的错误意见，使一切都恰到好处，却不肯盲从附和。小人只是盲从附和，却不肯表示自己的不同意见。"（《论语译注》）

这个表述，我有不同意见。孔子的本意应为：君子有同有不同，凡认为对的就赞同，认为错的就纠正；小人既同又和，一味盲目附和，反对持不同意见。

杨先生这样解释："'和'与'同'是春秋时代的两个常用术语，《左传》昭公二十年所载晏子对齐景公批评梁丘据的话，和《国语·郑语》所载史伯的话都解说得非常详细。'和'如无味的调和，八音的和谐，一定要有水、火、酱、醋各种不同的材料才能调和滋味；一定要有高下、长短、疾徐各种不同的声调才能使乐曲和谐。晏子说：'君臣亦然。君所谓可，而有否焉，臣献其否以成其可；君所谓否，而有可焉，臣献其可以去其否。'因此史伯也说：'以他平他谓之和。''同'就不如此，用晏子的话说：'君所谓可，据亦曰可；君所谓否，据亦曰否；若以水济水，谁能食之？若琴瑟之专一，谁能听之？"同'之不可也如是。'我又认为这个'和'字与'礼之用和为贵'的'和'有相通之处。因此译文也出现了'恰到好处'的字眼。"

由此段话可见杨先生治学之严谨，确是"小心求证"。他的意见本也不错，但理解上稍有差池。孔子这两句话是相对而言的，所以要联系起来讲。我以为，"君子和而不同"，"和"是前提，凡正确的并不反对，但对不正确的也不隐瞒意见，不为"和"而无原则求"同"，所以它有不"同"；"小人同而不和"，小人凡事求"同"，不与君子"和"，此"不和"专对君子"不同"而来，因为他听不得不同意见，故对君子的"不同""不和"。

与这句话类似,孔子又有一句话:"君子周而不比,小人比而不周。"(《论语·为政》)周,合。比,勾结。杨先生解释道:君子是团结,而不是勾结;小人是勾结,而不是团结。意思比较准确。

因为孔子这句话,引申出一个词语"比周",意思是结伙营私,专指小人而言。

大约在孔子眼里,世界上只有两种人,即君子与小人,故而他判断是非的标准,不外君子、小人两途。诸如"君子固穷,小人穷斯滥矣","君子不可小知而可大受也,小人不可大受而可小知也","君子求诸己,小人求诸人","君子上达,小人下达","君子而不仁者有矣夫,未有小人而仁者也","君子泰而不骄,小人骄而不泰","君子之德风,小人之德草","君子坦荡荡,小人长戚戚","女为君子儒!无为小人儒","君子喻于义,小人喻于利","君子怀德,小人怀土;君子怀刑,小人怀惠","君子有勇而无义为乱,小人有勇而无义为盗",等等。

这世界要是只有君子与小人倒好了,君子自君子,小人自小人,两不相干。人与人之间就不会有猜忌、防范、钩心斗角了,一些人就不会把精力放在对付人上,人与人的关系会更简单。

可惜不是这样!

古今第一谀文

王莽为安汉公,任宰衡之重,公卿顺指比附,骥尾以求自显。陈崇时为大司徒司直,与汉故大臣张敞孙张竦友善。张竦博通士,为陈崇草奏,称莽功德,引《诗》《书》《易》及孔子言,极尽吹捧之能事,至谓莽有十二功于汉。读其文,审其功,伊尹、周公有不能比者,可知王莽惑人之深。孔光、刘歆竟为其迷,况张竦乎!撮其要,录如下:

"窃见安汉公自初束修,值世俗隆奢丽之时……然而折节行仁,克心履礼,拂世矫俗,确然特立;恶衣恶食,陋车驽马,妃匹无二,闺门之内,孝友之德,众莫不闻;清净乐道,温良下士,惠于故旧,笃于师友。孔子曰'未若贫而乐,富而好礼',公之谓矣。

"及为侍中,故定陵侯淳于长有大逆罪,公不敢私,建白诛讨。周公诛管蔡,季子鸩叔牙,公之谓矣。

"是以孝成皇帝命公大司马,委以国统……以定大纲……以明国体。《诗》曰'柔亦不茹,刚亦不吐,不侮鳏寡,不畏强圉',公之谓矣。

"深执谦退,推诚让位。……而公被胥、原之诉,远去就国,朝政崩坏,纲纪废弛,危亡之祸,不隧如发。《诗》云'人之云亡,邦国殄瘁',公之谓矣。

"当此之时,宫亡储主……公运独见之明,奋亡前之威,盱衡厉色,振扬武怒,乘其未坚,厌其未发,震起机动,敌人摧折,虽有贲育不及持刺,虽有樗里不及回知,虽有鬼谷不及造次……非陛下莫引立公,非公莫克此祸。《诗》云'惟师尚父,时惟鹰扬,亮彼武王',

孔子曰'敏则有功',公之谓矣。

"于是公……建定社稷,奉节东迎,皆以功德受封益土,为国名臣。《书》曰'知人则哲',公之谓也。

"公卿咸叹公德,同盛公勋,皆以周公为比,宜赐号安汉公,益封二县,公皆不受。传曰申包胥不受存楚之报,晏平仲不受辅齐之封,孔子曰'能以礼让为国乎何有',公之谓也。

"将为皇帝定立妃后,有司上名,公女为首,公深辞让,迫不得已然后受诏。……《书》曰'舜让于德不嗣',公之谓矣。

"自公受策,以至于今,亹亹翼翼,日新其德……僮奴衣布,马不秣谷,食饮之用,不过凡庶。《诗》云'温温恭人,如集于木',孔子曰'食无求饱,居无求安',公之谓矣。

"克身自约,籴食逮给,物物印市,日阙亡储。……昔令尹子文朝不及夕,鲁公仪子不茹园葵,公之谓矣。

"开门延士,下及白屋,娄省朝政,综管众治,亲见牧守以下,考迹雅素,审知白黑。《诗》云'夙夜匪解,以事一人',《易》曰'终日乾乾,夕惕若厉',公之谓矣。

"比三世为三公,再奉送大行,秉冢宰职,填安国家,四海辐奏,靡不得所。《书》曰'纳于大麓,列风雷雨不迷',公之谓矣。"(《汉书·王莽传》)

此奏疏不啻为古今第一谀文!

顾炎武说:"汉自孝武表章六经之后,师儒虽盛,而大义未明,故新莽居摄,颂德献符者遍于天下。"(《日知录》卷十三)"大义未明"是一方面,另一方面是当时形势下,很少有人能保持清醒。汉哀、平之际,外戚、宦官用事,朝政紊乱。王莽出,拨乱反正,令人耳目一新。他主政之初,起明堂、辟雍、灵台,重经兴学,深得儒者、士大夫心。又大封诸侯、列侯及宗室子弟,刘姓子孙快慰。其中就包括刘歆,他也是刘姓宗室后人。故王莽被封为安汉公时,仅因他不受新野田,朝野上下就受不了,纷纷为他鸣不平,前后上书者四十八万七千五百七十二人,诸侯王、公、列侯、宗室皆请朝廷加赏,请愿书如雪片一样。在这样的氛围下,王莽一步步由居摄到即真,最终踏上了天子宝座,过程非常自然。大多数人并不觉得有什么不对,反而认为王莽受天之命,是当然的明天子。

纵观历史,中国人常常会陷入这种"集体无意识"之中而不自知,待明白过来,一切都太晚了!

乡愿、愿人与罢民

乡愿、愿人、罢①民都是古人批评的几类人。

乡　愿

孔子说:"乡愿,德之贼也。"

哪些人属于乡愿呢?

孟子解释:"言不顾行,行不顾言……阉然媚于世也者,是乡原(愿)也。"

具体有哪些表现呢?

"非之无举也,刺之无刺也,同乎流俗,合乎污世,居之似忠信,行之似廉洁,众皆悦之,自以为是,而不可与入尧舜之道,故曰'德之贼'也。"

这样就明白了,乡愿实际上是伪君子,当面一套背后一套,到处讨好,八面玲珑。这些人看似忠厚,实际随波逐流,趋炎附势,没有多少道德原则和是非标准。他们看似和善,却罩着伪君子的面具,很容易迷惑人,故孔子很厌恶,说他们是"德之贼"。

诸如盗跖,干脆是坏人,不用费心分辨。对于这类骨子里的坏

---

① 罢,音 pí。

人，杀之也可，刑之也可，不用伤脑筋。可怕的是乡愿，其可怕之处在于，他是一个小人，却以君子的面目出现，行小人之事而得君子之惠。生活中，他们善于讨人喜欢，往往能如鱼得水，进退自如，故而对世人影响也大，浅薄的人喜欢效仿他们。试想如果人们都变得圆滑世故，没有敢言与担当，这个社会将是什么样子？

对乡愿，孔子疾之，孟子疾之，吾亦疾之。

憸 人

另有一种人，是纯粹的小人，以奸邪著称，叫憸人。《周书》曰："尔无昵与憸人，充耳目之官。"诸葛亮说："枝叶强大，比居同势；各结朋党，竞进憸人；有此不去，是为败征。"司马光说："夫端士进者治之表也，憸人进者，乱之阶也。"

憸，读 xiān。这个字《现代汉语词典》不载，不知何故，是这种人已不存在，还是用诸如"险人"之类词替代？但"险人"偏重于邪恶，缺奸义。和"憸人"同义的还有一个词，即"佥人"，也写如"佥壬"，这个词现在也不大用。和它近义的词还有"佞人""奸佞""壬人"等。除了"佞人""奸佞"现在还有人用，"壬人"一词恐怕很少有人知道。

虽然《现代汉语词典》不载，但"憸人"一词在古籍中大量出现。《辞源》中，"憸"字下收录的词语有五六个之多，诸如"憸壬""憸巧""憸邪""憸佞""憸态"等，意思大致都相近。

汉字改革的必要及便利显而易见，但它有一个最大的弊端，即切断了与古代文化的联系，湮没了很多字的本来意义。这种情况在古籍中普遍存在，与《说文解字》稍加比较就十分清楚。古汉语的博大精深，在现代汉语面前稍失端倪。新的汉语词典部首，把一些相近的部首收在一起，造成一批词的本来意义无迹可寻。即如"月"，表示月亮，与明亮、时间有关系，但与"肉月"合并后，与肉有关的字阑入其中，不加区分，读者就很难弄明白。释义也有问题。即如"页"，本义是头顶，但在"页"词条里，第一条表示"张"义，第二条表示"量词"，都与表示头顶的本来意义无干，这样以"页"字为部首的一系列字都让人不明就里。

话扯得有些远，回过头再说"恔人"。如果说乡愿还是伪善之人，那么恔人就是彻头彻尾的坏人，与君子相对而来；而且这类人往往有一定地位，影响较大，就破坏力而言不容小觑。乡愿影响风气，而恔人直接偾事，能毁基业于一旦。

罢　民

再有一种是小人物中的坏人，叫罢民。王夫之说："小民之无知也，贫疾富，弱疾强，疾人之盈而乐其祸，古者谓之罢民。"（《读通鉴论》）他给罢民下了一个定义，说他们有很强的仇富心理，谁比他强就嫉妒谁，谁一旦倒霉他就高兴。说到这里，不由人不发感慨，好像在说当今。的确，现实生活中这类人实在太多，随处可能见到。他们不但仇富，而且仇官、仇教师、仇医生、仇电信、仇石油、仇银行、仇媒体、仇太太、仇"小三"……总之，仇一切自己不如的人，仇一切看不惯的事。

德国著名思想家舍勒，深入挖掘了人类怨恨的心理。他认为，怨恨是一种对他人不满的情绪反应，这种情绪是种潜藏心中隐忍未发的怒意，毒蛇般地折磨和扭曲了一个人的正常心智与价值观，之所以隐忍未发，是因为有这种情绪的人根本没有发泄、报复的能力。

他说，怨恨的由来有二：一是受到他人的侮辱；二是嫉妒他人拥有的东西。觉得那东西本该为己所有，可他人的地位比自己高，实力比自己强，没法改变现实，这时就出现"价值位移"现象，颠倒价值常规，把自己得不到的说成不好的，将自己低下的处境说成高等的。

舍勒认为怨恨不只存在于个人，还可是社会群体的共有情绪，只要符合了两个条件，它就会产生。条件之一是自己这个群体可以与其他群体比较；之二是觉得被怨恨、嫉妒的群体地位是自己可以达到，甚至本来就应属于自己的。

怨恨的表达相当多样，除了颠倒地肯定自我，它还可以是种稍经刺激就立刻动怒的敏感反应，更可怕的是，是一种自我贬损的冲动……

这类人自古就有。《周礼》对秋官职责的解释中有一条，即"掌收教罢民"。秋官是司寇，主要任务是掌狱听讼，以五刑治国。按一般理解，罢民应该属于可以教育好的一类人，是地官司徒教化的对象，可周人却把他们交给司寇，明显有管制的成分。司寇管理的办法是"收教"，有点像现在的劳教，即集中管教。周人认为，虽然他们没有触犯五刑，但其行为对社会已构成威胁，已经无法教化，必须强制管教。

与罢民相似，更有一种人，称敝人。《后汉书·卓茂传》讲了这样一个故事。卓茂为密县县令时，有一个人举报他们的亭长受贿，说过年时，自己曾送给亭长一些米、肉，他收下了。

卓茂问他：是你们亭长向你索要，还是你有事求他，或者是他平时有恩于你？究竟是哪种情形？

这人说：是我主动送给他的。

卓茂又问：既然是你主动送的，何故又要告他？

那人的回答很有些意思，他说：我听说贤明之君治理国家，目的是让人不怕官吏，也不允许官吏受人私惠。我因为畏惧亭长，所以送给他米、肉，没想到他竟然收了。他违犯了"非礼不取"的教义，故而我要告发他。

卓茂听完，勃然大怒，他说："汝为敝人矣。凡人所以贵于禽兽者，以有仁爱，知相敬事也。今邻里长老尚致馈遗，此乃人道所以相亲，况吏与民乎？吏顾不当乘威力强请求耳。凡人之生，群居杂处，故有经纪礼义以相交接。汝独不欲修之，宁能高飞远走，不在人间邪？亭长素善吏，岁时遗之，礼也。"人区别于禽兽，因为有仁爱之心，知道以礼敬人。邻里之间尚且互有馈赠，况吏民乎！你自己不修礼，不懂人情世故，还要指责别人。告诉你，亭长是好吏，他做的事符合礼节。

听了县令这一番申斥，此人还有些不服，他问卓茂：听您这么一说，亭长竟没有错。既然如此，法律又为什么禁止行贿送礼？

卓茂笑了，他解释道："律设大法，礼顺人情。今我以礼教汝，汝必无怨恶；以律治汝，何所措其手足乎？一门之内，小者可论，大者可杀也。且归念之！"

这段话比较费解，卓茂的意思是说，礼与法是不同概念的问题。人送亭长米、肉，属礼；送了之后又告发，属法。两者不能混淆。即如我今天和你讲道理，对你是一种礼遇；但如果我和你一样，喜欢没事找事，苛求别人，那么也会用法律来办你。你一家大小，谁能保证自己没有干过违法的事呢？严格依法而论，小者可能坐牢，大者甚至杀头。

卓茂做县令，宽以待人，不苛细行，数年之后，"教化大行，道不拾遗"。看来不能因为"敝人"的告发，轻易追究亭长的责任。

结　论

乡愿、忴人、罢民乃至敝人，都是社会的不良分子，他们就像庄稼地里的秕稗一样，随时在寻找适合自己生长的土壤。他们是考察一个社会的晴雨表。一般情况下，治世，这类人就少；暗世乃至乱世，这类人就多。

《报任安书》与《报孙会宗书》

司马迁受宫刑，身遭大辱，"肠一日而九回，居则忽忽若有所亡，出则不知所如往。每念斯耻，汗未尝不发背沾衣也"。然以父命言犹在耳，名山事业草创未就，遂隐忍苟活。他之著《史记》，"欲以究天人之际，通古今之变，成一家之言"。此中衷肠，无处可诉，于《报任安书》中具道所以。吾久以为，任安其人，不是司马迁可以托付的对象，也非唯一可倾诉之人。也是他早憋着一口气，急欲一吐为快，适逢任安来书，责司马迁不言之过，触碰了他的心事，故因此及彼，如河之决堤，一发不可收拾。然而没有任安，没有任安来书，就没有《报任安书》，也无由得知司马迁痛苦之深，以及对《史记》寄托之重。

司马迁外孙杨恽——以后还会提到——汉宣帝时官居中郎将，后被封为平通侯，因"妖言惑众"被逮，削职为民。家居期间，他闭门思过，治产业，起高宅，慕隐逸，逍遥游起来。杨恽做这些事是欺骗自己，也是给别人看的，他内心一直有股不平之气，只是"无人会、登临意"而已。恰此时，朋友孙会宗来书劝诫，触痛了他的心。在回信中，他对朋友的指责不以为然，为自己辩解说"遭遇变故，横被口语，身幽北阙，妻子满狱。当此之时，自以夷灭不足以塞责，岂意得全首领，复奉先人之丘墓乎？……窃自思念，过已大矣，行已亏矣，长为农夫以没世矣。是故身率妻子，戮力耕桑，灌园治产，以给公上，不意当复用此为讥议也"。此段文字，大有乃祖之风，不平之气跃然纸上。

言及此，已涉"怨望"，杨恽犹以为未尽，索性一气道完，屈指

一、史话

数起自己豫逸之乐，大有一番王顾左右，意在言外的味道。"夫人情所不能止者，圣人弗禁……臣之得罪，已三年矣。田家作苦，岁时伏腊，亨羊炰羔，斗酒自芳。家本秦也，能为秦声。妇，赵女也，雅善鼓瑟。奴婢歌者数人，酒后耳热，仰天拊缶而呼乌乌。其诗曰：'田彼南山，芜秽不治，种一顷豆，落而为萁。人生行乐耳，须富贵何时！'是日也，拂衣而喜，奋袖低卬，顿足起舞，诚淫荒无度，不知其不可也。"

《报任安书》与《报孙会宗书》，两书相较而言，杨恽文飘洒、恣肆，透着一股才情，有名士风度，但与外祖司马迁文比起来，似乎有些轻飘。司马迁文章沉郁、激荡，如水之纵下，一泻千里。"仆少负不羁之才，长无乡曲之誉，主上幸以先人之故，使得奉薄技，出入周卫之中。仆以为戴盆何以望天，故绝宾客之知，忘室家之业，日夜思竭其不肖之材力，务壹心营职，以求亲媚于主上。而事乃有大谬不然者。"他也有幽怨，有不平之气，然而总在奋争，想要挣脱世俗的藩篱，因他心里有大志向、大抱负。杨恽囿于个人的荣辱得失，意气用事，一遇挫折则消极、沉沦，因此文章虽然不错，气局却要小一些。

《报任安书》与《报孙会宗书》虽有差别，但总体来说，都无愧为锦绣文章，是古今文苑中的绝响。杨恽也算对得起祖上，文采横溢，才气逼人。

司马迁说："古者富贵而名摩灭，不可胜记，唯俶傥非常之人称焉。"司马相如也说："有非常之人，然后有非常之事；有非常之事，然后有非常之功。"可惜，天妒英才，非常之人有非常之功，然而也有非常遭遇。司马迁因李陵事遭遇腐刑，外孙杨恽因《报孙会宗书》招致汉宣帝反感，以大逆不道腰斩。祖孙二人落得这样下场，是文章憎命运，抑或是命运憎文章呢？

史载："恽始读外祖太史公记，颇为春秋。以材能称。"（《汉书·杨恽传》）多亏杨恽，《史记》才得以面世，其功不可没。

土崩瓦解

汉武帝重儒术，任用白衣儒人公孙弘为相、董仲舒为博士，一时间，天下才俊齐集汉廷阙下，各显所学，以寄朝廷之用。赵人徐乐上书言世务，分析秦之亡、吴楚之乱，说道："臣闻天下之患在于土崩，不在于瓦解，古今一也。何谓土崩？秦之末世是也。陈涉无千乘之尊，尺土之地，身非王公大人名族之后，无乡曲之誉，非有孔、墨、曾子之贤，陶朱、猗顿之富也，然起穷巷，奋棘矜，偏袒大呼而天下从风，此其故何也？由民困而主不恤，下怨而上不知，俗已乱而政不修，此三者陈涉之所以为资也。是之谓土崩。故曰天下之患在于土崩。何谓瓦解？吴、楚、齐、赵之兵是也。七国谋为大逆，号皆称万乘之君，带甲数十万，威足以严其境内，财足以劝其士民，然不能西攘尺寸之地而身为禽于中原者，此其故何也？非权轻于匹夫而兵弱于陈涉也，当是之时，先帝之德泽未衰而安土乐俗之民众，故诸侯无境外之助。此之谓瓦解，故曰天下之患不在瓦解。……此二体者，安危之明要也，贤主所留意而深察也。"（《史记·平津侯主父列传》）

徐乐认为，与拥有雄厚条件的吴楚七国相比，陈涉之徒不足道，但正是这些泥腿子"闾左"倾覆了秦的统治，造成天下土崩之势；吴楚七国没有动摇天下的根本原因，在于国民安土重迁，不愿意看到战乱，故他们造反只起到瓦解的作用，并未改变天下大势。

徐乐强调的是天下大势，一旦天下面临土崩之势，陈涉之徒就可以起来扭转乾坤；而当江山稳固，人心思安，纵使吴楚七国数十万兵力也无法撼动，只能自取灭亡，因为他们违背了历史。

历代知识分子每当国家兴亡之际，都把总结历史教训视为职责所在，所谓"天下兴亡，匹夫有责"。明亡，顾炎武提及魏晋得失，明眼人都知道，他是借古讽今。顾氏说："有亡国，有亡天下。亡国与亡天下奚辨？曰：易姓改号，谓之亡国；仁义充塞，而至于率兽食人，人将相食，谓之亡天下。魏、晋人之清谈，何以亡天下？是《孟子》所谓杨、墨之言，至于使天下无父无君而入于禽兽者也。"（《日知录》卷十三，后同）

他说，魏晋时国虽未亡，而天下实已亡。其标志是，当时的公卿名流"弃经典而尚老、庄，蔑礼法而崇放达，视其主之颠危若路人然"。一旦视君父如路人、视国难如无物，这个国家也就名存实亡了。同样，天下一旦沉沦，即使国家存在，也不过徒有其名而已。

顾炎武认为，易姓改号是一种历史必然，朝代更替，一国亡，一国兴，趋势由然。需要警惕的是，魏晋时人相率以清谈把国家置于危地。他们满嘴君子小人，一派士子风度，却眼看着国家败亡，"颠而不扶，危而不持"，麻醉于老庄，任性于谈玄，忍视人心离散、道德沦丧，其罪不容诛。

顾氏对魏晋风气深恶痛绝、口诛笔伐，这些话也是对明人说的。宋明理学发达，朱熹提出主敬、陆九渊提出主静、王阳明提出致良知、刘宗周提出用慎独等等，不一而足。这些学问家讲心学、讲性理，一味躲进内心世界，追求境界圆满，而于国家存亡关头，拿不出一点儿应对的办法，坐看国家被异族篡夺。清人李恕谷对此痛斥道："后世行与学离，学与政离。宋后二氏之学，儒者浸淫其说，静坐内视，论性谈天，与孔子之言一一乖反；至于扶危定倾，大经大法，则拱手张目授其柄于武人俗士。当明季世，朝庙无一可倚之人，坐大司马堂批点《左传》，敌兵临城，赋诗进讲，觉建功立名，俱属琐屑，日夜喘息著书，曰此传世业也。卒至天下鱼烂河决，生民涂炭。呜呼！谁生厉阶哉。"（《怒谷文集·与亡灵皋书》）大厦将倾，河山破碎，只能可怜巴巴地表白："愧无半策匡时难，惟余一死报君恩。"

顾炎武所谓无父无君者，均有实指。所谓无君者，指何晏、王衍之类所谓名士。关于此君，我们以后还会提到。

所谓无父者，指的是嵇绍。嵇绍的父亲是著名的竹林七贤之一的嵇康。曹魏正始年间，他因拒不与朝廷合作，得罪大将军司马昭、司隶校尉钟会，被司马氏杀掉。但嵇绍很不争气，晋篡魏后，他又跑出来为司马氏做事，压根儿忘了杀父之仇。顾炎武因此骂他不讲名节："不知其败义伤教，至于率天下而无父者也。"（《日知录》卷十三）王夫之也说"绍于是不孝之罪通于天矣"（《读通鉴论》）。

王衍和嵇绍的事迹是魏晋时两段著名的公案，后人诋毁者很多。因为两人都是极有影响的人物，代表了当时的社会风气，所以他们的所作所为，足以使尚清醒的时人及后来人气沮。但把亡天下的责任都推到他们身上，却也有失偏颇。其时，身为太傅、吏部尚书的山涛劝说嵇绍道："为君思之久矣，天地四时犹有消息，而况于人乎？"（《日知录》卷十三）嵇绍听后毅然出山。山涛也是竹林七贤之一，他既做魏臣，又做晋臣，恐怕他说服嵇绍的话，也是说给自己的。人要冲破自己持守的观念，总需要些理由。汪精卫与日本人合作，也大言不惭地说自己是救亡图存。

人造时势，时势也造人。王衍、嵇绍是时势造就，委实不能把账全算到他们身上。鄙弃归鄙弃，天下将亡，他们不过随波逐流而已。

但这样说并不能洗脱王衍、嵇绍的罪过，在礼义廉耻面前，他们确乎被钉到了耻辱柱上。王夫之用的就是这个武器，为天下人讨其罪。顾炎武看得更深，他从这些人身上，看到了亡天下的征兆。晋代魏只不过亡国而已，天下人心不能救，才是最可怕的。明人心，讨人心，救人心，正人心，才可免于危亡。于是，在顾炎武身上，我们看到了鲁迅的影子，也依稀看到了屈原的影子。天怜悯，中华绵延不绝，正因为总有一批清醒的人在为世人鼓与呼！

明亡有顾炎武、黄宗羲，清亡有章太炎、梁启超，以及鲁迅。自古以来，中国不乏这样的人，但也绝不太多。每当国难当头，他们都能挺起自己的胸膛，勇敢面对黑暗，唤醒民众。

"土崩瓦解"与"亡国""亡天下"之论，究其实，论的是人心。

秦失人心，天下皆曰可杀，纵使没有陈涉，不是还有那个"楚虽三户，亡秦必楚"的预言吗！人人欲其亡，则国不得不亡。七国之乱，汉所以不亡，是天下人皆不欲其亡，纵有舳舻千里、甲士百万，也不能撼动其万一。天下存亡系于人心，是徐乐与顾炎武的共同观照。两人时隔一千七百余年，在一个相互关注的命题下，会合了。今天，我们仿佛还能听到他们沉重的叹息声。

汉相者许负

从三皇五帝开始，中国人开始有了社会组织，尽管是最原始的。什么时候才出现思想？

从神农氏开始，人们告别原始，学会刀耕火种，向文明人迈出了第一步。

但还称不上有思想，只是生活方式的革命。这已经非常了不起，为思想的启蒙奠定了基础。土壤有了，种子迟早是要发芽的。

《周易》《尚书》的出现，标志中国人有了自己的思想、自己的治国理念。从此，这两种书如同希腊法典一样，风引数千年。

《周易》是关于人与自然的，是大世界的规律；《尚书》是关于国家治理的，是方法论。

左右人们行为的，除了必要性外，还要考虑上天的意志，于是人们发明了占卜。神龟、蓍草是联结人与上天的媒介，通过它们，能够获取无所不在的神灵的旨意，以及护佑。这些催生了《周易》。

对自然的敬畏驱动人们探索。可惜，中国人不是通过物理的、实证的途径，而是以玄虚对玄虚，以空灵对空灵。

汉代是我国哲学发展史上的第二个高峰，出现了董仲舒、刘向诸人，他们研究的范围更具体，即通过五行、四时来推论人事。五行是空间概念，四时是时间概念，二者结合形成了一个坐标，在相应的点上对应人事吉凶。他们建立了一套完备的体系，用以说服和影响帝王。孟子说，"孔子成春秋而乱臣贼子惧"。他只说对了一部分。《春秋》还是一部帝王书，在很大意义上脱不开"兴灭继绝"，是最早的

一、史话

一部"资治通鉴"。董仲舒研究《春秋》，与孔子一样，寄托了宏大的治世理想，试图恢复"三代"。不幸的是，孔子的命运和他的《春秋》一样，看起来很好，但没有几个人切实遵行。

刘向说，春秋"二百四十二年之间，日食三十六，地震五，山陵崩陁二，彗星三现，夜常星不见，夜中星陨如雨一，火灾十四。……当是时，祸乱辄应，弑君三十六，亡国五十二，诸侯奔走，不得保其社稷者，不可胜数也"（《汉书·楚元王传》）。天象与人事似乎有某种联系，董仲舒开始了这项研究。在他之前，已经有人这么做了，比如邹衍之流，但还很不完备。董仲舒、刘向接着他们的工作，建立了一套新的阴阳五行说。阴阳五行说的兴起，为汉儒治国理政提供了一套实用工具。从此，未央宫火灾、黄河决口，乃至河东石立、鸡生三足，都可以作为帝王德不修、赋敛重、役作不时、大臣作乱及内宫干政的活教材，"上天警示"这句话经常吊在大臣口中。

阴阳五行说自从产生，就被另一批人借用了，他们是方士，也叫术士。邹衍之后，已经有人这么做了。秦始皇身边的侯生、卢生等就是，自称能求得仙人不死药。汉初，此风不减，很多人借阴阳五行来算命，称为相者。汉高祖刘邦、九江王黥布、大将军卫青微时都曾遇到过这类人。相者预测刘邦贵不可言，黥布、卫青会当封侯。相者在很长一个时期有他的市场。

诸相者中，许负最有名。

《史记·游侠列传》载，郭解是许负的外甥，此外再见不到关于他身世的记载，甚至此人是男是女都不可知。但有一点很清楚，他经常出入高门望族，是他们的座上客。

周亚夫为河内守时，许负相之："君后三岁而侯。侯八岁为将相，持国秉，贵重矣，于人臣无两。其后九岁而君饿死。"（《史记·绛侯周勃世家》）周亚夫初不信，后果然。

高祖薄姬，为文帝生母。许负相薄姬，当生天子，果然。

文帝善待邓通，使相者相通，曰："当贫饿死。"此相者据说也是许负。文帝不信，言富贵在我，如何能贫，遂赏赐邓通一座铜山，让他铸钱致富,时"邓氏钱"布天下。文帝崩,景帝立,邓通免,家财尽没,邓通冻饿而死。

许负相术高明,相人比较准确,预言无不立验,能进入史册,非其偶然。

许负外,史册留名者还有一女须。《汉书·武五子传》:"昭帝时,胥①见上年少无子,有觊欲心。而楚地巫鬼,胥迎女巫李女须,使下神祝诅。女须泣曰:'孝武帝下我。'左右皆服。言'吾必令胥为天子。'胥多赐女须钱,使祷巫山。会昭帝崩,胥曰:'女须良巫也!'杀牛塞祷。及昌邑王征,复使巫祝诅之。后王废,胥寖信女须等,数赐予钱物。宣帝即位,胥曰:'太子孙何以反得立?'复令女须祝诅如前。"楚地多巫者,与相者所操道术不同,然也从事相人、预测二事。道术高明的,长期被养在王府,专服务于一人。

无论相者、巫者,一旦踏入禁地,就是其败亡之日。

盛极而衰是事物发展的通律。正因巫者之事大兴,几致影响政权,故汉武帝时巫蛊事起,才有戾太子之祸。《汉书·江充传》载,"是时,上春秋高,疑左右皆为蛊祝诅,有与亡,莫敢讼其冤者。充既知上意,因言宫中有蛊气,先治后宫希幸夫人,以次及皇后,遂掘蛊于太子宫,得桐木人。太子惧,不能自明,收充,自临斩之。骂曰:'赵虏!乱乃国王父子不足邪!乃复乱吾父子也!'太子繇是遂败"。

邹衍、董仲舒、刘向万没想到,他们的学说会沦落到如此地步!然而,邪说毕竟是邪说,依靠神鬼之事回天,恐怕于事无补。

---

①胥,指广厉王刘胥。

谶纬之言

自古以来，防人之心莫过于篡夺之事，魏之防司马氏，晋之防王敦、桓温、桓玄是也。防之于所防之人，尚知其久蓄异志，存心不轨，审其所以不发者，以待时也。至于时势陆梁，篡夺者羽翼丰满，祸起萧墙，江山拱手让人，乃不得已。非不为也，力不能也。

防之于不可不防，防于所防之人，尚能称为明。

乃有防不胜防者，心知王位不稳，却不知敌人在哪里，是谓暗。不知敌人所在，故视所有人为敌人，此时已六神无主，失去了明辨能力，最后把自己人也培植成了敌人。

太阳有盈亏，四时有消息，所有变故都有风雨欲来的征兆。

乱世末朝，必然起谣言，谣言四起，则人心纷乱。《诗经》是民歌民谣，类分为风、雅、颂，表现有兴、观、群、怨。于此可以知风俗，可以观得失，更可以知民心所向。同为民谣，结果如此不同：载于典籍则为经，流于民间则为谣。

民谣被人利用就变成谶纬之言。谶纬之学在草昧时代，源头出自巫觋，女为巫，男为觋，专以占卜为事。到了周代，成为王官之学。职在史官，国有事，则以龟占之，以蓍草筮之，所谓"龟长蓍短"是也。汉时，董仲舒阴阳五行说兴起，卜筮与星占结合，产生了一门新学，即谶纬之学。司马迁《史记》里有《日者列传》《龟策列传》，对此有所记录。欧阳修总结道："自三代之后，数术之士兴，而为灾异之学者务极其说，至举天地万物动植，无大小，皆推其类而附之于五物，曰五行之属。以谓人秉五行之全气以生，故于物为最灵。其余动植之类，各得其气之偏者，其发为英华美食、气臭滋味、羽毛鳞介、文采刚柔，亦皆得其一气之盛。至其为变怪非常，失其本性，则推以事类吉凶影响，其说尤为委屈繁密。"(《新唐书·五行志》)欧阳修是承认五行灾异之说的。

谶纬之学不同于谣言，是被改造了的有体系的代天之言。这就不是老百姓能搞出来的，而是知识分子的专利。民谣反映现实，谶纬预测未来，再流传到民间就变成谣言。

谣言与谶纬之言常常被人利用。

秦始皇希望长生不老，因此豢养了许多方士。"燕人卢生使入海还，以鬼神事，因奏录图书，曰：'亡秦者胡也'。"(《史记·秦始皇本纪》)卢生所奏图书，即图谶。始皇相信不疑，派蒙恬帅三十万大军，城河上为塞，筑亭障以备胡人。谁知图谶没有应在胡人，却应在自己小儿子胡亥身上。

顾炎武《日知录》"图谶"条："始皇备匈奴，而亡秦者少子胡亥。汉武杀中都官诏狱系者，而即帝位者皇曾孙病已。苻生杀鱼遵，而代生者东海王坚。宋废帝欲南巡湘中，而代子业者湘东王彧。齐神武恶见沙门，而亡高者宇文。周武杀纥豆陵，而篡周者杨坚。隋炀族李浑，而禅隋者李渊。唐太宗诛李君羡，而革唐者武后。周世宗代张永德，而继周者艺祖①。"历史荒唐而莫测，常常让人惊怖不已。

东汉刘秀事

西汉末，苑人李通散布"刘氏复起，李氏为辅"的谣言。还有一个叫西门君惠的人说得更明确："刘氏当复兴，国师公姓名是也。"(《汉书·王莽传》)国师指刘歆，是刘向的儿子，后改名刘秀，当时做王莽的国师。实际上，刘秀做天子的谣言来得很早，刘歆以为应在

---

①艺祖，指宋太祖。

自己身上，或者竟为了响应天意而改名，也未可知。光武帝刘秀此时尚未为人所重，也听到了相关传闻，有人在他面前打趣道：你不要想得太多，谶言当指国师公。刘秀笑道："何用知非仆邪？"（《后汉书·邓晨传》）

以后，刘秀果然做了天子，他是应谶书而起，故而对此非常迷信。《后汉书·桓谭传》记载："是时帝方信谶，多以决定嫌疑。……谭复上疏曰：'……盖天道性命，圣人所难言也。自子贡以下，不得而闻，况后世浅儒，能通之乎！今诸巧慧小才伎数之人，增益图书，矫称谶记，以欺惑贪邪，诖误人主，焉可不抑远之哉！……而乃欲听纳谶记，又何误也！……'"此文批评谶记之类邪术欺惑人主。疏上，帝不悦。

其后朝廷议论建灵台，很多人对选址意见不同，久而未决。光武帝遂征求桓谭的看法，说："吾欲谶决之，何如？"

桓谭沉思良久，回答道："臣不读谶。"

光武帝大怒："桓谭非圣无法，将下斩之。"

桓谭叩头谢罪，以至流血，光武帝才放过他。

太中大夫郑兴，少学《公羊春秋》《左传》，是当时有名的大儒，光武帝对他很是器重。一次，言及郊祀一事，光武帝说："吾欲以谶断之，何如？"

谁知郑兴没有给皇帝面子，断然否决："臣不为谶。"

光武帝怒问："卿之不为谶，非之邪？"

郑兴一看大事不好，马上惶恐起来，附和道："臣于书有所未学，而无所非也。"光武帝的脸色这才缓和下来。（《后汉书·郑兴传》）

刘秀对谶纬之术到了痴迷的程度，见不得别人非议，故大臣们言及谶纬，都诚惶诚恐，生怕一句话不对付，触怒了他。

隋末李渊事

隋末，谣言四起。隋炀帝征高句丽，有方士安伽陀自称懂图谶，提醒他说:"当有李氏应为天子。"劝他尽灭天下李姓。这话被隋炀帝牢牢记在心上。恰在此时,左卫大将军宇文述与郕国公李浑①有隙,遂以图谶之言诬李浑造反,说:"伽陀之言,信有征矣。臣与金才夙亲,闻其情趣大异。常日数共李敏、善衡等,日夜屏语,或终夕不寐。浑大臣也,家代隆盛,身捉禁兵,不宜如此。……"隋炀帝信以为真,立即把李浑、李敏等抓起来,将其全家族灭。

李浑、李敏被诛灭后,谣言并没有止息,隋炀帝又把目光投向李渊。李渊与他是姑表亲,时镇守太原,闻听后大惊。《新唐书》记载:"是时,隋政荒,天下大乱,炀帝多以猜忌杀戮大臣。尝以事召高祖,高祖遇疾,不时谒。高祖有甥王氏在后宫,炀帝问之,王氏对以疾,炀帝曰:'可得死否?'高祖闻之益惧,因纵酒纳赂以自晦。"好在隋炀帝没有深究他,加之此时杨玄感、李密起兵,天下骚动,他没有余力顾忌"李氏当兴"的废话,也可能认为这话应在李密身上,遂放过了李渊——不但没有处置,而且委派他平乱。

武则天事

武则天做女皇,起初也被人算出来了。《资治通鉴》载,太宗时太白星多次白天出现,史官占卜后,得出结论是"女主昌"。恰此时,民间又流传一种《秘记》,预言:"唐三世之后,女主武王代有天下。"太宗很厌恶。适逢朝廷宴请武官,太宗一时高兴,让大家行酒令为欢,要求每个人都要自报小名。轮到左武卫将军李君羡时,他说自己小名五娘。李君羡是武安人,又被封为武连县公,封、邑均有"武"字,小名又是五娘。一连串的巧合,使太宗联想起那句民间传言,不由对李君羡警觉起来。为了掩饰自己,他开玩笑道:"何物女子,乃尔勇健!"事后,他找了个理由,把李君羡打发出去,迁为华州刺史。

---

① 李浑,字金才。

朝野流言纷纷，太宗始终安不下心。为此，他秘密召见太史令李淳风。李淳风是唐代最有名的史官，而且擅长天文律历，他所定淳风历，一直到明朝都被认为是最好的历法之一。太宗悄悄问李淳风："《秘记》所云，信有之乎？"

没想到李淳风的回答，比他想象的还要邪乎："臣仰稽天象，俯察历数，其人已在陛下宫中，为亲属，自今不过三十年，当王天下，杀唐子孙殆尽，其兆既成矣。"

看来，民间传言不虚，此人不但有，而且近在咫尺。此时，武媚娘确在太宗后宫，仅是一个普通才女，因内宫妃嫔无数，太宗无由得见。

听说此人当王后对李家子孙为害甚深，太宗顿时悚然。他接着问："疑似者尽杀之，何如？"

对这个斩草除根的办法李淳风不同意，他认为天命不可违，道："天之所命，人不能违也。王者不死，徒多杀无辜。且自今以往三十年，其人已老，庶几颇有慈心，为祸或浅。今借使得而杀之，天或生壮者肆其怨毒，恐陛下子孙，无遗类矣！"天降大祸，非人力所能转移，若翦灭一恶，则又生一恶，如此生生不已，劫难势必更深。如今之计，只有坐等其成，唯赖三十年后，武氏人老心慈，善待子孙而已。

李淳风这一番推理，愈加使太宗感到心惊：冥冥之中，竟如此鬼神难测！他对此束手无策，只好作罢。

果然，三十年后，武氏摄政，开创了女子做天子的先例。

每到朝代更替时，总有人自命不凡，想做新君。他们为了给自己造舆论，就装神弄鬼，制造出一些诸如"大楚兴，陈胜王""赤帝子杀白帝子"的吉兆，让他人认为是天命所归。除此，还要借重谣言，尤其是谶纬之言。相对来讲，江湖术士善于蛊惑人心，而日角星象、天经地纬之类玄学较受人崇信，因此他们一旦开口，马上谣言广播。奇怪的是，一些谶言却异常准确，事实果然如当初预测的一样。或许，刘氏、李氏当兴是人心所向，说是天意也未为不可，而武则天篡唐是什么呢？最初不过是方士家言，最终却也诡异般地成为现实。唯物主义不信鬼神,也不讲怪力乱神,但敬畏之心要有,包括对上天及大自然,否则也会遭到天谴、报复。

观察谣言及谶纬之言,它的出现有一个规律,即治世则人心思齐,流言蜚语就少;乱世则人心不定,谣言四起。谶纬之言是社会的折射,竟可以作为观察政治的一面镜子。

一、史话

成败看世态

　　刘备赴东吴,拜见孙权,周瑜上疏曰:"刘备以枭雄之姿,而有关羽、张飞熊虎之将,必非久屈为人用者。愚谓大计宜徙备置吴,盛为筑宫室,多其美女玩好,以娱其耳目,分此二人,各置一方,使如瑜者得挟与攻战,大事可定也。今猥割土地以资业之,聚此三人,俱在疆场,恐蛟龙得云雨,终非池中物也。"(《三国志·吴书·周瑜传》)

　　周瑜喻刘备为蛟龙,恐刘备一旦羽翼丰满,非东吴所可制。

　　曹操谓刘备:"今天下英雄,唯使君与操耳。本初①之徒,不足数也。"(《三国志·蜀书·先主传》)

　　二事传为美谈。

　　以刘备之韬光养晦、深藏不露,未出周瑜、曹操慧眼,可知二人料人之深。

　　知己之难,朋不能得之于友,夫不能得之于妻。陈胜尝与人佣耕,叹曰:"苟富贵,无相忘!"佣者笑曰:"若为佣耕,何富贵也?"陈胜叹息道:"嗟乎,燕雀安知鸿鹄之志哉!"(《汉书·陈胜传》)

　　贫贱与富贵最能见人心。

　　苏秦,学鬼谷先生,出游数岁,大困而归。兄弟嫂妹妻妾皆笑之,曰:"周人之俗,治产业,力工商,逐什二以为务,今子释本而事口舌,困,不亦宜乎。"苏秦闻之而惭,乃闭门不出,遍观群

---

①袁绍,字本初。

书，以图再举。后以合纵之说行于六国，为纵约长，佩诸国相印。车骑过洛阳，诸侯派使者送，其盛有过于王者。周显王闻之恐惧，除道郊迎。苏秦之昆弟妻嫂与其内，车骑过，皆俯伏，目不敢仰视。苏秦笑谓其嫂曰："何前倨而后恭也？"嫂蛇行而前，以面掩地而谢曰："见季子位高金多也。"苏秦喟然曰："此一人之身，富贵则亲戚畏惧之，贫贱则轻易之，况众人乎！"（《史记·苏秦列传》）

朱买臣家贫，好读书，不治产业，常伐薪柴，卖以换食。每担柴于道，则边行边读。其妻尾其后，也负载而行，闻其吟诵之声，辄止之。朱买臣不听，反大声讴歌。其妻羞惭，求去。买臣笑曰："我年五十当富贵，今已四十馀矣。女苦日久，待我富贵报女功。"妻怒曰："如公等，终饿死沟中耳，何能富贵？"其妻执意离去，买臣不能留，听任之。

后数岁，买臣诣阙上书，武帝拜为中大夫。东越反，拜为会稽太守。上曰："富贵不归故乡，如衣绣夜行，今子何如？"

至会稽，县吏迎送，发民除道，前后车百余乘。入吴界，见其故妻、妻夫相与治道。买臣驻车，令后车载其夫妻。到太守馆舍，置夫妻于园中，早晚供食。居一月，其妻惭恚，自经而死。（《汉书·朱买臣传》）

此夫妻之事。

更有一般人，见富贵而富贵之，见贫贱而贫贱之，谄上陵下，趋炎附势，不负其小人嘴脸。

韩安国为梁王吏，坐法抵罪，狱吏田甲辱安国。安国曰："死灰独不复然乎？"田甲曰："然即溺之。"居无何，梁内史缺，汉使使者拜安国为梁内史，起徒中为两千石。田甲闻之而逃，安国使人命曰："甲不就官，我灭而宗。"田甲遂肉袒谢罪。安国曰："可溺矣，公等足与治乎？"卒善遇之。（《史记·韩长孺列传》）

以善待恶，此韩安国厚道处。田甲之流，固不足与较也！

南朝齐人王敬则，母为女巫，常谓人云："敬则生时胞衣紫色，应得鸣鼓角。"人笑之曰："汝子得为人吹角可矣。"及敬则长，与暨阳县吏斗,谓吏曰:"我若得暨阳县,当鞭汝小吏背。"吏唾其面曰:"汝得暨阳县,我亦得司徒公矣。"后,敬则果得暨阳令,昔时吏逃亡。敬则勒令出,遇之甚厚,曰:"我已得暨阳县,汝何时得司徒公邪?"(《南史·王敬则传》)

二吏乃所谓恶者。平日以摧辱人为事,强梁霸道,自负不许人,及人贵,则鼠窜,恐报复也。设若真报复,则安国、敬则同其人也!

士行天下

自战国起，贵族阶层没落，兴起一股新的势力——士。如苏秦、张仪、陈轸之流，他们逐渐登上历史舞台，"一怒而诸侯惧，安居而天下熄"（《孟子·滕文公章句下》）。诸侯的政策、外交、前途、命运等，常常掌握在他们手里。

实际上，这些人的产生所来有自。

春秋时，"士"专指武士。这些士人可不是一般的庶民——庶民没有资格做士，他们都是公卿贵族子弟，或者是有身份人家的胄子，地位仅次于卿大夫。他们通过战争博得功名，是所谓的"国之干城"。孔子的学生子路就是一个典型的士。

战国以后，士逐渐变成专指读书、从政的文人。何以如此尚不得而知，从孔子授徒可以看出一些蛛丝马迹。孔子教学生，主要功课是六艺，即礼、乐、射、御、书、数。只看射、御二事，就大约得知，这原本是士享有的教育。孔子的学生学成后，却不去当兵打仗，除了做官，就是给人做家臣、谋士，职业与"士"相去甚远。

以今天的眼光来看，曹刿论战中的那位曹刿，烛之武退秦师的那位烛之武，以及晋乐师师旷、楚人申包胥，都是战国游士的前身。甚至孔子的很多学生也是，如子路是卫国大夫孔悝的家臣，子游是鲁国武城邑宰，子夏是魏文侯师，冉有是鲁季氏宰，宰我是齐临淄大夫，子贡更做过鲁、卫两国相臣。

春秋时许多名族望姓都拥有家臣，甚至有为数不少的家兵。"《春秋》之中，弑君三十六，亡国五十二，诸侯奔走不得保其社稷者不可

一、史话

胜数。"(《史记·太史公自序》)亡国、弑君之事,很多都是家臣、家卒干的,如"崔杼弑君"。齐庄公私通崔杼妻,竟跑到人家家里求欢。崔杼气急,关起大门,他的家卒一拥而上,将齐公杀死。

春秋末期,鲁之三桓,晋之韩、赵、魏及中行氏,都拥有自己的队伍。鲁三桓甚至把国家军队三分之,各占其一。

春秋战国,以至汉代,士扮演了相当重要的角色,这里约略指出数端。

春秋故事:子贡救鲁

齐国重臣田常欲作乱,打算起兵伐鲁。听到消息后,孔子紧张了,他对弟子们说:父母之邦危急,谁能够出来解救?子路请行,孔子看不上;子贡请行,孔子就允许了。

一场充满离奇色彩的外交活动开始了。

子贡先赴齐国,对田常说:打败鲁国不算本事,您自己也捞不上什么好处。当今诸侯强国是吴,一心图谋做霸国。只有打败吴国,才能巩固您在齐国的地位;纵使失败,齐国固然内忧外困,但也没有人能与您争锋了。这是一石双鸟的事,为什么不干呢?

田常说:我已加兵于鲁,现在释鲁而向吴,别人会怀疑我。怎么办?

子贡回答:好办,您且按兵不动,我去说服吴国前来伐齐。吴兵到来,您就可以率军迎击。那时,谁也没有话好说。田常答应了。

子贡去见吴王,他对吴王说:齐国伐鲁,是想与吴国争霸。大王如果出兵伐齐救鲁,就可以获得双赢——既能图强,又能赚取天下人心。这样的好事哪里去找?

吴王听后大喜,转而又担心起来,说道:我放心不下越国,吴越两国历来是仇国,如果吴出兵伐齐,越国乘虚入侵,怎么办?不如我先伐越,解决掉后顾之忧再去救鲁,岂不更好?

子贡提出了一个两全其美的办法,他说:这事交给我,我去说服越王派兵随吴伐齐,他们空国而来,就不存在威胁了。

吴王大喜,说道:诺!

子贡在越国受到了高规格接待,他不无忧虑地对越王说:越国危矣!现在吴王要出兵伐齐救鲁,担心越国乘机捣乱,打算先解决掉越国,越国眼看朝不保夕了。一个国家,没有报人之志却被怀疑,这叫拙;有报人之志却被对方知晓,这叫殆;还没有付诸行动就已被人预先料知,这叫危。有这三者,我怎能不替大王忧虑呢?

越王听完,脸色大变,惶恐地问道:依先生之见,我们该如何?

子贡显得很平静,一板一眼地分析道:目前吴王私欲膨胀,骄横已极,朝夕不忘做霸王。这对越国是件好事。大王姑且隐忍,表面上全力支持吴王,给他送去金玉宝器,说些卑躬屈膝的话,并派兵跟随讨伐。这样吴王就会解除戒心,把注意力放在北伐上。若吴国击齐不胜,那是越国之福;若吴胜齐,它下一个目标一定是晋国。晋国是诸侯之霸,吴王要做霸国之君,肯定要与它一比高低。到那时,吴国受困中原,越国的机会就来了。

越王听后,转忧为喜,馈赠了子贡一大堆东西。

离开越国,子贡又回到吴国,把越王的态度一五一十说给吴王。吴王十分满意,这才下定决心,尽发九郡之兵伐齐。

眼看吴国大规模出兵之后,子贡来到晋国,提醒晋君说:我曾听人说过这样一句话,谋略不定则无法应敌,敌我不分则难以取胜。目前的形势是齐、吴争战,越在其后。吴若不胜,越必乘机灭吴;反之,吴若胜齐,必然西指晋国。对此,君王您要心中有数。

是时,晋国已然衰落,无力顾及中原。吴、齐交战,事发仓促,晋公有些不知所措,慌忙向子贡讨主意。子贡倒很稳重,安慰晋公说:不用担心,你做好迎敌准备就行。

子贡导演的这一场诸侯混战开始了,结果是:吴国大败齐人,之后,又以兵临晋,晋国因事先做了周密安排,故而大败吴兵;越国风闻,立刻率兵入侵吴国,经过三战,占领了吴国都城;吴王率疲敝之师回击,也全军覆没,身缚人手,愧悔之余,吴王夫差挥剑自刎。

鲁国得救了，免去了一场兵火之灾。

《史记》总结道："故子贡一出，存鲁，乱齐，破吴，强晋而霸越。子贡一使，使势相破，十年之中，五国各有变。"

观察子贡的精彩表演，恍如战国纵横家的影子，苏秦、张仪等人不就是这么干的！

战国士风

养士是贵族、卿大夫的专利，在上流社会普遍存在。他们之间以此炫耀，竞相效仿，甚至作为向君王索取政治利益的资本。这促使士阶层急剧扩充，发展为一股不可小觑的政治力量。商鞅、范雎、蔺相如等人登上政治舞台前，都曾经做过别人的门客。商鞅是魏相公孙痤的家臣，范雎是魏大夫须贾的门客，蔺相如是赵国宦者令缪贤的舍人，等等。

其他如鲁仲连、樗里子、蔡泽、公孙龙、邹衍等，虽然不屑于做食客，但也属于游士阶层。范围再大一些，孟子、荀子、墨子、韩非子尽可以归为士一类。钱穆先生将"士"划分为五类，即劳作派（如许行、陈仲）、不仕派（如田骈、淳于髡）、禄仕派（如公孙衍、张仪）、义仕派（如孟轲）、退隐派（如庄周），称赞战国"士气高涨"。（《国史大纲》）五类人中，钱穆最欣赏鲁仲连、田骈、淳于髡及颜斶诸人，说他们志行高迈，不会轻易被人收买。

是时，"（张）仪与苏秦皆以纵横之术游诸侯，致位富贵，天下争慕效之。又有魏人公孙衍者，号曰犀首，亦以谈说显名。其馀苏代、苏厉、周最、楼缓之徒，纷纭遍于天下，务以辩诈相高，不可胜纪"（《资治通鉴》卷第三）。这个描述是准确的。

战国是士的时代。

战国后期，诸侯之公卿大夫为自身计，纷纷养士，一时成为风气。

养士而养出名声的，首推四公子，即齐公子孟尝君田文、赵公子平原君赵胜、魏公子信陵君魏无忌、楚公子春申君黄歇。他们家资丰厚,又名声极大,故而食客众多,规模都在两千人上下。是时,秦以凌厉之势,蚕食、吞并六国,其包藏宇内之心,尽人皆知。在此情况下,诸侯各国对外加强政治联盟,对内加强战备,试图躲过这场战争灾难。在战争乌云的笼罩下,政治家、游士、说客的车乘往来穿梭不停。苏秦、张仪们以三寸之舌四处游说,使泛战争论、泛阴谋论、泛纵横论大行天下。

此背景下,诸侯国内部也发生了微妙变化。公子、国卿、贵族们不安起来,他们不再把唯一的希望寄托于国君,而是悄悄行动起来,招揽食客,扩充实力,经营自己的"小朝廷"。食客中,有义士,有谋士,以及各种有一技之长的人。食客的身份也大不相同,一些人饱读诗书,熟谙奇谋异术,一些是流亡公子,一些是侠客,另有些人竟是罪犯。食客对于他们,既是巩固地位的资本,又是救亡图存的精锐。

当时,四公子影响广被,诸侯竞相效仿,如燕太子丹、秦相吕不韦等。吕不韦一生最羡慕别人养士,自己也养有食客两千人。食客们还为他著书,写了一本《吕氏春秋》,使他名实兼收。

关于食客,有许多精彩的故事。

战国故事之一:鸡鸣狗盗

孟尝君出使秦国,被秦昭王抓了起来。无奈,只好向昭王美姬求救。美姬提出一个条件,希望能得到孟尝君身上那件狐白裘衣。这件以白狐毛集缀而成的裘衣天下无双,价值连城。但不巧的是,它事先已被送给秦王。孟尝君懊恼不迭。就在他沮丧之时,他手下一个擅长"狗盗"者自告奋勇说,他能把狐白裘衣偷出来。于是,这名食客扮作一条狗,夜里潜入秦宫,盗出了那件惹事的裘衣。美姬心满意足,答应向秦王说情。果然,秦王经不起美姬的劝说,答应释放孟尝君。孟尝君出狱后,没敢耽搁,马不停蹄地逃回齐国。他差一点儿又被抓起来,原因是秦王答应美姬后又反悔了,命令军队截住孟尝君。孟尝君赶到函谷关时,后面的军队差不多快追上了。而此时,天色未亮,

一、史话

城门紧闭。情急之下,他的另一名食客也使起了看家本领——学鸡叫。听到鸡叫声,守关的士兵没有多想,早早打开了关门。孟尝君刚闯过关门,后面的秦军就赶到了,他们只能望影兴叹。

"鸡鸣狗盗"说的就是这个故事。

战国故事之二:魏子买贤

一个叫魏子的门客,负责替孟尝君征收租税。一次,他到一个地方去,连跑了三趟都空手而返。孟尝君不解,他解释道:那个地方有个贤者,我们交谈之后,觉得此人不简单,就自作主张减免了他的租税,故而空手而回。孟尝君感到这事很荒唐,就训斥了魏子一顿。没想到这一善行却带来了好报。几年以后,齐国贵族田甲作乱,劫齐王。事情过后,齐王怀疑田甲受孟尝君指使,打算惩罚他。孟尝君听闻,立即驾车奔逃。这时,被魏子舍弃了田租的那位贤者出面,他写信给齐王,为孟尝君辩解,说他无罪,并立誓要在宫门外自刎,以表明自己没骗君王。这样,齐王放过了孟尝君。

战国故事之三:长铗归来

孟尝君好客的故事到处流传,一个叫冯骥的异人慕名投奔而来。刚来时,孟尝君把他视作一般宾客,安置在普通旅馆中。十天过后,孟尝君偶然想起这个人,问传舍①长道:新来的客人这几天在干什么?传舍长答道:这个人无所事事,整日间独自在房间弹剑而歌,唱什么"长铗归来乎,食无鱼"。听完,孟尝君即将冯骥安置到中级客舍,这里可以吃到鱼。

又隔了五天,孟尝君想,这下冯骥该满意了吧。谁知传舍长回答:他又在那里唱开了,这次的内容是"长铗归来乎,出无舆②"。孟尝君摇摇头,但还是提高了冯骥的待遇,使他出门有车坐。

---

① 古时称旅馆为传舍。
② 舆,指车。

五天之后，孟尝君再问，冯骥仍不知足，又唱起了"长铗归来乎，无以为家"。孟尝君彻底没有了耐心，索性不去管他。

之后的一年里，冯骥似乎安静了下来，一言不发。

这时，孟尝君的门客已发展到三千人。以他的收入，已无法供养这一大堆人，况且冯骥之类还在挑肥拣瘦。为了增加收入，孟尝君在他的封邑薛地发放高利贷。到了还贷的日期，许多人无力偿还，孟尝君多次派人催缴无果，为此很是头痛。他问传舍长：谁可以为我代劳呢？传舍长推荐了冯骥，说道：他年龄大了，也无别的长处，干这件事应该可以吧。

冯骥来到薛地，很快就收回了十万钱利息，但还有相当一批人偿还不起。他便召集所有负债者前来开会，又杀猪宰牛，准备了几桌丰盛的酒席。酒足饭饱之后，他让大家拿出债券，挨个询问能不能还债，什么时候还清。情况了解清楚后，他与有能力还债的签订了契约，约定了还债日期；对没能力还债的，索性收回他们手中的债券，投入火中，付之一炬。在场的人无不感动，纷纷向他致礼拜谢。

坐等消息的孟尝君，听说冯骥私自做主烧毁了债券，怒不可遏，召回冯骥。一见面，孟尝君就劈头盖脸地质问冯骥为什么这么做。冯骥回答道：我虽然烧掉了债券，却为您买回了好名声。那些人没有能力还债，与其逼得他们逃离薛地，不如一把火烧掉。如此，他们便对您心存感激，这是钱买不来的。

孟尝君听后，顿时释然，不由对这位难伺候的食客刮目相看。

冯骥的异能还不止于此。

随着孟尝君名望日增，秦、楚二国君王心不自安。他们生怕齐国强盛，就对齐王使出了离间计，放言：如今的齐国只知有孟尝君，不知有齐王。谁知齐王也有疑心，听到流言后，废掉了孟尝君，免除他齐相之职。门客们看到孟尝君失势，纷纷告离，各投新主子去了。冯骥却没有走，他请求孟尝君，让他到秦国去，替主人另找一条生路。孟尝君同意了。

冯骥见到秦王，劈头就说：当今诸侯强国无非秦、齐，可谓一对

一、史话

雌雄。天下游士西入秦国，无不欲强秦而弱齐；同样，东入齐国者，无不欲强齐而弱秦。两国争雄，谁能胜出，谁就能取得天下。

秦王闻言，不由得坐直了，紧接着问：敢问先生，如何才能使秦国为雄？

冯骥反问：君王知道孟尝君其人吗？

秦王回答：听说过。

冯骥问：君王了解他在齐国的影响吗？使齐国强盛而重于天下者，就是此人。最近听说齐王对他产生了疑忌，打算废掉他。这正是上天赐予秦国的好机会。君王如果以高位、厚礼把他请来，齐国就失去了一位栋梁，天下就是秦国的了。若不赶快行动，一旦齐王醒悟，又起用孟尝君，那时就晚了。

秦王听后大喜，即命人准备驷车十乘、黄金百镒，打算去请孟尝君。冯骥对秦王说：我先走一步，探听齐国有什么消息。

随后，他快马加鞭回到齐国，对齐王说：天下游士东入齐者，无不欲强齐而弱秦；西入秦者，无不欲强秦而弱齐。齐、秦乃雌雄之国，秦强则齐弱，这是再明白不过的道理。现在窃闻秦国派人以车十乘、金百镒迎请孟尝君。孟尝君不西入秦则可，若西入秦，则天下一定归秦所有。齐国危亡恐怕只在旦夕之间。为今之计，趁秦使未到，赶快恢复孟尝君的职位，请他就任齐相。如此，尚有挽回余地。

齐王闻言，如大梦初醒，马上依照冯骥的话去做。孟尝君官复原职。

你看，冯骥在齐、秦两国的游说，是不是纵横家的嫡传？

战国故事之四：毛遂自荐

赵平原君门下的食客也不甘平庸，主演了许多声情并茂的故事。其中，最有名的当属"毛遂自荐"。

秦军包围赵国邯郸，赵王派平原君向楚国求救，答应接受楚国的提议，结成合纵同盟，共同对付秦国。平原君出发时，打算带二十个人一同前去，但在门客中挑来挑去，只选中了十九人。这时，一个自称毛遂的人站出来说愿意随从,还称:反正您也缺一个人,不如让我充数备员。

平原君问:先生在鄙人门下几年了?

答:三年了。

平原君以鄙夷的口气说道:贤人处世,好比锥在囊中,随时都有机会显露锋芒。先生在鄙人门下三年,默默无闻,可见你没有过人的本领,就不用跟着去了。

毛遂面不改色地答道:我今日请求前往,看中的正是公子的囊袋。假如先前让我处在囊中,早就脱颖而出,您看见的就不仅是锋芒了。

毛遂说完,那十九个人都轻蔑地笑了。

平原君与楚王的谈判很不顺利,从早上一直谈到中午。随行那十九人很不耐烦,他们鼓动毛遂,说:先生上。他们就是想看他的笑话。

毛遂看了他们一眼,一言不发,按剑而上,进入楚宫。他责怪平原君:合纵的利害,三言两语就说清楚了,为什么到现在还说个没完?

平原君还没来得及回答,一旁的楚王不高兴了,问道:来的是什么人?

平原君回答:是我的舍人。

一听来人的身份,楚王更不快,他呵斥毛遂:赶快退下!我与你们主人谈话,哪轮到你插嘴?

毛遂按剑而前,靠近楚王,提高嗓门喝道:大王所以如此蛮横,因为这是在楚国。但不要忘了,十步之内,你的命悬于在下之手。吾主尚在当面,你吼什么!今楚方圆五千里、兵士百万,拥有霸王之资,却被秦人屡屡羞辱,三战三败。连赵国都替你害臊!楚赵联合,不仅为赵,也是为楚,大王要想清楚了!

楚王是一个欺软怕硬的主。听了毛遂一番申斥,看看他手里出鞘的剑,楚王像变了一个人似的,马上满脸堆笑,附和道:是是是,先生所言极是,楚国唯先生是从。

毛遂又问道:合纵之事决定了没有?

一、史话

楚王连连点头：定了，定了。

毛遂对楚王左右吩咐道：拿鸡狗马血来，歃血为盟。于是，史上又一次城下之盟订立了。

过后，平原君发自肺腑地说：在下阅人无数，自以为无人能逃过我的眼睛，却在毛遂先生身上看走眼了。先生三寸之舌，胜过百万之师，以后我再也不敢以貌取人了。

凭着说服楚王的胆识，毛遂活脱儿是一个侠客。

战国故事之五：窃符救赵

"窃符救赵"是信陵君一生最得意的事。

在招贤纳士方面，四公子中，信陵君做得最好，他能够屈身下士、降尊纡贵。这一点，连平原君都服气。

魏国有一个隐士，名侯嬴，年七十，家贫无以立足，在魏国国都大梁看守夷门①。信陵君听说他怀才不遇，就带了重礼前去拜访，想请他到自己门下。侯嬴拒绝了。信陵君不甘心，又大摆宴席招待侯嬴。待众宾客会齐，这才驾车去迎接侯嬴。侯嬴这一次倒没有推辞，大大方方坐上车。宾客们等了很久，见公子亲自驾车接人，原以为是多么尊贵的客人，待客人来到，发现车上下来的竟是一个邋里邋遢的老头儿，都大吃一惊。信陵君毫不在意人们的目光，径直扶着守门人走向上位，并端起酒杯为他祝寿。

酒席散罢，侯嬴这才对公子说：我之所以坐着你的车招摇过市，甘愿让人骂我，只为了让人们都知道公子好客，能屈己下人。现在好了，公子名声远播，不愁招致不到贤人。

侯嬴为公子介绍了一个义士，叫朱亥。侯嬴说：别看他是个屠夫，却不简单，世人不知，故而隐居于庖肆之间。信陵君相信侯嬴，多次去请朱亥。但这个朱亥也好端架子，既不允诺，也不拒绝，搞得

---

① 夷门，即城门，位于城东。

公子很是尴尬。

秦军围赵,邯郸危急,赵王除了派平原君赴楚求援,也写信向魏国求救。魏王本打算出兵,已命大将晋鄙率十万大军克日出发。恰好,秦王也派使者来,警告魏若出兵,秦军下一个目标就是魏国。魏王被吓住了,又改命晋鄙驻守邺地,等待命令。平原君等不来魏国救兵,便不停派使者催促信陵君,前面出发的使者还没回来,后面的又出发了。信陵君的姐姐是平原君的夫人,因此无论从哪方面讲,他都有义务解邯郸之围,故而多次请求魏王出兵。但结果都一样,魏王坚决不同意。

万般无奈之下,信陵君只好孤注一掷。他集合门客,拿起武器,坐上战车,打算奔赴邯郸与秦军殊死一搏。信陵君的队伍过夷门时,碰到了侯嬴。信陵君给他讲了情况,侯嬴不动声色,淡淡地说:我老了,不能跟从公子,愿公子好自为之。信陵君走出城门好几里,怎么也想不通,又调转车子回到夷门,想问个究竟。侯嬴好像一直在等他,一见面,笑呵呵地说:我料知公子要回来。公子肯定还在恨我,以为我不知感恩。

说完,侯嬴面露严肃,把信陵君拉到一边,对他分析道:解邯郸之围,以公子这点儿兵力,无异于以卵击石。目前之计,只能依靠晋鄙的十万大军。想要调动晋鄙大军,必须先把虎符弄到手。

闻言,信陵君不由瞪大了眼睛。侯嬴看看他,胜算在握地接着说:据我了解,虎符放在魏王寝宫,只有妃嫔们才能接近。后宫佳丽中,魏王最宠爱如姬。如姬的父亲三年前被人杀害,这几年,她无时无刻不想着报仇,但一直没有机会。公子如果派人杀掉她的仇人,作为交换,让如姬窃取虎符,她应该不会拒绝。

信陵君听从侯嬴的计策,一一照办,果然得到了虎符。

几天后,虎符到手,信陵君要动身了,侯嬴又止住他说:别急!现在虽说万事俱备,但我还是不放心那位晋鄙将军。要知将在外,军令有所不受。而且晋鄙还是位身经百战的老将军,万一他对调兵产生怀疑,即使有兵符,没有王命也是枉然。

看到公子神情紧张，他又接着说：这也不妨，你还记得屠夫朱亥吗？他实际上是我的舍人，是个大力士，你把他带走。到了邺地，晋鄙听命则可，不听命则让朱亥击之。如此大事可成。

信陵君又去请屠夫朱亥，并对他说明了来意。朱亥笑了，说：我一个区区市井之人，多次劳动公子存问，心里很不安。之所以没对公子坦露心迹，是觉得小礼不足还。现在公子有急，正是我效力之时。

朱亥答应后，信陵君与侯嬴作最后的话别。侯嬴叹了口气，有些哀伤地说：我本来应该随公子一起去，但人老了，力不从心。我在家数着日子，约莫公子到达晋鄙军之日，就是我的死期。我会北向自刎，以送公子……

信陵君抹着眼泪离开了大梁。

果然不出侯嬴所料。信陵君见到晋鄙，盗用魏王之命，令晋鄙把军队交给自己，并率军出兵救赵。信陵君拿出虎符，与他勘合。经过勘验，两片虎符合在了一起。但晋鄙对这道命令有些怀疑，不愿交出兵权。朱亥大吼一声，举起四十斤重的铁椎，击倒晋鄙。信陵君顺利地接管了军队。

面对突如其来的魏国大军，秦军猝不及防，只好撤退。邯郸之围尽解。

侯嬴之谋、朱亥之力，使信陵君的行动得以实施。

至于春申君，他做楚相二十五年，也养门客两千人，但似乎没有什么卓异表现，姑且存而不论。

汉代士风

汉初，士风不减。有所谓儒士，如研究《诗经》的申公、韩公，研究《尚书》的伏生、孔安国，研究《春秋》的董仲舒、公孙弘，此外还有黄老之学、法家之学等。有所谓游士，如张耳、陈馀、郦食其、陆贾、娄敬、叔孙通等。游士里不少人是儒生出身，称得上饱学。真正的儒士不重功名，如商山四皓，而游士重在猎名。再有一类即所谓的信士，如楚王手下的武涉、韩信帐下的蒯通、赵王张敖的相臣贯高、淮南王刘安帐下的伍被。这些人类似战国时的门客，忠心事主，腹有良谋，而且不惧死。

至于朱家、郭解之类游侠，固然可以称作信士，但层次要低一些。

一般人多注意儒士与游士，对信士不太在意。实际上，从他们身上正可以见到汉人的"士气"，这似乎也是司马迁看重刺客、游侠的原因之一。

谋士蒯通

汉高祖四年（前203年），韩信因平赵、降燕、取齐，被汉王刘邦任命为齐王。此时，楚汉局势发生了微妙的变化，项羽当初拥有的绝对优势已不复存在，加之彭越、黥布先后倒戈，投靠汉王，刘、项争雄呈现一边倒的趋势。项羽惶恐，派说客武涉游说韩信。相对而言，诸路英雄中，韩信实力最强。

武涉巧舌如簧，对韩信晓以利害，希望他倒向项羽一边，至少也要保持中立。他有几句话极富煽动性：足下自以为与汉王是厚交，为他尽力用兵，但终究会被他灭掉。足下所以现在能安全，是因为项王尚在。当今楚、汉之事，权在足下。足下右投则汉王胜，左投则项王胜。项王今日亡，下一个就是足下。论起来，足下与项王是故交，为什么不能与楚联合，三分天下呢？机会稍纵即逝，如果还犹豫不决，或者固执己见，都不为智者所取。

从表面上看，这番话入情入理，完全为韩信着想。但韩信此时正在得意之际，不愿意考虑以后的事情，也不太相信汉王功成后会把他怎么样，故而拒绝了武涉的建议。而且要他投靠项王，实在不可能。韩信非常了解项王，对他基本上没什么好印象，认为他不足以成大事。

虽然武涉的提议被拒绝了，但他的话对韩信还是有一定触动的。常常，局势一旦由一个人决定，等于把所有的压力也交给了他。韩信生性多疑，拿不定主意，就与谋士蒯通密谈。蒯通原名蒯彻，《史记》

一、史话

避汉武帝讳而改名。他于秦末群雄争霸时出世,早先事从陈胜大将武信君武臣,扶助他自立为赵王。武臣被杀后,他又几经周折到了韩信帐下。与当初鼓动武臣自立为王一样,蒯通也鼓动韩信反汉,说:"相君之面,不过封侯,又危不安。相君之背,贵乃不可言。"(《史记·淮阴侯列传》)言下之意,只有背叛才能贵不可言。武涉的说辞,蒯通是同意的,他也建议韩信保持中立,伺机而动。他分析道:当今刘、项之事在足下掌握,足下助汉则汉胜,助楚则楚胜。依臣之计,不如两边都不开罪,坐观虎斗,谁弱就帮谁,谁强就弱谁。如此一来,自会形成三分天下,鼎足而立之势。足下从中得利,岂不甚好?

蒯通又说道:臣闻功高震主者命危,名盖天下者难赏。今足下挟震主之威、难赏之功,欲投楚,楚人不信;欲归汉,汉人不安。处境如此,足下还能自保平安吗?

虽然蒯通"披腹心,输肝胆,效愚计",苦口婆心,反复开导,但韩信仍犹夷不定,总认为人生在世,当忠心事人,"乘人之车者载人之患,衣人之衣者怀人之忧,食人之食者死人之事",不忍背叛汉王。

武涉与蒯通不幸言中,韩信后来果然功成身死。一方面,固然有功高震主之嫌;另一方面,韩信的机会主义思想害了他。楚汉争雄时,他脚踩两只船,首尾两端,持志不坚,逼得汉王两次入营夺军。被黜为楚王、淮阴侯后,他又心怀不满,阴谋叛汉,最终落得"狡兔死,良狗烹;高鸟尽,良弓藏;敌国破,谋臣亡"的下场。

刘邦清除韩信之党,连及蒯通。韩信临死前喊了一声"悔不用蒯通之计",这引起了刘邦的警惕。蒯通被押解到长安,刘邦亲自审问,他问蒯通:是你教唆韩信造反吗?

蒯通坦言:是的。可惜竖子不用我计,故而自投死地。若早从我计,谁得天下还未可知,你如何能杀得了他?

刘邦闻言大怒,下令把蒯通烹杀。蒯通被推出时大喊冤枉,刘邦问:韩信造反,是你一手策划,有何冤枉?

蒯通不服,道:秦失帝位,天下人共逐之,谁有能力谁就先得。

从前，盗跖之狗冲尧帝吠叫，不是尧帝不仁，只因他不是狗的主人。群雄争霸，臣只知有韩信，不知有陛下。以天下之大，与陛下为敌的还大有人在，只不过力量不如大汉罢了。难道你把他们都要赶尽杀绝？

刘邦生性欣赏豪杰。听蒯通振振有词，倒喜欢上他了，马上将他释放。

死士贯高

张耳以功受封赵王，死后，儿子张敖继位。为固结这位异姓王，刘邦把长女鲁元公主嫁给了他。汉高祖七年（前200年），刘邦打匈奴无果返回长安，途中路经赵地。赵王加意侍奉，唯恐失子婿礼。这次刘邦出兵不利，被困平城，差点儿回不来，因此积了一肚子火。当时韩王信、代王陈豨先后叛逃，还勾结匈奴，他担心赵王也有异心。经过观察，他发现赵国一切照旧，心里便踏实了。心安之后，刘邦彻底放松了，他把赵地当作未央宫，开始挑三拣四，还劈头盖脸地数落起赵王。赵王性格平和，对刘邦一直心存感激，故而任由他胡闹。刘邦气愈怒，赵王色愈和。

刘邦没有想到，他的乖张没有激怒赵王，却惹怒了其他人。赵王相臣贯高及赵午等六十余人看到赵王如此窝囊，心里不平，要给赵王出气，报复刘邦。刘邦离开后，他们背过赵王，私下筹划起来。

第二年，即汉高祖八年，刘邦又一次过赵地，赵王将他的行宫安排在了柏人。贯高等人事先在这里埋伏下刺客，意欲行刺。刘邦机警狡猾，听说下榻柏人，马上联想到"柏人，迫于人也"，随即离去。贯高的计划落空了。

这事本来很隐秘，连赵王都被蒙在鼓里，但被贯高的冤家知道了，遂将其告发。《史记》与《汉书》将这类事称作"上变"或"上告变"，也即告密，秘密报告。刘邦一听，大惊失色，命人把赵王、贯高一干人全部抓捕，械往长安。当时，贯高手下十余人意欲自尽，被贯高制止了，他说：大家如果都自杀，谁去为赵王证明清白？于是众人都随赵王赴长安狱。

在狱中，贯高受尽了酷刑，全身没有一块好皮肉，但他始终没有将此事牵连到赵王。贯高对狱吏说：谁不爱自己的父母妻子？我家三族即将被诛，难道不知用赵王作交换？赵王确实未反朝廷，事情都是我们干的！

真相终于大白。其中也有鲁元公主通过吕后，多次向刘邦求情的缘故。加之没有确切证据，故赵王得释。

刘邦很欣赏贯高的表现，认为他重然诺，有义士的样子，所以格外开恩，饶过了贯高诸人。得知此消息后，贯高却高兴不起来，他对人说：我所以不死，坚持到今天，只是为了证明赵王清白。如今赵王已被赦，我的职责也尽到了，死而无恨。作为人臣，犯下谋杀之罪，有何面目再去事主？纵使天子不杀我，我能无愧于心吗？随即自杀，慷慨而豪壮。刘邦咨嗟久之。

孟子说："圣王不作，诸侯放恣，处士横议，杨朱、墨翟之言盈天下。"道明了先秦的情况。先秦士风，传至汉初，踪迹犹存。自汉武帝"罢黜百家，独尊儒术"，诏举天下通经博士及贤良、方正，士子显名唯有一途，即走董仲舒与公孙弘的路子，而游士、信士则无用武之地，渐趋渐灭。"独尊儒术"固然可以"正人心，息邪说，距诐行，放淫辞"，但春秋时"士气高涨"的状况不再有了，倒是经常见到士子无耻、士子无骨的现象。

《史记》互见之法

互见之法为史书常法，自《左传》创此法，史家多用，而《史记》运用得更加纯熟。靳德峻说过，"一事所系数人，一人有关数事，若各为详载，则繁复不堪，详此略彼，则互文相足尚焉"（《史记释例》）。此言互见之用在所必然，非如此写不可。

秦始皇统一天下大功，仅《秦始皇本纪》不能得其全貌，须参看《秦本纪》及李斯、韩非、张仪诸列传方可。

汉武帝一生功业，看《孝武本纪》则误人矣，后世定其为妄书盖由此，因为它确实有贬汉武的用意。《汉书·武帝纪》则较为平实，可见武帝本来面目。然史迁并不加意掩盖武帝功绩，此读《李将军列传》《卫将军骠骑列传》《平津侯主父列传》《匈奴列传》及南越、东越、西南夷诸传约略可知。

刘邦其人其事，见于"本纪"，而其性格形象，见于《项羽本纪》及萧何、韩信、彭越、黥布、张良、郦食其、娄敬诸人传中。

项羽成败过程，见于《项羽本纪》，而成败之由，则见于《高祖本纪》《陈涉世家》及张良、陈平、韩信、彭越、黥布诸传。

此尤事之明者。

一

"本纪""世家"中，互见之法屡见，以其规模大、事繁复而用字

一、史话

简。史迁修书精微缜密，不留破绽，有时一线贯穿，时而数线纵出，令人眼花缭乱，目不暇给。史迁作史的义法，固于体例中可知，也见于史法，包括互见之法。明白个中底里，读时就有莫大帮助。《周本纪》载周襄王狩于河阳一事，曰："二十年，晋文公召襄王，襄王会之河阳、践土，诸侯毕朝，书讳曰'天王狩于河阳'。"晋文公挟天子以令诸侯，周天子受辱。这是春秋时期的一个标志性事件，晋国开了一个很坏的先例。"狩"是巡视之意，周天子明明被人挟持，史家却用一"狩"字，显在为天子讳。关于此事的缘起，《晋世家》作了详细交代。晋文公四年（前623年）冬，"晋侯会诸侯于温，欲率之朝周。力未能，恐其有畔者，乃使人言周襄王狩于河阳。壬申，遂率诸侯朝王于践土。孔子读史记至文公，曰'诸侯无召王'。'王狩河阳'者，《春秋》讳之也"。盖《周本纪》为襄王讳，用孔子春秋笔法，半遮半掩，使人不明就里。而《晋世家》则将事件经过道明，而且交代了史家为什么隐讳，以及孔子对此事的态度。此事是周室之辱，故《春秋》不愿提及，但它实在太重要，又不能不提及。其典型之处在于：周天子王位降挹，诸侯强盛，因而对周王的态度发生了转折性变化。

《齐太公世家》载，齐桓公与诸侯宾会，称曰："寡人兵车之会三，乘车之会六，九合诸侯，一匡天下。昔三代受命，有何以异于此乎？""一匡天下"云何？令人费解，对照《周本纪》则明矣。"襄王母早死，后母曰惠后。惠后生叔带，有宠于惠王，襄王畏之。三年，叔带与戎、翟谋伐襄王，襄王欲诛叔带，叔带奔齐。齐桓公使管仲平戎于周，使隰朋平戎于晋。王以上卿礼管仲。"这段叙述中也有故事。襄王欲诛叔带，因败戎、翟，而败戎、翟者，管仲、隰朋也。齐出兵襄助周室，平定外侵内乱，巩固了王位，因而有桓公"一匡天下"之功。

周室弱，每有难则依靠诸侯出兵。

此一段官司还有不明之处。《周本纪》又追记一段："初，惠后欲立王子带，故以党开翟人，翟人遂入周。襄王出奔郑，郑居王于氾。子带立为王，取襄王所绌翟后与居温。十七年，襄王告急于晋，晋文公纳王而诛叔带。"情况比较复杂，翟人入侵周室，襄王逃往郑国，叔带自立为王。襄王逃到郑国，本指望郑君帮助他回国，没想到郑人畏惧翟人，不敢出兵，安置周王于氾地。子带自立为王，示好翟人，娶了被襄王废掉的翟后，二人居于温地。襄王不得已，向晋人告难。

于是扯到了晋国。《晋世家》载："（晋文公）二年春，秦军河上，将入王。赵衰曰：'求霸莫如入王尊周。周、晋同姓，晋不先入王，后秦入之，毋以令于天下。方今尊王，晋之资也。'三月甲辰，晋乃发兵至阳樊，围温，入襄王于周。四月，杀王弟带。"事情的全部经过至此就清楚了：周襄王告急于晋，恰好晋文公想图谋称霸，乐得做一件安王室的大事，收到求救后马上出兵。晋军之所以如此亟不可待，是因为秦军也顿兵河上，打算进军周畿。而秦军之所以举步不前，顾虑的正是晋国的动向。

周室动荡，天下不安，齐、晋、秦诸大国都参与进来，他们打着安王室的旗号，实际各怀鬼胎，各有自己的心思。齐国打跑了戎、翟，为靖难立下了头份儿功劳，但不想开罪叔带。叔带逃亡齐国，齐桓公竟从中媾和，派人说服襄王，希望赦免叔带的罪责。叔带回到周室后，并没有安分守己，又伺机作乱。这才有晋君"诛叔带，入襄王"的经过。

从周襄王三年到十七年，这一场王室内乱持续了十多年。此段事涉及之广、历时之长、情况之复杂，都属罕见。史迁记录这件事的过程，如抽丝剥茧，条分缕析，娓娓道来。此事互见于《周本纪》《齐太公世家》《晋世家》《秦本纪》中，非参照细读，难明就里。

二

春秋战国有许多标志性事件，如楚王问周鼎、郑庄公不礼桓王、齐崔杼弑庄公、齐田常杀简公、三家分晋、秦取周九鼎等等。这些事，《周本纪》与诸"世家"都有记载，可谓纲目毕具、巨细不漏。不懂互书之法，则仅知其然，而不知其所以然。

《夏本纪》载，"子帝少康立。帝少康崩"。少康中兴，是有夏一

一、史话

代的大事,"本纪"中却仅此寥寥两句,殊未解也,后人也以此诟病。《吴太伯世家》中伍子胥的一段话,方将少康一代的史实道出。他说:"昔有过氏杀斟灌以伐斟寻,灭夏后帝相。帝相之妃后缗方娠,逃于有仍而生少康。少康为有仍牧正。有过又欲杀少康,少康奔有虞。有虞思夏德,于是妻之以二女而邑之于纶,有田一成,有众一旅。后遂收夏众,抚其官职。使人诱之,遂灭有过氏,复禹之绩,祀夏配天,不失旧物。"此段故事经伍子胥之口说来,诠释了有过氏与有夏氏之战的本来,以见少康事迹端倪。不加留意,则司马子长受怨矣。

读书到此境界,方为一快事。学人孙德谦因此总结道:"使非有知,能无痛恨于世之不善读书者乎?夫不善读书,而使书受其谤者多矣,其病在不知因彼可以见此也。"(《古书读法略例》)他把互见之法总结为"因彼见此之法"。

三

同体例中互见之法也多用。《齐太公世家》记有一事:"(齐顷公)六年春,晋使郤克于齐,齐使夫人帷中而观之。郤克上,夫人笑之。郤克曰:'不是报,不复涉河!'归,请伐齐,晋侯弗许。"此段含糊地方颇多:郤克出使齐国,夫人因何而笑?一笑何以使郤克如此动怒,又是向黄河发誓,又诉诸晋侯伐齐?凡此之类,让人摸不着头脑。翻读《晋世家》,则疑问一一解。"(景公)八年,使郤克于齐。齐顷公母从楼上观而笑之。所以然者,郤克偻,而鲁使蹇,卫使眇,故齐亦令人如之以导客。郤克怒,归至河上,曰:'不报齐者,河伯视之!'至国,请君,欲伐齐。景公问知其故,曰:'子之怨,安足以烦国!'弗听。"

这就释然了,《齐太公世家》所提及的夫人是齐顷公的母亲,她之所以发笑,是因为看到了一幅喜剧般的场面。几乎同时,晋、鲁、卫三国派使者使齐,恰好这三人都有些残疾:一个佝偻着腰,一个瘸着腿,一个是睁眼瞎。这三个人走在一起,不惹人发噱才怪!这且不说，齐人为了捉弄三使，照着他们的样子，也找来驼子、瘸子和瞎子，走在前面带路。这场面非常滑稽，故而夫人见后忍俊不禁。听到笑声的郤克，感觉受到极大的羞辱。和鲁、卫使者不同，郤克是晋国的卿大夫、闻名诸侯的重臣，哪里受得了如此戏弄！在回国的途中，他对着黄河发下毒誓，非报此仇不可。齐与晋分别是东、西方大国，两国一直在明争暗斗。郤克认为受到羞辱的不只是自己，还有晋国，故而请晋景公派兵伐齐。景公了解了事情的原委后，不以为然，反觉得郤克有些反应过度。

这段史实出于《左传》，但齐人捉弄三使的情节却是司马迁添加的，由此可见司马氏编撰故事的能力。

故事至此并没有结束。"十一年春，齐伐鲁，取隆。鲁告急于卫，卫与鲁皆因郤克告急于晋。晋乃使郤克、栾书、韩厥以兵车八百乘与鲁、卫共伐齐。夏，与顷公战于鞌，伤困顷公。顷公乃与其右易位，下取饮，以得脱去。齐师败走，晋追北至齐。顷公献宝器以求平，不听。郤克曰：'必得萧桐姪子为质。'齐使曰：'萧桐姪子，顷公母；顷公母犹晋君母，奈何必得之？不义，请复战。'晋乃许与平而去。"（《史记·晋世家》）

这就是历史上有名的齐、晋鞌之战。齐伐鲁，鲁向卫告急，两国通过郤克请求晋出兵救援。作为霸主，与国求援，晋没有理由不出兵。三军在郤克的统帅下，大败齐师，直打到齐国腹地，齐君差一点儿被俘。惶遽之下，齐君命人求和，给郤克送去大量金玉宝器。面对宝器，郤克兀自不动心，逼迫齐国献出夫人。齐使怒，说齐夫人乃顷公母，晋、齐是兄弟之国，齐君母犹晋君母，如果非要提出这个无理要求，那么齐只好倾国再战。晋国这才同意讲和。看来，郤克此次出征，不仅为驰援鲁、卫，也为了平复自己心头的怒火。齐夫人一笑，引起了一场战争。

互见之法，史迁频用，使《史记》更加曲折动人、耐人寻味。大笔如椽，大事起于微末，不细细品读，不知其运用之妙。明于《史记》互见之法，则可以观布局、明义法、知取舍，读书方能日有精进。

汉宣、元之际官场风气

《汉书》有《酷吏传》，然不载张汤、杜周，二人别有传。班固解释：此因二人之子为贤臣故也。

张汤、杜周均为汉景帝、武帝间能吏，都曾官拜廷尉。张汤"用事任职，媚兹一人"。"杜周治文，唯上浅深，用取世资"。二人善伺主上颜色，因此颇得信任。对同僚可不这样，他们以发奸擿伏为能事，善于发人阴私，深文周纳，牵引无辜，别人称其为爪牙之吏，是著名的党棍。按事迹论，二人固当入《酷吏传》，然而不入者，以其子俱是贤臣。张汤子张安世，杜周子杜延年，一反父道，称誉昭、宣二朝。张安世"温良，塞渊其德，子孙遵业，全祚保国"。杜延年"宽和，列于名臣。钦用材谋，有异厥伦"。

人言父辈积德，荫庇子孙，其二人则反之，乃以德而救父。

子反父道的，还有杨恽与陈咸。

一

杨恽是司马迁的外孙。他的父亲杨敞，最初在大将军霍光幕府，后官至大司农，迁为御史大夫，相当于副相。杨敞其人以谨慎著称。当时，汉昭帝初立，朝廷分为两派，一派以大将军霍光、丞相车（田）千秋为首；另一派以上官桀、鄂邑盖公主、桑弘羊为首。其中，霍光与上官桀都是汉武帝临终时托付的顾命大臣。上官桀不满霍光专权，便依仗自己外戚身份，意欲杀死霍光、废掉昭帝，迎立燕王旦为帝。

不巧的是，他们的计划被人听到了，其人第一时间告诉了杨敞。紧要关头，杨敞害怕了，称病躲了起来。幸好，此人还没忘把消息告诉谏大夫杜延年——杜周的儿子。霍光闻知后，马上采取非常手段，及时收捕上官桀、桑弘羊，族灭之。燕王、盖公主畏罪自尽。政变平息，朝廷论功行赏，其他人都以功论封，独杨敞因为没有及时"上变"而未得封功。

昭帝崩，霍光立昌邑王刘贺为帝。昌邑王在位不足一月，行淫乱。霍光与朝臣计议，打算行废立之事。征得太后同意后，遂诏告九卿。大司农田延年力赞此事，并把此决定告知杨敞。对于任何变故都缺乏心理准备的杨敞，听完田延年的话后，慌得不知怎么回答，浑身冒汗，怔在那里一动不动。杨敞缺乏台鼎大臣的风度，他的夫人显然比他老练，趁田延年外出更衣之际，悄悄劝他：看来废立之事已定，朝廷告知你，不是来找你商量，你的意见无关紧要，人家需要的是表态。如果此时还不应诏，畏首畏尾，接下来能不能保住命都是问题。杨敞听从了夫人的劝告，待田延年更衣回来，他马上表示，坚决拥护朝廷的主张，唯大将军马首是瞻。这一次，杨敞还算聪明，没有落在人后。但不多久，他就故去了。汉宣帝继位后，念在杨敞拥戴有功，追谥他为敬侯。

杨敞一生胆小谨慎，他的儿子杨恽却任气敢言。杨恽进入朝廷，仍然与霍光有关。按照汉朝规定，两千石以上官员，任职满三年，可以享受朝廷的恩荫，送一名子弟到朝廷任职，大多为郎。杨恽排行第二，他的哥哥杨忠享受了祖荫。杨恽之所以为人所知，一是因为外祖父司马迁的《史记》，二是与霍光家人谋反有关。霍光拥立宣帝，在朝中尊贵无比。为了巩固地位，他把自己的小女儿送进宫里。这倒没有什么，勋臣与皇室联姻是常有的事，问题出在霍光的夫人霍显身上。霍显急于让女儿做皇后，利令智昏，竟派人下毒，把汉宣帝微时的结发夫人许后药死。因为是患难夫妻，宣帝对许后感情很深。公卿大臣推立皇后时，为了巴结霍光，纷纷主张立霍氏为后。宣帝不好明说，转而下诏寻求在民间时所佩带的剑，这下人们才明白宣帝的心意,转而拥立许夫人为皇后。许后死后,有人上告,怀疑皇后非正常死亡。霍显不安,霍光这才知道是夫人所为。震惊之余,他颇为犹豫,最后还是决定秘而不宣,隐瞒下去。这一决定毁了他一世英名。霍光死后,宣帝渐渐知道了真相。他不动声色,悄悄把霍氏子弟徙为外任,尤其对负责保护朝廷安全的要职,俱任命许、史两家外戚担任。史家指他的祖母史良娣,许家指许后。霍显与她的儿子们也感觉到了危机,决定孤注一掷,杀死丞相,废掉皇帝。为此他们秘密策划、精心准备,但还是被人知道了。霍氏一族被诛灭后,汉宣帝在诏书中,把这件事原原本本地告诉了世人。"男子张章先发觉,以语期门董忠,忠告左曹杨恽,恽告侍中金安上。恽召见对状,后章上书以闻。"(《汉书·霍光传》)这四人同时以功封侯。杨恽被封为平通侯,这个爵位来得很容易。

封侯之后,杨恽的职位也由左曹迁为中郎将,秩比两千石[1]。新官上任,雷厉风行,杨恽首先整顿吏治。他管理的对象是郎官,他们大多是官宦子弟。当时有个积弊由来已久,即郎官所供职部门的办公用品都要由本人出钱购买,别人习惯上称其为"山郎"。汉初财不敷出,汉武帝打匈奴,连士兵的装备、攻具、马匹都要自己准备。"山郎"自己掏腰包可能也与此有关。对郎官的日常也很苛刻,假如生病一天,就要扣一天假日;需要休息,还得掏钱来偿买。这样,家境好的人整天在外游荡,他们只要出钱买通上司就行,而另外一些人一年也难得休息一次。杨恽上任后,力除此弊,罢除"山郎"旧制,规定:郎官的办公用度均由大司农出,严禁私下买通关节;恢复郎官的休沐制度,疾病、休沐等均按规定办事;郎官有罪过,立时奏免,而重用那些行能高尚、考核优异的人。经过杨恽一番整治,郎官队伍的乱象基本根除,秩序肃然,大家纷纷称羡。杨恽的职位又升迁了,这一次升到光禄勋,秩至正两千石。

初露锋芒的杨恽,赢得了一片赞扬声。年轻气盛的公子,变得飘

---

[1] 比两千石,即从两千石,相当于两千石。

飘然。"恽居殿中,廉洁无私,郎官称公平。然恽伐其行治,又性刻害,好发人阴伏,同位有忤己者,必欲害之,以其能高人。由是多怨于朝廷"(《汉书·杨敞传》)。自视高、功名心重、看不起别人是年轻士子的通病,有才的更如此。客观地说,杨恽"性刻害,好发人阴伏",还不同于张汤、杜周、江充之流。张、杜、江好发人隐私,待人刻深是他们的职业病。杨恽这么做,一是逞能,二是以此求得不断晋升,毕竟他最初走入官场靠的就是揭发检举。杨恽暴得大名最终害了他自己。

不幸,杨恽得罪了一个他不该得罪的人。这个人是太仆戴长乐,他是汉宣帝在民间时的发小儿,官拜九卿,与皇帝的关系不一般。戴长乐把杨恽日常一些不检点的言行搜集、整理起来,写了一份材料上报朝廷,检举他心怀怨望,妖言惑众,大逆不道。戴长乐并没有冤枉杨恽,对于那些所谓罪状,杨恽也一一承认。肆言放行是杨恽致命的性格缺陷。说者无心,听者有意。一旦要处心积虑攻击一个人,这些材料也就足够了。

还好,宣帝不忍心致杨恽于死地,对戴长乐与杨恽各打五十大板,策免杨恽官爵,罢斥戴长乐为庶人。

闲居在家的杨恽,本来应该好好反省,以图东山再起。汉朝官员被策免而又起复的大有人在,黜官罢爵并不丢人。元、成之际流传一句话,即"王阳在位,贡公弹冠"。王吉,字子阳,官居谏大夫。他和贡禹十分投合,都是通经博士。贡禹做河南县令时,因事被郡守斥责,马上免冠辞职,对人发誓说:"冠壹免,安复可冠也!"他决心隐居乡野。但朋友王吉一朝得到重用,他又出来做官,人称贡禹弹冠而起。

还有一个有代表性的人物张敞,他是杨恽的朋友。

二

张敞是西汉有名的能吏,做过山阳郡守、胶东相,后接替黄霸任京兆尹。说起黄霸,需要补充几句。他在汉朝非常有名,是宣帝树立起来的一个典型,是郡守的榜样。班固在《循吏传》中把他作为循吏的典范,称他外宽内明、力行教化,"自汉兴,言治民吏,以霸为首"。黄霸做过河南太守丞、廷尉正、扬州刺史,尤其在扬州刺史三年任上,以治行优异著闻,宣帝亲为下诏书彰奖,并提拔他为颍川太守。在颍川任上,他一心劝善,很得吏民心,户口岁增,政绩卓著,经考核被评为天下第一。宣帝又一次下诏称扬,誉他为贤人君子,号召官员向黄霸学习。黄霸此后一路晋升,由太子太傅、御史大夫,一直做到丞相。

张敞是个有趣的人,他在外严厉,回到家却浪漫异常,生活颇有些情趣。他经常给夫人描眉画脸、装束打扮。这事后来被人知道,传得纷纷扬扬,大家都说张京兆好眉。宣帝也有所风闻。一个重臣如此不讲体统,皇帝总要过问一下。谁知宣帝一提起此事,张敞就大大咧咧回答:"臣闻闺房之内,夫妇之私,有过于画眉者。"他说这事不值得大惊小怪,夫妇之间,除了画眉,还有比它更羞于一提的事,难道天子连这些事都要问一问吗。宣帝无言以对。

张敞做京兆尹九年,其间发生了杨恽一案。张敞与杨恽平素交情不薄,因而也被牵连。其他与杨恽案有关的人都受到处分,被免除了职务,皇帝唯独对张敞网开一面,迟迟没有定论。张敞手下有一个负责捕盗的掾吏,叫絮舜。他看到张敞快要倒霉,小人嘴脸马上暴露出来。他不好好办事,竟在"案验"中途跑回家,按律这属于违规。有人提醒后,他竟说:我给张公出力不少,也没有得到重用,现在他自身难保,最多只能做五天京兆尹,哪有心思管这些事?这话传到张敞耳里,他拍案而起,立刻命人将絮舜逮捕入狱,立案审查,后竟判处絮舜死刑。此时冬月将尽,马上就是元旦,按照惯例,天子一般都要在元日下赦令,减死囚。絮舜期盼着这一天。张敞明白絮舜的心思,他决心要置絮舜于死地,派人到狱中对絮舜传话道:"五日京兆竟何如?冬月已尽,延命乎?"随即把絮舜弃市。

絮舜死后,他的家人拉着尸体到朝廷告状。对此,宣帝没有当回事儿，但还是惩处了张敞。他以杨恽的案子为由，将张敞罢免。

削职为民的张敞，在家等待时机。恰在此时，冀州出了一伙强盗，扰乱地方。消息报到朝廷，宣帝马上想到了张敞，即刻派人征召他。听说朝廷有使者来，张敞全家大小慌了手脚，生怕是来抓人的，唯独张敞安然自若。他笑着安慰家人说："吾身亡命为民，郡吏当就捕，今使者来，此天子欲用我也。"果然，宣帝任命他为冀州刺史。

汉朝对官员还是很宽厚的，在官员的任用上也十分灵活，有政绩就提拔，犯错就处罚。重用不是进了保险箱，免职也可能只是权宜之计，遇到合适的机会，随时可能起复。

三

杨恽回到家里，心态发生了很大变化。此前，他宦途一直很顺，没有经受过挫折。他在官场上的历练很不够，一旦受打击，情绪马上反常。好在他家资不菲，生计不愁，故闲来无事，"治产业，起家宅，以财自娱"，过起乡绅的田园生活。这时，朋友孙会宗看到他意志消沉，自暴自弃，就写信劝慰他。正好杨恽一肚子牢骚无处发泄，就复书一封，这封信就是著名的《报孙会宗书》。关于这封书信，我们前面已经提到。

杨恽最终死在了那封信上，罪名是大逆不道。他死得很惨，被处以腰斩。英才早逝，让人十分痛惜。

杨恽之死，正应了他父亲杨敞的人生信条，小心没有错！

四

有汉一代对郡守用人放得很开，除郡守、郡丞、尉官（比照朝廷三公设置）等是朝廷任命，其他都由太守说了算，而署吏大多选择本地贤良。所以郡守在地方俨然是一个土皇帝，生杀予夺系于一人。但也有条件，手下的掾吏一旦犯罪，郡守负有连带责任。这叫有职有权有责任，权力多大责任就多大。这一点现在不如汉朝。现在的地方班子成员都是由上级考察任命的。班子成员犯错，追究责任时，只算地方主官的账，任命干部的上级什么事都没有。这种算账法不公平。所以要改革干部任用制度，尽可能减少凡事上级说了算、凡错下级担的弊端，使责权对应统一。

　　汉朝郡守威重的程度，现在几乎不可想象。韩延寿任颍川太守，《汉书》记载："延寿为吏，上礼义，好古教化，所至必聘其贤士，以礼待用，广谋议，纳谏争；举行丧让财，表孝弟①有行；修治学官，春秋乡射，陈钟鼓管弦，盛升降揖让，及都试讲武，设斧钺旌旗，习射御之事。治城郭，收赋租，先明布告其日，以期会为大事，吏民敬畏趋乡之。又置正、五长，相率以孝弟，不得舍奸人。"韩延寿在任上做的这些事，内容几乎囊括了国家所有事务，包括教化、纳谏、讲武、工程、赋税，以及乡里设置等等。其中乡射、讲武及钟鼓管弦、斧钺旌旗这些铺排都是天子之事，说他违制乃至僭越一点儿不为过。果然，韩延寿后来就败在这些问题上。

　　韩延寿后来接替萧望之做了左冯翊。汉朝地方行政最看重的是京兆、左冯翊、右扶风三地，被称为三辅，初归内史部，后改为司隶部。京兆尹管理都城，冯翊与扶风左右翼卫，三地的政治地位、地理优势不言而喻。一般情况下，郡守而至公卿率由此道。

　　韩延寿做了左冯翊，萧望之迁除御史大夫。萧望之是儒学出身，治《齐诗》，以射策优异任为郎职，后累迁谏大夫、丞相司直。谏大夫议论朝政，司直协助丞相检举不法。萧望之在这两个位置多有建言。宣帝觉得萧望之有培养前途，就外放他为平原太守，不久又调任左冯翊。萧望之不解宣帝的苦心，以为受到冷落，上书天子。其中有两句话很刺眼："朝无争臣则不知过，国无达士则不闻善。"他把自己比作"争臣""达士"，表示愿意在朝拾遗匡国。宣帝知道他错会了好

---

① 弟，同"悌"。

意,专门下谕道:"所用皆更治民以考功。君前为平原太守日浅,故复试之于三辅,非有所闻也。"说让他到地方去不是贬官,而是挂职锻炼,利于以后的发展。萧望之这才高高兴兴上任。

左冯翊三年,萧望之每每参与朝政,尤其在对待匈奴、西域问题上屡陈意见,多被采纳,朝议称是,之后擢升为御史大夫、太子太傅。

宣帝崩,元帝立,萧望之以帝师身份被格外重用,做了顾命大臣,前将军光禄勋。按常理他此时一帆风顺,该大展宏图了。谁知他遇到了两个死敌——宦官弘恭、石显。西汉宦官用事自武帝始,到元帝时更如此。元帝任用弘恭、石显为中书令,参与朝政。萧望之对此持反对态度,上书指出:中书是朝廷枢机要地,不应任用刑余之人,而应委任士人。由此与恭、显违忤。两人憋着一口气,又拉上宣帝的外亲——车骑将军史高,几人沆瀣一气,共同攻讦萧望之,朝廷内俨然形成了两派。

一次,他们利用萧望之休假之际,唆使人告状,列举了萧望之五个过失、一条罪状。汉元帝这个人天性善良但懦弱,《汉书·元帝本纪》说他"柔仁好儒"。宣帝在位时,他见父亲多用刑罚,杨恽、盖宽饶等均以言获罪,禁不住议论道:"陛下持刑太深!"宣帝闻言,脸色大变,训斥了他一番,最后叹息道:"乱我家者,太子也!"

元帝刚登帝位,不知道怎么处理这个棘手问题,恭、显建议道:按律应交给廷尉。这实际上等于把萧望之下狱。元帝不懂,稀里糊涂就答应了。和萧望之一起入狱的还有周堪、刘更生[①],他们都是朝廷正臣。后来元帝有事要与这几人商量,让弘恭、石显通知。两人回答,他们已在狱中,正接受审讯。元帝大惊:"非但廷尉问邪?"恭、显叩头谢。元帝曰:"令出视事。"

恭、显不愿意让萧望之复出,他们把事推给史高。史高是宣帝祖

---

① 刘更生,即刘向。

一、史话

母史良娣的侄子、元帝的外祖父。他对答道："上新即位，未以德化闻于天下，而先验师傅，即下九卿大夫狱，宜因决免。"史高的意思是：皇帝刚即位，就把自己的师傅抓进大牢，天下人知道了会笑话。不如将错就错，把萧望之改系内廷狱，罢官免职，这样他还能少受点儿罪。

事已至此，元帝不得不遵从史高的意见。他为此下了一道诏书："前将军望之傅朕八年，亡它罪过，今事久远，识忘难明。其赦望之罪，收前将军光禄勋印绶，及堪、更生皆免为庶人。"按诏书所说，萧望之无他罪过，虽然曾做过帝师，但也是很久以前的事了，兹据举报，免去官职，与周堪、刘更生一起削职为民。这份诏书够荒唐的了。

过了数月，元帝想念师傅，觉得对师傅不公，下诏赐萧望之关内侯爵位，职位给事中，做个专司谏议的小官。这时候他还有一个念头，等合适时机让师傅给自己做丞相。但"屋漏偏逢连阴雨"，恰在这时，萧望之不懂事的儿子又横生事端，上书给父亲鸣冤。事下有司——当然"有司"已被恭、显控制——即刻上奏，称萧望之本有不测之心，削职后又对朝廷深怀怨望，怂恿儿子上书，企图归罪于天子，据此应下萧望之入狱。

接到上奏后，元帝心有不忍，曰："萧太傅素刚，安肯就吏？"元帝还算明白，依他对师傅性格的了解，怕他自杀。

汉朝有一个不成文的规定，公卿大夫一旦有罪，宁愿自行了断，也不愿对簿公堂。他们自杀，一方面皇帝高兴，没有落下诛杀大臣的名声；另一方面，大家以对簿公堂为耻，从心理上怕受狱吏之辱，即使屈辱而死，也不愿人格上受侮。提起士大夫气节，这也算一条。汉文帝时，周勃以"安刘"功大被封为绛侯，后因违制一事被逮，多方求救才得出狱。出狱后由衷感叹道："吾尝将百万军，安知狱吏之贵也！"他庆幸自己得以不死狱中。贾谊看不上周勃这点，上书汉文帝道："上设廉耻礼义以遇其臣，而臣不以节行报其上者，则非人类也。故化成俗定，则为人臣者主耳忘身，国耳忘家，公耳忘私，利不苟就，害不苟去，唯义所在。上之化也，故父兄之臣诚死宗庙，法度之臣诚死社稷，辅翼之臣诚死君上，守圉扞敌之臣诚死城郭封疆。故曰圣人有金城者，比物此志也。"贾谊认为，上待下以礼，下事上以义，为人臣者要"主耳忘身""国耳忘家""公耳忘私"，关键时候能以身赴义，难不避死。文帝听后，深以为是，讽喻百官执行。《汉书》称："是后大臣有罪，皆自杀，不受刑。"武帝时郎中令王臧、御史大夫赵绾、廷尉张汤、丞相李蔡、丞相严青翟、少府路博德等，昭帝时大司农田延年，元帝时御史大夫郑弘，成帝时丞相翟方进，哀帝时丞相朱博、丞相王嘉，平帝时御史大夫[①]何武等，皆因事自杀。

汉武帝时，张汤为廷尉，陷人于狱，则多方罗织罪名，由是人皆侧目而视。后也被人告，下狱。张汤此时已升为御史大夫，对指控不服。武帝先后八次派人质问，他仍不改口，坚持自己无罪。无奈，武帝又派时任廷尉的赵禹前来。赵禹一见张汤，劈头就说："君何不知分也！君所治，夷灭者几何人矣！今人言君皆有状，天子重致君狱，欲令君自为计，何多以对为？"赵禹埋怨张汤不知进退、不明事理，说：你做廷尉时，害死了很多人，积怨那么深，人心愤愤不平，你难道不知罪吗？入狱后，天子想让你自行了断，谁知你还在强词夺理，不体谅天子的苦衷！张汤这才恍然大悟，原来武帝要杀自己以谢天下。他随即饮药自尽。

哀帝时，王嘉为相，以事下廷尉狱。使者到丞相府，宣布诏旨之后，手下人流着眼泪给他毒药，劝他自尽了事。王嘉不肯，相府主簿道："将相不对理陈冤，相踵以为故事，君侯宜引决。"又端上药催他喝掉。王嘉挥手将药打翻在地，转身随使者赴廷尉狱，决心要论个究竟。哀帝听说后，果然大怒，命令诸大臣严查。在狱中，王嘉不胜狱吏欺辱，愤懑绝食，最后呕血而死。

西汉初，借鉴秦始皇刑刻法重，高祖刘邦约法三章，百姓如释重负，人心归汉。以后萧何定律令，法渐趋密。文帝、景帝、武帝重廷

[①]御史大夫，官职名，后改称大司空。

尉，依靠刀笔之吏钳制大臣，随之出现了一批酷吏，如郅都、宁成、义纵、杜周、张汤、王温舒、严延年等。天子好刑法，则天下多酷吏，这是一条铁律。

郅都，景帝时任中郎将。有次，他随景帝到上林苑游猎。途中，景帝的宠妃贾姬如厕，一头野猪跑进厕所，贾姬吓得在里边大声尖叫。景帝示意郅都过去搭救，郅都却站在那儿，毫不理会。景帝只好手持兵器亲自去救，却被郅都拦住，劝道："亡一姬复一姬进，天下所少宁姬等邪？陛下纵自轻，奈宗庙太后何？"他的理由是：天下女人有的是，损失一个可以再选一个，然而陛下只有一个，不能有任何闪失，否则如何对得起祖宗。幸好，野猪并没有伤害贾姬，一场虚惊而已。此事过后，景帝颇为赏识郅都临大事而不乱的胆识，提拔他为济南太守。自古以来，齐地号称难治。郅都到济南后，以诛杀豪强为事。一年后，郡中秩序井然，路不拾遗。不是人们的觉悟提高了，而是畏惧太守的威刑。

汉朝的酷吏不贪，他们虽然充当朝廷鹰犬，但大都是廉吏。张汤死时家产不过五百金，还都是汉武帝所赐。郅都也很清廉，自持甚严，不以私事求人，不行贿受贿，对别人的请托置之不理。他常对人说："已背亲而出，身固当奉职死节官下，终不顾妻子矣。"这些人忠心固然胜人，却缺乏人味儿，只是一个个冷冰冰的国家机器。没有他们，法令形同虚设；但一旦他们占上风，社会就缺乏生机与活力。之后，郅都积功迁除主爵中尉①，负责掌治列侯。他威名远扬，不管是列侯，还是外戚，见了他避之犹恐不及。郅都不管这些，对谁都是一副公事公办的态度。他去见丞相周亚夫，也十分倨傲，揖而不拜。由此人们给他起了一个外号，叫"苍鹰"。

严延年做河南太守，实行高压政策，手段就是刑罚。他经常亲手草拟狱文，上奏朝廷，连主簿都不知道他要参哪个。古人以为，秋冬

---

① 主爵中尉，官职名，后改称都尉，武帝时改称右扶风。

主刑杀。每年冬月，严颜年要求各县把犯人都带到郡府，集中审判，对死刑犯统一执行处决，郡府外"流血数里"。因此，郡人给他起了一个外号，叫"屠伯"。

王温舒为河内太守，善治"豪奸""豪猾"，经常一案就连坐千余家，大者族灭，小者身死，财产充公。处决犯人时，竟然血流十余里。经过他这样治理，郡中道不拾遗，鸡犬之声不闻。王温舒杀人杀上了瘾。有一年，到了冬十二月，郡府还没有抓到足够多的犯人。不得已，他到旁郡搜求，也没有多大收获。眼看着春天来了，王温舒急得顿足长叹："嗟乎，令冬月益展一月，卒吾事矣！"

孔子说："道之以政，齐之以刑，民免而无耻；道之以德，齐之以礼，有耻且格。"老子说："上德不德，是以有德；下德不失德，是以无德。""法令滋彰，盗贼多有。"王夫之说，法网愈密，则人愈有逃心。礼乐教化、仁义道德与刑罚三者并举，才是治国之道。国之重器应当慎用。仅依靠刑罚治国，只能导致人们侧目而视，重足而立。古今依此治国，鲜有不败者。

五

接下来再说萧望之。汉元帝所猜不错，师傅萧望之确实经不起这么折腾。使者到来时，石显怕他反抗，特意派执金吾带领车骑队伍包围了萧家。一看这阵势，萧望之就想自尽，但被夫人阻止了。夫人劝说道：这恐怕不是天子的本意，再等等看。萧望之犹豫了，询问门生朱云。朱云重气节，有点儿二百五，冒冒失失建议老师应该自裁。于是萧望之仰天长叹："吾尝备位将相，年逾六十矣，老入牢狱，苟求生活，不亦鄙乎！"说完饮鸩自尽。

朱云也是儒生出身，曾从萧望之习《论语》。他不同于贡禹、王吉、刘向等士子，这些人都通经明道，善于拾遗补缺。朱云身长八尺，容貌伟壮，孔武有力。少时常和侠客交往，养成了使气任性、倜傥不羁的个性，做出事来不同凡响。这种性格也导致了人们对他看法不一，争议颇多。御史大夫贡禹很欣赏他，但太子少傅匡衡却很反感，章奏排诋。恰在此时，朱云的机会来了。汉元帝好《易经》，组织学士们一起讨论。少府五鹿充宗通《梁丘易》，就让他来主讲，其他人问难。汉朝重经学，经常举行类似的活动。最著名的有宣帝时的石渠阁会议，东汉章帝时的白虎观会议。会议由皇帝主持，分别在长安石渠阁、洛阳白虎观举行，主要讨论五经异同。会后，分别形成了《石渠议奏》《白虎通义》两种典籍，在经学史上留下了重重的一笔。汉元帝主持的这次讨论，有别于石渠阁会议及白虎观会议，他的主要目的是为了抬举五鹿充宗。这时五鹿充宗很受宠，故而元帝想抬高他的声望。五鹿充宗不负元帝重望，侃侃而谈，诸儒竟没有人能说过他。个别明白人借故不参加会议，却推荐了名不见经传的朱云。朱云不明底里，也不知深浅，上去就与五鹿充宗辩论。亏他还有些见解，接二连三把对方问得哑口无言，会议不欢而散。之后，诸儒们提起这次会议，对朱云赞不绝口，称道："五鹿岳岳，朱云折其角。"朱云因而名声大噪，被朝廷擢为博士。

　　元帝性格懦弱，有些控制不住局面，朝廷里不同派别互相攻击，他只能眼巴巴看着。朱云与御史中丞陈咸等不属于任何一派，比较超脱。他们年轻气盛，看不惯谁就攻击谁，没有阵线，也不讲策略。大家对两人都很怵头。陈咸攻击石显、五鹿充宗等；朱云看不起丞相韦玄成，指责他明哲保身，无所作为。韦玄成是一个老成人，出自儒学世家，一贯持身很严，很有修养。但他也被朱云激怒了，上书揭发朱云与陈咸彼此交通，横为不法。丞相的奏章还是有一定分量的。这样两人被贬为城旦①，终身废锢，直到汉成帝继位。

　　汉成帝时，张禹以帝师被封为安昌侯，位为丞相。成帝对他这位师傅特别不错。当师傅第一次提出退休时，他马上"加赐黄金百斤、养牛、上尊酒，太官致餐，侍医视疾，使者临问"。皇帝又是赏赐黄

―――――――――――
①城旦，汉时的一种刑法名。依汉律，城旦者，服四年刑，发配充边，侦察寇虏。

金,又是送牛、酒,还让内廷的厨师给他做病号饭,让太医给他看病。似此仍不放心,还接连派使者探望。没办法,张禹只好强打起精神,接着上班。又过了几年,张禹以年老为由,再次请求致仕。这一次,"上加优再三,乃听许。赐安车驷马,黄金百斤,罢就第,以列侯朝朔望,位特进,见礼如丞相,置从事史五人,益封四百户。天子数加赏赐,前后数千万"。这里最特殊的待遇是"安车驷马",被称为"殊礼",整个汉朝能享受到此待遇的也不过数人。

张禹致仕后,成帝对他的恩礼有增无减。"禹每病,辄以起居闻,车驾自临问之。上亲拜禹床下……"张禹应该知足了,古今有几个皇帝到病榻前看大臣,而且每次去还不忘行大礼,亲拜于床下。从这一点来说,成帝待大臣称得上亲善、通人情、明事理。比较而言,张禹却有些倚老卖老,利用成帝对自己的感情,办起了私事。一次,他对成帝说:我生有四男一女,对女儿特别挂念,但她远嫁给张掖太守,总也见不上一面,成了心病。成帝听完,立刻把他女婿调到弘农郡任太守。他四个儿子中,三个儿子都做了官,只有小儿子还没有安排,他虽然嘴上说爱女甚于男,但还是对小儿子放心不下。又一次,成帝来时,他特别安排这个儿子在身边,谈话之余,不住地打量这个儿子。成帝明白他的意思,立刻在师傅床前拜其儿为黄门郎。皇帝是不错,愿意回报老师,经学大师张禹却有些略不知足。

六

朱云被褫夺为白身,仍不知进退,竟上书要求觐见。成帝久闻他是一个诤臣,没有多想就同意了。当天,正是朝会的日子,公卿大臣均在座。朱云行完礼后,也不知哪里来的火气,劈头就说:"今朝廷大臣上不能匡主,下亡以益民,皆尸位素餐,孔子所谓'鄙夫不可与事君','苟患失之,亡所不至'者也。臣愿赐尚方斩马剑,断佞臣一人以厉其馀。"

其语惊四座,未央宫内一片哗然。

成帝厉声问道："谁也？"

朱云对曰："安昌侯张禹。"

成帝大怒："小臣居下讪上，廷辱师傅，罪死不赦！"即吩咐左右将朱云拿下。朱云不愿离开，手抓着宫殿栏槛，嘴里大喊大叫。双方纠缠之际，没想到栏槛被拉折了。只听咔嚓一声，所有人都大惊失色。最后朱云被拉出去了，临出宫殿门还喊道："臣得下从龙逢、比干游于地下，足矣！未知圣朝何如耳？"

他把自己比作龙逢、比干，自然成帝就是夏桀、殷纣王。这话触到皇帝的痛处了，换哪个皇帝都接受不了。果然成帝怒不可遏，非要处死朱云不可。左将军辛庆忌一看大事不好，立刻免冠，解掉象征官秩的印绶，叩头下跪，为朱云开罪道："此臣素著狂直于世。使其言是，不可诛；其言非，固当容之。臣敢以死争。"

辛庆忌一面进谏，一面不住叩头，以至于流血被面。大臣们见此，也都纷纷求情。成帝渐渐冷静下来，火气也消了。

这就是朱云，经常做出骇人的举动。

事情过后，成帝不但未追究朱云，反为朝廷有这样的直臣而骄傲。宫人更换栏槛时，成帝挡住了，说："勿易！因而辑之，以旌直臣。"

此事被传为千古佳话！

七

萧望之自尽的消息传到宫里，汉元帝后悔不迭，拍手跌足道："果然杀吾师傅！"为了表示哀悼，他开始绝食，整日以泪洗面，思念师傅。

班固对萧望之评价极高，他赞道："望之堂堂，折而不挠，身为儒宗，有辅佐之能，近古社稷臣也。"做一个社稷之臣，是古代卿相的最高理想，也是他们终生的追求。

八

韩延寿任左冯翊之后，萧望之有些醋意。恰好有人在他耳边吹风，说韩延寿在东郡时，曾把公家一千多万私钱借给他人。萧望之把此事记住了。不久，他手下的御史要到东郡办事，萧望之把这件事托付给他，让顺便查一查。韩延寿听说后，不甘束手就缚，暗地里也搜集萧望之的问题。他费尽周折，发现萧望之在左冯翊任上，部下也曾放散官钱百余万，谎称与萧望之有关。看来挪用官钱放高利贷在汉代比较普遍。韩延寿先发制人，抢在前面告发萧望之。朝廷问罪下来，萧望之解释：韩延寿放散官钱是实，我派人去查，他却反咬一口，欲以此要挟于我。宣帝遂派人逐一核实，最后查出萧望之的问题纯属捏造，而韩延寿的问题证据确凿，不容抵赖。要命的是，萧望之派出的御史也回来了，他反映的问题更严重，说"延寿在东郡时，试骑士，治饰兵车，画龙虎朱爵。延寿衣黄纨方领，驾四马，傅总，建幢棨，植羽葆，鼓车歌车。功曹引车，皆驾四马，载棨戟。五骑为伍，分左右部，军假司马、千人持幢旁毂"等等，都属于严重的僭越、违制问题。事下公卿，大家一致认为韩延寿欺妄朝廷，大逆不道，应当严惩。宣帝马上下旨，把韩延寿杀头弃市。

韩延寿被处死的消息公布后，左冯翊"吏民数千人送至渭城，老小扶持车毂，争奏酒炙。延寿不忍距逆，人人为饮，计饮酒石馀。使掾史分谢送者：'远苦吏民，延寿死无所恨。'百姓莫不流涕"。看来，在左冯翊短短一年里，他尚得人心。

九

陈万年当郡吏比较出色，被郡守举荐做了县令，之后一路官运亨通，升至广陵太守、右扶风，最后进入朝廷，官居太仆。他在官场之所以如此得意，有一个诀窍：善于拉关系。外戚许、史当红时，他不遗余力接近，甚至倾尽家财买通二人，做他的靠山。如此心里仍不踏实，又去巴结丞相丙吉。

丙吉其人正直善良、品德极好，是汉朝不多见的良相。他最初是狱吏，明习法令。武帝时，巫蛊事起，株连颇多。戾太子被杀后，太子妃、皇孙、皇孙媳等无一生还，满门抄斩。皇曾孙刘询刚生不久，尚在襁褓之中，幸免于难。除此，巫蛊案还抓了不少人。治狱时，大约是人手不够，就把丙吉抽来帮忙。丙吉在审理案犯时，发现了皇曾孙。他心知戾太子冤枉，故而对皇曾孙格外关照，专门找来保姆乳养。皇曾孙体弱多病，他又多方请来医生调护，好容易保住了皇曾孙一条小生命。

武帝后来也知道自己有这么一个曾孙。他身边经常围着几个谶纬术士，主要帮他寻找长生不老方。一天，一个会看星象的告诉他，长安狱中有天子气。武帝吓了一跳，马上派人去搜。搜查的人来到邸狱时，丙吉紧闭大门，守在门外，坚决不让搜查。他对来人说，里边是皇曾孙，太子唯一的后代，不应再遭受牵连。搜查的人终究没能进门。武帝听到报告后，摇头叹息道：这是上天安排的啊！他没再追究下去。此前，有人在他面前为太子鸣冤，武帝已有悔意。

因为皇曾孙，武帝特意实行大赦。这样刘询被放出掖庭狱，到祖母家存身。其间，丙吉做了大将军霍光的长史，霍光对他异常信任。昭帝崩，昌邑王被废，大臣们正在为拥立谁做天子头痛，刘询的机会来了。丙吉对霍光说，武帝尚有一个曾孙在民间，论年纪也十八九了，应该立他为帝。霍光听后，马上向太后建议。就这样，宣帝继位了。

对自己幼时掖庭狱的生死经历，汉宣帝一无所知，丙吉也从来没有提及。此时，丙吉已迁为御史大夫、太子太傅，俨然朝廷重臣。偶然发生的一件事，使宣帝了解了一切。当年在掖庭狱的一个宫婢，想要冒功，唆使丈夫上书，说自己昔日曾哺乳过宣帝。宣帝遂指派掖庭令核实。掖庭令讯问时，了解内情的人透露，真相只有丙吉知道。掖庭狱找到丙吉，请求他出面指认。丙吉一见那个婢女，马上拆穿了她的谎言，把当年的实情一五一十道来，说得婢女哑口无言。真相大白,汉宣帝这才明白了一切,他对丙吉守口如瓶,不邀买回报的品德赞赏有加,即刻封他为博阳侯,下诏褒奖。五年之后,又拜丙吉为丞相。

十

陈万年靠近丙吉,不是用金钱,而是用诚意,因为他了解,丙吉不会轻易为钱财所动。丙吉生病时,内朝、外廷两千石以上官员都去看望。丙吉扶病在身,无法出面,委派家臣招呼客人。很多人寒暄几句就知趣地离开了,唯独陈万年未走。等没人了,他来到病榻前,抓住丙吉的手,含着眼泪哀求丞相善自保重,早日康复。丙吉动容了,留下他说了很长时间话,一直到深夜。丙吉这一病就再也没有起来。宣帝亲自来探望,看到他快要不行了,就询问后事,让他推荐接班人。丙吉点了三个人,其中一个就是陈万年。丙吉去世后,宣帝没有失信,拜陈万年为御史大夫。

陈万年的官场经历是一个奇迹,他没有可以称道的功绩,也没有显山露水的才能,凭着巧于钻营,一路爬到御史大夫——副丞相的高位。对此,陈万年也非常得意。他对儿子陈咸不满意,这个年轻人性格直率,经常上书言事,讥刺弘恭、石显等近臣。陈万年如芒刺在身,时刻感到危险。说实话,从小到大,他没少教育儿子,反复告诫他官场凶险,要善于守身自保,但收效甚微。一次,陈万年病了,特意叫儿子回来,令其跪在床前听他训话。他一直唠叨到半夜,没想到陈咸听着听着睡着了。万年大怒,抡杖要打,道:"乃公教戒汝,汝反睡,不听吾言,何也?"陈咸见状不妙,叩头谢罪,辩解道:"具晓所言,大要教咸谄也。"陈万年的升官之道总归是一"谄"字,无怪儿子看不上。

残酷的教训教会了很多人向命运低头,丰富的人生阅历形成了国人独特的生存哲学。中国历史上的很多问题,都能在这里找到答案。

一、史话

家有悍妇

　　蒲松龄说，家家床头都有一个夜叉在。
　　古语云，善善及子孙，恶恶止其身。比之夫妻，也如是。家有贤妻，夫不踏凶地；室有悍妇，屋为之瓦漏。
　　百姓家有悍妇，为害不出乡里；富贵家有悍妇，则要坏事，于国于家都不是好兆头。
　　霍光位为三公，历侍武帝、昭帝，废昌邑王，立汉宣帝，功不谓不高，权不谓不重。然妻霍显与子勾结，纵行不法，弑宣帝许后而进己女，落得一门被诛，曾经车马连骑的大将军府陷为丘墟。
　　霍显这个女人野心很大，想做吕后。但汉宣帝不是孝惠帝，她只能自取死地。
　　东汉梁冀，以祖父梁统、父亲梁商功劳及外戚关系，被封为大将军。他在朝独断专行，被质帝称为"跋扈将军"。妻孙寿，妖媚，性忌刻，善于钳制梁冀。梁冀夸富，掠天下之财，大起第舍。其内亭台楼阁，飞檐画栋，荷塘美陂，可荡舟子，不比洛阳宫差。孙寿不服气，也在街对面盖了一幢富丽堂皇的庭院，与丈夫竞夸豪奢。不止如此，这个女人还心地歹毒，滥杀无度。梁冀的父亲梁商挑选了一个美女送给顺帝，美女进宫以后不懂规矩，触怒了顺帝，顺帝一气之下把她退还给梁商。梁商不敢私专，随便找一个人把她嫁了出去。谁知梁冀看上了这个女人，竟偷偷把她弄出来，藏了起来。他有些急不可耐，父亲刚去世，丧期还未满，就经常跑去和这个女人幽会。这事后来被孙寿发现了，她就托人杀掉了这个女人。梁冀明知是她干的，但吓得不敢吭声。他和这个女人有一个私生子，怕被孙寿知道，时常把孩子藏在房子的夹墙里。梁冀好玩女人，孙寿无可奈何，索性也如法炮制，和别的男人私通，还养了几个"面首"。他们夫妻诲淫诲盗的丑事传遍京城。

西晋贾充因弑杀魏帝曹髦，助晋帝司马炎称帝有功，位为司空、太尉，在朝中威炎逼人。妻郭槐，性妒忌。她生二子，付乳母养视，后来怀疑二乳母与贾充有私，先后棒杀，二子也以思念乳母而死。贾充遂绝子嗣。

孙寿、郭槐以娥眉之妒，为了管住男人，不惜下杀手，两家也被她们折腾得日益衰败。梁冀、贾充的下场都不太好，这和两个悍妇有直接关系。

奇怪的是，就连天子也有怕老婆的。隋文帝独孤皇后，性妒忌，后宫佳丽都害怕她，没人敢伺候文帝。一次，文帝大着胆子私幸了一个宫女。独孤氏知道后，趁皇帝上朝，暗自派人将宫女杀死。隋文帝下朝后，发现宫女不见，一打听，是皇后干的，遂怒不可遏。他排解不快的办法，不是找皇后算账——这个胆子需要向别人借。他骑上一匹马，单骑向郊外飞奔，进入山谷，不知不觉跑了二十余里，自己都不知道到什么地方了。大臣高颎、杨素发现情况不对，立即骑马追赶，拦住文帝苦谏，劝他想开点儿。隋文帝长叹一声，很没出息地说了一句："吾贵为天子，而不得自由！"他也知道，在人们眼里天子说一不二，想干什么就干什么，自己却连一个宫女都保不住，这个皇帝做得实在有些窝囊！

天子遇此悍妇，也有不得已时。

东汉冯衍有一篇著名的休妻文，尽诉其妻之恶，是一篇少见的奇文。冯衍是西汉名臣冯奉世、野王之后，少有令名，博通群书，为时所重。可惜光武之际，重质轻文。冯衍一生不遇，其志难申，常赋辞自托于屈原，发泄心中郁闷。冯衍妻任氏，也是一个悍妇，对亲生子女少有慈爱，经常强迫幼小的孩子打水砍柴，操持家务。冯衍积怒已久，忍无可忍，就给小舅子任武达写了一封信，要求休妻。其文曰：

一、史话

"天地之性，人有喜怒，夫妇之道，义有离合。先圣之礼，士有妻妾，虽宗之眇微，尚欲踰制。年衰岁暮，恨入黄泉，遭遇嫉妒，家道崩坏，五子之母，足尚在门。五年已来，日甚岁剧，以白为黑，以非为是，造作端末，妄生首尾，无罪无辜，逸口嗷嗷。乱匪降天，生自妇人。青蝇之心，不重破国，妒嫉之情，不惮丧身。牝鸡之晨，唯家之索，古之大患，今始于衍。醉饱过差，辄为桀纣，房中调戏，布散海外，张目抵掌，以有为无。痛彻仓天，毒流五臓，愁令人不赖生，忿令人不顾祸。入门著床，继嗣不育，纺绩织纴，了无女工，家贫无僮，贱为匹夫，故旧见之，莫不凄怆，曾无悯惜之恩。唯一婢，武达所见，头无钗泽，面无脂粉，形骸不蔽，手足抱土。不原其穷，不揆其情，跳梁大叫，呼若入冥，贩糖之姿，不忍其态。计妇当去久矣，念儿曹小，家无它使，哀怜姜、豹，当为奴婢。恻恻焦心，事事腐肠，訩訩籍籍，不可听闻。暴虐此婢，不死如发，半年之闲，脓血横流。婢病之后，姜竟春炊，豹又触冒泥涂，心为怆然。縑縠放散，冬衣不补，端坐化乱，一缕不贯。既无妇道，又无母仪，忿见侵犯，恨见狼藉，依倚郑令，如居天上。持质相劫，词语百车，剑戟在门，何暇有让？百弩环舍，何可强复？举宗达人解说，词如循环，口如布縠，县幡竟天，击鼓动地，心不为恶，身不为摇。宜详居错，且自为计，无以上书告诉相恐。狗吠不惊，自信其情。不去此妇，则家不宁；不去此妇，则家不清；不去此妇，则福不生；不去此妇，则事不成。自恨以华盛时不早自定，至于垂白家贫身贱之日，养痈长疽，自生祸殃。衍以室家纷然之故，捐弃衣冠，侧身山野，绝交游之路，杜仕宦之门，阖门不出，心专耕耘，以求衣食，何敢有功名之路哉！"

冯衍虽称饱学，但遭逢乱世，时不我用，想要归隐田园。谁知家运屯艰，又遇此恶妇，故而有身世之叹，赍恨终天。读其文，怜其人，伤其事，悲悯之情生焉。

折节向学

冉求对孔子说:"非不说子之道,力不足也。"孔子说:"力不足者,中道而废。今女画。"

中道向学而有显名,卓荦不凡者,有吕蒙、周处。

吕蒙是三国时吴人,年十五六随军,少年卓异,被拔于士伍。孙权觉得他是个材料,值得培养,就劝他不要满足于当一个武夫,应趁年轻时好好学习,力争成为文武兼备的大将。孙权说:"卿今并当涂掌事,宜学问以自开益。"

蒙曰:"在军中常苦多务,恐不容复读书。"

权曰:"孤岂欲卿治经为博士邪?但当今涉猎见往事耳。卿言多务,孰若孤?孤少时历《诗》《书》《礼记》《左传》《国语》,惟不读《易》。至统事以来,省三史、诸家兵书,自以为大有所益。如卿二人,意性朗悟,学必得之,宁当不为乎?"

在孙权的督促下,吕蒙开始向学。他十分勤奋,加之天性聪颖,很快便有大长进,就连一些老儒在和他谈话后都感到自愧不如。

此时鲁肃代替周瑜,任大都督职,过访吕蒙。在鲁肃心里,他来过访,不过做做样子,体现一下礼贤下士的姿态而已。内心里,他不大看得上吕蒙,以为他还是那个攻城陷阵的武夫。岂知交谈中,吕蒙讲了他对天下大势的看法,建议都督应该如此如此。鲁肃听后大为吃惊,拍着吕蒙的肩说道:"吾谓大弟但有武略耳,至于今者,学识英博,非复吴下阿蒙。"

对鲁肃的夸赞,吕蒙不以为然,他说:"士别三日,即更刮目相待。大兄今论，何一称穰侯乎。兄今代公瑾，既难为继，且与关羽为邻。斯人长而好学。读《左传》略皆上口，梗亮有雄气，然性颇自负，好陵人。今与为对，当有单复以乡待之。"

三国人物中，鲁肃以计议长远、沉稳持重、待人宽厚著称，从来都小心谨慎，屈己下人。没想到第一次摆老资格，却被人家顶了回去。也可能他自认与吕蒙有私交，又是上下级关系，故而说话随意。谁料徒惹没趣。

对于吕蒙，孙权常感叹："人长而进益，如吕蒙、蒋钦，盖不可及也。富贵荣显，更能折节好学，耽悦书传，轻财尚义，所行可迹，并作国士，不亦休乎！"（《三国志·吴书·吕蒙传》注引《江表传》）

"国士"这个名号，不是随便封的。

晋人周处，年轻时是个浪荡公子，膂力过人，横行街里，为害一方，与山上猛虎、河里鲛鱼并称为三害。周处后来觉悟，立志改行，遂上山射虎，下河搏鲛。去除二害之后，他以为自己是除害英雄，返回时才发现，乡亲们以为他被鲛鱼吃掉，正在举酒相庆。周处大为懊恼，下决心改邪归正。他求教于陆氏兄弟——闻名三吴的陆机、陆云，说出了自己的心事，又顾虑年龄大，学无所得。他说："欲自修而年已蹉跎，恐将无及。"陆云劝慰道："古人贵朝闻夕改，君前途尚可，且患志之不立，何忧名之不彰！"

周处遂打定主意，追随陆氏兄弟，求学问道。

周处在东吴做官不几年，晋出兵灭吴。晋大将王浑在吴都建业设庆功宴，酒过三巡，不禁有些飘飘然。他羞辱吴人说："诸君亡国之余，得无戚乎？"吴人都低头不语，唯周处上前反唇相讥："汉末分崩，三国鼎立，魏灭于前，吴亡于后，亡国之戚，岂惟一人！"他说，论起亡国之臣，大家都一样，你本来是魏臣，不也做了晋臣？况且魏先亡而吴后亡，你应比我们更能体验亡国之忧。这话说到了王浑的痛处，他无言以对。

归顺晋朝以后，周处先后任新平太守、广汉太守。氐人反，朝廷命梁王司马肜率军平叛，周处为先锋。梁王肜是八王之乱参与者之一，素与周处有隙，此次借机报复，命他担任先锋。周处出发后，梁王却迟迟不发兵，眼睁睁看着他孤军作战。周处知此役必败，慷慨赋诗："去去世事已，策马观西戎。藜藿甘粱黍，期之克令终。"言毕赴敌，奋力鏖战，从早到晚，斩首万余。后来矢尽弦绝，救兵不至，左右劝他撤退。周处拔剑而起，决然道："此是吾效节授命之日，何退之为！且古者良将受命，凿凶门以出，盖有进无退也。今诸君负信，势必不振。我为大臣，以身殉国，不亦可乎！"（《晋书·周处传》）遂力战而死。

周处由地方三害变为守节志士，学之于人也大矣哉！

古人提倡向学，不斤斤于实学，着眼于修身、进学、固志三节。"修身"可以正己正人，"进学"可以治世用事，"固志"可以守节赴难。说到底，重在培养人的精神、端正人的志行。今人弃本逐末，仅在实学上下功夫，误人子弟深矣！

一、史话

挟天子以令诸侯

"挟天子以令诸侯"一说初见于《史记·张仪列传》。秦惠王欲发兵伐蜀，担心韩国乘机入侵，打算先伐韩，后伐蜀。张仪不同意，他说："亲魏善楚，下兵三川，塞什谷之口，当屯留之道，魏绝南阳，楚临南郑，秦攻新城、宜阳，以临二周之郊，诛周王之罪，侵楚、魏之地。周自知不能救，九鼎宝器必出。据九鼎，案图籍，挟天子以令于天下，天下莫敢不听，此王业也……"他的理由是：伐蜀既可以免后顾之忧，又可以绝诸侯觊觎，在此基础上，直趋新城、宜阳，兵临魏、楚之境，牢牢控制成周。一旦把周天子掌握了，就可以挟天子以令诸侯，到那时，王霸之业可成。

董卓之乱，汉室多舛，汉献帝被李傕、郭汜诸武人挟持，于长安、洛阳之间播越，身不由己，形同人偶。是时，诸雄并作，均以扶助汉室为号，很多人都打算拥献帝自立。谋士沮授游说袁绍以天下大计："将军弱冠登朝，则播名海内；值废立之际，则忠义奋发；单骑出奔，则董卓怀怖；济河而北，则勃海稽首。振一郡之卒，撮冀州之众，威震河朔，名重天下。虽黄巾猾乱，黑山跋扈，举军东向，则青州可定；还讨黑山，则张燕可灭；回众北首，则公孙必丧；震胁戎狄，则匈奴必从。横大河之北，合四州之地，收英雄之才，拥百万之众，迎大驾于西京，复宗庙于洛邑，号令天下，以讨未复，以此争雄，谁能敌之？比及数年，此功不难。"（《三国志·魏书·袁绍传》）这一番计划的关键在于拥立献帝，而掌握了献帝，就等于掌握了天下。但袁绍有一个心病，当初汉灵帝崩，袁绍与大将军何进立少帝，后董卓进洛阳,废杀少帝而另立献帝。因为献帝之立非袁绍意,故而不太高兴,于迎大驾一事也不很积极。尽管犹豫不决,他还是派谋士郭图赴河东面君,实际是去打探虚实的。郭图回来后,也力主迎天子还邺,袁绍仍然下不了决心。沮授进谏道:"将军累叶辅弼,世济忠义。今朝廷播越,宗庙毁坏,观诸州郡外托义兵,内图相灭,未有存主恤民者。且今州城粗定,宜迎大驾,安宫邺都,挟天子而令诸侯,畜士马以讨不庭,谁能御之!"袁绍不从。夺取天下,袁绍既无能力,也无野心,他的格局固如此,由不得别人。当时,众多豪强都不具备袁绍的资质和条件。袁家四世三公,是东汉著名的望族。何进死,袁绍自然成了天下瞩目的人物,一举一动,领袖群伦。如果他抢占先机,拥戴汉献帝,曹操只剩下望尘兴叹。袁绍坐失机会,曹操马上乘隙而动,奉迎天子到了许昌。从此,他打起天子的旗号,大行讨逆封赏之事。对他臣服的,封爵裂土;反之,召集列强共击之,俨然是新的盟主。这时,袁绍后悔了。

曹操还是兖州牧的时候,治中从事毛玠进言,劝他奉迎天子,为夺取天下建基固本。毛玠说:"今天下分崩,国主迁移,生民废业,饥馑流亡,公家无经岁之储,百姓无安固之志,难以持久。……夫兵义者胜,守卫以财,宜奉天子以令不臣,修耕植,畜军资,如此则霸王之业可成也。"(《三国志·魏书·毛玠传》)

建安元年(196年),曹操击破黄巾军,此时献帝自河东还洛阳。曹操打算迎献帝到许昌,召集众人讨论。军司马荀彧力主其事:"自天子播越,将军首唱义兵,徒以山东扰乱,未能远赴关右,然犹分遣将帅,蒙险通使,虽御难于外,乃心无不在王室,是将军匡天下之素志也。今车驾旋轸,义士有存本之思,百姓感旧而增哀。诚因此时,奉主上以从民望,大顺也;秉至公以服雄杰,大略也;扶弘毅以致英俊,大德也。天下虽有逆节,必不能为累,明矣。"说完,他还强调了一句:"若不时定,四方生心,后虽虑之,无及。"(《三国志·魏书·荀彧传》)此类话,当初沮授也对袁绍说过,他说:"今迎朝廷,至义也,又于时宜大计也,若不早图,必有先人者也。夫权不失机,功在速捷,将军其图之!"只可惜他急非所急,袁绍根本没有曹操那样的远见。

汉献帝来到许昌以后,曹操开始号令天下。具有讽刺意义的是,他任命袁绍为太尉、大将军,封邺侯。要说待袁绍不薄,恢复了他三公的地位。但每当想起这个任命出自曹操之手,袁绍就如吃了苍蝇一样。他也知道,所谓的太尉、大将军都是空的,一钱不值,坐拥天子,凭轼天下,才是真的。这时候的他,像小孩儿过家家一样:别人没有得到的,自己也不打算要;一旦别人得到,就千方百计想夺为己有。他多次以许昌地方埤湿为由,建议曹操迁都鄄城。鄄城位于兖州西南,袁绍与曹操经常在此交战。他想借迁都伺机夺回献帝。袁绍的心思一眼就被曹操看穿,他想也没想就回绝了。谋士田丰对袁绍说:"徙都之计,既不克从,宜早图许,奉迎天子,动托诏书,号令海内,此算之上者。不尔,终为人所禽,虽悔无益也。"(《资治通鉴》卷第六十二)田丰建议他出兵攻打许昌,把天子从曹操手里夺过来,学曹操那样号令天下。袁绍再次拒绝了田丰的建议。要说,袁绍身边的谋士很有几个高明的,可惜主暗臣明,再好的计策也顶不上用。

中看不中用

赵翼说:"人才莫盛于三国,亦惟三国之主各能用人,故得众力相扶,以成鼎足之势。而其用人亦各有不同者,大概曹操以权术相驭,刘备以性情相契,孙氏兄弟以意气相投,后世尚可推见其心迹也。"(《廿二史札记》)人称曹操能度外用人,非虚言。

古之成帝王基业者,鲜有如曹操之渴才。荀彧少有令名,初投袁绍,发现袁绍不能成大业,转而去绍从操。曹操与语,大悦,说荀彧是"吾之子房也",以刘邦待张良之礼待之。荀彧推荐侄子荀攸与郭嘉,曹操也另眼相看。与荀攸交谈后,大喜过望,道:"公达,非常人也,吾得与之计事,天下当何忧哉!"任命其为军师。又与郭嘉论天下事,喜曰:"使孤成大业者,必此人也。"郭嘉出,也感慨再三:"真吾主也。"这个郭嘉为了曹操的事业,呕心沥血,把命都搭进去了。

许攸初为袁绍谋,屡献计不用,又被人谗间,怒而奔操。操闻许攸来奔,来不及穿鞋,光着脚出迎。见到许攸后,他抚掌大笑:"子卿远来,吾事济矣。"官渡之役,许攸功劳至大。

得天下英雄为我所用,是曹操最为快心的事,所以他说:"山不厌高,海不厌深。周公吐哺,天下归心。"

对于心仪的英雄,曹操不惜代价招致帐内,唯恐有所失。他看上了关羽,礼之甚厚,封他为汉寿亭侯,明里暗里向关羽投桃送李。关羽感叹道:"吾极知曹公待我厚,然吾受刘将军厚恩,誓以共死,不可背之。吾终不留,吾要当立效以报曹公乃去。"曹操与袁绍战,关羽阵中杀颜良回报曹操。嗣后,追奔刘备而去。左右欲追,曹操说:

一、史话

"彼各为其主,勿追也。"意殊怏怏。

陈宫为吕布谋,败,与吕布俱为曹操擒。曹操久想往其人,欲其归服,亲为释其缚,陈宫不从。曹操以其父母妻子相要挟,陈宫不为动,道:"宫闻以孝治天下者不害人之亲。老母存否,在明公,不在宫也。"随即慷慨赴死。曹操为之垂泪,以不能得为所用而伤心。陈宫死后,曹操召陈宫母,并抚慰其家,厚养之。

沮授为袁绍谋士,明于机宜,频献良策,可惜袁绍多不用。官渡之役,袁绍大败,沮授为曹军所执。曹操亲迎,劝沮授说:"本初无谋,不相用计,今丧乱未定,方当与君图之。"舍而厚遇之。但沮授其人颇有些骨气,心在曹营不忘袁绍,一有机会就想逃跑。曹操不得已只能杀了他。

曹操一心想网罗天下豪俊。

这前提是要有用。

什么时候用什么人,曹操心知肚明。建安二十二年(217年),曹操下令:"昔伊挚、傅说出于贱人,管仲,桓公贼也,皆用之以兴。萧何、曹参,县吏也,韩信、陈平负污辱之名,有见笑之耻,卒能成就王业,著声千载。吴起贪将,杀妻自信,散金求官,母死不归,然在魏,秦人不敢东向,在楚则三晋不敢南谋。今天下得无有至德之人放在民间,及果敢不顾,临敌力战;若文俗之吏,高才异质,或堪为将守;负污辱之名,见笑之行,或不仁不孝而有治国用兵之术:其各举所知,勿有所遗。"(《三国志·魏书·武帝纪》)这是曹操的用人标准:只要能攻城守地、治国用兵,纵使不仁不孝也在所不惜。他的这个用人思想,追自刘邦。但刘邦建汉以后,所用多是时贤,恢复了仁、孝、德、义的正统。曹操不谙此道,不从长远考虑,只顾一时之效,结果得之一隅,失之满盘。这就注定,魏国自一开始就把路走偏了,根基不牢,稍有风吹草动就有江山之虞。魏晋以后直至南北朝,篡夺成了定式,谁拥有军队谁就可以称王。考其源在曹操,是他带了一个很坏的头。

孔融、祢衡、杨修是当时的名士,深得时望。但适值河山破碎,诸雄并兴，名士的用处很有限。对这类人，曹操厚遇他们，只不过想挣来礼贤下士的好名声。一旦这些人不听话，曹操便毫不客气，弃之如敝屣。

《后汉书》评价孔融，说他"负其高气，志在靖难，而才疏意广，迄无成功"。《资治通鉴》称他"高谈清教，盈溢官曹，辞气温雅，可玩而诵，论事考实，难可悉行"。孔融为北海相，人称孔北海。青州刺史袁谭攻打他，这一仗从春天一直僵持到夏天，孔融的将士被打得只剩几百人。大兵压境，城池眼看不保，孔融不知带兵防御，犹隐几读书，谈笑自若。当晚，城池陷没，孔融只身逃窜，妻子儿女俱被袁谭俘获。曹操奉汉献帝到许昌之后，任命孔融为将作大匠，负责工程建设。后迁少府，主管宫廷财赋。其间，孔融多次借机讥讽曹操。曹操对其积怨甚深，决意除之。他命人诬告孔融，所列罪状都是孔融平时妄诞不经的议论。孔融最终以大逆不道罪弃市，一家大小均被诛。

祢衡少有才辩，尚气傲物。初到许昌，别人问他：你为何不投奔陈群、司马朗？祢衡回答：我怎能和杀猪卖肉的人结交！又问：那么，荀彧、赵融如何？他说：荀彧只可借他的脸吊丧，赵融只可在别人请客时监厨而已。陈群、司马朗、荀彧、赵融都是当时知名的人物，祢衡一个都没有放在眼里，可见此人之狂。在祢衡心目中，当世只有两个人差强人意，一个是孔文举，一个是杨德祖。他常称："大儿孔文举，小儿杨德祖。余子碌碌，莫足数也。"孔融也十分欣赏祢衡，两人相互吹捧。孔融是孔子二十世孙，祢衡说孔融"仲尼不死"，孔融说祢衡"颜渊复生"。

孔融把祢衡推荐给曹操。曹操想要见祢衡，祢衡却托病不见，曹操心里很不高兴。听说祢衡善击鼓，曹操召集众宾客，命祢衡击鼓为乐。按规矩，参会的人都要换正式礼服。轮到祢衡，他不愿意受此拘束，见人逼迫，索性裸衣而鼓。曹操苦笑说："本欲辱衡，衡反辱孤。"

此事过后，孔融数落了祢衡一顿。祢衡答应向曹操谢罪，曹操很高兴。祢衡来了，却身穿单布衣，手持竹杖，以杖捶地，指桑骂槐地挖苦一气。曹操大怒，对孔融说："祢衡竖子，孤杀之犹雀鼠耳。"之后,把他送给了荆州刘表。并对刘表说,此人狂悖无礼,应当好好教训,挫挫他的锐气。祢衡到荆州后,旧病复发,经常让刘表下不来台。无奈,刘表又把他送给江夏太守黄祖,做军中书记。黄祖性急,刘表想借他手教训祢衡。一次,祢衡当众对黄祖出言不逊,黄祖一怒之下杀死了他。祢衡死时才二十六岁。

祢衡、孔融欣赏的另一个人是杨修。他是汉太尉杨彪的儿子、重臣杨震的玄孙、袁术的外甥,出身世族。《后汉书》说他"好学,有俊才"。曹操做丞相,委任他为主簿。当时,曹操讨平汉中,打算西下进剿刘备,担心后方遭人侵袭,犹豫不决。军将们请令时,他没有答言,仅说了一句"鸡肋",大家都不解其意。杨修明白曹操的心思,对众人说:"夫鸡肋,食之则无所得,弃之则如可惜,公归计决矣。"不日,曹操果然命令班师。杨修善于观察和推测,多次料事在前,引起了曹操的注意,也使曹操对杨修产生了疑忌之心。又因为他是袁术的外甥,所以曹操加意防范,后来借故将他除掉。

杨修之死,与曹丕、曹植兄弟储位之争不无关系。曹操最初很看重曹植的机敏与文采,打算易储,但后来发现曹植嗜酒、任性,很是失望,就把目光重新瞄向了曹丕。杨修与曹植关系至深,他们最初以文章辞赋相尚,每多书信往来,互相称扬。渐渐,杨修卷入了太子之争的漩涡,他多次给曹植出谋划策,应对曹操考察。对此,《三国志》裴松之注中有多条记载。一次,曹操命曹丕、曹植各从邺城一门出,暗地里又嘱咐城门紧闭,看两人如何应对。曹丕在城门受阻,只好转身回来。杨修预先交代曹植,如果在城门受阻,立刻杀掉城守,因为有王命在,所以不要犹豫。这样,曹植顺利出城。以曹操对儿子曹植的了解,他不可能如此果断,疑心曹植背后另有其人。随后发现其中就有杨修,深为震惊,立即以"交构"罪名赐死杨修。

赵翼总结杨修诸人之死,评价曹操道:"……知其雄猜之性,久而自露,而从前之度外用人,特出于矫伪,以济一时之用,所谓以权术相驭也。"这话有几分道理,但不全对。在曹操身上,度外用人是真,雄猜是真,善用权术也是真,这都是他复杂人格的一部分。但要说他矫伪，还谈不上。客观地说，曹操还不是城府极深、善于伪装的人，相对于刘备，他要率性得多。

惠子谓庄子曰："魏王贻我大瓠之种，我树之成而实五石，以盛水浆，其坚不能自举也。剖之以为瓢，则瓠落无所容，非不呺然大也，吾为其无用而掊之。"孔融、祢衡、杨修诸人生于汉末，号称名士，杂侧豪强之列，身陷刀剑之丛，虽饱读经学，负志向世，却不料身首异处，非才不济，时不相能也。在那个乱世，他们恰如惠子说的大瓠一样，非不呺然大也，只是中看不中用。

虽然书生无用，但庶几可以粉饰太平，邀名取誉。范晔说："汉世之所谓名士者，其风流可知矣。虽弛张趣舍，时有未纯，于刻情修容，依倚道艺，以就其声价，非所能通物方，弘时务也。及征樊英、杨厚①，朝廷若待神明，至竟无它异。英名最高，毁最甚。李固、朱穆等以为处士纯盗虚名，无益于用，故其所以然也。然而后进希之以成名，世主礼之以得众，原其无用亦所以为用，则其有用或归于无用矣。"(《后汉书·方术列传上》)此不失为中允之论。名士的价值在"名"，宠用之，厚待之，善养之，也可以博得用人之名。曹操杀祢衡、孔融、杨修，只落得杀士之名，未见有任何益处。

---

①樊英、杨厚均为方术家。

一、史话

士子无耻

　　孔子说："行己有耻"。孟子进一步说："人不可以无耻，无耻之耻，无耻矣。"顾炎武说："士大夫之无耻，是谓国耻。"把士大夫无耻提到这样的高度，顾炎武是第一人。个中原因，在于他有切身之痛。

　　顾炎武经历过亡国之痛。明亡后，眼见得无数明臣投靠大清，把出处与名节抛到脑后，摇尾乞怜，换来崭新的红顶，安然自得地享受着新朝的俸禄。这对顾炎武有极大刺激。痛心之余，他抱着与大清不合作的态度，谢绝仕进之路，一面游历名山大川，遍访隐逸高士，一面著书立说，探求国家兴亡之道。他说："君子之为学，以明道也，以救世也。徒以诗文而已，所谓雕虫篆刻，亦何益哉！"他著《日知录》，意在"有王者起，将以见诸行事，以跻斯世于治古之隆，而未敢为今人道也"，"有王者起，得以酌取焉，其亦可以毕区区之愿矣"。顾炎武自有一番宏大的抱负。他做学问，不是为显露"雕虫篆刻"，而是"明道""救世"，图取兴复。他心目中的王者，显然不是破人家国的清人，而是如孟子、司马迁所推崇的"五百年而有圣人者出"之尧、舜、禹、周王一类的明君。人类历史上，理想主义者注定要失败，但唯其有理想，才使人们鼓起追求光明的勇气。顾炎武终其一生，也没有见到这样的王者，这也注定了他的悲剧。但他的思想却薪火相传，历久而不熄。

　　顾炎武不孤独，黄宗羲是他的同侪。清兵南下，黄宗羲招募义兵抵抗。明亡后，他隐居不出，专心著述，计有《明儒学案》《明夷待访录》等。他总结明亡的教训，为国家复兴做着思想上的准备。他在《明夷待访录》自序中说:"冬十月,雨窗削笔,喟然而叹曰:昔王冕仿《周礼》,著书一卷,自谓'吾未及死,持此以遇明主,伊、吕事业不难致也',终不得少试以死。……吾虽老矣,如其子之见访,或庶几焉。"和顾炎武一样,黄宗羲也在等待明主,把自己治世的理想寄托在虚无缥缈的名君身上。在《明夷待访录》中,他设计了一套"为治大法",包括原君、原臣、原法、置相、学校、取士、建都、方镇、田制、兵制、财计等21条,是体系完备的治国大纲,可谓用心良苦。

观顾、黄二人之行事,相同之处在于:(一)把名节看得比生命重要;(二)以天下为己任;(三)都有一套缘于儒家的治世理想。

二人耻于国破,宁愿做伯夷、叔齐之类遗民也不逢迎当时,这叫气节,体现了民族大义,是士大夫身上固有的铮铮风骨。

古往今来,士大夫中秉持这种精神的大有人在,但危难关头投降变节的也不在少数。晋人王衍就是其中一个。

王衍,字夷甫,是一个世家子弟。从兄王戎及族弟王导、王敦都是两晋名臣。魏晋时,尚黄老,务空谈,以何晏、王弼为代表,经注《老》《庄》,醉心虚无。这些人不以天下为事,每日间耽于发言玄远,发表一些上不着天,下不着地的见解,并以此鉴别人物。《世说新语》记载了大量此类故事。王衍后起,继承并发扬了这些习风,蔚然成为士林领袖,名重一时。"衍既有盛才美貌,明悟若神,常自比子贡。兼声名藉甚,倾动当世。妙善玄言,唯谈《老》《庄》为事。每捉玉柄麈尾,与手同色。义理有所不安,随即改更,世号'口中雌黄'。朝野翕然,谓之'一世龙门'矣。累居显职,后进之士,莫不景慕放效。"(《晋书·王衍传》,后同)以此可见王衍在时人眼里的地位。他手里与手同色的玉柄麈尾,是魏晋时人心慕的一件名器,它代表了魏晋风度。因为是名士,加之又有外戚关系,所以王衍一直官运亨通,至封侯拜将,成为朝廷人望。

时人对王衍其人的看法并不一。从兄王戎对他极为推许,说他神姿高妙,如瑶林琼树,自然是风尘表物。晋武帝听到许多人赞美王衍,问王戎:夷甫能与当世哪个比肩?王戎回答:"未见其比,当从

一、史话

古人中求之。"他大概也默许王衍属于子贡一类人。山涛初见少年王衍，就禁不住赞叹道："何物老妪，生宁馨儿！"又补了一句："然误天下苍生者，未必非此人也。"山涛老于世故，明于识人，赞叹之余，不无对少年英俊的担心。时为车骑将军的羊祜，是王衍的舅舅，每为时事忧虑，很看不惯崇尚空谈的风气，对王戎、王衍之流十分不屑。他说："王夷甫方以盛名处大位，然败俗伤化，必此人也。"（《晋书·羊祜传》）

不出山涛、羊祜的法眼，王衍后来果然变成一个"败俗伤化"的"误天下苍生者"。西晋末，五胡乱中华，相继割据称帝，中原成为铁骑驰骋的大战场。这时石勒入侵，洛阳摇荡，人心浮动。朝廷命王衍为元帅征讨。王衍畏葸不前，后不得已出兵，一战就被石勒打败，成为俘虏。石勒向王衍打听晋国的情况，王衍把朝廷虚实和盘托出，最后说此役战败，责不在己。为了活命，王衍的骨头软了，他说自己少不更事，被人推到这个位子上的，征讨并非出自本意。进而，他向石勒献媚，建议他趁机称帝洛阳，把天下据为己有。殊不知石勒听后大怒，斥责道："君名盖四海，身居重任，少仕登朝，至于白首，何得言不豫世事邪！破坏天下，正是君罪。"又说："吾行天下多矣，未尝见如此人。"（《晋书·王衍传》）石勒十分鄙夷王衍的为人，指斥他推罪诿过，丝毫没有大臣风范。当晚，王衍被处死。石勒手下连坑都懒得挖，他们推倒一面墙，把王衍等人压在下面。可叹一个领袖群伦的名士，死时竟然没有像样的墓地。石勒一个异族武夫，仅通过一次谈话，就认定王衍"破坏天下"，而晋人数十年识不及此，可以想见当时的风气。

"士大夫之无耻，是谓国耻。"这句话用在王衍身上，可谓当矣。用在秦桧身上，用在汪精卫身上，都合适。士大夫无耻，绝不是一个人的事情，影响所及，受累的是一个群体，乃至一个民族。从这个意义来说，绝不只关乎无耻者自己。民族危亡关头，士大夫无耻，就会导致国耻；和平时代，士大夫无耻，会使世风浇漓、人心不古，可能把一个国家拖到危亡境地。任何时代，读书人都是风气的引领者：读书人好则天下好,读书人坏则天下坏。时下的知识分子应该懂得这一点,那些所谓的社会精英,更应懂得这一点,深自惕厉,追求大义,为自己,为子孙,也为了民族兴衰。

一、史话

"童心"天子

《左传》载,鲁襄公崩,昭公立。当时襄公未葬,昭公"居丧而不哀,在戚而有嘉容……"大夫叔孙豹深以为忧,但掌握朝政的季武子不以为然,执意要立昭公为君。

襄公下葬期间,昭公换了三次孝服,每次刚换上新服,不久就又弄脏了。

《左传》称:"于是昭公十九年矣,犹有童心,君子是以知其不能终也。"

童心,童稚之心,天真烂漫。昭公此时年已十九,早该成熟了,他还有什么童心呢。真实情况是,《左传》为君讳,不好说他不懂事,用了"童心"一词。话比较好听,实际上就是一个傻瓜。

白痴能当君主?有,而且不止一个。

晋朝就有两个:西晋晋惠帝、东晋晋安帝。《资治通鉴》对二人的评价只有两个字:憨骏。

《资治通鉴》载,晋安帝"幼而不慧,口不能言,至于寒暑饥饱亦不能辨,饮食寝兴皆非己出"。安帝年幼不聪,很晚才开口说话,不辨冷热,不知饥饱,吃饭、睡觉均依靠别人。这样一个低能儿,难怪会把江山送给刘宋王朝。

他没有什么故事,我们只说晋惠帝。

《晋书》载,晋惠帝司马衷,立他为太子时,朝臣们都知道他低能,不堪太子之任,更不敢想以后做皇帝了。武帝时老,侍中和峤在一次陪侍时，进言道："皇太子有淳古之风，而季世多伪，恐不了陛下家事。"他说得比较客气，武帝还是听懂了，但默然不应。过了一段时间，武帝言及太子，对和峤诸人说："太子近入朝，差长进，卿可俱诣之，粗及世事。"他命和峤诸人造访太子，看是不是有所长进。大家奉命前去探望，回来后都说太子明晓于事，确实比以前强多了。唯独和峤说："圣质如初耳！"称太子还是那么不懂事。武帝闻言，很不高兴。

担心太子的不止和峤一个，尚书令卫瓘即是。卫瓘一直想劝武帝废太子，另立贤者，但总也找不到合适的机会。一次，朝廷宴请大臣，卫瓘假醉，跪在武帝床前，大着胆子说：我有肺腑之言想要吐露。武帝很痛快地回答：公有话就说吧。卫瓘欲言又止，如是者三，最后鼓起勇气，以手抚床曰："此座可惜！"武帝是个明白人，马上理解了他的话外之音，但他不想讨论此事，对卫瓘说：公真是醉了，岔开了话头。

武帝不是不了解自己的宝贝儿子，他曾经就"太子不堪奉大统"与皇后议。杨皇后说："立嫡以长不以贤，岂可动乎？"一句话打消了他的念头。晋代魏，武帝是第一个皇帝，虽已灭吴降蜀，天下一统，但局势未稳，兵戈不息，他不想妄生事端。还有一个重要原因他没有明说，即太子妃贾南风是贾充之女，贾充其人他可不愿轻易得罪。当初，武帝父亲司马昭为魏大将军、大司马，专横跋扈，视天子为掌上物。高贵乡公气不忍，亲带卫兵攻打司马府，贾充率人拒战。两方相持之际，贾充登高而呼，命人刺死了高贵乡公，为晋篡国立下头等功劳。从某种意义上说，武帝与贾充的婚姻属于一种政治交易。况且贾充身任骠骑大将军，领兵不说，还兼着司空、侍中、尚书令等职，政务、军务系于一身，又在朝中广结同党，根深难动。

起先，在考虑太子婚事时，武帝本看上了卫瓘之女，杨皇后却向他推荐贾氏女。武帝比较道："卫公女有五可，贾公女有五不可。卫家种贤而多子，美而长白；贾家种妒而少子，丑而短黑。"看来他什么都明白。但朝中自有一帮势力不允许他这么做，后来还是定下了

"种妒而少子，丑而短黑"的贾南风，而且贾南风比太子尚大两岁。

具有戏剧性的是，杨皇后的从妹，武帝的另一个杨皇后，后来死在贾后手里。晋人为区别她们，称前者为元后，后者为悼后。元后崩，悼后继立。这时，贾南风已为太子妃，性妒忌，太子畏之如虎。武帝知道后，要废掉她，悼后劝道："贾公有功社稷，其女年轻，嫉妒也是常情，不应以一失而掩大德。"这话传到贾妃耳朵，却变成了另一个意思。惠帝即位后，封贾南风为皇后，杨后为太后，贾、杨两家外戚之争开始了。

杨后父亲杨骏，字文长，弘农华阴人，武帝时官拜车骑将军，封临晋侯。武帝崩，受遗诏辅政。惠帝初，进太傅、大都督、假黄钺，录朝政，百官总已以听。地位之重，直追前代王莽、曹操。司马懿父子三人，势焰张天，也没有一个人能假黄钺。可惜，就在他位尊权重之时，大难来临了。

贾后不是个平常女人，她有超常的权力欲望。她与司马衷结合以后，傻丈夫就被她牢牢地控制在手里。武帝怀疑儿子不慧，加之朝臣多有非议，就打算亲自试一下，看他有没有治国理政的能为。他出了几道题，密封好，派专人送到太子东宫，让太子在规定时间内答出来。为了防止作弊，武帝事先把东宫的官吏们都集中起来，设宴款待。这下可急坏了贾南风。她四处奔走，请人以太子的水平代答，总算应付过去了。自此，东宫诸事都由她做主。

贾后梦寐以求执掌国政，但只要两个人在，就不能实现。这二人一个是杨骏，一个是太后。他们是她最大的阻力，她决定除掉这俩人。杨骏久在朝廷，树大根深，对付他非借外力不行。也是这个女人夺权心切，无暇多想，就轻率决定，把大司马、汝南王司马亮和楚王司马玮召来入朝。按规矩，除每年岁末朝请外，诸王非召不能入朝。自汉武帝削封以来，诸侯不能领兵成为定制。晋处乱离之际，诸王均领兵在外，镇守一方。果然，二王带兵入朝，听从皇后的吩咐，发兵攻打杨骏府，杀死了杨骏。

二王入朝，拉开了八王之乱的序幕。这是贾后始料未及的，她自己也死在这场变乱中。

　　杨骏死后，贾后马上废太后①，并以谋反罪株连杨骏家人。杨太后不忍母亲受刑，称妾于贾后，断发叩头，甘为罪人，以换取母命。《晋书·武悼杨皇后》曰："庞②临刑，太后抱持号叫，截发稽颡，上表诣贾后称妾，请全母命，不见省。初，太后尚有侍御十余人，贾后夺之，绝膳而崩……"贾南风真石人！其心之毒，有过于蛇虺。

　　中国有句老话：自作孽，不可活。后来，齐王冏奉赵王伦之命收捕贾南风，称："有诏收后。"贾南风质问："诏当从我出，何诏也？"可见此时她已代行天子之事。齐王冏不听，执意要抓人。贾南风逃到楼阁上，遥呼惠帝："陛下有妇，使人废之，亦自行废。"那个傻天子如同什么事都没发生似的，痴呆呆地看着眼前发生的一切。

　　贾南风后来被人用金屑酒毒死。还好，落了个全尸。

　　皇后死后，晋惠帝失去了唯一的监护人，被"八王"裹挟，忽而洛阳，忽而长安，到处逃难。

　　要说，晋惠帝的"才能"远远超出人们想象，他有两个名垂青史的笑话。一次，他在华林园中闲游，听到池塘里蛤蟆叫，问左右："此鸣者为官乎，私乎？"问得别人不知所答，面面相觑。其中有一个人较为机灵，随口应道："在官地为官，在私地为私。"

　　时"八王"争战，百姓流离失所，饿殍遍野。大臣向惠帝禀报：百姓有饿死者。这个宝贝皇帝竟然反问："何不食肉糜？"

　　饱受战乱折磨，惠帝似乎变聪明了。在邺中时，一些大臣奉惠帝讨成都王颖，却反被司马颖打败，惠帝脸颊受伤，身中三箭。当时，百官逃散，仅侍中嵇绍随从惠帝。嵇绍是前朝竹林七贤之一的嵇康的儿子，嵇康以非毁朝廷，被武帝处死。同是七贤之一的山涛，时为吏部尚书，荐举嵇绍入朝，征为秘书丞。父仇未报，为人子者事从仇国，后人对嵇绍多有诟病。

---

①自古以来都是太后废皇后，从未有皇后废太后之事。贾后又开一例。
②庞，指太后母。

一、史话

司马颖的部从包围了惠帝，嵇绍以身遮护。士兵将他拉下车，举刀就砍。惠帝苦苦求情，但嵇绍已死于车前，鲜血溅到了惠帝身上。战事平息后，惠帝回宫。侍从们给他换衣服时，他交代说："嵇侍中血，勿浣也。"看来，他还稍能辨忠奸。

晋惠帝后来食饼中毒而亡，据说是东海王司马越做的手脚。他糊里糊涂丢了命。

"童心""憨骏"之君治国，亡国丧家势在必然。乃有自恃聪明而做出"憨骏"之事者，且慢笑惠帝、安帝。

血腥杀戮的乱世之主

人之生,有恶有善。孟子曰:人之生也善。荀子曰:人之生也恶。王充曰:人性有善有恶。各持一论,遂使人不辨晨昏。

物之生,有益有害。五谷养人,间杂稗草;禽之善飞,而鸩毒过于蛇蝎。物之良莠,与生而俱来,非人力所可转移。

以此言之,人与物同,其恶固恶,其善固善。有别者,物之善恶不移,人之善恶可移;物之善恶不自待言而明,人之善恶言未足为信。故人有伪善伪恶、外善而内恶、外恶而内善诸象。或曰:有迁恶而为善,迁善而为恶者,何故?此无它,迁善者,以其本不恶,马失其途,本性迷惑而已,一俟机缘巧合,则回归本来。究其原,性本善矣。迁恶者也如是,以其本恶根也。

明乎此,则知桀之为桀、纣之为纣、跖之为跖,以其本恶种也,纵有百比干、百微子不能救矣!

十六国时,石虎以武力建立后赵。他的两个儿子石宣、石韬一直在为王位而明争暗斗,石虎却还蒙在鼓里,得意地说:"我家父子如是,自非天崩地陷,当复何愁!但抱子弄孙,日为乐耳。"(《资治通鉴》卷第九十七)不久,他的好梦就被无情地击碎了。石韬有宠于石虎,并以此骄纵。石宣心里不服,决心除掉他的竞争对手。一天晚上,石宣派人潜入石韬寝室,将石韬杀死。石虎听到消息后,哀痛欲绝。等看到儿子尸体时,已经哭不出声了,只是张着嘴"呵呵"不已,之后大笑而去——他被这突如其来的变故搞得有些失常。查明真相后,石虎再也遏制不住愤怒,他命人把石宣囚禁起来。为了防止他逃跑，还命人用铁环穿透石宣的颌骨，套上铁链锁起来。有人把杀死石韬的那把刀送到石虎眼前，他禁不住老泪纵横，抱住刀舔起上面的血迹，后仰天长啸，哀嚎声响彻宫殿。为了给儿子报仇，他精心准备了一个残忍的刑场。在邺城城北，他命人用木柴堆起一座小山，上面放置一架辘轳，准备把石宣绞上去烧死。石宣被带来后，石虎先对他进行了一番残酷的折磨：命令与石宣一起行凶的随从亲手拔光主子的头发、抽掉主子的舌头，然后用绳索套着他的脖颈，吊到柴堆上面。这还没有完，石宣被吊上去后，石虎命人砍断他的手足、戳瞎他的眼睛，又剖肚开胸，像屠宰牛羊一样。开始石宣还不住惨叫，渐渐就没了声息，任人宰割。做完这一切，石虎胸中的怒气才平息下来。行刑的人四面纵火，烟炎张天。石虎亲眼看着他的儿子石宣被火舌吞没。

　　覆巢之下无有完卵。石宣死后，他的妻子儿女也全被杀死。石宣最小的儿子才数岁，石虎一直很疼爱。诛杀石宣的家人时，这个小孙子还在石虎怀里。他哭泣着请求饶了孙子，大臣们不听，活生生把孩子从他怀里夺走，杀掉。孩子被拖走时，拉着爷爷的衣带大哭大叫，以至于衣带都被扯断了。目睹这一切的石虎肝胆欲裂，随后得了一场大病，不久就死掉了。他死后，前赵的命运也岌岌可危了。

　　如果给残暴的帝王判以反人类罪，前秦主苻生应在榜魁。

　　苻生生性粗暴，桀骜不驯。他自幼少一目，祖父苻洪开玩笑问他：听说瞎子只能一只眼睛流泪，是真的吗？

　　想不到他急了，拔出佩刀照着自己那只瞎眼刺去，顿时血流如注。他对祖父说：这只眼也会流泪。

　　苻洪被他的举动惊呆了，气得扬起鞭子就打。谁知苻生不服气，威胁道：我生来不怕刀枪剑戟，就是不耐烦被鞭打捶击。

　　苻洪随后对儿子苻健诉说此事，说苻生将来是个祸害，应该早日除掉。苻健听后，认为父亲说的是，准备处死苻生。弟弟苻雄拦住他，劝说道：孩子还小，以后说不定会改，那时还来得及。

　　苻生长大后，勇猛异常，能力举千钧、徒手斗猛兽，击、刺、骑、射均冠绝一时。他还飞跑如箭，能追上奔马。这时，苻健也老了，该选择接班人了。他本来并不看好苻生，但又拿不定主意，就让江湖术士算了一卦。谁料谶文有"三羊五眼"的预言，恰好应在苻生身上，他只好立苻生为太子。

　　苻健死后，苻生顺利做了秦主。他一即位，就表现出"非凡的统治才能"。一个大臣善于观测天象，上奏道：近期天有异象，荧惑①入东井，应在秦地，不出三年国将有大丧，大臣受戮。苻生随口答道：皇后与我一起君临天下，可以应大丧；太傅、车骑将军、左仆射受先主遗诏辅政，可以应大臣。于是，皇后与三个顾命大臣都被拉出去处死。不久，他又找了个理由把丞相也杀掉。这样一来，朝廷里没有敢说不字的人了。因为自己少一目，他便不许人们说与之有关的字眼，讳言"不足、不具、少、无、缺、伤、残"之类的话。因触讳而被杀的人，多不胜数。

　　借天意杀掉大臣之后，秦少主愈加为所欲为。他把杀人视为乐趣，每日里"弯弓露刃，以见朝臣，锤钳锯凿，可以害人之具，备置左右。即位未几，后妃、公卿已下至于仆隶，凡杀五百馀人，截胫、拉胁、锯项、刳胎者，比比有之"（《资治通鉴》卷第一百）。他还喜欢活剥牛、羊、驴、马等，殿外到处是残缺不全的牲畜尸体。剥完牲畜皮，他又开始剥人皮。一次，他把宫廷乐师的面皮剥掉后，逼迫他跳舞，自己却在一旁喜滋滋地观看。

　　秦少主喜欢喝酒。他喝酒不是在内宫，而是在太极殿——办公的地方。陪他喝酒的也不是宫娥才女、外戚宦官，而是大臣们。他喝酒还有一个规矩，要喝就喝醉，而且大家一起醉，谁不喝醉就杀掉。苻生有句话经常吊在嘴上："何不强人酒而犹有坐者！"为此他让尚书令做酒监，监督大家喝酒。他身边常备有弓箭，发现谁喝酒不老实就引弓射杀。这样，太极殿里每天都醉倒一片，大臣们东倒西歪，官帽滚落一边。看到这种情景，苻生很高兴。

---

①荧惑，指火星。

一、史话

前秦寿光二年（356年）夏天，长安城刮起了大风，风势异常凶猛，树木被连根拔起，甚至房屋也被刮倒。这时，有人传言贼军来了，顿时人心慌乱，城门紧闭。五日过后，什么事也没有发生，苻生开始满城搜捕，抓那个散布谣言的人。两天之后，这人被抓住了。苻生命人把他押赴刑场，当众开胸，掏出心脏。有个大臣看不惯，进谏道：天降异灾，主上应该缓刑崇德才是，不能乱施刑罚。苻生听后勃然大怒，把这个大臣也抓起来，用凿子在他头顶开了一个洞，看着脑浆流出来，才把他杀掉。

国人骂他滥杀无辜，秦少主下诏辩解道："朕受皇天之命，君临万邦；嗣统以来，有何不善，而谤讟之音，扇满天下！杀不过千，而谓之残虐！行者比肩，未足为希。方当峻刑极罚，复如朕何！"这个诏书让人又气又笑，他竟认为杀得还不够！

当时潼关一带狼多为患，这些狼不吃六畜，专事食人。不足一年，七百余人葬于狼腹，附近居民举家逃亡。为此大臣们很担忧，向秦主报告，建议他祭祀禳灾。苻生的答复更其荒唐，他说："野兽饥则食人，饱当自止，何禳之有！且天岂不爱民哉，正以犯罪者多，故助朕杀之耳！"

有一天，苻生夜里贪吃枣，以致肚腹滞塞，疼痛不已。太医把脉后说道：陛下没有大病，不过吃枣过多所致。孰料苻生听后大怒："汝非圣人，安知吾食枣！"立刻把太医拉出去杀了。

第二年春天，有司官员夜里观察天象时，发现太白金星移位，跑到了东井星座位置。太白星主杀，东井对应的是秦地。按照星相学，这也属于异象，预示着国内将起刀兵。官员们不敢马虎，紧急报告给朝廷。谁知苻生一点儿也不紧张，反而安慰朝臣："太白入井，自为渴耳，何所怪乎！"太白星因为干渴而入东井喝水，不失为一种高明的解释。

苻生性格多疑，且反复无常。一次，他问左右侍从：自我即位以来，外边如何评价？左右回答道：朝野都赞颂主上圣明，赏罚得当，天下太平。谁知马屁拍错了，苻生大怒，骂道："汝媚我也！"把侍从拉出去杀了。几天后，他又提出同样的问题。答话的人借鉴前次教训，没敢说好话，小心翼翼地提意见说：陛下刑罚稍过了一些。苻生又不满意，怒曰："汝谤我也！"这个人也被杀掉了。

他在位不到两年时间，朝中旧臣，乃至自己的兄弟姐妹，几乎被诛杀殆尽。大臣们朝不保夕，胆战心惊，度日如年。

苻生后来死在别人手里。杀他的不是别人，正是自己的从兄苻坚，他叔父苻雄的儿子。苻生失掉人性，最后竟然连苻坚兄弟也不放过。苻坚兄弟为了自保，带兵冲进内宫，把这个暴君抓起来，废掉之后杀死。

可笑的是，当苻坚带着三百人杀进宫内时，苻生犹醉卧不起。被乱军惊醒后，他问左右：这些人是干什么的？

左右回答：是强盗。

又问：何不拜君？

苻坚的士兵不由大笑。

笑声惹恼了苻生，他厉声喝道："何不速拜，不拜者斩之！"大概他认为即使造反也要行跪拜礼。

又一个怙恶不悛的暴君死了，死在他手里的那些亡魂可以安息了。

一、史话

且慢下结论

　　常见到一些文章，引用古代史实与现实作比，支撑自己的论点。一些尚属客观，一些就不太谨慎，甚至以偏概全，被作者匆忙拿来，得出不符合实际的结论。

　　古代，农业是国家命脉，粮食是衡量经济社会情况的重要指标。汉宣帝时"石五钱"，唐太宗时甚至"石三钱"。粮食价格很低，说明社会处于上升阶段，农人安于生产，供给充足甚至有余。到东汉、唐末，战争频仍，谷价腾贵，"石钱千""石钱万"，甚至珠玉不值一钱，多地出现人相食的情况。

　　现代的情况不同，衡量经济的指标很多，粮食只是其中一个因素，它已不能恰当地反映经济状况，而且原先的很大一部分职能已被银行、股市及市场替代。和古代相比，农业特别是粮食生产发生了天翻地覆的变化：一是经济作物在农业生产中占比增大，现代农业呈现出多元化的趋势；二是国家政策对农业倾斜，扶持农业发展的补贴加大；三是取消了农业税收，降低了耕作成本。三种情况交替出现，导致粮食已不能如实地反映经济态势，有时竟发生偏移。如果用现在的价格与古代勉强作比，不足以得出准确、恰当的结论。过去，国家税赋、财政收入均以粮食为基数。汉代官吏有万石、五千石、两千石乃至三百石之分。粮食既是俸禄，又代表官员品秩，情况比较简单。现时的粮食价格与经济指标脱轨，价格与价值之间相互不统一，况且还有现价因素、物价上涨因素等等，情况变得异常复杂。因此，把古、今等量齐观，容易产生很大误差。

另如"养廉"一事，有人认为宋朝官员俸禄优厚，故贪赃问题较少，而明、清俸薄，故官员贪贿成风。海瑞作为州府长官，每吃一次肉都成为新闻，可见道德完善抵御不了口腹诱惑。与此相反，一般人多以攫取为事，严嵩、魏忠贤等不用说，连明后期的贤相张居正死后都搜出黄金万两、白金十余万两。孝宗一朝称得上治世，然而身边的宦官李广纳贿惊人。李广以事自杀，家产籍没，发现有文武大臣馈黄白米各千百石。孝宗不解，李广能吃多少，竟受米如许？左右道：这是隐语，黄者指金，白者指银。也从那时开始，官员们巧立名目，在赋税之余，加征"火耗""耗米""样绢"等，补贴生活费用，并用以招待客人、馈送上司。这种情形一直延续到清朝。明太祖痛恨官员贪渎，大开杀戒。官员被处死后，取出五脏，实以草秸，悬挂在州县府衙，借以警示。这尚且屡禁不止，因而下结论：养廉可以有效降低官员贪腐。这个结论正确与否不去管它，如果条件允许，官员多拿一些也不是坏事，总比他处心积虑去拿不该拿的要好。我们只强调，待遇丰厚不是官员廉洁的充分条件。汉、唐、宋三代对官员都不错，但是否就杜绝了官员贪腐呢？恐怕不那么简单。以汉代为例，三公及宰相一年的俸禄达万石，还不算天子经常格外赏赐。这些钱足够他们养一大家人，还能养一批家奴，甚至养客。诸卿寺与郡守为两千石，也足够其养家糊口了。这只是高级官员的待遇，中下级官员可就不那么妙了。东方朔待诏金马门时，职级仅三百石，自称"奉一囊粟，钱二百四十"，经常吃不饱。汉武帝赐食，他趁别人没到，竟偷肉回家，与妻子分享。张释之为骑郎，在汉文帝身边，竟说自己"久宦减仲之产"，要靠兄长接济维持，打算辞职不干。其他"山郎"一类就更不用说了。

相对来说，汉代官员总体不错，很少贪污。究其原因，一是制度严。不要说官员，即使他们身边的掾吏出了问题，都要株连主官。二是风气正。汉代重经崇儒，贪贿会被人看不起。三是法网密。汉代言路畅通，县官可以弹劾宰相，从史可以举告长官。三公九卿处在下官众目睽睽之中，一旦有不法，很难逃过公议。不像现在，上级监督下级，经常"网漏吞舟之鱼"。所以，任何事都要综合起来看。

宋代官员待遇固然不错，但也没有杜绝贪贿。宋代财赋屡屡捉襟见肘，固然与官员待遇有关，加之军饷负担重，冗员浮滥，向夏、辽、金岁岁进币，致使朝廷无法翻身。除此，官场风气大坏，每逢奸臣主政，就对吏治进行摧残。徽宗好金石，蔡京时为相，命人采花石纲供奉，设应奉局承办。一批人借机大肆搜刮，蔡京自己就是最大的受益者。以后韩侂胄、贾似道为相，更是大开贪墨之风。淫威之下，官员竟奔其门，天下财货奇珍聚集一家。

所以，仅靠养廉来杜绝贪腐，结论未免绝对了一些。

还有"路不拾遗"一事，其历来都作为政治清明的标志，但事实并不尽然。最早记录这句话的是《左传》，说子产为相，郑国"道不拾遗"。并不是人们觉悟高了，而是畏惧刑法，不敢妄为。子产依法治国，治罪严厉，故而能达到这样的效果。汉时，济南太守郅都、河内太守王温舒治郡有方，郡内也"路不拾遗"，甚至"鸡犬之声不闻"。这俩人是酷吏，杀人无算，"路不拾遗"是无数人头换来的。所以，"路不拾遗"并不全是好事，有时竟是苛政、暴政的代言词。

一个结论后面，往往有复杂的社会成因，需要仔细剖析。即如前面提到的"石五钱"情况，也不能仅仅因为这一现象，简单地把汉宣帝时代结论为康宁盛世。王夫之说："史称宣帝元康之世，比年丰稔，谷石五钱，而记以为瑞，盖史氏之溢词，抑或偶一郡县粟滞不行，守令不节宣而使尔也。一夫之耕，上农夫之获，得五十石足矣。终岁勤劳而仅获二百五十钱之赀，商贾居赢，月获五万钱，而即致一万石之储，安得有农人孳孳于南亩乎？"（《读通鉴论》卷四）"石五钱"并不完全是好事，谷贱伤农，会直接挫伤农人的积极性。

万事都应该谨慎，吾人下笔之时，要多一些"如临深渊"的敬畏。

物欲与人欲

孔子说:"道千乘之国,敬事而信,节用而爱人,使民以时。"这里涉及四个概念:敬信、节用、爱人、守时。这里的"守时"和今天的含义有较大差别,指遵循自然规律,按时令安排老百姓的生产、生活。其中心意思可用四个字表达,即不违农时。古代对君王的活动规定得很具体,即所谓春蒐、夏苗、秋狝、冬狩。万物春生、夏长、秋熟、冬杀,国家所有重大活动都要依此而行。兴兵讨伐、处决犯人,都应安排在秋冬。征劳役修河筑堤、起帝王山陵,都应在农闲时节开展,以期不误农事。

孔子认为,治理千乘大国,应该遵循敬信、节用、爱人、守时四个标准,如此才能治理好国家。

能恪守上述准则的,称之为善政,是明天子所为。汉朝如昭帝、元帝、明帝,都是仁恕之君,虽然缺乏开代皇帝的雄心,但也想有所作为。他们经常把"上无明天子,下无贤大夫"吊在嘴上,警戒自己及大臣。

唐太宗深知守天下不易,时时用前朝亡国的教训惕厉臣下,防止重蹈覆辙。他把君与民的关系比喻为舟与水:水能载舟,也能覆舟。他巧妙地把君臣纳入一个共同联盟,提醒大家,那条随时会翻的舟里,不仅有君,也有臣。

明君区别于昏君,很大程度上体现在能否控制自己的占有欲。占有欲包括两方面:一是对物,一是对人。节俭或者贪婪,是区别明君与昏君百试不爽的试金石。历代开国皇帝都能做到这点,诸如隋文帝

一、史话

杨坚、唐高祖李渊、宋太祖赵匡胤、明太祖朱元璋等。即使一些短命王朝也偶尔会做得很出色，如宋武帝刘裕、梁武帝萧衍、后周太祖郭威等。他们深知江山来之不易，自持甚严，生活相当俭朴，甚至有些不近人情。萧衍自称："我自非公宴，不食国家之食，多历年所；乃至宫人，亦不食国家之食。凡所营造，不关材官及以国匠，皆资雇借以成其事。""昔之牲牢，久不宰杀，朝中会同，菜蔬而已。""朕绝房室三十馀年，至于居处不过一床之地，雕饰之物不入于宫；受生不饮酒，不好音声，所以朝中曲宴，未尝奏乐，此群贤之所见也。朕三更出治事，随事多少，事少午前得竟，事多日昃方食，日常一食，若昼若夜；昔要腹过于十围，今之瘦削裁二尺馀，旧带犹存，非为妄说。为谁为之？救物故也。"萧衍所说，都是实情。史官也称其"上为人孝慈恭俭，博学能文，阴阳、卜筮、骑射、声律、草隶、围棋，无不精妙。勤于政务，冬月四更竟，即起视事，执笔触寒，手为皴裂。自天监中用释氏法，长斋断鱼肉，日止一食，惟菜羹、粝饭而已，或遇事繁，日移中则嗽口以过。身衣布衣，木绵皂帐，一冠三载，一衾二年，后宫贵妃以下，衣不曳地。性不饮酒，非宗庙祭祀、大飨宴及诸法事，未尝作乐。虽居暗室，恒理衣冠，小坐盛暑，未尝褰袒……"（《资治通鉴》卷第一百五十九）古帝王中，论勤俭无过于他。

到了末世，这些传统渐趋渐灭，代之以强烈的占有欲。桓、灵二帝在昏庸方面难分伯仲，可灵帝还有些看不上桓帝，嘲笑其不会聚敛。为了增加内宫积蓄，他大肆搜刮，命令郡守进献奇珍异宝。如此还不知足，又明码标价，卖官鬻爵，开了历史上皇帝卖官的先河[1]。刘裕慎用民力，不起宫殿，本来是一件美事，但他的子孙却看不起他，说他不过是一个"田舍翁"。南齐郁林王萧昭业，做太子时被管得很严，不得纵情放肆。待继位后，原形毕露。"每见钱，辄曰：'我昔时思汝一文不得，今得用汝未？'"一两年，就把府库数亿钱财挥

---

[1] 汉武帝攻打匈奴，因经费不足，也曾卖过爵位，但不能算卖官。

霍净尽。

对物的占有外,还有对人的占有①。凡盛世之君,都能倚信朝臣,这源于一种自信。上倚信于下,下尽忠于上,这就形成了一种良性循环,整体表现为向上的气象。乱世之君往往缺乏自信,君臣之间关系比较紧张,只能依靠钳制手段,诸如猜忌、防范、刺探、兴狱、诛杀等。它导致的结果是:政治凋敝,人心思乱,正直的君子遭到废斥,小人甚嚣尘上。

疑忌之君翦灭政敌的常见手段是兴党狱,因为他们依靠自己的能力不足以控制百官。这些君主一般既颟顸又无断,既自负又自卑,既缺乏城府也缺乏手段,不懂斡旋、博弈,更不愿适当隐忍退让。他们往往动用生杀之权来疗治心腹之疾,岂不知泄得一时私愤,留下后患无穷。异己的势力被清除后,随之而来的是萧条气象。

东汉桓、灵二帝首开党狱,后人称作"党锢之祸"。这件事由桓帝发起,他一次逮捕李膺等所谓党人二百余人,实行党禁。后来发现事实并不是自己想象的那样,又放松了禁锢,把李膺等人释放。灵帝继位后,又一次发起更大规模的党禁。他把前次已经解禁的李膺、杜密、陈蕃、范滂等百余人重行收监。与此同时,遍搜与这些人有牵连的所谓党人,并逮捕太学生千余人。党人入狱后,大多都被折磨致死,与他们有关系的也遭到株连。此事一出,朝廷内外一片肃杀,官员们噤若寒蝉。

唐代自安史之乱以后,一步步走向颓势。肃宗以后十余帝,一直致力于解决三个问题:藩镇、宦祸及党争,但都没有解决好,直至唐亡。藩镇是外部问题,情况复杂,且不去管它。唯宦祸与党争是朝廷内部问题,它们盘根错节,解决起来比较棘手。一方面,宦官与朝臣是一对矛盾,压制一方,另一方仿佛更难以对付,双方的较量让皇帝很是头痛;另一方面,朝臣内部派别斗争不断,争来吵去,使人难辨忠奸。更糟的是,党争使宦官渔翁得利,各派竞相拉宦官做靠山,政

---

①这里排除掉女人,主要指对朝臣的把持、控制。

敌双方鱼龙混杂，情况变得极其复杂。文宗在位，牛僧孺、李德裕交替为相，二人成见甚深，经常攻讦、排挤对方。皇帝为此十分忧虑，不由叹道："去河北贼易，去朝廷朋党难！"

对此，司马光分析道："夫君子小人之不相容，犹冰炭之不可同器而处也。故君子得位则斥小人，小人得势则排君子，此自然之理也。然君子进贤退不肖，其处心也公，其指事也实；小人誉其所好，毁其所恶，其处心也私，其指事也诬。公且实者谓之正直，私且诬者谓之朋党，在人主所以辨之耳。是以明主在上：度德而叙位，量能而授官；有功者赏，有罪者刑；奸不能惑，佞不能移。夫如是，则朋党何自而生哉！彼昏主则不然，明不能烛，强不能断；邪正并进，毁誉交至；取舍不在于己，威福潜移于人，于是谗慝得志而朋党之议兴矣。"（《资治通鉴》卷第二百四十五）司马光所说固然不错，但也只是书生之见。君子、小人与朋党不能混为一谈，朋党并不都是小人，所谓君子也常常结党为援，这都事属自然。朋党之有无在于君主，明君眼里只有朝臣，没有朋党；昏君眼里只见朋党，不见正臣。明君能够巧妙掌控局面，昏君只会把事情搞糟。

大约党争是一个恒久话题，自汉、唐至宋、明，无代无之。宋仁宗庆历年间，范仲淹执政，被反对者目为党人，朝论汹汹。欧阳修时为谏官，作《朋党论》以进，文曰："臣闻朋党之说自古有之，惟幸人君辨其君子、小人而已。大凡君子与君子以同道为朋，小人与小人以同利为朋，此自然之理也。然臣谓小人无朋，惟君子则有之，其故何哉？小人所好者禄利也，所贪者财货也。当其同利之时，暂相党引以为朋者，伪也。及其见利而争先，或利尽而交疏，则反相贼害，虽其兄弟亲戚不能相保。故臣谓小人无朋，其暂为朋者，伪也。君子则不然，所守者道义，所行者忠信，所惜者名节。以之修身，则同道而相益，以之事国，则同心而共济，始终如一。此君子之朋也。故为人君者，但当退小人之伪朋，用君子之真朋，则天下治矣。"他认为，有君子之朋，有小人之朋，人君当进君子之朋，退小人之朋。朋党之生固其然，人君当辨别是非，以正压邪。

欧阳修进一步举例说:"纣之时,亿万人各异心,可谓不为朋矣,然纣以亡国。周武王之臣,三千人为一大朋,而周用以兴。后汉献帝时,尽取天下名士囚禁之①,目为党人。及黄巾贼起,汉室大乱,后方悔,尽解党人而释之,然已无救矣。唐之晚年,渐起朋党之论。及昭宗时,尽杀朝之名士,或投之黄河,曰:'此辈清流,可投浊流。'而唐遂亡矣。"(《宋史纪事本末》卷二十九)

后来,当听说杜衍、韩琦、范仲淹、富弼被罢斥,欧阳修上疏道:"杜衍、韩琦、范仲淹、富弼,天下皆知其有可用之贤,而不闻其有可罢之罪,自古小人谗害忠贤,其说不远。欲广陷良善,不过指为朋党,欲动摇大臣,必须诬以专权,其故何也?去一善人,而众善人尚在,则未为小人之利;欲尽去之,则善人少过,难为一一求瑕,唯指以为党,则可一时尽逐,至如自古大臣,已被主知而蒙信任,则难以他事动摇,唯有专权是上之所恶,必须此说,方可倾之。正士在朝,群邪所忌,谋臣不用,敌国之福也。今此四人一旦罢去,而使群邪相贺于内,四夷相和于外,臣为朝廷惜之。"(《宋史·欧阳修传》)欧阳修此论深得要害。一般情况下,小人谋害君子,找不到别的证据,往往诬君子结党。因为他们深知,君王最怕臣子伙同一气,控制朝政,蒙蔽主上,故此计常常得逞。君主若不察其心,会堕入其彀中而不自知。朋党之说是一派打击另一派的有力武器,如果被邪人利用,正人君子的灾难就来临了。

剖判物欲、人欲之滥,大致贪婪者总归怕穷,党锢者多不自信,不晓天下之财当与天下共之,善御下者如猎人之驱走狗。在他们拼命敛财、打击朋党的同时,滥觞之余,天下固已摇摇欲坠。

---

① 此当指汉灵帝。

一、史话

女主之欲

女子专权与男子不同。纵观吕后、武后、韦后诸人之行事,她们首先表现的不是物欲,而是人欲。

"诲淫诲盗"是尖刻的用语。"淫"之于女人,"盗"之于男人,都属不堪。吕后、武后、韦后都有秽乱宫闱的丑闻,王莽、曹操、司马氏都有盗国之名。大约女人一直从属于男人,一旦有机会,控制男人应该是她们最惬意的事——不止在床笫,而且在庙堂之上。

女主如此,皇家的公主一旦有机会,也想霸占几个男人。汉景帝的姐姐馆陶公主,汉武帝的姐姐平阳公主,光武帝刘秀的姐姐湖阳公主,武后的女儿太平公主,在历史上都很有名气。

长公主刘嫖寡居,宠幸美少年董偃时,已年届五十。她对董偃爱如珍宝,经常拿出大量金银让董偃结交权贵。为了让小丈夫"贵"起来,她还专门邀请汉武帝到家里做客,把董偃引荐给武帝。见到武帝,董偃自称是公主的厨师,武帝很知趣,把董偃称作"主人翁"。这就是"主人翁"一词的来历。武帝为讨姑母高兴,在公主家欢宴一场,从此董偃名声远扬。

武帝的女儿鄂邑盖公主寡居,昭帝时私通丁外人。昭帝不仅不责怪,反而下诏命丁外人侍奉公主。朝中大臣见此,为巴结公主,竟上书请求昭帝给丁外人封爵。可见汉朝宫防之禁稍宽,故公主们寡居后,都公开私养情人。

众公主中,湖阳公主算是最霸气的一个。家奴光天化日打死人,她不管束;别人处置家奴,她就受不了。也是东汉初兴,还容得了几个直臣，洛阳令董宣就是。他当众杖毙凶奴后，被公主告到皇帝那里。刘秀为哄姐姐高兴，示意董宣下跪认错。但董宣挺直脖项，立而不跪，被称为"强项令"。

湖阳公主寡居，看上了太中大夫宋弘。宋弘其人，是有名的正人君子。有次，刘秀请他吃饭。其时，宫殿里新置了一面屏风，上面画了几个风姿绰约的美女，刘秀边吃边忍不住瞄上几眼。宋弘发现后，正言说道："未见好德如好色者。"刘秀听后顿觉惭愧，立即命人撤下屏风。湖阳公主看中宋弘，托刘秀为媒，他心里没底，硬着头皮答应试试。宋弘进宫这日，公主事先躲在屏风后面，刘秀试探性地问宋弘："人言贵而易交，富而易妻，这是人之常情吗？"谁知宋弘是个死脑筋，一点儿不通世故，他回答道："臣闻贫贱之知不可忘，糟糠之妻不下堂。"听到这话，刘秀知道没有希望，禁不住回过头对屏风后面说："事不谐矣。"

刘宋王朝前废帝刘子业，十六岁登基，在位十八个月。这十八个月里，他基本上没干什么正经事，不是虐杀王公大臣，就是和宫女们淫乱。为了寻求刺激，他把王妃、公主召集到一起，让身边幸臣与她们淫乱，他在一边看得乐不可支。这一套玩儿腻了，他又让宫女们和猴子、羊、马交配，看能生出些什么东西……总之，他把自己搞得禽兽不如。为了占有女人，他不顾伦常，竟把自己的姐姐山阴公主也弄进宫，姐弟之间公然秽乱。山阴公主垂涎弟弟后宫之滥，心里颇有些不平，竟要求弟弟说："妾与陛下，虽男女有殊，俱托体先帝。陛下六宫万数，而妾唯驸马一人。事不均平，一何至此！"她要求弟弟也给他找些男人，共享后宫之乐。废帝倒很痛快，不假思索就答应了。他为姐姐置面首三十人，称之为"男妾"。一对好姐弟，变着法儿做出"前无古人，后无来者"的丑事。

欲望之于人，是最大的心魔。无论物欲、人欲，无论男人、女人，一旦欲望膨胀，什么古怪事都可能发生。

唐初祖孙三代俱得风疾

风疾,现代医学称风痹。得此病者,常患有半身不遂,临床表现为头痛眩晕、抽搐、麻木、蠕动、口眼歪斜、言语不利,甚至突然晕厥,不省人事等。

唐高祖李渊、太宗李世民、高宗李治俱得此症。

《资治通鉴》载,贞观六年(632年),公卿大臣奏请太宗封禅泰山,太宗推辞道:"旧有气疾,恐登高增剧,公等勿复言。"由此知是太宗早有此疾。当年春,"上将幸九成宫,通直散骑常侍姚思廉谏。上曰:'朕有气疾,暑辄顿剧,往避之耳'"。九成宫是隋文帝所建,在今陕西麟游。隋时名之仁寿宫,唐改为九成宫,高宗李治改名万年宫,不久又恢复九成宫原名。唐太宗久为气疾所困,不耐暑热。他把九成宫称作凉宫,几乎每年夏天都要在此度过。

查了查资料,唐太宗所得气疾应该是肺病,是他早年征战疆场落下的病。他经常呼吸不畅,最怕暑天、登高。

此时唐高祖仍健在。自玄武门之变,李渊让位于李世民,徙居大安宫。监察御史马周不知太宗有病,看到他每年都到九成宫避暑,却置高祖于不顾,认为失孝,上疏道:"太上皇春秋已高,陛下宜朝夕视膳。今九成宫去京师三百馀里,太上皇或时思念陛下,陛下何以赴之?又,车驾此行,欲以避暑;太上皇尚留暑中,而陛下独居凉处,温清之礼,窃所未安。今行计已成,不可复至,愿速示返期,以解众惑。"

之后,太宗每请父亲到九成宫避暑,都遭到拒绝。原因很简单,隋文帝当初就死在九成宫，唐高祖认为不祥，故而始终不愿去。不得已，太宗只好在长安兴建大明宫，将其作为父亲的避暑之地。可惜大明宫还没竣工，高祖就死掉了。贞观九年，"夏，闰四月……上皇自去秋得风疾，庚子，崩于垂拱殿"。风疾夺走了唐高祖的命，推测唐高祖可能是因受风而突发脑出血。古人不懂，一概归之为风疾。

唐高祖死后十二年，唐太宗气疾未愈，又得上了风疾。贞观二十一年三月，"是月，上得风疾，苦京师盛暑，夏，四月，乙丑，命修终南山太和废宫为翠微宫"。气疾怕热，得了风疾后更怕，可知两病有一定关系。而他得风疾，或者就来自遗传。

被气疾、风疾困扰的唐太宗，久病乱投医。他一方面相信术士，抱着姑妄信之的态度，让术士为自己配药。"王玄策之破天竺也，得方士那罗迩娑婆寐以归，自言有长生之术，太宗颇信之，深加礼敬，使合长生药。发使四方奇药异石，又发使诣婆罗门诸国采药。其言率皆迂诞无实，苟欲以延岁月，药竟不就，乃放还。"术士的这一番折腾，令人想起秦始皇，他当初派徐市、卢生到处搜求灵丹妙药，却一无所获。另外，太宗迷上了道家的金石之药。自魏晋开始，金石之药大兴，其中就有五石散。太宗服金石恐怕也为疗疾，否则，找不出其他理由。贞观二十一年春，开府仪同三司高士廉薨，太宗欲亲往祭奠。长孙无忌听说后，拦住太宗，谏道："陛下饵金石，于方不得临丧，奈何不为宗庙苍生自重！"可见太宗服用金石之事，身边大臣不少人都知道。

不仅唐太宗得气疾，长孙皇后也有此病，并因此早早离世。贞观十年，"上得疾，累年不愈，后侍奉，昼夜不离侧。常系毒药于衣带，曰：'若有不讳，义不独生。'后素有气疾，前年从上幸九成宫……"夫妻二人俱为此病所困。

如果说唐高祖、太宗得风疾尚属后天，高宗李治得此病就不是偶然了，很可能是因为遗传。显庆末年，李治风疾发作，风眩头重，目不能视，上朝、阅奏折都十分困难。他当时年仅三十三岁，料知他得此病极早，应该是痼疾，而且一年比一年重。上元二年（675年）三

一、史话

月,"上苦风眩甚,议使天后摄知国政"。此时李治四十七岁,已经被疾病折磨得不能自已,想让武后执掌国政。此后他一直受风疾折磨,几乎痛不欲生。弘道元年(683年),年届五十六岁的李治病情加重,一天不如一天。史书上有这样一段记载:"上苦头重,不能视,召侍医秦鸣鹤诊之,鸣鹤请刺头出血,可愈。天后在帘中,不欲上疾愈,怒曰:'此可斩也,乃欲于天子头刺血!'鸣鹤叩头请命。上曰:'但刺之,未必不佳。'乃刺百会、脑户二穴。上曰:'吾目似明矣。'后举手加额曰:'天赐也!'"看来,李治在武后那里,没有得到很好的照顾。这一年十二月,李治崩于贞观殿。

李渊、李世民、李治,祖孙三代相继都得了风疾,并因风疾而丧命,除了遗传之外,似乎还有一种宿命的暗示。他们之后,李氏子孙很幸运,摆脱了此病,但国势却一天天没落了。

魏元忠入狱

大概和年龄有关，十数年来，痴迷于史书，总是关注发生过的事，对眼前的事很淡漠。史书读多了，渐渐生出一种超然的态度，看事情稍久远一些；也带来一个坏处，看不惯眼前的人和事。

《资治通鉴》是我所挚爱的一种，放在床头，时时翻览，不知读了几遍。

最近，读到《唐纪》时，一件事引起了我的注意。

这件事是关于魏元忠的。

魏元忠是唐高宗时人，出身太学生，上书论吐蕃事引起高宗注意，授秘书省正字，值中书省，迁监察御史。武则天称帝后，任殿中侍御史。徐敬业起兵，派他监军讨逆，以功迁洛阳令。圣历二年（699年），为凤阁侍郎、同凤阁鸾台平章事。自是，入阁为相。中宗继位，封齐国公，以特进致仕，死时年七十余。中宗对他一直恩遇不减，评价道："是子未习朝廷仪，然名不虚谓，真宰相也。"

后人对他评价不一。

洪迈把魏元忠列入名相，说："若唐宰相三百馀人，自房、杜、姚、宋之外，如魏征、王珪、褚遂良、狄仁杰、魏元忠、韩休、张九龄、杨绾、崔祐甫、陆贽、杜黄裳、裴垍、李绛、李藩、裴度、崔群、韦处厚、李德裕、郑畋，皆为一时名宰，考其行事，非汉诸人可比也。"（《容斋随笔》）

王夫之批评魏元忠："李日知、魏元忠、唐休璟、韦安石当武氏之世，折酷吏之威，斥宣淫之魂，制凶竖之顽，怀兴复之志，张挞伐

一、史话

之功，皆自命为伟人，而为天下所属望者也。及其暮年，潦倒于韦氏淫昏之世，与宵小旅进旅退，尸三事之位，濡需于豢养，怠无异于鄙夫。"（《读通鉴论》卷二十一）王夫之不满他晚年明哲保身，与时进退。

《新唐书》持论与王夫之同，说："魏①、韦②皆感慨而奋，似矣。及在昏上侧臣间，临机会，不一引手揸奸邪之谋，诚可鄙哉。"也是贬斥他晚节不保。

史家对魏元忠都寄予深重，故而批评严刻。

魏元忠一生可分为两个阶段。一是武后时，酷吏周兴、来俊臣，幸臣张易之、张昌宗当道，魏元忠以一己之力，以去酷吏、幸臣为己任，与之不懈斗争。他性格骨鲠，疾恶如仇，三次入狱仍意犹未悔，与狄仁杰等成为朝廷台鼎之臣。

二是中宗时，韦后、武三思、安乐公主沆瀣一气，秽乱朝纲，他们卖官鬻爵，排斥异己，横行朝野。这时魏元忠像变了一个人，他依违其间，对眼前乱局视而不见，一味迁就，遇事俯首而已。《新唐书》谓："初，元忠相武后，有清正名，至是辅政，天下倾望，冀干正王室，而稍惮权幸，不能贵善罚恶，誉望大减。"不怪乎王夫之抨击他，时人对他也很失望。

是什么使魏元忠变成这样？他前后何以如此不同，连名节都不顾了？

这与他的经历有关。往事不堪回首，魏元忠三次入狱，刻骨的经历使他学会了偷生。

二次入狱

魏元忠第一次下狱是被诬陷，办案人周兴，具体何故史书没有记载，判决后以"论死"处。当时，徐敬业事刚平息，武后念在他靖乱

---

①魏，指魏元忠。
②韦，指韦安石。

有功，格外开恩，只将他流放外官。一年后，又招他回朝，提拔为御史中丞。

担任御史中丞没多久，他又出事了。这次是来俊臣作祟，他诬告宰相任知古、狄仁杰、裴行本谋反，连及魏元忠。来俊臣大约审案太多，遇到的大都顽固不化，死不认罪。他别出心裁，特意请太后降旨，凡拒不承认的重办，积极配合的免死。狄仁杰并不知道此旨，他懒得与酷吏纠缠，故一问之下就招认了。受审时，他回答得很巧妙，招而不屈："大周革命，万物惟新，唐室旧臣，甘从诛戮。反是实！"虽然语带讥讽，毕竟还是承认了。来俊臣比较满意，对他没有用刑，直接下狱。

轮到魏元忠时，他"辞气不屈"，坚决拒绝认罪。此时，被牵连的唐室子弟中三十余人都被折磨而死，尸体枕藉于面前。魏元忠毫不畏惧，慨然说道："大丈夫行居此矣。"

审他的是左台侍御史侯思止。此人家奴出身，为人粗鄙，一看魏元忠顽固不化，马上对他用刑，"命倒曳之"。不清楚这是一种什么刑罚、用的刑具是什么，对照前后文，估计是将犯人捆绑以后，在台阶上倒拖。大刑之下，魏元忠仍然辞气不屈，反言："我如乘驴而坠，足绊镫，为所曳耳。"这个比喻倒很形象。侯思止被激怒了，命人"更曳之"，继续对他进行折磨。魏元忠大骂："侯思止，欲得我头，当锯截之，何必使承反也！"他视死如归，颇有大丈夫气概。

魏元忠遭受折磨之际，宫里来人宣旨，命将魏元忠诸人减死。旨意来得十分唐突，双方都有些糊涂。

这是狄仁杰的功劳。狄仁杰入狱后，多了个心眼，暗地里给武后写了封上书，备述受冤经过。写好后，他把书信塞在棉衣里，对狱吏说，天变暖了，请让家人把棉衣拿回去，换件单衣过来。他的案子已经定谳，故狱吏没有太为难他。狄仁杰的儿子拿到那封上书后，立即找武则天鸣冤。武后看完上书，沉吟了半晌，随后把来俊臣叫来，指着上书质问道：这到底怎么回事？来俊臣慌了，辩解道：狱吏并没有为难狄仁杰，他现在还好好地在狱里。武后似信非信，专门派人到狱中探视。此时狄仁杰尚光着上身，匆忙之际，来俊臣随便找了件衣服，让他对付穿着。这一切并没有逃脱中使的眼睛。

事属巧合，又一个人也找武后鸣冤来了。前宰相乐思晦被来俊臣屈杀，家里被抄，家人沦为奴。他有一个儿子未满十岁，没入司农省。突然而来的变故使他过早成熟，他心知父亲含冤而死，决心替父申冤。一日，他趁人不注意，跑到宫廷，击鼓喊冤。武后听说是宰相的后人，特意召见。这孩子颇有胆识，一见武后，诉说了父亲受屈枉的经过，最后补充道："臣父已死，臣家已破，但惜陛下法为俊臣等所弄，陛下不信臣言，乞择朝臣之忠清、陛下素所信任者，为反状以讨俊臣，无不承反矣。"这几句话很有分量，他不仅为自己一家鸣冤，还为朝廷担心。

闻言，武后为之一惊。几件事联系到一起，武后这才意识到情况严重。对于周兴、来俊臣所作所为，她不是不知道，但为了清除异己，树立权威，不得不如此。武后曾经自鸣得意地对别人说，当初太宗有一匹烈骑，名狮子骢，无人能驯服，太宗也束手无策。她进言道："妾能制之，但需要三物，一铁鞭，二铁楇，三匕首。先用铁鞭抽打，如果不驯服，继之以铁楇，再不服，则用匕首刺死。不管多么烈性的骏马，三物未遍用就已服服帖帖。"太宗很满意，不住地点头。武后治国，也用的这种办法。她视李氏大臣为烈马，酷吏是她的铁鞭、铁楇和匕首。

对乐相之子的话，武后坚信不疑。然而令她没有想到的是，周兴、来俊臣手段如此拙劣，竟然办一个案子，造一个冤狱，如此下去怎么得了！联想到狄仁杰、魏元忠之案，她动了怜悯之心，命人把狄仁杰放出来，亲自召见。见面后，武后责怪狄仁杰：你为什么要承认谋反？狄仁杰回答：不承，则已死于拷掠矣。

最终，武后对狄仁杰诸人宽大处理，全部减死，贬官外放。狄仁杰罢为彭泽县令，魏元忠为涪陵令，其他人也都任以县令之职。

周兴、来俊臣被诛后，朝臣都替魏元忠鸣不平。武后鉴于此，又把他召回，任肃政中丞。一次，魏元忠侍宴，武后边吃边问："卿往者数负谤，何也？"魏元忠可怜兮兮地回道："臣犹鹿耳，罗织之徒欲得臣肉为羹，臣安所避之！"说得武后为之停箸。

三次入狱

　　魏元忠第三次入狱，已经是做宰相以后的事了，这次的对头是张易之、张昌宗兄弟。魏元忠历来对张氏兄弟不齿，也没有把他们放在眼里。他做肃政中丞后，兼检校洛州长史，负责督查、处置不法。张易之势倾朝野，他的家奴更仗势欺人，公然在街头行凶，杀死了几个平民。魏元忠知道后，把为首的元凶抓起来，打了一顿板子。谁料这厮不经打，棍棒之下竟丧了命。这事被张易之记在心里，等待时机报复。

　　张易之另有一个弟弟，叫张昌期。他时任岐州刺史，武后打算调任他做雍州长史。朝臣集议时，武后没有点破，让大家推荐。魏元忠推荐了一个人，叫薛季昶。武后看魏元忠不明白她的意思，索性把话挑明，问："张昌期如何？"诸宰相都同声附和，唯魏元忠坚执己见，不同意任用张昌期。他说："昌期少年，不闲吏事，向在岐州，户口逃亡且尽。雍州帝京，事务繁剧，不若季昶强干习事。"

　　对于张氏兄弟结党专营，朋比为奸，魏元忠十分反感，称之为小人。事后，他上奏道："臣自先帝以来，蒙被恩渥，今承乏宰相，不能尽忠死节，使小人在侧，臣之罪也！"

　　这些，使张易之对魏元忠衔恨次骨，非除之不能后快。

　　除魏元忠之外，张氏兄弟还有一个眼中钉，就是太平公主，武则天的宝贝女儿。此时，武后病重，朝夕不保，张氏兄弟担心武后故去后他们性命不保，故而想了一个一石双鸟的高招：诬告魏元忠与司礼丞高戬谋挟太子，欲为不轨。

　　高戬何许人也？他是太平公主的情人。太平公主先后下嫁过两人，即薛绍、武攸暨，都是奉母命，属于政治联姻。她与母亲一样，基因里有强烈的叛逆成分。二次婚姻，唤醒了她的占有欲，包括对男

一、史话

人的欲望，开始放荡无忌，与多人有染。起先，她喜欢张昌宗，后来把他献给了母亲，现在又喜欢上了高戬。武则天说太平公主很像自己，在这一点上，母女俩的确相似。

张易之的策划不能说不高明。他了解武后，知道她最放心不下自己的儿子，生怕他们起来夺回帝位。他对武后说，魏元忠与高戬私议："太后老矣，不若挟太子为久长。"果然，武后大怒，立即把二人下狱，并派张昌宗负责审理此案。

为了坐实此事，张昌宗特意找到了凤阁舍人张说，让他出来指证，并且承诺：搬倒魏元忠，他就可以当宰相。张说答应了。张昌宗很有心计，他之所以选中张说，出于两方面考虑：（一）他是言官，在武后身边，说话有分量；（二）朝廷中，张说相对中立，不会引人怀疑。

找到证人后，张昌宗向武后汇报：案情已经查问清楚，张说愿当庭对质。

搭救魏元忠

魏元忠下狱后，朝臣们都有些惊愕，不明白又出什么变故了。消息很快传出，说魏元忠事涉太子，大家不由紧张了。紧接着，又听说张说答应出面做证，许多人感到诧异。张说一贯为人端正，谨严持重，按理不该与张氏兄弟搅在一起。人们猜测，他会不会被人蒙蔽，受人利用了？

事情非常紧迫，而关键在于张说，大家觉得有必要劝劝他。于是朝臣们纷纷来见张说。

同为凤阁舍人的宋璟，劝张说："名义至重，鬼神难欺，不可党邪陷正以求苟免。若获罪流窜，其荣多矣。若事有不测，璟当叩阁力争，与子同死。努力为之，万代瞻仰，在此举也！"宋璟申明义礼，愿以死相争，声援魏元忠，劝张说善保名节，不要违心做假证。

侍御史张廷珪见到张说，意味深长地说："朝闻道，夕死可矣！"

话外之音是：只要主持公道，伸张正义，即使死了也值得。

左史刘知几毫不掩饰，直言不讳地对张说言道："无污青史，为子孙累！"他是史官，说话要言不烦。

这几个人均为言官，也是张说的同僚，都对他不放心，希望他以名节为重，在是非面前站稳脚跟。

他们出于共同的目的：营救魏元忠。众人明白，魏元忠一旦倒下，朝廷里就没有什么力量能与张氏兄弟匹敌，局面就更不可收拾。他们想要拉回张说，替魏元忠挣一个清白，为朝廷挽留些许正气。

武则天称帝十五年，朝政晦暗，元气大伤，之所以还能延续二百年之久，洪迈称道的那些贤相功不可没。此外，一大批名臣前赴后继，薪火相传，撑拒之功至伟。

面对众人的忠告，张说一言不发。这天，武后主持朝会，首先提及"私议"之事，命张说说明原委。未等张说开口，一旁的魏元忠沉不住气了，他以为张说肯定已被人拉拢过去，愤愤然指责道："张说欲与昌宗共罗织魏元忠邪！"

这句话惹恼了张说，他呵斥魏元忠道："元忠为宰相，何乃效委巷小人之言！"

张昌宗一看两人斗起嘴来，怕事情败露，忙打断话，催促张说回到正题。

张说这才转向太后，不温不火地说："陛下视之，在陛下前，犹逼臣如是，况在外乎！"他指张昌宗而言。稍停，又接着说："臣今对广朝，不敢不以实对，臣实不闻元忠有是言，但昌宗逼臣使诬证之耳！"

一番话说完，所有人瞪大了眼睛，魏元忠有些不相信自己的耳朵。大家知道张说冒着极大的风险，欺妄朝廷可不是小罪。

张昌宗、张易之急了，忘了这是在朝堂之上，大呼："张说与魏元忠同反！"

武后瞪了两人一眼，问他们还有何说。

见张昌宗一时语塞，张易之突然想起一事，遂进前一步："说尝谓元忠为伊、周；伊尹放太甲，周公摄王位，非欲反而何？"

这真是欲加之罪何患无辞！张说提高了嗓音，正言驳道："易之兄弟小人，徒闻伊、周之语，安知伊、周之道！日者元忠初衣紫，臣以郎官往贺，元忠语客曰：'无功受宠，不胜惭惧。'臣实言曰：'明公居伊、周之任，何愧三品！'彼伊尹、周公皆为臣至忠，古今慕仰。陛下用宰相，不使学伊、周，当使学谁邪？且臣岂不知今日附昌宗立取台衡，附元忠立致族灭！但臣畏元忠冤魂，不敢诬之耳。"

张说一席话，反唇相讥，滴水不漏。张易之兄弟理屈词穷，无言以对。

事情闹到这一步，武后有些恼火，觉得受到戏弄。眼看无法收场，她又把气撒到张说身上："张说反覆小人，宜并系治之。"

这就有些不讲道理了。

武后犹自不甘心。几天以后，又将张说从狱里提出，想从他嘴里套话，找出一些蛛丝马迹。这时她仍怀疑，张说与魏元忠串通一气，不说实话。张说仍不改口，还是那套说辞。武后狐疑不定，总觉得里边还有什么，又委派侄子河内王武懿宗拷问张说，逼他翻供。张说严词拒绝。

此事轰动朝野。大臣们一个个摇头叹息，暗地里为魏元忠、张说鸣不平。空气十分紧张，多数人都缄默不语，但另一批人忙碌起来。还是言官，他们以一种使命感，奋笔疾书，仗义执言。

正谏大夫朱敬则抗言直谏，他说："元忠素称忠正，张说所坐无名，若令抵罪，失天下望。"

士人苏安恒的上书尤其引人注意，他数落武后道："陛下革命之初，人以为纳谏之主；暮年以来，人以为受佞之主。自元忠下狱，里巷恟恟，皆以为陛下委信奸宄，斥逐贤良。忠臣烈士，皆抚髀于私室而钳口于公朝，畏迕易之等意，徒取死而无益。方今赋役烦重，百姓凋弊，重以逸悫专恣，刑赏失中，窃恐人心不安，别生它变，争锋于朱雀门内，问鼎于大明殿前，陛下将何以谢之，何以御之？"

苏安恒的预言不幸兑现了。武后死后，太平公主等立即拥李显为主,尽诛诸武,大周革命宣告结束。

相比而言,朱敬则说话尚称委婉,苏安恒没有那么多顾忌,言辞格外激烈。因为他是读书人,没有官职,不讲究这个。此前,他还曾投匦上书,讽武后退位,还位太子。那封书言辞更其大胆,其言曰:"臣闻天下者,高祖、太宗之天下。有隋失驭,群雄鹿骇,唐家亲事戎旅,以平宇县,指河为誓,非李氏不王,非功臣不封。陛下虽居正统,实唐旧基。前日太子在谅闇阋,相王非长嗣,唐祚中弱,故陛下因以即位。今太子年德已盛,尚贪有大宝,忘母子之恩,蔽其元良,以据神器,何施颜面见唐家宗庙、大帝陵寝哉!臣闻谓天意人事,还归李氏。物极则复,器满则覆;当断不断,将受其乱。诚能高揖万机,自怡圣心,史臣书之,乐府歌之,斯盛事也。臣闻见过不谏非忠,畏死不言非勇。陛下以臣为忠,则择是而用;以为不忠,则斩臣头以令天下。"

这封上奏非常有名。

投匦上书是武则天的主意。本意是鼓励臣民告讦,纠举不法,从而控制大臣,但风气之余,时有诬告、妄告者。

面对苏安恒的质直之言,她无可奈何,因为上书者是读书人。

张易之看完朱敬则、苏安恒的上书,暴跳如雷。他不敢把朱敬则如何,毕竟人家是谏官,上书言事属职责所在。但苏安恒就不同,白衣一个,无足轻重。张易之大发淫威,命人诛杀苏安恒。多亏朱敬则等人多方搭救,他才免于一死。

弓已上弦,不得不发。虽然有这样那样的议论,但魏元忠不能不处理。武后决定,贬魏元忠为高要尉,高戬、张说流放岭南。从丞相到县尉,魏元忠一落千丈。

魏元忠赴任前,特地去向武后辞行。他说:"臣老矣,今向岭南,十死一生。陛下日必有思臣之时。"言语之中颇为伤感,而且话里有话。武后问他此话何意。当时,张易之、张昌宗在座,魏元忠指着二人回答:"此二小儿,终为乱阶。"闻言,二张色变,立即离座叩头喊冤。魏元忠看了他们一眼,长揖而去。眼看着魏元忠的背影消失,武后情绪黯然,低声对脚下二张说:"元忠去矣!"

此时,朝臣中仍有人要为魏元忠鼓呼。宋璟劝道:"魏公幸已得全,今子复冒威怒,得无狼狈乎!"随后又长叹道:"璟不能申魏公之枉,深负朝廷矣!"

以后,张说在睿宗、玄宗朝拜为宰相,封燕国公。

再生事端

一波未平一波又起。魏元忠离开洛阳前,太子仆崔贞慎等八人自发为他饯行。这事被张易之知道了,他喜滋滋地以为又抓住了一个把柄,马上假冒柴明之名,向朝廷举报。柴明者,才明白结党谋反之状。他上书声称崔贞慎等与魏元忠结党,密谋造反。要说,这些捕风捉影的事本不值得理会,但武后却不然,宁信其有,不信其无。此前,她因魏元忠事搞得颜面大失,已经顾不得判断真伪了,马上命监察御史马怀素查问。马怀素领旨后,却迟迟不见动静。武后接连四次派人询问都没有下文,她只好召见马怀素。

看到武后怒气冲冲的样子,马怀素很沉稳,他解释道:我之所以迟滞圣命,是因为没见到举报人。见到他后,才能弄明真相。

武后急了,说:我也不知道柴明是谁,你只要考问崔贞慎等人,一切就全清楚了,没必要找柴明。

马怀素不这样认为,他对答道:"臣不敢纵反者。元忠以宰相谪官,贞慎等以亲故追送,若诬以为反,臣实不敢。昔栾布奏事彭越头下,汉祖不以为罪,况元忠之刑未如彭越,而陛下欲诛其送者乎!且陛下操生杀之柄,欲加之罪,取决圣衷可矣;若命臣推鞫,臣敢不以实闻!"

怪不得马怀素迟迟不动手,原来他认为这些人根本无罪。武后瞪大了眼睛,直视马怀素,质问道:你打算把崔贞慎等人全部放过吗?马怀素犯了牛脾气,回答说:"臣智识愚浅,实不见其罪!"

事情到了这一步，武后只好作罢。在对待魏元忠的问题上，自始至终，朝臣们大多抱着不合作态度。在这股巨大的力量面前，武后感到无能为力。

至此，有关魏元忠的故事告一段落，朝臣们通过艰辛努力，成功营救了丞相。

好莱坞有一部大片叫《拯救大兵瑞恩》，看过后，深受感染。此片宣扬一种美国精神，拯救大兵就是拯救战争，也意味着拯救国家。大兵母亲象征着国家，也是人们为之牺牲的终极原因。抢救大兵成功的画外音是：美国是无法战胜的，因为人们对它有宗教般的信仰。此片告诉我们，美国是很讲意识形态的国家。

营救魏元忠的前前后后，依稀也能捕捉到那么一种精神，让人心灵深处为之一动。在整个唐史中，魏元忠未占多大分量，但有关他的一切却很典型。大臣们挽救魏元忠，似乎也是在挽救大唐，挽救大唐的命运。

在大多数官员都缄默不语时，言官们站出来了，据理以争，毫不妥协。他们的声音是武则天专制时代的绝响。我们与其庆幸他们的职守，不如庆幸自汉代流传下来的谏官制度。这个制度的作用是纠偏，其力量或许很微弱，但从中我们看到了希望的曙光。

整个事件体现了大唐精神，体现了士大夫集体的力量。

两千年中国史，类似这样的事例还很多。历史之所以成为现在的样子，肯定是有原因的。唐代近三百年，能称得上盛世的，不过几十年，承平之日，也不过百年，但它确确实实存在了近三百年之久。之所以能延续这么久，肯定也是有原因的。安史之乱后，唐朝进入衰世，奸臣当道，藩镇割据，宦官猖獗。三种势力纠缠一起，交互作用，朋比为奸。天下不绝如线，摇摇晃晃撑持了近二百年。它能维持下去，主要原因在于：天下人不愿其亡。

斥逐卢杞

卢杞是唐德宗时宰相,《新唐书》把他列入《奸臣传》。唐朝贤相多,奸相也多,诸如李义府、李林甫、陈希烈等。其中,李义府、李林甫知名度最大。李义府是唐高宗时宰相,《新唐书》称:"义府貌柔恭,与人言,嬉怡微笑,而阴贼褊忌著于心,凡忤意者,皆中伤之,时号义府'笑中刀'。又以柔而害物,号曰'人猫'。"笑里藏刀说的就是他。李林甫是唐玄宗时宰相,《新唐书》称其:"性阴密,忍诛杀,不见喜怒。面柔令,初若可亲,既崖阱深阻,卒不可得也。公卿不由其门得进,必被罪徙;附离者,虽小人且为引重。"其人可知。

卢杞其人"有口才,体陋甚,鬼貌蓝色,不耻恶衣菲食"。相貌丑陋不奇怪,蓝色皮肤却比较罕见,不晓得是什么鬼形象。他貌丑心更丑。"既得志,险贼浸露,贤者媢,能者忌,小忤己,不傅死地不止。将大树威,胁众市权为自固者。"卢杞阴柔忌刻,所操权术与前边所提"二李"相似,大率为口蜜腹剑之类。

要说德宗还有几个不错的大臣,宰相崔祐甫、杨炎,大臣颜真卿、段秀实等,但卢杞都以种种理由把他们挤出朝廷。即如颜真卿,时任太子太师,已不在朝廷任职,对他并没有什么威胁,但仅仅因为颜真卿德高望重,便成了卢杞的心病。当时,淮西节度使李希烈反,朝廷派去抚谕的使臣被杀,德宗很担心。卢杞推荐颜真卿前去宣慰,他说:如今形势,不派重臣不足以安抚李希烈。按理应该我去,但我的相貌实在太丑陋,影响天朝形象。颜真卿是三朝元老,为人端方,四方钦服,派他去肯定错不了,说不定还能劝降李希烈。经他这么一吹风，德宗心动了，遂把颜真卿送到了虎口。颜真卿一去，就被李希烈囚禁。他要挟颜真卿做自己的重臣，逼他起草即位诏书。颜真卿大骂，遂被杀。

不仅朝中大臣，诸道、诸镇及各节度使也都在他掌握中。谁一旦受到器重，他就拼命挤兑，连拥兵一方的镇守使也怕他三分。

卢杞作恶多端，人们对他有切齿之恨。朱泚据长安，德宗逃往奉天①，朱泚率兵随后围攻，是为奉天之难，长达月余。德宗命诸镇驰援，邠宁、朔方节度使李怀光由彬县、长武一带赶来奔救，此时奉天城已朝不保夕。好容易打退了朱泚，李怀光进奉天，打算觐见天子。卢杞怕他夺头功，唆使德宗命李怀光不要停留，直趋长安，把京城夺回来。这样，李怀光马不停蹄，连天子都没有见上一面，又匆匆拔营。赶赴长安途中，李怀光越想越气，接连上表要求罢黜卢杞，而且要挟说：卢杞不除，长安之难不解。德宗不得已，这才恋恋不舍地罢卢杞相。《新唐书》载："怀光自以千里勤难，有大功，为奸臣沮间，不一见天子，内怏怏无所发，遂谋反，因暴言杞等罪恶。士议哗沸，皆指目杞，帝始寤，贬为新州司马。"

德宗这个皇帝，生性多疑，很少始终相信一个大臣，约略而计，大概只相信两个人：李泌、卢杞。李泌与大唐关系至深，一直以山野自居，不愿在朝廷任职，所以超脱一些。他最初与肃宗李亨交好。安史之乱发生后，玄宗"巡狩"蜀中，把乱局交给儿子李亨。李亨与父亲马嵬坡分手后，逃到灵武，在那里组织靖难。由于身边乏人，他想起了李泌，便将他请来襄助自己。从此，李泌与李家三代结下了很深的渊源。李亨的儿子代宗李豫在东宫时，就对李泌以师傅事之，继位后更对他言听计从。德宗继代宗后，也不放李泌走，任命他做宰相，为自己出谋划策，料理国事。

除李泌外，德宗最信任的人莫过于卢杞。卢杞善于察言观色，阿谀奉承，让德宗很舒服。

---

①奉天，位于今陕西乾县附近。

一、史话

卢杞死后,一次,德宗与李泌谈起历任宰相,提到卢杞,德宗说:"卢杞忠清强介,人言杞奸邪,朕殊不觉其然。"李泌对答:"人言杞奸邪而陛下独不觉其奸邪,此乃杞之所以为奸邪也。傥陛下觉之,岂有建中之乱乎!杞以私隙杀杨炎,挤颜真卿于死地,激李怀光使叛,赖陛下圣明窜逐之,人心顿喜,天亦悔祸。不然,乱何由弭!"(《资治通鉴》卷第二百三十二)一席话,说明德宗始终未忘掉卢杞,同时也证明卢杞蛊惑人心之深。

德宗这个皇帝,能与共患难而不能共享乐,也许,他只能做患难天子。每值国难当头,他降尊纡贵,委身事人。士卒没有吃的,自己宁愿挨饿;士卒没有衣穿,自己宁愿受冻。以此尚能赢得人心。一旦情况好转,他疑忌的毛病就会重犯,觉得别人都对自己不忠,唯卢杞除外。

长安平复,该彰奖功臣时,他念起卢杞来了,制敕赦免卢杞,调任吉州长史。卢杞接到诏书,喜不自胜,对人夸口说:我又要入朝了。

果然,这事过去没多久,德宗又张罗卢杞的事,嫌他的官不够大,想提拔他为饶州刺史。他一步步把卢杞挪来挪去,目的是要把他曲线调到自己身边来。德宗这些动作,朝臣们一眼就看出来了。想到卢杞又要回朝,大家慌了。言官们没有商量,意见却高度一致,集体反对。

皇帝命给事中袁高起草诏书,他拒绝了。袁高找到宰相卢翰、刘从一,对二人说:"卢杞作相,致銮舆播迁,海内疮痍,奈何遽迁大郡!愿相公执奏。"(《资治通鉴》卷第二百三十一,后同)二相怯懦,不敢出头。皇帝看他们不愿执笔,又委派别人制诏书。书成,袁高坚执不可,上书德宗:"杞极恶穷凶,百辟疾之若仇,六军思食其肉,何可复用!"德宗不听。于是谏官陈京、赵需、裴佶、宇文炫、卢景亮、张荐等群起执议,要求撤销成命。

廷议时,德宗打算说服大家,他说:卢杞已经被赦,起用他有什么不对?袁高对答:赦免只是不再追究他的罪过,并不意味他可以得到提拔。陈京等也进言道:"杞之执政,百官常如兵在其颈,今复用之，则奸党皆唾掌而起。"德宗闻言大怒，斥责陈京无礼。他声色俱厉，百官吓得连连倒退，噤口不言，气氛顿时紧张起来。陈京毫不畏惧，他进前一步，鼓励谏官们说："赵需等勿退，此国大事，当以死争之。"

见此，德宗语气又缓和下来，用商量的口气，对宰相李勉说：改任卢杞做小州刺史，如何？不料李勉连这点儿面子都不给，他说："陛下欲与之，虽大州亦可，其如天下失望何！"

卢杞犯了众怒，刺史是做不成了。德宗觉得过意不去，为了挽回一点儿尊严，又委任他澧州别驾，事情总算画上了句号。事后，德宗安抚谏官，对袁高等人说：朕过后认真想了想，还是你们说得对啊！

李泌没有参加朝议，但他很关注此事，知道德宗迟早要对他提起。不出所料，德宗果然在一次谈话中提及，而且，颇有些自得地说：我已经同意袁高诸臣的意见，把卢杞的事放下了。李泌马上拱手称贺："累日外人窃议，比陛下于桓、灵；今承德音，乃尧舜之不逮也！"这话简直是哄小孩玩儿，但德宗听了，依然美滋滋的。

一、史话

一患未除一患生

宦祸是东汉、唐朝的共同问题：阉宦们盘踞内廷，根深难除，如蛀虫一样侵蚀着国家。可以说，这些人与国家兴亡相始终。可惜，汉人、唐人解决此问题，用了最坏的办法，那就是引狼入室。

汉灵帝崩，皇子刘辩即位，何太后临朝。时，中军校尉袁绍劝太后兄何进悉诛宦官，何进禀太后，太后不听。袁绍等又献计，召四方猛将，使并引兵向朝阙，要挟太后从大臣言。何进以为是，遂召董卓诣京。孰料，绍、进之议为宦官侦知。董卓未至，中常侍张让等先下手，矫诏杀何进。袁绍闻何进被杀，勒兵入宫，捕治宦者，无少长尽杀之。张让势迫，遂迫胁帝与陈留王刘协出谷门。至黄河，张让自知不免，投河而死。董卓追及，废帝而立陈留王，是为献帝。董卓擅政，弑何太后，刑杀无辜，浊乱宫禁。关东诸州郡皆起兵讨伐，天下遂乱。

何进、袁绍本为除宦祸，召董卓进京，岂料与虎谋皮，葬送了汉家江山。是欲除一患而生一患，一患才除一患又生。

唐昭宗以崔胤为相，与之谋诛宦官，宦官惧。中尉刘季述、王仲先等阴谋废立，乃引兵突入宣化门。刘季述扶上到少阳院，以银楇画地，数昭宗罪数十，锁钥禁锢，并矫诏立太子为帝。崔胤密遣人说左神策指挥使孙德昭，率兵擒刘季述等斩之，迎上复位。崔胤以为宦官领兵，终为肘腋之患，乃称受密诏命朱全忠带兵进讨。朱全忠遂发兵于大梁。中尉韩全诲闻之，劫昭宗出临凤翔。朱全忠进攻凤翔，李茂贞出战，屡败。事出仓皇，供奉不给，昭宗至鬻御衣及小皇子衣于市以换食。后,李茂贞与朱全忠讲和,请诛韩全诲等,并杀宦官七十余人,奉车驾还长安。崔胤复奏蠲除宦官,昭宗然之。朱全忠以兵驱宦者数百人于内侍省,尽杀之,仅留黄衣幼弱三十人,以备洒扫。又出使者告于四方,诏各地捕诛所在宦者,于是宦者尽灭。

心腹之患才除,未料又生一患。不久,朱全忠就废唐帝自立。

董卓被汉帝任为太师后,于今陕西眉县一带筑坞。此坞高、厚均达七丈,储存的粮食可用三十年之久,号称"万岁坞"。他对人吹嘘道:"事成,雄据天下,不成,守此足以毕老。"(《后汉书·董卓传》)其人蠢笨无能至极,何进以国事相托,结果可知。

朱全忠,原名朱温。起初参加黄巢义军,受招抚后叛归朝廷,一力平"匪乱"。打败了黄巢军,唐僖宗赐名全忠。之后废唐哀帝,建立后梁,又改名朱晃。一个人反复更名,至少能说明点儿什么。

唐自穆宗以后八世,为宦官所立者七君。宦祸固深,然废立者不外李氏子孙,天下土崩而未至于瓦解。宦者依唐室而存,不有唐,则无宦者;唐在,则宦者之鼠不虞无寄食之仓。至崔胤召朱全忠,自以为得计,快一时之痛,孰料召寇兵而赍盗粮。朱全忠入长安,首先除掉崔胤,之后又迁昭宗于洛阳,密遣人弑之,遂生不臣之心,为篡夺天下开始准备起来。不久,一个新的王朝——后梁产生了。

汉亡,招致三国、魏晋南北朝之乱,杀伐争战长达三百余年。唐亡,招致五代十国之乱,时间虽只有五十余年,亦可见国家由乱到治的艰难历程。可叹的是,中国历史上两个最黑暗的时期都由宦官而起,足让人触目惊心。历史循环往复,总是惊人的相似!

何进、崔胤万没料到,他们情急之下做出荒唐决定,召董卓、朱全忠入京,引狼入室,亲手把汉、唐江山交付别人。

凡事谋不定未如不谋。何则?不谋虽为守计,不至于坏事,且长在待机而发,俟时而动。天生大憨,必有厌塞之策;狐鼠狡猾,难逃猎人网罟。谋不定而动,是为盲动,少有不失计者也。汉、唐之时,宦祸不谓不深,人人欲得而诛之,然常陷于败,以阉宦之腥臊,居内宫之巢穴,能轻除乎?甚者除一张让又生一张让,以本根既深,未易撼动。当徐思之，慎视之，明辨之，以解牛之刀除残去秽。不以此，而轻动虎狼之师，取败，不其然乎！

　　事于两难当以守为上，匆迫行事则既失鱼又失蹯。今南海乱事，日、菲跳跃，美助阵，欧观望，各怀鬼胎。事非一时一日生，也非一时一日解。当此时，应沉稳应对，左右逢源，处变不惊，坐观其变则可，未可轻易动作，否则，堕入人彀中矣。

理乱与理治

就能力而言，有人擅长理乱，有人擅长理治。

治史也如是。《资治通鉴》其长在于理乱。魏晋南北朝、五代十国是历史上最乱的时期，记载这两段历史，需要有"治丝"的手段，才能使头绪分明，繁而不乱。《三国志》其长在于理治。汉魏之际，长达半个世纪，诸雄割据，人物迭出。著名的人物数不胜数，如董卓、袁绍、袁术、何进、王允、蔡邕、曹操、公孙瓒、孙坚、孙策、孙权、刘备、刘表、周瑜、诸葛亮……可以开列的人名实在太多，随便屈指都能数出百十来个。一些人今天刚登场，转眼就灰飞烟灭，让人眼花缭乱。其次是战争不断，著名的战役有官渡之战、赤壁之战、夷陵之战等，其他小型战役更是不计其数。对于这一段纷繁复杂的历史，《三国志》仅用三十六七万字就交代清楚了，无怪后人嫌它太过简练。

以字数论高下无疑是一种高明的方法。历来人们热衷于把前四史分出伯仲，尤其集中在对《史记》与《汉书》的评价上。一些人认为《史记》强于《汉书》，一些人认为《汉书》强于《史记》。张辅说：《史记》记千年史用字仅五十万，《汉书》记二百年史用字达八十万，就文字简净而论，前者高于后者自不待言。这固然是一种意见，但大家对它都存而不论，因为这种说法过于偏颇，有以偏概全的嫌疑。仅举一点，《汉书》录了大量的策论、书疏及歌赋。诸如董仲舒、贾谊、晁错、赵充国、司马相如、扬雄、东方朔、韦贤等人的专传中，文章、歌赋占了一定篇幅。这些资料假如《汉书》不录，很可能就湮没

一、史话

无闻。

《资治通鉴》卷帙浩繁，从西周到五代末，时间跨度一千三百余年，其用二百九十四卷约三百万字记述，内容丰富，不亚于《史记》。《史记》号称纪传体，既有时间线索、事件线索，也有人物线索，三者交错进行，不免使人眼花缭乱。《史记》的最大贡献在于列传，而列传的问题最多。刘知几举例说：《老子韩非列传》把老子与韩非子合传属于人物不类，《屈原贾生列传》把屈原与贾谊合传属于时间不分，《扁鹊仓公列传》也是这个问题。另外，"本纪"不载汉惠帝，却把项羽拉进来；"世家"不列楚怀王，反把陈涉扯进去。这些都遭到后世史家的非议。司马光试图还原历史，他继承了《左传》的写法，选择编年体的叙述方式，以时间为经，兴亡替乱为纬，完成了这一部皇皇巨著。但《资治通鉴》也有一个问题，既然围绕兴亡替乱而来，势必在选择材料上有所取舍，它不能做到原原本本反映历史。说它是信史还要打些折扣，它不过是一部政治史。这是主题先行带来的后果。《资治通鉴》中，除人物纪外，典章、制度还很不完备，所录的文章也以政论为主，至于诗词歌赋一概捐弃。文人、隐逸之流，《资治通鉴》是不欢迎的。论政治地位，陶渊明不如谢灵运，杜甫、李白、韩愈、柳宗元不如魏收、元稹、白居易，老子、伯夷、叔齐不如盗跖、黄巢、翟让。书中，后者不同程度还有记载，而前者许多竟连名字都看不到。人言司马光恨诗人，不是他故意，体例如此。司马光对宋神宗上奏说："每患迁、固以来，文字繁多，自布衣之士，读之不遍，况于人主，日有万机，何暇周览！臣常不自揆，欲删削冗长，举撮机要，专取关国家兴衰，系生民休戚，善为可法，恶为可戒者，为编年一书，使先后有伦，精粗不杂……"（《进书表》）历史及历史人物的善恶，在他眼里自有一套标准，一切与这个标准不合者，都弃之如敝屣。

但凡历史上，总是坏人多而好人少，乱世多而治世少。司马光着眼于治世与乱世，所以《资治通鉴》中总是清平之日短，乱世之日长。这由不得他，历史就如此让人无奈。无意之中，司马光把人类最残酷无情的一面展现出来。从这个意义上讲,《资治通鉴》与其说是一部史书,毋宁说它是人类的黑暗史,是另一部《神曲》和另一部《悲惨世界》。它与其充当帝王治世的教科书,还不如作为基督教、佛教教徒出世的参考书目。《资治通鉴》,我读过几遍,这部书使人对人类自己丧失信心。吾国吾民多舛,几千年来历经患难,饱尝辛酸,极少享受清平盛世,总像牛羊一样任人鞭打、任人宰割。每当读它的时候,常常忍不住废书而叹,不忍卒读。许多年下来,我说不上读过它几遍,因为总遇到读不下去的时候。

《资治通鉴》遇到的乱世真是多啊!抛开周、秦不论,西汉末就有王莽与绿林、赤眉之乱,东汉末有董卓之乱、黄巾起义及继起的三国割据,接下来就是长达三百余年的两晋南北朝时期。隋朝仅有三十八年,接下来就是近三百年的唐朝。唐朝号称盛世,然而真正称得上治世的也就贞观二十三年,加上唐高祖九年,总计三十余年。自高宗至玄宗属于承平时期。以后二百年,历经安史之乱、藩镇割据、宦官专权,国家摇摇欲坠,已经不成样子。接下来就是近六十年的五代时期,你方唱罢我登场,强者为狼,弱者为羊,各据一方,河山破碎,九州大地上硝烟弥漫、鬼哭狼嚎。中国历史上,最乱不过魏晋南北朝与五代。人们熟知的五胡乱华就发生在魏晋南北朝时期。这两个时期乱到什么程度,看看《资治通鉴》就清楚了。它每一页都在记录战争,每一页都有新的人物出现、旧的人物消失,各种势力集团合而分、分而合,令人目不暇给。

司马光治史所长在理乱,他条分缕析,剥茧抽丝,把这千年历史一气呵成记录下来,其功不小。我们想象不出,当初,他在面对历史上如此之多的乱世时,是一种什么心情。对于中国人来说,《资治通鉴》不啻是一部国情史、伤心史。触目惊心的地方还在于,这样的历史在之后的朝代中仍不断地重复。

一、史话

宋、明遗诏结局不同

顾炎武说:"宋世典常不立,政事丛脞,一代之制,殊不足言。然其过于前人者数事,如人君宫中自行三年之丧,一也;外言不入于梱,二也;未及末命即立族子为皇嗣,三也;不杀大臣及言事官,四也。此皆汉、唐之所不及,故得继世享国至三百余年。若其职官、军旅、食货之制,冗杂无纪,后之为国者并当取以为戒。"(《日知录》卷十五)

宋太祖借鉴唐末及五代武人乱政的教训,决心抑武修文。相传他曾刻了一块碑,立于太庙,其中有一句话:"不得杀士大夫及上书言事人",誓言子孙后代有违背者,必定会受到惩罚。这个遗训不见于《宋史》,无从辨别真伪,但赵宋历代皇帝也确实这样做了,对士大夫宽容有加。宋世一些名臣,如司马光、王安石、范仲淹、苏轼诸人,都有过贬谪、流放的经历,但很少如汉代,动不动就把三公九卿下廷尉狱,也不像明代,当堂廷杖折辱。一些官员虽然不得意,被一贬再贬,但终无性命之虞。苏轼悲凉地说自己"心似已灰之木,身如不系之舟。问汝平生功业,黄州惠州儋州"。他自嘲一生到处流放,没有功业可言。实际上,他没有必要如此心灰意冷,宋廷对他还是不错的。《宋史》有这样一段记载:

轼尝锁宿禁中,召入对便殿,宣仁后问曰:"卿前年为何官?"

曰:"臣为常州团练副使。"

曰:"今为何官?"

曰:"臣今待罪翰林学士。"

曰:"何以遽至此?"

曰:"遭遇太皇太后、皇帝陛下。"

曰:"非也。"

曰:"岂大臣论荐乎?"

曰:"亦非也。"

轼惊曰:"臣虽无状,不敢自他途以进。"

曰:"此先帝意也。先帝每诵卿文章,必叹曰:'奇才,奇才!'但未及进用卿耳。"

轼不觉哭失声,宣仁后与哲宗亦泣,左右皆感泣。

当时,宋神宗过世不久,哲宗年少,太皇太后提起往事,苏轼感愧不已,放声大哭。

也因此,读书人对宋朝十分留恋。北朝亡,相约拥戴南朝;南朝亡,文天祥等一批官员宁死不降,拥立皇子抵抗。讲气节,还要数宋人。故《宋史》指出,"士大夫忠义之气,至于五季,变化殆尽。宋之初兴,范质、王溥,犹有余憾,况其他哉!艺祖首褒韩通,次表卫融,足示意向。……真、仁之世,田锡、王禹偁、范仲淹、欧阳修、唐介诸贤,以直言谠论倡于朝,于是中外搢绅知以名节相高,廉耻相尚,尽去五季之陋矣。故靖康之变,志士投袂,起而勤王,临难不屈,所在有之。及宋之亡,忠节相望"。

天下兴亡,系于人心。汉高祖与功臣相约:非刘氏不王,非有功不侯,不如是,天下共击之。汉人对文景之治、武帝雄霸、宣帝中兴念念不已,虽王莽改制,但大家有一个共同的心思,要恢复刘家天下。西汉亡,连绿林、赤眉军都认为"刘氏不死""刘氏当复"。当时,绿林、赤眉拥戴刘玄、刘盆子为主,各地也涌现出数个刘氏子孙,自认为归命天子,纷纷揭竿而起。这种共同心理趋向造就出一个东汉来。两汉、两宋都是民心未死的结果。

明朝也有一个遗诏,叫"内臣不得干预政事,犯者斩"。明太祖把这句话铸在一块铁牌上,挂于宫门,警示后代子孙。他曾对侍臣说:"朕观《周礼》,阉寺不及百人。后世至逾数千,因用阶乱。此曹止可供洒扫,给使令,非别有委任,毋令过多。"又言:"此曹善者千百中不一二,恶者常千百。若用为耳目,即耳目蔽;用为心腹,即心腹病。驭之之道,在使之畏法,不可使有功。畏法则检束,有功则骄恣。"因定制:内侍毋许识字。洪武十七年(1384年),铸铁牌,文曰:"内臣不得干预政事,犯者斩。"置宫门中。又敕诸司:"毋得与内宫监文移往来。"(《明史·职官三》)

明太祖取消相权,使党政军权集于皇室,一切都要皇帝说了算。这样做有一个隐忧:一旦外臣弱,势必内臣强。宦官朝夕与皇帝相处,极易干政夺权。所以他借鉴东汉及唐朝教训,立了这一遗训。不幸的是,没有这个禁令还好,自从有了这个禁令,后代子孙仿佛和他拧着劲儿,偏要重用宦官。终明亡,有名的宦官近百位。撮其要而数,宣宗朝之金英、英宗朝之王振、曹吉祥,宪宗朝之怀恩、汪直、梁芳,武宗朝之刘瑾、张永、谷大用、魏彬,神宗朝之冯保,熹宗朝之魏忠贤,思宗朝之王承恩,都是宦官中的巨蠹。魏忠贤更是其中的"佼佼者",任何一个宦官的势焰都无法和他相比。明朝的宦官不仅领禁卫军,而且提东厂、西厂,既领监,又领狱,专门刺探大臣,严刑逼供。这是东汉和唐朝所没有的。东汉和唐朝的宦官也领禁卫军,唐朝甚至派他们监军——那是因为对外朝不信任。东汉、唐朝宦官干政也比较普遍,经常陷大臣于狱,但还没到明朝这样不可收拾。

明朝历代皇帝打击外臣,倚任阉竖,这样做的结果是:朝廷抛弃了士大夫,士大夫也抛弃了朝廷。金人入侵,陈兵北京城下,崇祯自尽煤山,身边一个大臣都没有,唯有宦官王承恩陪他殉身。

同为遗训,结局如此不同。明太祖地下有知,不知当作何感想。

求忠臣必于孝子之门

汉朝以孝治天下，忠孝是它的治国理念，其理论基础来源于儒家，这一点支撑了汉四百年基业。秦朝没有自己的治国理念，所以很快就完蛋了。

孔子说"君子之事亲孝，故忠可移于君"，是以求忠臣必于孝子之门。这是有关忠孝问题的基本论断。百行孝为先，只有事亲孝方能求其忠。这句话反过来说，即未见事亲不孝而能求其忠者也。所以汉朝选拔人才，首先是孝廉，其次是通经博士，要求郡县每年给国家输送两个这样的卓异之士。

西汉贡举孝廉，到了东汉变成贤良方正，实质没有太大变化，大概孝廉也都能做到方正。方正刚直的人到了朝廷，自然也都会视君如父，忠直办事。隋以后把荐举变成了考试，贤良方正吃不香了，策问、诗赋做得好才行，取人之道逐渐程式化。

一个好的制度，在开始施行的时候尚有它的活力，但逐渐会变得僵化。即如举孝廉一事，一些人为招揽虚名，不惜造假。汉桓帝时，陈蕃做乐安太守，郡内有个人以孝著称，他在葬亲以后，没有封闭墓道，自己住在墓中守孝，一住就是二十多年。这件事在地方上影响很大，州郡把他作为典型向朝廷上报。陈蕃初上任，官员们就把这件奇事告诉他，并推荐此人做孝廉。陈蕃很重视，召见了此人，但了解后才发现，这人的五个儿子都是守孝期间所生。陈蕃大怒，申斥他"诳时惑众，诬污鬼神"，并把他治罪。这件事在当地引起了较大轰动。

做一个孝子委实不易！

孝与法

行孝固然很好，但往往使人陷入两难的尴尬境地，尤其当面临孝与法的矛盾时，情况会变得很复杂。

叶公问孔子：我们家乡有个正直无私的人，他父亲偷了别人的羊，他去告发，这件事算是孝还是不孝？孔子回答：我们家乡正直无私的人和你们不同，"父为子隐，子为父隐。——直在其中矣"。孔子认为既然谈到孝，应该"父为子隐，子为父隐"。

《史记·循吏列传》讲了一件事。楚昭王相石奢，其为人方正，无所阿避，威信素著，因此深受楚王信赖。有次，石奢巡察地方，半路见到一个人公然杀人，追上去后，才发现杀人者正是自己的父亲。父子在这种情况下见面，都十分惊愕。如何处理此事？石奢经过一番痛苦地抉择，毅然放掉了父亲，命人把自己捆绑起来面见楚王。他向楚王解释道："杀人者，臣之父也。夫以父立政，不孝也；废法纵罪，非忠也；臣罪当死。"楚昭王倒也通情达理，他说："追而不及，不当伏罪，子其治事矣。"他给了石奢一个很好的托词：不是相国不公，而是没有追上犯人。楚王想糊涂官判糊涂案，不打算追究下去。石奢却不接受楚王的好心，他说："不私其父，非孝子也。不奉主法，非忠臣也。王赦其罪，上惠也。伏诛而死，臣职也。"于是自刎而死。石奢对父亲选择了孝，对楚王选择了忠，他只有一死，才能对忠和孝都有所交代。

汉朝在父子互隐的问题上有明确的态度。宣帝曾下诏说："导民以孝，则天下顺。""父子之亲，夫妇之道，天性也。虽有患祸，犹蒙死而存之。诚爱结于心，仁厚之至也，岂能违之哉！自今子首匿父母，妻匿夫，孙匿大父母，皆勿坐。其父母匿子，夫匿妻，大父母匿孙，罪殊死，皆上请廷尉以闻。"对父子、夫妇、爷孙之间隐匿的罪过，规定除非致死人命，其他均不问罪。

实际上，直到唐代，忠孝与礼法的矛盾仍未得到妥善解决，这是一个"二难命题"。唐宪宗时，富平人梁悦为报父仇，杀了一个叫秦呆的,之后到县衙自首。这本来是一件小案,不足为奇,宪宗却很重视,专门下诏特赦梁悦。他又有些拿不准,于是就礼与法的冲突问题,让尚书省展开讨论,希望拿出一个妥帖的意见。他说:"复仇,据《礼经》则义不同天,征法令则杀人者死。礼、法二事,皆王教之大端,有此异同,固资论辩,宜令都省集议闻奏。"天子也觉得这个问题棘手。时为职方员外郎的韩愈奏议道:"律无其条,非阙文也。盖以不许复仇,则伤孝子之心而乖先王之训;许复仇,则人将倚法专杀,无以禁止其端矣。故圣人丁宁其义于经,而深没其文于律,其意将使法吏一断于法,而经术之士得引经而议也。宜定其制曰:'凡复父仇者,事发,具申尚书省集议奏闻,酌其宜而处之。'则经律无失其指矣。"(《资治通鉴》卷第二百三十八)此事实在难办!依经则复仇无罪,按律则难逃其死;遵从礼则诱人专杀,遵从法则伤孝子之心。韩愈也没有更好的办法,只能建议:应视情况而论。这不失为一个权宜之计。到此为止,问题还没有得到根本解决。

事君不能愚忠,事父也不能愚孝。五常之教父义、母慈、兄友、弟恭、子孝,提出不但子要孝,父也要义。舜的母亲死后,父亲瞽叟娶了一个新妻,生子象。自从这个儿子出生,舜的灾难来临了,父亲与象多次设法害他。瞽叟吩咐舜涂抹屋顶,舜干活的时候,他却在屋下纵火,打算烧死舜。后来又派舜挖井,舜下到井底,瞽叟和象却在上面填土,打算活埋舜。舜只好暂时离开父母。古人对舜的做法很赞成,说他"大杖则走,小杖则受"。

《孔子家语》里记载了这样一件事。说曾参锄瓜田,误伤了几株瓜秧。曾参的父亲大怒,用大杖劈头打去,把儿子打得昏死过去。孔子听说后非常生气,对弟子们说:以后不允许曾参再进师门!孔子认为他陷父亲于不义。

父母之仇

如果把孝看得这么重要,那么对于父母之仇应采取何种态度呢?

一、史话

《礼记》讲:"父之仇弗与共戴天,兄弟之仇不反兵,交游之仇不同国。"《白虎通》解释说:"子得为父报仇者,臣子之于君父,其义一也。忠臣孝子所以不能已,以恩义不可夺也。故曰:父之仇不与共天下,兄弟之仇不与共国,朋友之仇不与同朝,族人之仇不共邻。故《春秋传》曰:'子不复仇'非子。"孔子也说:"寝苫,枕干,不仕,弗与共天下也。遇诸市朝,不反兵而斗。"(《礼记·檀弓上》)他认为父母之仇不共戴天,为报父母之仇不当官也可以,主张随时准备好复仇。

杨树达先生著有一书,名曰《春秋大义述》。他在书中将春秋大义归为二十九类,开篇第一义即是"荣复仇"。在这一大题目下,条列了各种不同情形,诸如"复国仇者贤之";"国仇不可并立于天下,虽百世可复也";"复仇而战,虽败犹可伐。故内不言败,复仇败则特书";"仇者无时可与通,故与仇狩则讥,与仇会则讥,与仇为礼则讥,娶仇女则讥";"事复仇,而无复仇之诚者,讥";"君弑,贼不讨,不书葬。以为臣不讨贼,非臣;子不复仇,非子";"仇在外不能讨则书葬";"无贼可讨则书葬";"复仇者,灭其可灭,葬其可葬";"家仇不可复";"父不受诛,子复仇可也";"朋友复仇,相卫而不相迿,古之道也";等等。大多言国仇、君仇、家仇、父仇,主张大仇必复。

春秋时,报父兄之仇的第一人,是伍子胥。他之报仇可谓轰轰烈烈,把吴楚两国都拉入战争,直至把已死的楚平王从坟墓里挖出来,鞭尸三百,才算复仇雪耻。孔子认为,他的复仇是正义的,故"《春秋》善之"。

苏不韦复仇

东汉时,有一个叫苏不韦的,他的父亲做郡督邮时,得罪了美阳令李暠。李暠迁司隶校尉后,抓住他一个过错,将其收监,拷掠致死。当时不韦年仅十八岁,他把父亲尸体拉回家,没有埋葬,立志要报父仇。他变卖家中所有财产,招募刺客,准备把李暠骗到汉陵收拾。但李暠很鬼，没有上这个当。无奈之下，不韦只好和他的兄弟们另想办法。当时，李暠已经升官做了大司农，不韦无从接近。他用了一个笨办法。他潜进大司农府内的柴草仓库，从这里开始挖地道，用了一个月时间，挖到了李暠的寝室。在一个月黑风高之夜，他们从洞里一跃而出，准备一刀结果李暠的性命。不巧李暠如厕，逃过了一劫。失望之余，他们把怒火转向了李暠的家人，杀掉了他的侍妾、孩子。作案之后，他大大方方地留下一封书信离开。李暠害怕了，为了防止苏不韦再挖洞，他在卧室地上铺满荆棘，上面用木板覆盖。就这样，他仍不放心，一晚上换几个地方住，连家人都搞不清他住在何处。外出的时候，李暠随身带着剑戟，身边有武士护卫，以防不测。不韦仇报不了，气没法出，索性跑到李暠的家乡魏郡，刨他的祖坟去了。他们把李暠父亲的尸体掏出来，割下头，拿去祭自己父亲。祭完坟又把头颅挂到闹市，旁边张贴条幅，写着"李君迁父头"。君迁是李暠的字。接连的打击使李暠痛不欲生，他没有办法做官了，只好请辞归乡。掩埋父冢后，他反过来购求不韦的性命。几年无果，气得呕血而死。

关于不韦报父仇这件事，大多数人反对，认为他发墓掘尸不合古义。也有人同情苏不韦，为他辨正说：伍子胥依靠强吴替父报仇，和他相比，苏不韦依一己之力，问罪九卿。"毁身焦虑，出于百死，冒触严禁，陷族祸门，虽不获逞，为报已深。况复分骸断首，以毒生者，使暠怀忿结，不得其命，犹假手神灵以毙之也。力唯匹夫，功隆千乘，比之于员①，不以优乎？"（《后汉书·苏不韦传》）说不韦冒着九死一生的危险，替父报仇，应该予以肯定。大家听了这一番剖析，也就不再坚持。

这整件事中，没有看到朝廷的影子。不是朝廷不作为，因为苏不韦的行为未触及汉律。

---

①伍子胥，名员。

一、史话

黄宗羲复仇

明末大儒黄宗羲的父亲黄尊素，是东林党领袖之一，明熹宗时官拜御史之职，后以抗疏论劾阉党，被魏忠贤陷害，死于诏狱。崇祯即位之初，开始着手为党人翻案，清算阉宦。当时，黄宗羲仅十九岁，他袖藏长锥，入京诉怨。到京以后魏阉已被磔，黄宗羲上疏请诛曹钦程、李实——二人都是构陷父罪的直接责任人，崇祯批准刑部查问。

明末吏治败坏，官员多无耻，曹钦程是一个典型。他做吴江知县时，以贪贿为人所纠，贬秩后，攀上了东林党人汪文言，做了工部主事。汪文言失势，他转身投靠了魏忠贤，一力排挤汪文言，因此而入魏氏"十狗"之一。倾陷黄尊素诸臣，曹钦程出力最大。此君为人反复，品行极差。《明史》说他"于群小中尤无耻，日夜走忠贤门，卑谄无所不至，同类颇羞称之"(《明史·阉党传》)。他后来因故失欢于魏忠贤，被削籍谴还。临行前，屡哭于魏忠贤脚下，顿首厚言道："君臣之义已绝，父子之恩难忘。"后魏忠贤被诛，他也以罪论死。他久系于狱，掠他囚余食得不死。李自成打入北京，曹钦程首先越狱而出，投靠了李自成。李自成败亡，此人不知所终。

此案还涉及另外两个人——崔应元和许显纯，他们也被刑部看押。这二人都是魏阉逆党。时，附逆者众多，有所谓"五虎""五彪""十狗""十孩儿""四十孙"之称，崔、许俱列"五彪"中。相比之下，许显纯更是恶贯满盈，坏事干尽。许显纯官居锦衣卫都指挥佥事，掌北镇抚司。魏忠贤兴大狱，用他掌刑，勘问诸大臣。他每用酷刑，极尽折磨之能事，凡经他手很少有活下来的。汪文言、杨涟、魏大中、左光斗、周宗建、缪昌期、周顺昌及黄尊素等十余名臣，都死在他的刑具之下。

会审时，黄宗羲出堂，他二话未说，就拿出铁椎奋击许显纯。铁椎击中许显纯头部，血流满面。刑部案审结果：这两个人以罪论斩，妻子流放。刑场上，黄宗羲又对崔应元以拳击胸，揍完还拔了他一把胡子回家祭坟。这还没有完，主犯受刑之后，黄又邀集其他苦主，跑到刑部大狱，把当时看押父亲的两个牢子也用铁椎打死了。

李实的案子比较复杂，以至从五月一直审到六月。明熹宗时李实为苏州织造太监，与魏忠贤沆瀣一气，狼狈为奸。时纠劾魏的官员极多，魏深衔之而无可如何。为帮魏复仇，李实辄以空印疏送魏，派人持至京，任他随便参劾。黄尊素入狱就因此而来。黄宗羲在与李实质对时，又掏出铁椎给了李实一下。黄宗羲的铁椎在京城舞出了威风。就是这样混闹，皇帝也没有说什么，反而赞叹："忠臣孤子，甚恻朕怀。"

苏不韦和黄宗羲的故事表明：只要出于行孝，哪怕复仇也可免予追究。复仇就是行孝，做事破格一些也能被谅解。

《水浒传》的忠义观

《水浒传》宣传节义忠孝观念。它的叙事逻辑首先是孝，其次是义，最后归结为忠。一百单八将义气相尚，走到一起。刚到梁山，宋江要搬父，李逵要搬母，其他人也都仿效。以后，宋江招降柴进、卢俊义等，招数大致相同，都是先把他们家小骗来。作者的微言大义是：忠、孝、义是梁山好汉遵循的三纲，孝是根本，义是原则，忠是目的。三者之中，忠最要紧，在某种程度上也是梁山好汉追求的大义。忠可以匡正义之失，没有忠的支撑，义就是无源之水、无本之木。孝事亲，义事人，忠事君，才符合正统思想。所以梁山好汉啸聚之后，唯剩一途就是招安，这才是正大光明之路。至于招安以后的事情，由不得作者不那样写，也未始不是考验赤子之心。人言《水浒传》的高潮在英雄齐聚聚义厅之时，实未必。以愚浅见，此书的高潮正在于结尾。忠臣义士被佞人杀害净尽，这才是作者想要说的话。《水浒传》讲宋人的故事，却是说给明人听的。小说以这样的悲剧结尾，有作者另外的寄托。

解缙其人

明成祖朱棣这个人，为人忌刻，滥杀无度。他从侄子手里夺来天下，又怕别人说三道四，于是找到以明王道、致太平为己任的鸿儒方孝孺，命他起草诏书，为自己正名。方被时人目为"天下读书人种子"。他身穿孝服，来到成祖御殿。朱棣首先解释："我法周公辅成王耳！"

方质问："成王安在？"

朱说："伊自焚死。"

方问："何不立成王之子？"

朱答："国赖长君。"

方又问："何不立成王之弟？"

朱辞穷，缓颊道："此朕家事耳！先生毋过劳苦。"

软的不行，朱棣索性强迫方孝孺草诏，说："诏天下，非先生不可。"

方说："死即死耳，诏不可草。"

朱以诛九族相威胁，方说："便诛十族奈我何！"

这激怒了朱棣，从此便有了诛连十族的酷刑——朱棣连坐处死方家一族八百七十三人，真可谓一不做，二不休。

可怜方孝孺，临终作绝命辞："天将乱离兮孰知其由，奸臣得计兮谋国用犹，忠臣发愤兮血泪交流，以此殉君兮抑又何求。呜乎哀哉，庶不我尤！"他终于以身殉王道，死祭建文帝了。

朱棣的刻毒非此一端，其刑名之滥前无古人。对兵部尚书铁铉，割其耳鼻，又剐其肉炙烧，塞到嘴里让他吃，问道："甘否？"铁铉说:"忠臣孝子肉有何不甘!"他至死骂不绝口。礼部尚书陈迪不屈,朱棣命人把他的儿子提来杀掉,再割掉耳鼻,强塞给陈吃。陈啐唾凶手,骂不绝口。刑部尚书暴昭不屈,"先去其齿,次断手足,骂声犹不绝,至断颈乃死"。

哪里有压迫,哪里就有反抗。有明一代的忠臣孝子很多,"靖难之役"尤如此,建文帝值得庆幸。

就是国势平稳,朱棣的暴戾仍不时见,解缙就是一个例子。解缙这个人,《明史》评价:"缙少登朝,才高,任事直前,表里洞达。引拔士类,有一善称之不容口。然好臧否,无顾忌,廷臣多害其宠。又以定储议,为汉王高煦所忌,遂致败。"才高,好褒贬,无所顾忌,这是解缙的个性。用现代话说就是有本事,但话太多,易招祸。他竟论起帝王家长里短了,终于以身祭口。

解缙其人,历官洪武、建文、永乐三朝,可谓宿臣。洪武年间,解缙举进士,授中书庶吉士。朱元璋很喜欢这个年轻举子,一次在便殿对他说:"朕与尔义则君臣,恩犹父子,当知无不言。"解缙的祖父曾在朱元璋起事初,为他守义而死。定鼎后,朱元璋召见解缙父亲,欲授他一官半职,但被拒绝了。以此,朱元璋总觉得欠解家的人情,也就视解缙为子侄辈。他为拉近与解缙关系,说了这句话。没想到解缙当真了,立即下笔万言,谏议道:"臣闻令数改则民疑,刑太繁则民玩。国初至今,将二十载,无几时不变之法,无一日无过之人。尝闻陛下震怒,锄根剪蔓,诛其奸逆矣。未闻褒一大善,赏延于世,复及其乡,终始如一者也。"又说:"陛下进人不择贤否,授职不量重轻。建不为君用之法,所谓取之尽锱铢,置朋奸倚法之条,所谓用之如泥沙。……出于吏部者无贤否之分,入于刑部者无枉直之判。天下皆谓陛下任喜怒为生杀,而不知皆臣下之乏忠良也。"他说话毫不客气,批评朱元璋反复无常,残忍好杀。朱元璋毕竟是开国皇帝,气度尚称宽容,加之以父辈自称,所以"书奏,帝称其才",称道解缙文章写得好。

解缙初出茅庐,不谙宦道,朱元璋一目了然,但很欣赏解缙的才气，故而加意培养。初进朝廷，解缙就以待大臣"语嫚"被弹劾。为此，朱元璋专门召见解缙父亲，对他说，解缙"大器晚成，若以而子归，益令进学，后十年来，大用未晚也"。让他把儿子领回去，多加历练，年资老成以后再来入朝。朱元璋识人的眼力与雕琢人才的手段不可谓不高明。

孰知解缙没有体谅到朱元璋的苦心，八年以后朱元璋逝去，他就迫不及待要入朝，并致书朋友，表明了他身在林泉，心系魏阙之志。看来他这八年并没有闲，随时都在关注朝廷的变化。信中他首先提到："缙率易狂愚，无所避忌，数上封事，所言分封势重，万一不幸，必有厉长、吴濞之虞。""厉长"是汉文帝时淮南厉王刘长，"吴濞"是吴王刘濞，此二人是七国之乱的首倡者。看来此前，他一直暗地里给刚即位的建文帝上书，提醒他谨防诸侯之乱。这一点倒是很有眼光，可惜没有引起重视。

燕王发难，北兵渡淮直指南京，建文帝大势已去。尽忠抑或迎新，朝臣们都在暗自思量。最初，解缙打算殉国，曾与翰林王艮等三人共商大义，愤激慷慨，但实际真正付诸行动的仅王艮一人。他又与杨士奇、胡广、金幼孜、黄淮、胡俨、周是修等六名士约同死义，也只有周是修自经死。以解缙之自负，这样做实在有些不甘心，况且都是朱姓天下，为谁服务不是一样！

明成祖继位，解缙被起用为翰林学士兼右春坊大学士，入直文渊阁，参与内阁机务。其间，他奉命总裁《太祖实录》及《列女传》，并主编了《永乐大典》。其人之才尽于此矣！

之后解缙在官场上时起时伏，波折不断，多由得罪人引起。解缙的才气在当时首屈一指，他也以此自负，动不动就贬低同僚。成祖曾让他评价朝中大臣，他没客气，屈指而数："蹇义天资厚重，中无定见。夏原吉有德量，不远小人。刘俊有才干，不知顾义。郑赐可谓君子，颇短于才。李至刚诞而附势，虽才不端。黄福秉心易直，确有执守。陈瑛刻于用法，尚能持廉。宋礼戆直而苛，人怨不恤。陈洽疏通警敏，亦不失正。方宾簿书之才，驵侩之心。"解缙不知嘴下留德，只管由着性子数落。经他这么一番评判，朝中几乎无臣。要知蹇义、夏原吉、刘俊等都是永乐朝知名的大臣，以后历仕三朝乃至四朝，却都入不了他的法眼，仅黄福、陈洽二人稍稍能得持平之语，可见他的狂傲。大概他读《论语》太多，对孔子所说"吾党之小子狂简，斐然成章"的话记忆太深吧。

后来，成祖把解缙对大臣的这一番评价告诉了太子朱高炽。太子找到解缙，征求他对尹昌隆、王汝玉的看法。尹昌隆以极谏深受太子器重，王汝玉是太子身边人，二人在太子心目中分量都很重。解缙仍不太满意："昌隆君子而量不弘。汝玉文翰不易得，惜有市心耳。"一言以蔽之，解缙眼中几乎没有完人。朱高炽史称仁恕，对此倒并不介意，之后还称道解缙，说他"人言缙狂，观所列论，皆有定见，不狂也"。那时解缙早已死多年了。

致死解缙的，还不是他的傲气，而是他卷入了皇储之争，直接把自己置于死地。

成祖一直在为立储而犯愁。按理，朱高炽是长子，是太子的不二人选。但次子朱高煦屡立战功，尤其在靖难之变中，每逢危途，都靠他转败为胜。为了鼓励儿子疆场奋战，朱棣曾多次许诺立他为太子，这助长了朱高煦的野心。两个儿子由暗斗转变为明争，很大程度上是成祖造成的。为此，他忧心忡忡。从内心来讲，他倾向于立次子为储。在他眼里，长子懦弱，次子果敢，很像自己，把皇位交给他放心。但每当他泄露这点儿活思想时，朝中大臣没有几个人赞成，都极力反对，要求立嫡长子为储君。渐渐的，事情就耽搁下来了。

建储问题，是缠绕明朝皇帝的一件头痛事，自始至终没有解决好。几乎朝廷每次动荡，都与定储有关。一直到清朝，这个问题似乎才得到较好解决。

在一派反对声中，解缙冲在前列。他在这个问题上还比较聪明，动了脑子。朱棣虽然不喜欢长子，但非常喜爱长孙，经常把他抱在怀里，解缙洞察到这点。一次，成祖私下征求他的意见，解缙回答："皇长子仁孝，天下归心。"看到成祖不应，他又补充了一句："好圣孙。"

一、史话

提起孙子，成祖这才动心，点点头，表示同意。太子之位算是定下来了。

虽然太子之位定下来了，但矛盾没有解决，反而更加突出。解缙在定储一事上看似有功，未料触碰到成祖的心病，犯了忌讳。此后，成祖对他变得冷淡。永乐四年（1406年），为奖励阁臣，成祖把内阁大学士由五品擢升为二品，赐二品纱罗衣。其他五人都得到了这种宠遇，唯解缙例外。太子之位确定后，成祖觉得亏待了朱高煦，就通过各种办法对他补偿，朱高煦被宠得更加放肆。解缙看不惯，谏言道："是启争也，不可。"成祖听完大怒，指责他离间自己父子关系。第二年，就借机把他一贬再贬，最后贬到交趾①，替朝廷收军饷。

汉王朱高煦对解缙有刻骨之恨。太子之位，因为解缙一言丢掉了；父皇对自己好点儿，解缙又出来干预。朱高煦气不打一处来，他盯住解缙不放，伺机报复。

机会终于来了。永乐八年，解缙有事回到朝廷，恰好成祖带兵北征瓦剌。作为戴罪之身，解缙本应谨小慎微，远离是非之地，他却相反，看成祖不在，又去拜会太子。朱高煦发现了，待成祖出征回来，立即告发，说解缙趁成祖远征之机，私下觐见太子，无人臣之礼。太祖闻听大怒，立即把解缙下狱，一关就达四年半。

永乐十三年冬，锦衣卫头目纪纲呈报狱囚名单。成祖翻了一遍，发现名单里有解缙，抬起头，指着解缙的名字，意味深长地对纪纲说："缙犹在耶？"纪纲马上领会。当晚就把解缙从狱里提出，先摆酒设宴把他灌醉，之后，把醉意迷离的解缙拖到野外，活埋在积雪中。解缙就这样很没有名堂地死掉了。

解缙一生，才高骨傲，任气敢言，极力想做一个栋梁之臣。可惜他在政治上极不成熟，每每把自己置于险地。身死人手，尚愦然不明就里，稀里糊涂丢了性命。《明史》评价道："缙少年高才，自负匡济大略，太祖俾十年进学，爱之深矣。彼其动辄得谤，不克令终，夫岂

---

① 交趾，在今天的越南境内。

尽嫉贤害能者力固使之然欤。"认为他咎由自取，怪不得别人。史书自然是帝王史，对帝王多方回护也在情理中。成祖翻脸无情，滥杀无辜，史书绝不会明言。

李时勉动辄得咎

明臣中，动辄忤帝意，四世不遇者，数李时勉。

李时勉是永乐二年（1404年）进士，初授庶吉士，文渊阁进学。因修《太祖实录》，授刑部主事。后重修《太祖实录》，书成，晋升翰林侍读。

他性格刚直，每以天下为己任，言事多忤违，成祖、仁宗、宣宗都不喜欢他。

成祖时，三殿灾，诏求直言。时勉条奏十五事，帝不快，然犹择其善者而行之。时成祖决意迁都，李时勉不同意，上书反对。这让成祖很恼火。当晚，成祖把他前后所上奏折翻出来看，越看越冒火，几次都气得把奏折扔到地上，隔不多时又捡起来看。李时勉快人快语，触及成祖痛处，虽然不好接受，毕竟其心也善，成祖还不能把他怎么样，只好隐忍不发，咽下了这口气。

不久朝中有人参李时勉，成祖大喜，不问青红皂白，立即把李时勉下狱，关了一年多。多亏大学士杨荣从中说话，才把他放出来。

洪熙元年（1425年），仁宗继位，李时勉又上书言事。不知为什么，仁宗大怒，将他召至便殿质问。时勉对答如流，不稍屈。仁宗火起，命金瓜武士当庭揍了他一顿。他断了几根肋骨，卧地不起。这还没完，李时勉伤未痊愈，就被贬谪交趾道御史，命他即日赴任。还给他出了一道难题，命他每日上报一名狱囚的罪状，并言一事。他到交趾后，接连三次章奏都不合皇帝意，于是下锦衣卫狱。锦衣卫狱号称虎狼之地，李时勉在那里被折磨得奄奄一息，差点儿死在狱中。

仁宗临死都没有饶恕李时勉。死前，他与大学士夏原吉谈话，提起李时勉时仍恨不已，称："时勉廷辱我。"嗣后，勃然大怒，气久不平。当晚，仁宗就死掉了。

　　宣宗继位一年，有人在他面前打小报告，说起李时勉惹仁宗不快事。宣宗闻言震怒，当即命人："缚以来，朕亲鞫，必杀之。"使者刚走，他又改变了主意，吩咐锦衣卫把李时勉绑缚西市，直接处斩。交代完，宣宗摆摆手，对锦衣卫说：快去执行，我不想见到他。

　　李时勉命不该绝，锦衣卫自东门刚出去，使者就带着李时勉从西门进来了。宣宗远远看见他，气不打一处来，开口便骂："尔小臣敢触先帝！疏何语？趣言之。"问他上书中到底说了什么触怒仁宗。李时勉叩头解释："臣言谅阇中不宜近妃嫔，皇太子不宜远左右。"宣宗一听无关紧要，逼问他还说了什么。李时勉这回学聪明了，回答记不住了。又问奏疏还有没有草稿，回答已经烧掉。宣宗这才稍释怒气，把他放掉。

　　仁、宣二帝尚称开明，对大臣也温和，比较能够听取不同意见。二帝独对李时勉异样，可知他确实说话不避忌讳，不讨人喜欢。

　　英宗即位，李时勉先后修《成祖实录》《宣宗实录》，进为学士，掌史馆院事，兼经筵官。英宗对他倒没什么成见，宦官王振却看不惯他。王振是英宗身边的大红人，受到百般宠幸，在朝内外炙手可热，掌握生杀予夺之权。之后瓦剌南侵，王振唆使英宗北狩，致使英宗被俘土木堡，史称"土木之变"。

　　李时勉因事得罪了王振，他自己没当回事，王振却衔恨在心，一直找机会报复。一次，李时勉砍掉了彝伦堂前一棵树的旁枝，王振听说后如获至宝，马上上告他伐官树，大不敬。得旨后，他立即把李时勉抓起来。其时，李时勉正在国子监看太学生的答卷，王振给他上枷带锁，拷在国子监门外，以示羞辱。这一枷就是三天，国子监生员们看不过，组织千余人赴朝喊冤，声言愿代先生受枷。王振怕激起事变，不得已才放了李时勉。

　　虽历遭贬斥，李时勉仍不改初衷，时刻萦怀国事。英宗被掳，他日夜悲恸,派孙子诣阙上书,希望景帝迎还车驾,复仇雪耻。这是他最后一封奏书,不久就悒郁而死。

李时勉一生,传奇色彩很浓。他性格骨鲠,为人方正,是明朝士子的典型代表。嘉靖朝海瑞就很有些李时勉的影子。

现在人娇气,稍不顺,则气沮意折。言及挫折二字,应该比比李时勉。

太后淫乱

太后淫乱始于吕后。高祖崩,她看上了辟阳侯审食其,拜为左丞相,时入内宫,人称"辟阳之宠"。《史记》与《汉书》为吕后讳,均未点明此事。

后宫秽乱莫过于武后。始,宠幸僧人薛怀义,置之白马寺。武后时过寺,与怀义宣淫,并不日诏他进宫。薛怀义以谋反诛,武后又喜欢上了张易之、张昌宗兄弟。直至死,对二兄弟恩遇未减。武后这些事不是什么秘密,朝臣心中洞明,只是嘴里不说而已。随着时间推移,大家司空见惯,不以为然。武后好鹤,专门辟控鹤府奉养。鹤野性难驯,养了几只都死掉了,武后就把控鹤府改为奉宸府,以张易之为奉宸令,宴燕娱乐都在这里。《新唐书》载:"易之……既冠,颀晰美姿制,音技多所晓通。武后时,太平公主荐其弟昌宗,得侍。昌宗白进易之材用过臣,善治炼药石。即召见,悦之。兄弟皆幸,出入禁中,傅朱粉,衣纨锦,盛饰自喜。"一次宴会,张昌宗穿着羽衣,乘坐木鹤,吹笙奏乐,自有几分仙味。武后很是解颐,命文士赋诗助兴。张昌宗一个人表演,她犹觉不足,索性选了一批美少年进宫,任以供奉之职,在奉宸府作乐起舞,供她消遣。右补阙朱敬则实在看不下去,进谏道:"陛下内宠有易之、昌宗,足矣。近闻左监门卫长史侯祥等,明自媒衒,丑慢不耻,求为奉宸内供奉,无礼无仪,溢于朝听。臣职在谏诤,不敢不奏。"(《资治通鉴》卷第二百六,后同)批评武后倖臣太滥。武后听后,也不生气,漫言应付道:"非卿直言,朕不知此。"

一、史话

　　武后死后，中宗李显继位。李显与妃韦氏曾历经患难。武后主政，他做了一年天子就被废掉。唐室祸起，他日夜担忧被赐死。贬处房陵时，每朝廷使者来，李显辄胆战心惊，几次要自杀，多亏韦氏劝慰，方勉强偷活下来。故他对韦氏心存感激，曾与韦妃相约："一朝见天日，不相制。"继位后，封韦氏为后。他信守诺言，对韦后的事很少过问。韦后一心想做第二个武则天，她与武三思、上官婉儿沆瀣一气，在朝廷广结党援，大肆封官鬻爵。他们"墨敕斜封"官员数千人，宰相及公卿大臣之职都由他们说了算，稍有异心者逐边流外。

　　初，中宗继位，武氏诸人大多被诛。武三思忧惧，攀上了官居内廷昭仪的上官婉儿，遂与她勾搭成奸。上官婉儿又把武三思介绍给韦后，韦后一见，即风流暗度，不久也与武三思通。武三思得幸，经常出入内宫，有时竟当着中宗的面，与韦后在御床上"博戏"。中宗毫不在意，任由二人胡闹。

　　李显对韦后宽宏大度，却没有好报。韦后把持朝政后，肆意妄为，胆子也愈来愈大。最后，她怕有朝一日中宗发现她不轨的阴事，竟下药把丈夫毒死。

　　北魏灵太后也是一个不安分的女人。灵太后姓胡，是宣武帝元恪的妃子，生子元诩。按照拓跋氏的规矩，皇子生，若立为太子，为防母后专权，一般赐其死。宣武帝出于怜悯，违反祖制，饶过了胡氏。宣武帝崩，元诩继位，尊胡氏为皇太后。此时孝明帝年幼，灵太后临朝听政，自称为朕，俨然女皇。

　　灵太后主政期间，宫闱秽乱。《魏书》载："时太后得志，逼幸清河王怿，淫乱肆情，为天下所恶。"元怿被杀，她又喜欢上了员外散骑侍郎郑俨，拜郑俨为谏议大夫、中书舍人。太后与郑俨"昼夜禁中，宠爱尤甚。俨每休沐，太后常遣阉童随侍，俨见其妻，唯得言家事而已。"太后侄子，时任都统的僧敬泣谏曰："陛下母仪海内，岂宜轻脱如此！"

　　朝中诸王也看不惯她如此放纵。一次，灵后装扮一新，偷偷溜出去与人厮混，被濮阳王元顺发现。元顺劝他："《礼》，妇人夫丧，自称未亡人，首去珠玉，衣不被彩。陛下母临天下，年垂不惑，过甚修饰，何以示后世？"灵太后听后大惭。回宫后，面责元顺道："千里相征，岂欲众中见辱也！"其时宗室斗争激烈，元顺长期被贬在外，太后召回辅政。听到太后埋怨，元顺反唇相讥："陛下盛服炫容，不畏天下所笑，何耻臣之一言乎？"

有野心的女人占有欲也强，包括对男女之事。她们乱天下，往往先从床笫之间乱起。

一、史话

慈禧的用人手段

欲了解清末,不能不知晓曾国藩,由曾就引出了左宗棠,更引出了李鸿章。这三位,是挽救晚清于飘摇中的巨擘。三人事功有别,曾国藩平定了太平军,左宗棠平定了疆乱,李鸿章兴造洋务,着力于平海乱。三人中,李鸿章事涉复杂,至今盖棺而无定论,但至少在当时,是一个风云人物。说起这三人,不能不牵引出他们背后的主子慈禧。

先是,曾国藩以在籍侍郎督办团练,编制乡勇,后以大学士任两江总督,为同治中兴功臣第一。其平定太平天国,可谓艰矣、险矣,胜也无数,败也无数。亲兄弟曾国华为此搭上了性命,曾自己也险些自杀成仁。凡曾帅亲出征,战必败,似已成定数。曾自己也认为是劫运,后再不赴沙场。此役持续数十年,曾由一通经儒士成长为一军事家。湘军也由乡勇赫然壮大为一支重要的军事力量,其实力之强,似可与清军比量一二。无怪乎曾之幕僚怂恿其举旗北上,南面称王。

左宗棠之多谋善断不亚于曾氏。他由举人官至东阁大学士,历任闽浙、陕甘、两江总督。平生战绩始于平太平天国,继于平捻军。靖乱后,又移师西北,平定陕甘回民起义,恢复新疆二万余里,其功至伟。他继曾国藩之后被封为侯,实与平疆之事有大干系。

李鸿章更不用说。太平天国之乱,李初从曾,为幕僚。继在江淮间招集乡勇,自成一军,转战苏、常、安徽各地,世称淮军。太平天国后,捻军又起,曾国藩自以为功高震主,称湘军老疲,不堪再战,一意授之淮军。靖乱后,李鸿章致力于洋务、外交,朝廷倚以为重。

李为人英断，具世界知识，乃中兴名臣。以外交而论，任事最久，各国条约多出其手，《马关条约》《辛丑条约》皆手订者也。作为曾之门生，其后来成为堂皇之公侯，荣名之盛直追乃师。

晚清有此三人佑国，确乎有幸。明崇祯有一袁崇焕而不能用，有熊廷弼、吴三桂而不善用。对比之下，可知慈禧之御下、用人之精了。

曾国藩南征而北战，屡败屡战，其中不无朝廷信用。这一点，曾心知肚明。以此人通经明史、鉴人之术，能对欲加黄袍之人写出一堆"妄"字，应当是知道慈禧厉害的。

左宗棠平定疆乱时，朝廷全力支持，粮饷不缺。地方官吏有支持不力者，左参一个，右参一个，慈禧全部照准，对其始终信任不疑。此时李鸿章并不支持边防，一力主张用兵于海防。而慈禧果断决策，用兵新疆，其见事之明、任人之决毅，有可道者。

李鸿章更不用说。其以垂老之身，奔走于朝廷、列强间，文事、武功中，知事不可为而为之，其心志不无对朝廷之感恩戴德。

此三公均被清廷封侯。清朝自立国以来，汉人而封侯者绝少，可见慈禧在非常之时的非常手段。

慈禧之任用上述三人，至少使气数已尽的清王朝倾颓之日得以延缓。

慈禧此人，祸国殃民事不少，历史自有定论。仅就驾驭此三人而言，手段不可谓不高明。

二 读史拾遗

定心与正心

佛家言禅,谓"内见自性不动名为禅"(《六祖坛经》),又言"外离相为禅,内不乱为定……外禅内定,是为禅定",讲究四禅四定、四禅八定。定心者何为?曰修己。修己者何为?曰达此"深般若波罗蜜"境界。度越彼岸,得大解脱,这是小乘。大乘提倡度己而度人,共度彼乐土,其要在定。

儒家言正心,谓正心、诚意、修身、齐家、治国、平天下。首先是正心,正心加上诚意,加上修身,即可以齐家、治国、平天下。与佛家归旨甚远。正心何谓?仁、义、礼、智、信;正心何为?修、齐、治、平。要义在正,非在定。佛家看世间诸相,色不异空,空不异色,色即是空,空即是色。唯其如此,方能定住。儒家其志非小小者也,他要修、齐、治、平。其治心也讲定,定于学,定于养,定于诚,定于修。其心正,其意诚,其身修,则具于中而用于外,翕赫千里。是其定在动先,定中有动,动静之间,遂团成一用世材料。

动静之间,出入之际,明乎儒、佛两道,真鱼与熊掌不可兼得!

不争为高

人而不争,唯贤者能之。唯其不争,故无人与争。这是老子的处世观。今人争不已,争其所不能争,也未为得也。

以争而得名,贤者不取。

汉光武大将冯异"为人谦退不伐,行与诸将相逢,辄引车避道。进止皆有表识,军中号为整齐。每所止舍,诸将并作论功,异常独屏树下,军中号曰'大树将军'。及破邯郸,乃更部分诸将,各有配隶。军士皆言愿属大树将军,光武以此多之"(《后汉书·冯异传》,后同)。后败隗嚣,"异上书言状,不敢自伐。诸将或欲分其功,帝患之"。不伐其功,是冯异的品质,自天子至将士皆知冯异谦让,故不约而同倾心于他。与其说他们自觉地归心冯异,毋宁说在保护一种世间少有的节操。冯异虽一让再让,但该得到的一点儿也没少。

东汉时有刘宽者,"尝行,有人失牛者,乃就宽车中认之。宽无所言,下驾步归。有顷,认者得牛而送还,叩头谢曰:'惭负长者,随所刑罪。'宽曰:'物有相类,事容脱误,幸劳见归,何为谢之?'州里服其不校"(《后汉书·刘宽传》)。刘宽在朝廷位为三公,居宰辅之职,在被人怀疑后,不争不辩,任别人把牛牵走。好在那人后来发现自己错了,把牛又送回来,否则,他只能白白失掉一头牛。这件事广为流传,人们尊敬刘宽的同时,民风也悄然向好。刘宽历顺、冲、质、桓、灵五朝,做官三十余年,以寿终,灵帝赠他车骑将军,位特进,谥昭烈侯。没有不与民争牛的胸怀,断不能至此。

谦让是一种境界,很少有人能做到,所以备受推崇。

主父偃说，大丈夫生不五鼎食，死即五鼎烹。这是另一种人生观。从正面说，是一种积极的人生态度，但容易走向极端，那就是急功近利。一旦走到这一步，得到的也容易失去，到头来一想，实在不划算！

矍铄哉是翁

有家国之志，固不当以年齿论。

廉颇为赵将，赵孝成王临阵换赵括，遂致长平之败。赵孝成王卒，子悼襄王立，使乐乘代廉颇。廉颇怒，攻乐乘，乐乘走。廉颇逃梁，犹思为赵用。赵王久而悔之，派使者视廉颇尚可用否。赵王近臣郭开忌廉颇，恐复入赵。多与使者金，令毁之。廉颇见使者，为之一饭斗米，肉十斤，披甲上马，以示尚能战。赵使还报赵王曰："廉将军虽老，尚善饭，然与臣坐，顷之三遗矢矣。"赵王以为老，遂不召。（《史记·廉颇蔺相如列传》）

赵充国年七十余，汉宣帝以为老。时匈奴犯边，汉难其将，使御史大夫丙吉问谁可将者。充国对曰："亡逾于老臣者矣。"宣帝召问，充国曰："愿陛下以属老臣，勿以为忧。"壮志不减。宣帝笑曰："诺。"遂以为将。于是屯兵西域，久出战，诸胡平，汉数十年无边忧。（《汉书·赵充国传》）

东汉光武帝使马援为将，平南蛮之叛。回洛京，闻朝廷有事于羌胡，自告奋勇，求领兵出塞。光武怜其老，马援被甲装束上马，以示可用。光武赞道："矍铄哉是翁也！"（《后汉书·马援传》）

金 人

《汉书·金日䃅传》："武帝元狩中，票骑将军霍去病将兵击匈奴右地，多斩首，虏获休屠王祭天金人。"匈奴俗有以金人祭天者。又曰："金日䃅夷狄亡国，羁虏汉庭，而以笃敬寤主，忠信自著，勒功上将，传国后嗣，世名忠孝，七世内侍，何其盛也！本以休屠作金人为祭天主，故国赐姓金氏云。"金日䃅在匈奴以做金人为事，可知匈奴对祭天事之重视，设有专门机构，若汉之太常卿。

汉至魏，对胡人做金人事少有记载，至北朝，则多见于史书。鲜卑、拓跋氏均以做金人为最神圣仪式，宫廷多赖其定事。立太子、选后妃屡以做金人为验，乃至篡位者也以是为应。赵翼《廿二史札记》之"后魏以铸像卜休咎"条曰："《北史·魏后妃传序》云，魏故事，将立皇后，必令手铸金人，以成者为吉，否则不得立也。道武帝妃慕容氏有宠，帝令后铸金人，成，乃立为后。后薨，又宠刘氏，以铸金不成，不登后位。明元帝妃姚氏，铸金人不成，未升尊位，然帝礼之如后，薨，遂赠为后，加谥焉。然非特立后用此法也，尔朱荣以明帝崩，将有所立，乃以铜铸孝文及咸阳王禧等五王之子孙像，成者当立为主，惟庄帝独就，乃迎立之。及河阴之役，荣欲僭位，铸金为己像，数四不成，乃止。齐高洋欲僭位，群臣皆意以为不可，铸像卜之，一写而成，遂决意僭号。盖当时国俗然也。"又言："按《晋书》载记：冉闵遣常炜使于慕容俊，俊使封裕问之曰：'闻闵铸金为己像，坏而不成，何得言有天命。'炜言此事非实。此又在元魏之前，则不始于魏矣。盖本北俗故事，至拓跋而益尚之也。"

汉匈奴右地为休屠王一支，鲜卑乃其后。或者胡人俱有以金人祭天之习，未可知。

至于秦始皇灭六国，收天下甲兵，聚以为金人十二，那是另一回事儿。

王莽、曹操女有节烈行

王莽篡前汉，曹操篡后汉，二人为巩固地位，都把自己的女儿送入后宫。如此，他们摇身一变，既是重臣，又是新贵。未料，二女入宫后，在新桃换旧符之际，都与自己父亲恩断义绝，守节明志，甚至不惜殉身。

汉平帝九岁继位，时王莽为安汉公，以女配帝，立为皇后。平帝崩，莽摄政，尊皇后为皇太后，时年十八，为人有节操。自刘氏废，太后常称疾不朝。王莽欲使改嫁，令人进宫做工作。后大怒，鞭笞侍御，因发病，不肯起。莽遂不复强逼。乱兵起，入长安，诛莽，火烧未央宫，新朝亡。后曰："何面目以见汉家！"自投火中而死。(《汉书·外戚传》)

曹操挟汉献帝，弑董承女董贵人，幽死伏后，遂进三女宪、节、华入宫。宪、华拜为贵人，节立为皇后。魏受禅，兄曹丕遣使求玺绶，皇后怒不与。几次之后，皇后乃呼使者入，厉声责让，声震梁瓦，终了把玉玺扔出，涕泣横流，掩面不忍视，曰："天不祚尔！"左右皆惭，低头不语。(《后汉书·皇后纪下》)

二女之举，与其父呈鲜明对照。汉帝地下有知，稍可安慰矣。

想起五代时后蜀花蕊夫人几句话："君王城上树降旗，妾在深宫那得知。十四万人齐解甲，更无一个是男儿。"

教子善恶

刘备临死,教诲儿子刘禅:勿以恶小而为之,勿以善小而不为。刘备自觉一生为善,体会到为善的好处,故遗厥后代,教子为善。

东汉名士范滂被勾为党人,入狱前辞母,其母说:"汝今得与李、杜齐名,死亦何恨!既有令名,复求寿考,可兼得乎?"李、杜指李膺、杜密,是当时读书人仰慕的清流。范滂的母亲有这一番见识,无怪乎她的儿子能做名士。范滂临走时,对儿子颇有感慨地说:"吾欲使汝为恶,则恶不可为;使汝为善,则我不为恶。"(《后汉书·范滂传》)这一番话,百感交集,他心中的愤懑不平溢于言表。他不明白,报应为何如此错讹,恶固不可为,然为善的结果却是受恶。面对儿子,他不知该说些什么。

《世说新语》载,一人嘱子不可为善,其子问:然可为恶乎?其人回答:善犹不可为,何言为恶!此人话语玄虚,使人不明就里,不知所从。善恶在他眼里,无所谓孰是孰非,既不可为善,更不可为恶,两事仿佛无关轻重。这是典型的魏晋风尚,禅味十足,内藏机锋,专事卖弄。

多活人而邀后福

东汉开国诸将，虽战疆场，犹思少夺人命，冀以多活人邀后福。太傅邓禹曰："吾将百万之众，未尝妄杀一人，其后世必有兴者。"后孙女选入宫，初被和帝立为贵人，兹后拜为皇后。和帝崩，邓太后执国，先后立殇帝、安帝，在位二十年，始还政。初，其叔父邓陔常言："常闻活千人者，子孙有封。兄训为谒者，使修石臼河，岁活数千人。天道可信，家必蒙福。"（《后汉书·皇后纪上》）

顺帝梁皇后，大将军商之女，善史书，九岁能诵《论语》，治《韩诗》，曾图画烈女于左右，以自鉴戒。梁商深异之，窃谓诸弟曰："我先人①全济河西，所活者不可胜数。虽大位不究，而积德必报。若庆流子孙者，傥兴此女乎？"（《后汉书·皇后纪下》）

以活人而邀后福，观念虽然有些唯心，但总想着与人为善，就不会有大错。

---

①梁商曾祖梁统，汉初为武威太守。

唾面自干

北朝时周人贺若敦，武人，征战勇敢，因功升迁为金州总管。其间，他不小心得罪了宇文护。宇文护是周主的叔父，权倾朝野，连周主废立都由他说了算，当然不能随便得罪。不久，宇文护寻机把贺若敦处死。临刑前，贺若敦把儿子贺若弼叫到跟前，嘱咐道："吾以舌死，汝不可不思。"（《隋书·贺若弼传》）怕贺若弼听不进去，他又掏出一把锥子，刺向儿子嘴里，贺若弼当即舌头血烂。

父亲以命换来的教训，并没有影响贺若弼。之后，隋文帝受禅，隋朝建立。贺若弼受命平定江南，加位上柱国，晋爵宋国公，拜右领军大将军。但贺若弼并不知足，每以宰相自许，看不起杨素等人。文帝始终没有用他，贺若弼便心生怨望，情绪低落。他的一些言行被人密报到隋文帝那里，文帝责问他："我以高颎、杨素为宰相，汝每倡言，云此二人惟堪啖饭耳，是何意也？"遂将贺若弼免官，下狱。经历这样一场变故后，贺若弼并没有吸取教训，后来死在隋炀帝手里。一次，他上书批评炀帝太过奢侈，触怒了杨广，被处斩。贺若弼终究没有管住自己的舌头，以言获罪，与父亲走上了同一条不归路。

有鉴于此，唐人娄师德教育弟弟，要含垢忍辱，练就"唾面自干"的本领。娄师德是武则天时宰相，他弟弟也很能干，被提升为代州刺史。赴任前，他问弟弟："吾备位宰相，汝复为州牧，荣宠过盛，人所疾也，将何以自免？"弟弟跪下后回答："自今虽有人唾吾面，某拭之而已，庶不为兄忧。"为兄长计，他承诺宁愿委屈自己，也不轻与人争长论短，惹来麻烦。对弟弟的回答，娄师德不很满意，他低沉着脸,愀然曰:"此所以为吾忧也!人唾汝面,怒汝也;汝拭之,乃逆其意,所以重其怒。夫唾,不拭自干,当笑而受之。"(《资治通鉴》卷第二百五)长兄如父,娄师德站在别人的角度,设身处地为弟弟着想,不厌其烦教他如何屈己下人。老于世故与犬儒主义在娄师德身上体现得淋漓尽致。

"直"与"枉"

哀公问孔子:"何为则民服?"孔子回答:"举直错诸枉,则民服;举枉错诸直,则民不服。"(《论语·为政》)

孔子的意思是,为政之道,在于用人;用人之道,在于能辨忠奸,用正人,抑小人。一个国家,正人君子占据上风,大家就服气;反之,奸邪小人把持朝政,大家就不服。一句话,就是不能让劣币驱逐良币。王应麟谓:"举直而加之枉之上,则民服,枉固服于直也;举枉而加之直之上,则民不服,直固非枉之所能服也。"(《困学纪闻》卷七)他说的也是这个道理。

但现实中,人并不像水一样清浊分明,要分清君子和小人,委实不是一件易事。何况小人并不是整天都在琢磨干坏事,他们善于伪装,有时也干干好事,把自己打扮得像个好人。纵使君子做事,也不能如水之激石一样简单,有时恐怕还得适度作些退让。这样,情况就变得复杂起来,"直"中有"枉","枉"中有"直"。

这是曲(枉)和直的问题。

还有长与短的问题。

孟子有"枉尺而直寻""枉寻而直尺"之辩。

有人对孟子说,君子做事重在慎择其利。例如,有两件事,一事短小如尺,一事长大如寻①。如果让我选择,宁可"枉尺"也要"直寻",以求得最大利益。这个观点孟子不同意,他说"枉尺而直寻"

---

① 寻,我国古代长度单位,八尺为一寻。

所言者为利，仅就利而言，"枉尺而直寻"与"枉寻而直尺"两者没有太大区别。"枉尺而直寻"可以，"枉寻而直尺"也可以，只是利益大小的差别，并没有本质上的区别。尽管后者利益不如前者大，但毕竟还是有利可图。

话头一转，孟子说："枉己者，未有能直人者也。"（《孟子·滕文公章句下》）他从利益问题联想到了做人。孟子认为，如果仅仅为了追求利益，那么，不论"枉尺而直寻"或"枉寻而直尺"，都不是什么大不了的问题。而如果以这个态度做人，就不是君子应有的取舍。在做人方面，"枉尺而直寻"或"枉寻而直尺"都不可取，只要有"枉"存在，起码说明他不是一个直人，同时也不是君子。君子有自己的做人原则，不会因尺短而取寻，也不会因寻长而弃尺。君子不能像做生意一样择利而行，更不能趋利避害，降低自己做人的准则。

儒家主张，君子如弓、如矢，其道如砥，光明磊落，刚直不阿，反对遇事只考虑利益，即趋利避害的机会主义；也反对匪夷匪惠，即明哲保身的犬儒主义。在这一点上，孔、孟的态度是一致的。在用人方面，要举直而错枉；在做人方面，要非"尺"非"寻"，公道正派，始终如一。不能因"寻"而"枉尺"，或因"尺"而"枉寻"。

"天下有道，小德役大德，小贤役大贤；天下无道，小役大，弱役强。"（《孟子·离娄章句上》）不幸的是，现实中，我们见到的"举枉错诸直"，以及"枉尺而直寻""枉寻而直尺"的例子太多了！

以河为誓

春秋时人多以河为誓。

《左传》之《僖公二十四年》载：春，"及河，子犯以璧授公子，曰：'臣负羁绁从君巡于天下，臣之罪甚多矣。臣犹知之，而况君乎？请由此亡。'公子曰：'所不与舅氏同心者，有如白水。'投其璧于河"。

《文公十三年》载："乃使魏寿馀伪以魏叛者以诱士会……秦伯师于河西，魏人在东。寿馀曰：'请东人之能与夫二三有司言者，吾与之先。'使士会。士会辞曰：'晋人，虎狼也，若背其言，臣死，妻子为戮，无益于君，不可悔也。'秦伯曰：'若背其言，所不归尔帑者，有如河。'"

《襄公十九年》载："荀偃瘅疽，生疡于头。济河，及著雍，病，目出。大夫先归者皆反。士匄请见，弗内。请后，曰：'郑甥可。'……乃复抚之曰：'主苟终，所不嗣事于齐者，有如河！'乃瞑，受含。"

《襄公三十年》载："于是游吉如晋还，闻难不入，覆命于介。八月甲子，奔晋。驷带追之，及酸枣。与子上盟，用两珪质于河。"

《宣公十七年》载：春，"晋侯使郤克征会于齐。齐顷公帷夫人，使观之。郤子登，妇人笑于房。献子怒，出而誓曰：'所不此报，无能涉河'"。齐侯母亲观郤克而笑，郤克不胜其辱，遂以河为誓。鲁成公二年（前589年），齐人侵鲁、卫，鲁、卫如晋乞师，晋出师八百乘，与齐战于鞌。是役也，郤克将中军，为三军统帅。

至于齐夫人何以笑郤克，前文已谈到。

鲁乱，昭公奔于乾侯。晋侯欲纳鲁公，召乱者季孙责之，季孙恐，愿从君而归。晋使荀跞告公，劝曰："君其入也！"昭公对曰："君惠顾先君之好，施及亡人，将使归粪除宗祧以事君，则不能见夫人。已所能见夫人者，有如河！"昭公恨透了季孙，不愿见他，故以河为誓。荀跞掩耳而走，曰："寡君其罪之恐，敢与知鲁国之难？臣请复于寡君。"退而谓季孙："君怒未怠，子姑归祭。"这是昭公三十一年事。

以上两事乃以黄河为誓。

又有以汉水为誓者。

定公三年，初，蔡昭侯为两佩与两裘，如楚，献一佩一裘于楚昭王，蔡侯也服其一。楚子宴飨蔡侯，楚令尹子常见之，欲得，蔡侯不与，子常遂留蔡侯，三年未归。

时，唐成公亦如楚，有两匹好马，子常欲得之，唐人弗与，子常止之，亦三年。唐人相与谋，请代先从唐侯者，楚人许之。后代者至，与先从唐侯者饮，醉之，窃马而献与子常。子常归唐侯。

子常入朝，见蔡侯之徒，命有司曰："蔡君之久也，官不共也。明日，礼不毕，将死。"称最迟明天，蔡人再不把玉佩、裘衣献出，一律处死。后，蔡侯归，及汉，执玉而沉，誓曰："余所有济汉而南者，有若大川。"蔡侯遂如晋，以其子元与其大夫之子为质，请晋伐楚。晋人以国内水潦、疾疫为言，辞蔡侯。蔡侯又以其子乾与其大夫之子为质于吴。定公四年冬，蔡侯、吴子、唐侯伐楚，大败楚师。

心 动

人心感会，古今大率相同。史书记载，皆以"心动"名之。

三家分晋时，豫让为智伯报仇，意欲刺赵襄子。他变姓名，为刑人，怀揣匕首，入赵宫涂厕，伺机行动。赵襄子如厕，心动，执之而问，则豫让也。后襄子车骑出，豫让伏于所经桥下。襄子至桥，马惊，襄子曰："此必是豫让也。"使人问之，果豫让也。（《史记·刺客列传》）

刘邦巡行赵地，至"柏人"，音近"迫人"，闻其名而心动，以其不祥，遂离去。后果有人结谋，行不轨。（《汉书·张耳陈馀传》）

东汉有蔡顺者，以孝称，少孤，唯有一母。尝出采樵，有客猝至，母望顺久不还，乃噬其指。蔡顺即心动，弃薪而还。见母，跪问其故。母曰："有急客来，吾噬指以悟汝身。"可称母子连心。（《后汉书·周磐传》）

此现象，今谓之第六感。

古人饮酒有节

《礼记》于乡饮有言:"饮酒之节,朝不废朝,莫①不废夕。"

《尚书·酒诰》篇:"在昔殷先哲王……百僚、庶尹、惟亚、惟服、宗工,越百姓、里居:罔敢湎于酒。不惟不敢,亦不暇。"

《诗经·小宛》:"彼昏不知,壹醉日富。"

《论语·乡党》记孔子"唯酒无量,不及乱"。

朱子曰:"古人祭祀、燕宾、养老外,无饮酒者。"

此乃古人饮酒之礼。

查《辞源》"酺"字条,记:"合聚饮食为酺。汉律:三人以上无故群饮酒,罚金四两,惟国家有吉庆事,许民聚饮。《史记·秦始皇纪》:'五月,天下大酺。'……《汉书·文帝纪》诏:'朕初即位,其赦天下,赐民爵一级,女子百户牛酒,酺五日。'"

以此知酒非寻常人家寻常物也。

至于夏桀、商纣王"酒池肉林",那是帝王家的特权,后人却把他们亡国归罪于酒了。

---

①莫,同"暮"。

隐人之恶

隐恶而扬善，非谋大事者而不能。

光武帝刘秀，草创之际，豪杰并起。时刘秀久与王郎战于河北，刘秀屡攻不下，双方士卒疲敝，人心不稳。后大败王郎，收郎文书，得吏民与郎交关谤毁者数千章。刘秀没有打开看，召集众将军商议，最后当着大家的面将这些文书全部烧掉，说道："令反侧子自安。"军将们也因此而心安。(《后汉书·光武帝纪》)

曹操久与袁绍战，官渡一役，操以少胜多。后收袁绍档案文籍，得袁绍与军中人交通书信，遂一把火烧掉，对周围人说："当绍之强，孤犹不能自保，而况众人乎！"(《三国志·魏书·武帝纪》)

两强相争，胜负未可料，骑墙而左右观望之人自不待少。当此时也，欲令部从意坚亦难。取胜而能宥罪，此刘秀、曹操胜人之处。唯嫉妒、猜忍之主，不能有此作为。

甚美必有甚恶

《左传》记载了这样一件事。晋叔向看上了申公巫臣氏,打算娶回家。其母不同意,坚持要他在母系家族的女人中选择妻室。叔向拒绝这么做,理由是:母亲一辈人中子嗣不旺,生女多而生男少,担心娶回家会绝后。对此,其母倒不强迫,但坚决反对他娶申公巫臣氏,因为这个女人太妖艳,怕不是好事。

母亲提醒叔向:"吾闻之,甚美必有甚恶。"她的祖上申公巫臣,其妻貌美,后来杀三夫、一君、一子,亡一国、两卿,这都是活生生的教训。他要娶的这个女人,克死了她的哥哥,同辈中只剩下她一个人。"天钟美于是,将必以是大有败也。"

其母进一步举例说明。从前有仍氏之女,美艳无比,一头长发浓密发亮,光可照人。后夔将其娶回家,生下伯封。此子贪得无厌,蛮横无理,人称"封豕"。后来被后羿灭掉,后夔因此断了香火。

最后,她总结道:"且三代之亡,共子之废,皆是物也。女何以为哉?夫有尤物,足以移人。苟非德义,则必有祸。"三代之亡均因"尤物"作祟,君王重色不重德,必然导致这种结果。

叔向听后,吓得再不敢提娶妻之事。

晋平公知道后,执意要成全这一美事,就自作主张,命令叔向娶申公巫臣氏。

一年后,申公巫臣氏生下了一个儿子,起名杨食我,字伯石。孩子刚生下后,叔向母亲赶去看望。走到堂屋时,她听到了婴儿的哭泣声,仔细辨听后,转身又回去了,说道:"是豺狼之声也。狼子野心,非是,莫丧羊舌氏矣。"叔向名羊舌肸。

叔向母亲不幸言中。叔向死后,其子杨食我与祁氏家族勾结,阴谋作乱,被晋君发现后除掉。羊舌氏一族自此中绝。

大凡物之美者,必有诱人之险;人之美者,必有败人之虞。以此而言,"甚美必有甚恶"有它的警世意义。

二、读史拾遗

《大风歌》与《秋风辞》

汉初，天下底定，高祖重回故里，与相邻欢宴。酒酣，赋《大风歌》，歌曰："大风起兮云飞扬，威加海内兮归故乡，安得猛士兮守四方！"（《汉书·高帝纪》）辞短意长，有王者气象。

汉武帝行幸河东，中途与群臣饮宴，作《秋风辞》，歌曰："秋风起兮白云合，草木黄落兮雁南归。兰有秀兮菊有芳，怀佳人兮不能忘。泛楼船兮济汾河，横中流兮扬素波。箫鼓鸣兮发棹歌，欢乐极兮哀情多。少壮几时兮奈老何！"（沈德潜《古诗源》）歌词排闼而出，悲情苍凉，有老之将至，时不我待之慨。与高祖四方之志比，吞吐之气稍减。

武帝天纵之才，其子稍得其余绪。燕王旦自以为年长于昭帝，当立，因与上官桀、鄂邑盖长公主等交通，谋废立。事泄，上官桀伏诛，燕王忧恐，置酒，会宾客、群臣、妃妾坐饮。燕王自歌曰："归空城兮，狗不吠，鸡不鸣，横术何广广兮，固知国中之无人！"华容夫人起舞曰："发纷纷兮寘渠，骨籍籍兮亡居。母求死子兮，妻求死夫。裴回两渠间兮，君子独安居！"歌毕，坐者皆泣。燕王遂自绞。（《汉书·武五子传》）

广陵王胥见昭帝无子，有觊觎心，行祝诅事。昭帝崩，昌邑王立。昌邑王废，宣帝立。广陵王忿不平，与他王通谋。后祝诅事泄，公卿请诛胥，宣帝使廷尉讯问。王乃置酒显阳殿，召子女等夜饮，鼓瑟歌舞。王自歌曰："欲久生兮无终，长不乐兮安穷！奉天期兮不得须臾，千里马兮驻待路。黄泉下兮幽深，人生要死，何为苦心！何用为乐心所喜,出入无惊为乐亟。蒿里召兮郭门阅,死不得取代庸,身自逝。"左右皆泣,至鸡鸣才罢。是日,王即以绶自绞死。(《汉书·武五子传》)

  二王才情不输人,惜乎发于败亡之际。人之将死,其歌也悲。项羽《垓下歌》也正是此时!

尝 粪

《吴越春秋》记，吴灭越，越王勾践入臣于吴。吴王病，勾践用范蠡计，入宫问疾尝粪。吴王大喜，赦勾践归越。

《资治通鉴》卷第二百五载："宁陵丞庐江郭霸以谄谀干太后，拜监察御史。中丞魏元忠病，霸往问之，因尝其粪，喜曰：'大夫粪甘则可忧；今苦，无伤也。'元忠大恶之，遇人辄告之。"

《新唐书·宋之问传》载："于时张易之等烝昵宠甚，之问与阎朝隐、沈佺期、刘允济倾心媚附，易之所赋诸篇，尽之问、朝隐所为，至为易之奉溺器。"

乱曰：尝粪、奉溺器之类事，士君子所不为，非不能也，知羞耻也。司马相如言：非常之事，非常人为之。以吾度之，尝粪、奉溺器者若非大雄，即为巨奸。

古人抄书未为窃

《史记》记春秋战国事，本《左传》《战国策》《国语》并史官著述。

《汉书》载高祖至武帝事，尽用《史记》原文，未尝自言引用史迁。赵翼说："盖古人著述往往如此，不以钞窃为嫌也。"

《新五代史》《新唐书》均用前史、书材料，经考定编纂而为己书。

《资治通鉴》更不论。

宋王应麟《困学纪闻》曰："《平当传》云：'汉兴，唯韦、平父子至宰相。'愚谓周勃、亚夫父子为相，事业过韦、平远甚，班孟坚其忘诸乎？"清赵翼《陔余丛考》评《汉书》条用之。又曰："号万石者五家：汉石奋及四子皆二千石，号万石君；冯扬为弘农太守，八子皆为二千石，亦号万石君；严延年兄弟五人至大官，母号万石严妪；秦袭为颍川太守，群从同时为二千石者五人，号万石秦氏；唐张文瓘为侍中，四子皆至三品，号万石张家。"赵翼全用之，专列《六万石君》一条，增加了宋万石廖刚四子，人称万石廖氏。盖其时王应麟已故去多时。

若今之人，则大呼为贼，对簿公堂矣！

郑樵《通志·自序》："班固者，浮华之士也，全无学术，专事剽窃。……由其断汉为书，是致周、秦不相因，古今成间隔。自高祖至武帝，凡六世之前，尽窃迁书，不以为惭；自昭帝至平帝，凡六世，资于贾逵、刘歆，复不以为耻。况又有草大家终篇，则固之自为书也几希！……后世众手修书，道傍筑室；掠人之文，窃钟掩耳；皆固之作俑也。"

郑氏忮刻，责人太过，审如所论，则《资治通鉴》《新唐书》《南史》《北史》，乃至《左传》之于《春秋》，俱窃者也。

修齐治平

《大学》言：诚意，正心，修身，齐家，治国，平天下。六者体现了士君子之志。其中，"诚意正心"尤为关键，理学家格外关切。后人言及"修齐治平"，总不管"诚意正心"之事，殊不解圣贤原教。诚其意，正其心，功夫在内；"修齐治平"功夫在外。如此内外双修，方到达自由境界。"修齐治平"也有一个进境的顺序。修身而齐家，而治国，而平天下。任你治国、平天下恁般大事，也须由修身、齐家做起，是之为大事起于微末。大厦将倾，天下不安，由家国未措置也。家国事非一人之责，乃人人之责，设若人人能"诚意正心"，在守敬上下功夫，家国何虞？反言之，"诚意正心"而不为家国用，虽与家国无碍，然也殊失圣贤教旨。不明乎此，而侈言"修齐治平"，纵非狂妄，也属子路般鲁莽人也。

二、读史拾遗

辨奸而能讨

东汉章帝时，窦皇后重外戚，兄窦宪为虎贲中郎将。窦宪自以皇后撑腰，肆行不法，强取豪夺，竟将贪婪之手伸向皇室。"(宪)以贱直请夺沁水公主园田，主畏逼，不敢计。后肃宗驾出过园，指以问宪，宪阴喝不得对。后发觉，帝大怒，召宪切责曰：'深思前过，夺主田园时，何用愈赵高指鹿为马？久念使人惊怖。……今贵主尚见枉夺，何况小人哉！国家弃宪如孤雏腐鼠耳。'"(《后汉书·窦宪传》)然窦宪终未被治罪。

对此，司马光颇有讥议："夫人主之于臣下，患在不知其奸，苟或知之而复赦之，则不若不知之为愈也。何以言之？彼或为奸而上不之知，犹有所畏；既知而不能讨，彼知其不足畏也，则放纵而无所顾矣！是故知善而不能用，知恶而不能去，人主之深戒也。"(《资治通鉴》卷第四十六)

司马光批评固然不错，然也只能是说说而已。章帝对窦宪也仅限于申斥一番，不能把窦宪怎么样，因为有窦皇后在那里。

依时献物

汉安帝时，邓太后执政。自太后临朝以来，水旱十载，四夷外侵，盗贼内起。太后每闻民饥，或达旦不寐，减宫廷用度以救灾，自非供陵庙，稻粱米不得导择，朝夕一肉饭而已，故天下复平，岁收过半。曾下诏："凡供荐新味，多非其节，或郁养强孰，或穿掘萌芽，味无所至而夭折生长，岂所以顺时育物乎！传曰：'非其时不食'。自今当奉祠陵庙及给御者，皆须时乃上。"（《后汉书·皇后纪》）

读史于此，吾不禁会意而笑。古代郡县贡献方物，动辄违反时令，冬献果，夏献冰，讨皇室喜欢。今也如此，时节未到，而显贵之家鲜脆已陈，谓之尝鲜。口腹之欲，古今变化不大。

想当然耳

人应当有一些名士气。

三国时孔融,字文举,孔子二十世孙,学问优赡,以才命世,当时豪俊皆不能及。孔融少时,就以聪颖见称。史书载,融十岁时,拜访河南尹李膺,门者阻拦,他自我介绍说:"我,李君通家子孙也。"李膺见后,问他与自己有什么通家关系。孔融回答:"先君孔子与君先人李老君,同德比义而相师友,则融与君累世通家也。"亏他想得出,竟把孔子与老子拉出来攀关系。李膺听他这一番解释,不由对面前的小孩儿刮目相看,连同座诸人也视孔融为奇人。座中有一个人不大服气,冷言冷语说:"人小时了了者,大亦未必奇也。"孔融反唇相讥道:"即如所言,君之幼时,岂实慧乎!"(《后汉书·孔融传》)。

孔融后在曹操帐下听命,桀骜不驯,常常借故捉弄曹操。曹操禁酒,孔融写信调侃道:"天有酒旗之星,地列酒泉之郡,人有旨酒之德,故尧不饮千钟,无以成其圣。且桀纣以色亡国,今令不禁婚姻也。"(《三国志·魏书·崔琰传》裴松之注,后同)尧帝饮酒千钟而成其圣,这话不知有何根据;但不能因为桀纣好色亡国而禁止婚姻,却是对的。曹操为此对孔融十分忌恨。孔融根本不理会戒酒令,整日间宾客满门,以酒为乐。常叹曰:"坐上客常满,樽中酒不空,吾无忧矣。"看来,他是个不甘寂寞的人。

曹丕喜欢袁熙①的一个妃子,叫甄妃。破绍后,甄妃被曹丕所夺。

---

① 袁熙,即袁绍子。

孔融听说后，给曹操写了一封信，提及此事，言道："武王伐纣，以妲己赐周公。"反讽曹操，说这事不奇怪，古已有之，当初武王伐纣取胜，就把妲己赐给周公。谁知这典故又没来由，曹操翻遍古书也找不见。后来见到孔融，问他典从何来。孔融回答："以今度之，想其当然耳！"曹操又被他戏弄一番。

　　名士自有名士的风度，名士自有名士的高致。"想当然耳"也不是常人能说得出来的，得学富五车才行。

鉴人之难

宰予昼寝,孔子骂道:"朽木不可雕也,粪土之墙不可杇也;于予与何诛?"(《论语·公冶长》,后同)他由此总结道:"始吾于人也,听其言而信其行;今吾于人也,听其言而观其行。于予与改是。"澹台灭明,字子羽,状貌甚恶,师从孔子,孔子认为他才薄。澹台灭明受业之后,退而修行,其为人方正,非公事不见卿大夫。后游学,弟子从者三百人,名重诸侯。孔子闻之,叹曰:"吾以言取人,失之宰予;以貌取人,失之子羽。"(《史记·仲尼弟子列传》)明于知人如孔子,尚且发此感叹,鉴人之难,于此可见。

东汉光武帝刘秀,号称知人。草创时,有平敌将军庞萌,为人逊顺。刘秀很偏爱他,常称曰:"可以托六尺之孤,寄百里之命者,庞萌是也。"后派庞萌与盖延共击敌。时诏书独下延而不及萌,萌以为延谮己,遂反。刘秀闻之,大怒,系自率军讨庞萌。与诸将书曰:"吾常以庞萌社稷之臣,将军得无笑其言乎?老贼当族。其各厉兵马,会睢阳!"(《后汉书·庞萌传》)刘秀此时心态,大有气急败坏的味道。

曹操当初看重一个叫魏种的人,亲自简拔他为孝廉。兖州之变,出兵在外的曹操听说此事后,满有信心地说:"唯魏种且不弃孤也。"之后消息传来,魏种也跟着大家一起叛乱了。曹操气愤地骂道:"种不南走越、北走胡,不置汝也!"说魏种只要不逃到南越或是北胡,就一定把他抓回来。后来,曹操取回兖州,擒获了魏种。当魏种被绑到他面前时,他却不忍心杀,称"唯其才也",亲自为他解除绑缚,还封他为河内太守,把河北一带的防务交由他负责。(《三国志·魏

书·武帝纪》)

　　刘秀之于庞萌，曹操之于魏种，不谓不重，以心膂寄之，后者却辜负了他们的信任，到关键时候叛之不顾。刘秀愤而亲讨庞萌，欲手刃而后快。曹操以人才难得，亲释魏种，且委以重任，时人称曹公能度外用人，非虚言也。赵翼说："人才莫盛于三国，亦惟三国之主各能用人，故得众力相扶，以成鼎足之势。而其用人亦各有不同者，大概曹操以权术相驭，刘备以性情相契，孙氏兄弟以意气相投，后世尚可推见其心迹也。"(《廿二史札记》)确然，曹操释放魏种，也是他驭人的权术之一。

二、读史拾遗

为吏忌刚

西汉京兆尹隽不疑总结为官之道，说："凡为吏，太刚则折，太柔则废，威行施之以恩，然后树功扬名，永终天禄。"（《汉书·隽不疑传》）此很有点儿辩证法的意味，当是他一生为官的秘诀。

两汉官吏重风骨，讲气节，较少圆滑世故。略举东汉数人为例。

张纲，顺帝时御史。时宦官用事，纲常慨然曰："秽恶满朝，不能奋身出命扫国家之难，虽生吾不愿也。"（《后汉书·张纲传》，后同）汉安元年（142年），朝廷遣八使巡行风俗，皆知名耆儒，多历显位，唯纲年少，官次最微。余人受命，而张纲独埋其车轮于洛阳都亭，曰："豺狼当道，安问狐狸！"上书奏梁冀、不疑，京师震竦。

朱穆，时任冀州刺史。"冀部令长闻穆济河，解印绶去者四十余人。及到，奏劾诸郡，至有自杀者。……举劾权贵，或乃死狱中。"（《后汉书·朱穆传》）

李膺性简亢，无所交接。做青州刺史时，守令畏威明，多望风弃官。（《后汉书·李膺传》）

陈蕃性方峻，不接宾客，人亦畏其高。后征为尚书令，送者不出郭门。（《后汉书·陈蕃传》）

范滂年轻时以清节著称，为州里所服。时冀州饥荒，盗贼群起，乃以滂为清诏使，按察冀州地方官员。滂登车揽辔，慨然有澄清天下之志。及至州境，守令自知赃污，望风解印绶而去。后滂奏刺史、二千石权豪之党二十余人。尚书责滂劾举太多，疑有私故。滂对曰："臣之所举，自非叨秽奸暴，深为民害，岂以污简札哉！闲以会日迫促，故先举所急，其未审者，方更参实。"(《后汉书·范滂传》)他参劾大臣二十余人，尚言不过因朝会在即，先检举一部分，声称像这样的官员还大有人在，留待以后详细上报。范滂"清"固"清"矣，但任由他这么参劾下去，朝廷几无人矣！

李膺、陈蕃、范滂后来都在"朋党"案中被人算计，除了朝廷内部斗争原因外，恐怕和他们惹人太多不无关系。

过去有一种说法，叫"清流误国"。之所以有这种认识，恐怕与清流党自身也有关系。

有教并非无类

孔子称道颜回好学,说"有颜回者好学""今也则亡"。他问子贡:你何如颜回?子贡回答:吾何及颜回!回也闻一知十,赐只能闻一知二。孔子深以为是。他称道颜回,不止欣赏他好学,更多地看重颜回闻一知十的能力。

孔子号称有教无类,这个"类"更多地指出身、门第。对此他不太挑剔,但并不意味着他什么学生都教。他格外看重弟子的天资及学习能力,承认人有天分上的差别,说:"生而知之者上也,学而知之者次之;困而学之,又其次也;困而不学,民斯为下矣。"(《论语·季氏》)他把人分为"生而知之""学而知之"两类,即先天和后天。第一类人颜回算不上,他自己也算不上,谦称"吾非生而知之者",只有在古圣贤中寻找。

根据各人资质天分,所教内容也不一样。"中人以上,可以语上也;中人以下,不可以语上也。"(《论语·雍也》)是因材施教,还是对人有偏见,就看你怎么理解了。

他又说:"不愤不启,不悱不发。举一隅不以三隅反,则不复也。"(《论语·述而》)这话应该理解为,不愤则不启,不悱则不发。这是他的教学技巧和方法。"举一隅不以三隅反,则不复也"指的是:如果经开导和启发后,学生还不能做到举一反三,那么这个学生就用不着再去教他了。你看,这个标准是不是很高?

他还有一句话很厉害,即"后生可畏,焉知来者之不如今也?四十、五十而无闻焉,斯亦不足畏也已"(《论语·子罕》)。很多人对前一句都很熟知,却不留意后一句。实际上,这番话的重点在后头:不是所有人都值得敬畏,一个人到了四五十岁还没有出息,也就到此为止了,不值得对他寄予什么期望。

如此说来,做孔子的学生委实不易。

政须通人情

汉末,曹操做丞相,拔敦实,斥华伪,进冲逊,抑阿党。由是天下之士莫不以廉洁自励,虽贵宠之臣,车服不敢过度,器用不敢华丽,以至长吏还者,垢面羸衣,乘坐柴车,示人简朴,军官入府,朝服步行。吏廉于上,俗移于下,风气为之一变。曹操闻之大喜,叹曰:"用人如此,使天下人自治,吾复何为哉!"(《资治通鉴》卷第六十五)

不料此风一开,上下矫饰,表面上相率以俭,却只图做给别人看。丞相掾和洽言于曹操曰:"天下大器,在位与人,不可以一节检也。俭素过中,自以处身则可,以此节格物,所失或多。今朝廷之议,吏有著新衣、乘好车者,谓之不清;长吏过营,形容不饰,衣裘敝坏者,谓之廉洁。至令士大夫故污辱其衣,藏其舆服;朝府大吏,或自挈壶餐以入官寺。夫立教观俗,贵处中庸,为可继也。今崇一概难堪之行以检殊涂,勉而为之,必有疲瘁。古之大教,务在通人情而已。凡激诡之行,则容隐伪矣。"(《三国志·魏书·和洽传》)与奢侈一样,俭朴也要有度,不能矫枉过正。穿新衣、乘华车,未必是贪官;穿破衣、乘敝车,未必是廉吏。官员们竞相去华饰、服俭素,非长久之计,只能助长虚伪。为政之道,在于通人情。

其说是也!嗜物者为贪,害物者为残。贪残之害人所共知,俭啬之害人多不加意,况相率以伪乎!虚伪而成风气,人心浇漓,纯正变为诡谲,上所尚,下所好,移人情,趋矫伪,中正之教不行,风气为之靡敝。

刘鹗在他的《老残游记》中说："赃官可恨，人人知之；清官尤可恨，人多不知。盖赃官自知有病，不敢公然为非；清官则自以为我不要钱，何所不可，刚愎自用，小则杀人，大则误国。吾人亲目所睹，不知凡几矣。"赃官与清官，奢侈与简朴，二事有相同的地方，其中的道理在于：任何事不能仅仅看它的表面。

曹操不愧人杰，闻过即改，下令道："若必廉士而后可用，则齐桓其何以霸世！……二三子其佐我明扬仄陋，唯才是举，吾得而用之。"（《三国志·魏书·武帝操》）

禅与世俗

顾随先生讲过一个故事，属于禅林妙语，可以让人悟出一些东西。他说曾有一个禅师，听说达官来访，忙不迭地出门去接。之后又来了一位僧人，他却坐在炕头不下来。僧人不解，问他："何前恭而后倨也？"禅师答："三等人出门接，二等人下炕接，一等人炕头接。"僧人遂悦。

这个禅师有些滑头。他用世俗的方式对待达官，用佛家的规矩对待僧人，转眼之间，变了两副面孔。

《镜花缘》讲了一个笑话。一个居士随喜禅院，恰逢僧人忙着接待贵人，对他有些慢待。居士不满，怒而诘问，僧人解释道："接是不接，不接是接。"这是一句偈语，僧人料想居士能懂。但居士显然修行不够，也大概钻了牛角尖，一股无名火上来，批其颊曰："打是不打，不打是打。"僧人没来由地招了一顿嘴巴。

看来禅语对着禅心，方能开悟；禅机逢着机缘，裁启慧心。但凡遇人不合，不按套路来，结果就会乖离。这也是无可奈何的事。

禅宗讲悟，有渐悟，有顿悟，有南宗，有北宗，但真正能悟出一枝半叶的并不多——这东西和智商关系不大。西天取经，孙悟空虽然聪明，但并不比猪八戒这个呆子修行更高，猪八戒也并不比那匹白龙马悟性高。很多事情刻意追求不到，却能无意中得到。五代时，有一个四代三公，叫冯道，人称不倒翁。他历仕后唐、后晋、后汉、后周，拜相二十余年，不论谁更替，都要请他出来。一次，他让人读《老子》，自己卧而听之。开卷一句是"道可道，非常道"。这人为避冯公名讳，读作"不可说可不可说，非常不可说"。冯道先是一愣，继而莞尔，展颜而笑。别人无意间的歪解，竟开释出了老子的玄机。这话别人可能听不懂，但冯道绝对能听懂。

你看，世间事就是这样惹人苦笑。

二、读史拾遗

板着脸孔的幽默

孔子适卫,被南子召见。出来后,子路有意见,嘟囔了几句。孔子解释自己并没有参与卫国国政的企图,而且发誓说,如果口不应心,则"天厌之!天厌之!"由此可以想见他发誓赌咒时的情态。这个一贯端严持正的老头儿,竟然也会被人逼急,不由使人展颜一笑。

《梦溪笔谈》给人的印象刻板,但偶尔也会弄出一点儿幽默。"关中无螃蟹,元丰中余在陕西,闻秦州人家收得一干蟹,土人怖其形状,以为怪物,每人家有病疟者则借去挂门户上,往往遂差。不但人不识,鬼亦不识也。"

"不但人不识,鬼亦不识也",是沈括无意中的一句幽默之言。作者并无意开玩笑,他是板着脸孔说的,但别人读后,不由得发笑。笔意到此,笑不笑由你。

船山先生王夫之,全然是个一丝不苟的老儒,一生著述等身,计有《周易外传》《尚书引义》《读四书大全说》《读通鉴论》《宋论》等数十种。他写文章务求合乎正道,句子都很长,类似欧式语言,读起来很费劲。和一般人相反,老先生评史论事,总透着一股不平,时发书生之气。在《读通鉴论》中,论及王莽篡汉,他说:"成、哀之世,汉岂复有君臣哉!妇人而已矣。""亡西汉者,元后之罪通于天矣。"

汉元帝王皇后,是成帝母,哀、平二帝时为太皇太后。她在位期间,外戚盛,王姓封十侯、五大司马,尤以王凤、王章、王商、王根、王莽为著。王氏领朝政几四十年,王莽就是她一手造就的。故王夫之论曰:

"且夫王氏之横,未尝不可扑也。成帝察其奢僭不轨,而音、商、立、根藉稿负斧锧以待罪;王立结淳于长之奸露,成帝下有司按治,而立杀其子以灭口;计其为人,非能险鸷于吕之产、禄,武之三思、懿宗也。乃吕氏私其族而终以国事付平、勃,武氏私其侄而终以国事付狄、娄,元后则宠刘氏之宗社于其鞶帨,而以授之私亲。逮乎哀帝之立,姑退莽以胁哀帝,而蛊在廷之心,纵董贤之不逞,乘其败以进莽,使恣行其鸩主之毒,晏然处之而不一诘。摄则使之摄矣,假则使之假矣,岂徒莽之奸足以恣行无忌哉?老妖不死,日蚀月眣,以殄汉而必亡之,久矣。故曰:罪通于天也。"

这是一篇抨击元后的檄文。王夫之引汉吕后、唐武则天故事与元后相比,说那两个帝后不过"私"其亲,而元后"纵"其亲,坐视王氏党兴、王莽篡汉,使汉家江山移于他人。说到恨处,王夫之禁不住怒火,骂道"老妖不死"。老先生撅起胡子的样子委实可爱,惹人发笑。

二、读史拾遗

宰相之事

文帝时,周勃为右丞相,陈平为左丞相。汉时尚右,故右相在前,左相在后。一次,朝会时,帝问周勃:"天下一岁决狱几何?"

勃谢曰:"不知。"

问:"天下钱谷一岁出入几何?"

勃又谢不知,汗出洽背,愧不能对。

于是问陈平,平曰:"有主者。"

上曰:"主者谓谁乎?"

平曰:"陛下即问决狱,责廷尉;问钱谷,责治粟内史。"

上曰:"苟各有主者,而君所主何事也?"

平谢曰:"主臣!陛下不知其驽下,使待罪宰相。宰相者,上佐天子理阴阳,顺四时,下遂万物之宜,外填抚四夷诸侯,内亲附百姓,使卿大夫各得任其职也。"

文帝称善。

右丞相大惭,出而责怪陈平:"君独不素教我对!"

陈平笑曰:"君居其位,独不知其任邪?且陛下即问长安盗贼数,又欲强对邪?"(《汉书·王陵传》)

周勃知其远不如陈平矣!

陈平对文帝之语,刘向《说苑·臣术》有记,文曰:"汤问伊尹曰:'三公、九卿、大夫、列士,其相去何如?'伊尹对曰:'三公者,知通于大道,应变而不穷,辩于万物之情,通于天道者也,其言足以调阴阳,正四时,节风雨,如是者举以为三公,故三公之事,常在于道也。……'"

论曰：宰相居三槐之任，持国钧之重，备位朝廷，总百揆，掌内外，当权衡万机，要而不繁，职分巨细，委政主司，似此可矣。至于决狱、钱谷之事，具体而微，职在所司，非丞相之事也。以此而论，周勃非宰相之才也。

宣帝时，丙吉为相。尝出，遇人群斗，死伤横道，丙吉不顾。前行，途中有人逐牛，牛喘吐舌。丙吉驻车，使人问："逐牛行几里矣？"掾史以为丞相前后失问，丙吉曰："民斗相杀伤，长安令、京兆尹职所当禁备逐捕，岁竟丞相课其殿最，奏行赏罚而已。宰相不亲小事，非所当于道路问也。方春少阳用事，未可大热，恐牛近行，用暑故喘，此时气失节，恐有所伤害也。三公典调和阴阳，职所当忧，是以问之。"（《汉书·丙吉传》）

掾史乃服，认为丞相识大体。

丙吉不问人死，而问牛，明于丞相之事。

今之人，暗于职事之分，或疏于大而亲于小，或轻忽己职而代人执庖，舛互纷攘，上下不明。上越职代事，下则侧立无所措手足；上拱手缄默，下则僭越弄权。可不慎欤！

东汉末二帝

东汉灵帝崩,皇子辩即位。董卓入洛阳,废少帝辩为弘农王而立献帝刘协。时扶弘农王下殿,北面称臣,太后哽涕,群臣含悲,莫人敢言。后山东义兵起,讨董卓。董卓使郎中令李儒进鸩,曰:"服此药,可以避恶。"王曰:"我无疾,是欲杀我耳!"不肯饮。李儒强饮之,弘农王不得已,乃与唐姬及宫人饮宴作别。酒行,王悲歌曰:"天道易兮我何艰!弃万乘兮退守蕃。逆臣见迫兮命不延,逝将去汝兮适幽玄!"因令唐姬起舞,姬抗袖而歌曰:"皇天崩兮后土颓,身为帝兮命夭摧。死生路异兮从此乖,奈我茕独兮心中哀!"因泣下呜咽,坐者皆嘘唏。王谓姬曰:"卿王者妃,势不复为吏民妻。自爱,从此长辞!"遂饮药死,时年十八。(《后汉书·灵思何皇后纪》)

曹操掳汉献帝自许都,帝守位而已,宿卫兵侍,莫非曹氏党旧姻戚,内外多见诛戮。帝不胜其愤,谓操:"君若能相辅,则厚;不尔,幸垂恩相舍。"操失色,顾左右,汗流浃背。车骑将军董承女为贵人,承受密诏谋诛曹操。事泄,操诛承而求贵人杀之。帝以贵人有妊,累为请,不听。贵人死,伏皇后畏惧,乃与父伏完书,言操惨逼之状,令父密图之,完不敢发。事泄,操大怒,遂逼帝废后。又以尚书令华歆为郗虑副,勒兵入宫收后。后闭户藏壁中,华歆牵后出。时帝在外殿,引郗虑于坐。后被发跣行,过殿,与帝泣诀曰:"不能复相活邪?"帝曰:"我亦不知命在何时!"顾谓郗虑曰:"郗公,天下宁有是邪?"遂将后下暴室,以幽崩,所生二皇子,皆鸩杀之。(《后汉书·献帝伏皇后纪》)

吾屡读《后汉书》至此，辄黯然，泪几欲出。南朝宋顺帝禅位于齐，时兵加于身，帝泣而弹指曰："愿后身世世勿复生天王家！"命悬人手，惶恐无助之情见于言表。

(三)《说苑》类丛

三、《说苑》类丛

汉刘向著《说苑》，取材广博，上自周秦经子，下及汉人杂著，无不分门别类辑录，开后代类书先河，四百多年后的《世说新语》即其遗绪。其所录故事精彩绝伦，发人深思。

三公之守

汤问伊尹曰："三公、九卿、大夫、列士，其相去何如？"伊尹对曰："三公者，知通于大道，应变而不穷，辩于万物之情，通于天道者也，其言足以调阴阳，正四时，节风雨。如是者举以为三公，故三公之事，常在于道也。……"（《臣术》，后同）

论曰：陈平对文帝之答，谓宰相上理阴阳、顺四时，外镇抚四夷诸侯，内亲附百姓，使卿大夫各任其职，明于三公之义也。

汤问伊尹曰："古者所以立三公、九卿、大夫、列士者何也？"伊尹对曰："三公者，所以参王事也，九卿者，所以参三公也，大夫者，所以参九卿也，列士者，所以参大夫也。是谓事宗，事宗不失，外内若一。"

论曰：三公参与王事，九卿参与三公事，列士参与九卿事，如此则事少失。唯此义后代稍违，动辄谓之僭越，遂成专断。王事王决之，九卿事九卿决之，大夫、列士谨守其职而已。事有失而无人救，国事遂至于不堪。

也因三公参王事，故得进谏、封驳；九卿参三公事，故能议三公失政；列士参九卿事，故能发九卿阴事。此种安排，也可称监督机制，乃下监督上。今监督以上示下，殊失古意。上能临下，下敢忤上，方是一好机制。

忠臣之份

《史记·齐太公世家》载，崔杼弑齐庄公，晏婴立崔杼门外，曰："君为社稷死则死之，为社稷亡则亡之。若为己死己亡，非其私暱，谁敢任之！"门开而入，枕公尸而哭，三踊而出。人谓崔杼："必杀之。"崔杼曰："民之望也，舍之得民。"（《臣术》，后同）

后，齐侯问于晏子曰："忠臣之事其君何若？"对曰："有难不死，出亡不送。"君曰："裂地而封之，疏爵而贵之，吾有难不死，出亡不送，可谓忠乎？"对曰："言而见用，终身无难，臣何死焉！谋而见从，终身不亡，臣何送焉！若言不见用，有难而死之，是妄死也；谏而不见从，出亡而送之，是诈为也；故忠臣者，能纳善于君，而不能与君陷难者也。"

其事、其义一也，晏婴君子哉！

按：《吕氏春秋·士容论·务大篇》载，郑君问于被瞻曰："闻先生之义，不死君，不亡君，信有之乎？"被瞻对曰："有之。夫言不听，道不行，则固不事君也。若言听道行，又何死亡哉？"

谏君不避面争

赵简子有臣尹绰、赦厥。简子曰："厥爱我，谏我必不于众人中；绰也不爱我，谏我必于众人中。"尹绰曰："厥也爱君之丑，而不爱君之过也；臣爱君之过，而不爱君之丑。"孔子曰："君子哉尹绰！面訾不面誉也。"（《臣术》）

三、《说苑》类丛

奸人之行

荀子曰："少事长，贱事贵，不肖事贤，此天下之通义也。有人贵而不能为人上，贱而羞为人下，此奸人之心也。身不离奸心，而行不离奸道，然而求见誉于众，不亦难乎！"（《臣术》）

故《尚书·泰誓》曰："附下而罔上者死，附上而罔下者刑，与闻国政而无益于民者退，在上位而不能进贤者逐。"

君子不行私惠

子路为蒲令，备水灾。与民春修沟渎，为人烦苦，故予人一箪食，一壶浆。孔子闻之，使子贡复之。子路忿然不悦，往见夫子曰："由也以暴雨将至，恐有水灾，故与人修沟渎以备之，而民多匮于食，故人予一箪食一壶浆。而夫子使赐止之，何也？夫子止由之行仁也。夫子以仁教，而禁其行仁也，由也不受。"子曰："尔以民为饿，何不告于君，发仓廪以给食之，而以尔私馈之，是汝不明君之惠，见汝之德义也。速已则可矣，否则尔之受罪不久矣。"子路心服而退也。（《臣术》）

论曰：君子不行私惠，以有国有君也，国行惠政，民皆受益，所救者大。人臣行私惠，则有私心矣。齐国陈氏为卿，以家量大斗贷于民，以公量小斗收回。晏婴称："公弃其民，而归于陈氏。"（《左传·昭公三年》）晏婴明其有不臣之心。

幸分我一杯羹

项羽擒刘邦父亲，欲烹之以胁刘邦。刘邦对曰：昔楚王分封诸侯，约以为兄弟，我父母即尔父母，今烹之，幸分我一杯羹。项羽遂罢。

乐羊为魏将以攻中山。其子在中山，中山县①其子示乐羊，乐羊不为衰志，攻之愈急。中山因烹其子而遗之羹，乐羊食之尽一杯。中山见其诚也，不忍与其战，果下之。遂为魏文侯开地。文侯赏其功而疑其心。（《贵德》）

论曰：魏文篡晋，乐羊乃其臣，忠臣之心固不为篡君明。烹子而食，其忍非常人可及，其志有比烹子大者，无怪文侯赏其功而疑其心。

松柏之下　其草不殖

智襄子为室美，士茁夕②焉，智伯曰："室美矣夫！"对曰："美则美矣，抑臣亦有惧也。"智伯曰："何惧？"对曰："臣以秉笔事君，记有之曰：'高山浚源不生草木，松柏之地，其土不肥。'今土木胜人，臣惧其不安人也。"室成三年而智氏亡。（《贵德》）

人言："松柏之下，其草不殖。"（《左传·襄公二十九年》）盖与此同。

树人当树桃李

阳虎得罪于卫，北见简子曰："自今以来，不复树人矣。"简子曰："何哉？"阳虎对曰："夫堂上之人，臣所树者过半矣，朝廷之吏，臣所立者亦过半矣，边境之士，臣所立者亦过半矣。今夫堂上之人，亲却臣于君，朝廷之吏，亲危臣于法，边境之士，亲劫臣于兵。"

---

①县，同"悬"。
②夕，指晚上朝见。

简子曰:"唯贤者为能报恩,不肖者不能。夫树桃李者,夏得休息,秋得食焉;树蒺藜者,夏不得休息,秋得其刺焉。今子之所树者,蒺藜也,非桃李也。自今以来,择人而树之,毋已树而择之。"(《复恩》)

论曰:阳虎亦不明甚矣!堂上之人,朝廷之吏,边境之士,所树者过半,而皆叛己,是乃人之过欤?己之过欤?而简子谓树人当树桃李,不树蒺藜,误矣!此非桃李、蒺藜之过,树之者之过。设若阳虎行桃李之事,则人皆桃李以报之;行蒺藜之事,则人皆蒺藜以刺之。己所不正,焉能正人?

政有三品　教化为贵

政有三品:王者之政化之,霸者之政威之,强国之政胁之。夫此三者各有所施,而化之为贵矣。夫化之不变,而后威之,威之不变,而后胁之,胁之不变,而后刑之。夫至于刑者,则非王者之所贵也。是以圣王先德教而后刑罚,立荣耻而明防禁,崇礼仪之节以示之,贱货利之弊以变之,修近理内,政橛机①之礼,一妃匹之际,则下莫不慕义礼之荣,而恶贪乱之耻,其所由致之者,化使然也。(《政理》,后同)

治国有二机,刑德是也,王者尚其德而希其刑,霸者刑德并凑,强国先其刑而后德。夫刑德者,化之所由兴也,德者,养善而进阙者也,刑者,惩恶而禁后者也,故德化之崇者至于赏,刑罚之甚者至于诛。夫诛赏者,所以别贤不肖而列有功与无功也,故诛赏不可以缪,诛赏缪则善恶乱矣。夫有功而不赏,则善不劝,有过而不诛,则恶不惧,善不劝,恶不惧,而能以行化乎天下者,未尝闻也。《书》曰:"毕力赏罚。"此之谓也。

季孙问于孔子曰:"如杀无道以就有道,何如?"孔子曰:"子为政,焉用杀!子欲善而民善矣。君子之德风也,小人之德草也,草上

---

① 橛机,门内也,谓门内之位。

之风必偃。"

子贡问治民于孔子，孔子曰："懔懔焉如腐索御奔马。"子贡曰："何其畏也？"孔子曰："夫通达之国皆人也，以道导之，则吾畜也，不以道导之，则吾仇也，若何而毋畏？"

公叔文子为楚令尹，三年，民无敢入朝。公叔子见曰："严矣。"文子曰："朝廷之严也，宁云妨国家之治哉？"公叔子曰："严则下喑，下喑则上聋，聋喑不能相通，何国之治也？"

武王问于太公曰："为国而数更法令者，何也？"太公曰："为国而数更法令者，不法法，以其所善为法者也，故令出而乱，乱则更为法，是以其法令数更也。"

论曰：治国当以德教为先，刑罚助之。德教在于化民，如春风之化雨，民感其德而从其行。不以此而任法，刑罚加于人，则人知畏惧而不知所从，久之难为继，可不惧哉！

善谋与善断

子产之从政也，择能而使之，冯简子善断事，子太叔善决而文，公孙挥知四国之为，而辨于其大夫之族姓，变而立至，又善为辞令，裨谌善谋，于野则获，于邑则否。有事，乃载裨谌与之适野，使谋可否，而告冯简子断之，使公孙挥为之辞令，成，乃受子太叔行之，以应对宾客，是以鲜有败事也。（《政理》）

唐太宗时，房玄龄、杜如晦为相。房善谋，杜善断。史载，上每与玄龄谋事，必曰："非如晦不能决。"及如晦至，卒用玄龄之策。盖玄龄善谋，如晦能断故也。二人深相得，同心殉国，故唐世称贤相者，推房、杜焉。（《资治通鉴》卷第一百九十三）

论曰：凡人皆有所长，皆有所短，裨谌虽善谋，于野则获，于邑则否。房玄龄其长在于谋，其短在于断；杜如晦其长在于断，其短在于谋。择人能用其长而避其短，此之谓明君。故太宗先请房氏谋，后俟杜氏断，深得用人之术也。

治道不一

宓子贱治单父，不下堂而单父治。巫马期亦治单父，以星出，以星入，日夜不处，以身亲之，而单父亦治。巫马期问其故于宓子贱，宓子贱曰："我之谓任人，子之谓任力，任力者固劳，任人者固佚。"人曰："宓子贱则君子矣，佚四枝①，全耳目，平心气，而百官治，任其数而已矣。巫马期则不然，弊性事情，劳烦教诏，虽治，犹未至也。"（《政理》）

论曰：佚者、劳者，其治不同，殊难甲乙。大凡佚者总其大而忽其小，劳者率民以治，然常陷于事中而忽其要。故秦始皇治国，勤劳至矣，每日衡文，事不中石不休息，然天下卒至于叛；刘邦为政，委之丞相，垂拱而治，不较然于小也。

《史记·李将军列传》载，李广之将兵，乏绝之处，见水，士卒不尽饮，广不近水，士卒不尽食，广不尝食。宽缓不苛，士以此爱乐为用。与程不识俱出击胡，而广行无部伍行阵，就善水草屯，舍止，人人自便，不击刁斗以自卫，莫府省约文书籍事，然亦远斥候，未尝遇害。程不识正部曲行伍营阵，击刁斗，士吏治军簿至明，军不得休息，然亦未尝遇害。不识曰："李广军极简易，然虏卒犯之，无以禁也。而其士卒亦佚乐，咸乐为之死。我军虽烦扰，然虏亦不得犯我。"是时汉边郡李广、程不识皆为名将，然匈奴畏李广之略，士卒亦多乐从李广而苦程不识。

此其例也。

---

①枝，同"肢"。

毁誉难明

晏子治东阿，三年，景公召而数之曰："吾以子为可，而使子治东阿，今子治而乱，子退而自察也，寡人将加大诛于子。"晏子对曰："臣请改道易行，而治东阿，三年不治，臣请死之。"景公许之。于是明年上计，景公迎而贺之曰："甚善矣，子之治东阿也！"晏子对曰："前臣之治东阿也，属托不行，货赂不至，陂池之鱼，以利贫民，当此之时，民无饥者，而君反以臣罪；今臣后之治东阿也，属托行，货赂至，并会赋敛，仓库少内，便事左右，陂池之鱼，入于权家，当此之时，饥者过半矣，君乃反迎而贺臣。愚不能复治东阿，愿乞骸骨，避贤者之路。"再拜便辟。景公乃下席而谢之曰："子强复治东阿，东阿者，子之东阿也，寡人无复与焉。"（《政理》）

《史记·田敬仲完世家》载，齐威王初即位，委政卿大夫，九年之间，诸侯并伐，国人不治。于是威王召即墨大夫而语之曰："自子之居即墨也，毁言日至。然吾使人视即墨，田野辟，民人给，官无留事，东方以宁。是子不事吾左右以求誉也。"封之万家。召阿大夫语曰："自子之守阿，誉言日闻。然使使视阿，田野不辟，民贫苦。昔日赵攻甄，子弗能救。卫取薛陵，子弗知。是子以币厚吾左右以求誉也。"是日，烹阿大夫，及左右尝誉者皆并烹之。于是齐国震惧，人人不敢饰非，务尽其诚。齐国大治。诸侯闻之，莫敢致兵于齐二十余年。

论曰：齐威王察察者明也，不受左右欺蔽，故能明；景公亦非昏庸至极，再任晏子三年，全其忠。

杨朱之徒

孟子曰："杨子取为我，拔一毛而利天下，不为也。"（《孟子·尽心章句上》）又曰："圣王不作，诸侯放恣，处士横议，杨朱、墨翟之言盈天下。"（《孟子·滕文公章句下》）果其然乎！

杨朱见梁王，言治天下如运诸掌然。梁王曰："先生有一妻一妾不能治，三亩之园不能芸，言治天下如运诸手掌，何以？"杨朱曰："臣有之。君不见夫羊乎？百羊而群，使五尺童子荷杖而随之，欲东而东，欲西而西。君且使尧牵一羊，舜荷杖而随之，则乱之始也。臣闻之，夫吞舟之鱼不游渊，鸿鹄高飞，不就污池，何则？其志极远也。黄钟大吕，不可从繁奏之舞，何则？其音疏也。将治大者不治小，成大功者不小苟，此之谓也。（《政理》）

论曰：杨朱其道亦大矣，非拔一毛之类视之。其言治国如童子牧羊，稍见其狂简。

社鼠与走狗

李斯观仓中鼠，慕其养尊处优，衣食无忧，曰："人之贤不肖譬如鼠矣，在所自处耳！"（《史记·李斯列传》）

齐桓公问于管仲曰："国何患？"管仲对曰："患夫社鼠。"桓公曰："何谓也？"管仲对曰："夫社束木而涂之，鼠因往托焉，熏之则恐烧其木，灌之则恐败其涂，此鼠所以不可得杀者，以社故也。夫国亦有社鼠，人主左右是也；内则蔽善恶于君上，外则卖权重于百姓，不诛之则为乱，诛之则为人主所案据，腹而有之，此亦国之社鼠也。"（《政理》，后同）

此乃鼠患，又有狗患。管仲曰：人有酤酒者，为器甚洁清，置表甚长，而酒酸不售，问之里人其故，里人云："公之狗猛，人挈器而入,且酤公酒,狗迎而噬之,此酒所以酸不售之故也。"夫国亦有猛狗,用事者是也;有道术之士,欲明万乘之主,而用事者迎而龁之,此亦国之猛狗也。左右为社鼠,用事者为猛狗,则道术之士不得用矣,此治国之所患也。

论曰:国之社鼠,委身殿宇,藏身阊闱,仰人鼻息,测人好恶,顺人之情,以饱其粱肉。此类在,正人不得列君王之侧,正言不得入君王之耳,谄谀之徒、希旨之言大行,国不得不坏。

至于猛狗,居君王左右,狺狺吐舌,常欲噬人。故晋灵公欲杀赵盾,左右之人甘为恶犬,又养獒以张声势。狗之为狗,常伺主人颜色,主喜则喜,主怒则怒,唤之则进,喝之则退,唯从主人号令,不顾是非曲直。以有犬在,故人主少结纳正人,更听不到正言。

人多以为猛狗多是不居庙堂之上的小人,此误矣。汉张汤、杜周,唐周兴、来俊臣,俱显宦矣!

重 贤

人君之欲平治天下而垂荣名者,必尊贤而下士。夫朝无贤人,犹鸿鹄之无羽翼也,虽有千里之望,犹不能致其意之所欲至矣。是故绝江海者托于船,致远道者托于乘,欲霸王者托于贤。伊尹、吕尚、管夷吾、百里奚,此霸王之船乘也。(《尊贤》,后同)

图强之国得贤则霸。齐景公问于孔子曰:"秦穆公其国小处僻而霸,何也?"对曰:"其国虽小,而其志大,处虽僻,而其政中,其举果,其谋和,其令不偷,亲举五羖大夫,于系缧之中,与之语,三日而授之政。以此取之,虽王可也,霸则小矣。"

淫佚之君得贤也霸。或曰:将谓桓公仁义乎?杀兄而立,非仁义也。将谓桓公恭俭乎?与妇人同舆驰于邑中,非恭俭也。将谓桓公清洁乎?闺门之内,无可嫁者,非清洁也。此三者,亡国失君之行也,然而桓公兼有之,以得管仲、隰朋,九合诸侯,一匡天下,毕朝周室,为五霸长,以其得贤佐也。失管仲、隰朋,任竖刁、易牙,身死不葬,虫流出户。一人之身,荣辱俱施者何?其所任异也。由此观之,则任佐急矣。

得人则国兴,失人则国亡。楚王有士曰楚偯胥、丘负客,王将杀之,出亡之晋,晋人用之,是为城濮之战;又有士曰苗贲皇。王将杀之,出亡走晋,晋人用之,是为鄢陵之战;又有士曰上解于。王将杀之,出亡走晋,晋人用之,是为两棠之战①;又有士曰伍子胥,王杀其父兄,出亡走吴,阖闾用之,于是兴师而袭郢。故楚之大得罪于梁、郑、宋、卫之君,犹未遽至于此也;此四得罪于其士,三暴其民骨,一亡其国。由是观之,士存则国存,士亡则国亡;子胥怒而亡之,申包胥怒而存之,士胡可无贵乎?

用 贤

齐桓公使管仲治国,管仲对曰:"贱不能临贵。"桓公以为上卿,而国不治,桓公曰:"何故?"管仲对曰:"贫不能使富。"桓公赐之齐国市租一年,而国不治,桓公曰:"何故?"对曰:"疏不能制亲。"桓公立以为仲父,齐国大安,而遂霸天下。孔子曰:"管仲之贤,而不得此三权者,亦不能使其君南面而霸矣。"(《尊贤》,后同)

故齐景公伐宋,至于岐隄之上,登高以望,太息而叹曰:"昔我先君桓公,长毂八百乘,以霸诸侯;今我长毂三千乘,而不敢久处于此者,岂其无管仲欤?"弦章对曰:"臣闻之,水广则鱼大,君明则臣忠。昔有桓公,故有管仲;今桓公在此,则车下之臣尽管仲也。"

魏文侯觞大夫于曲阳,饮酣,文侯喟然叹曰:"吾独无豫让以为臣!"蹇重举酒进曰:"臣请浮②君。"文侯曰:"何以?"对曰:"臣

---

①两棠之战,即邲之战。
②浮,指罚。

闻之，有命之父母，不知孝子；有道之君，不知忠臣。夫豫让之君，亦何如哉？"文侯曰："善。"受浮而饮之，嚼而不让，曰："无管仲、鲍叔以为臣，故有豫让之功也。"

论曰：昔汉文帝叹曰："嗟乎！吾独不得廉颇、李牧为将，岂忧匈奴哉！"冯唐对曰："陛下虽得廉颇、李牧，不能用也。"人皆知贤之为重，而无以招致也。故燕昭王筑金台拜郭隗，而邹衍、乐毅之徒至；汉王刘邦筑高台拜韩信，陈平之徒来。重贤而能用，此真爱才者。管仲不得三权，虽贤，无闻于诸侯矣。

晏子善讽谏

齐景公有马，其圉人杀之，公怒，援戈将自击之。晏子曰："此不知其罪而死，臣请为君数之，令知其罪而杀之。"公曰："诺。"晏子举戈而临之曰："汝为吾君养马而杀之，而罪当死；汝使吾君以马之故杀圉人，而罪又当死；汝使吾君以马故杀人，闻于四邻诸侯，汝罪又当死。"公曰："夫子释之！夫子释之！勿伤吾仁也。"（《正谏》，后同）

景公好弋，使烛雏主鸟而亡之，景公怒而欲杀之，晏子曰："烛雏有罪，请数之以其罪，乃杀之。"景公曰："可。"于是乃召烛雏数之景公前，曰："汝为吾君主鸟而亡之，是一罪也；使吾君以鸟之故杀人，是二罪也；使诸侯闻之，以吾君重鸟而轻士，是三罪也。"数烛雏罪已毕，请杀之。景公曰："止。"勿杀而谢之。

论曰：古人称，谏有五：一曰正谏，二曰降谏，三曰忠谏，四曰戆谏，五曰讽谏。晏子可谓善谏者也！君有过而讳之，数人罪而启之，完君之德，全臣之命，尽大臣之职，一言而三得矣。司马光言，人臣当善谏，谏者如流，听者也当如流。其言是也。

柔弱者存　刚强者亡

　　常枞①有疾，老子往问焉，曰："先生疾甚矣，无遗教可以语诸弟子者乎？"常枞曰："子虽不问，吾将语子。"常枞曰："过故乡而下车，子知之乎？"老子曰："过故乡而下车，非谓其不忘故耶？"常枞曰："嘻！是已。"常枞曰："过乔木而趋，子知之乎？"老子曰："过乔木而趋，非谓其敬老耶？"常枞曰："嘻！是已。"张其口而示老子曰："吾舌存乎？"老子曰："然！""吾齿存乎？"老子曰："亡！"常枞曰："子知之乎？"老子曰："夫舌之存也，岂非以其柔耶？齿之亡也，岂非以其刚耶？"常枞曰："嘻！是已。天下之事已尽矣，无以复语子哉！"（《敬慎》，后同）

　　韩平子问于叔向曰："刚与柔孰坚？"对曰："臣年八十矣，齿再堕而舌尚存。老聃有言曰：'天下之至柔，驰骋乎天下之至坚。'又曰：'人之生也柔弱，其死也刚强；万物草木之生也柔脆，其死也枯槁。因此观之，柔弱者生之徒也，刚强者死之徒也。'夫生者毁而必复，死者破而愈亡，吾是以知柔之坚于刚也。"平子曰："善哉！然则子之行何从？"叔向曰："臣亦柔耳，何以刚为。"平子曰："柔无乃脆乎？"叔向曰："柔者纽而不折，廉而不缺，何为脆也！天之道微者胜，是以两军相加，而柔者克之；两仇争利，而弱者得焉。《易》曰：'天道亏满而益谦，地道变满而流谦，鬼神害满而福谦，人道恶满而好谦。'夫怀谦不足之柔弱，而四道②者助之，则安往而不得其志乎？"平子曰："善！"

　　论曰：人有好胜之心，则示刚强而藏柔弱。虽知水激石之功，而

---

① 此常枞，有谓"常从""商容"者。常枞教老子，《战国策》以为老莱子教子思之言。

② 四道，即天道、地道、鬼神、人道。

怪其慢也；虽知舌存齿亡之理，难忍言也。故龟兔赛跑，皆知龟必胜，而愿做兔，此无它，求得一时之快也。人言：知道者易，行道者难；行一时之道者易，终身守之者难；知人非道者易，知己非道者难。是也。

全身之道

孙叔敖为楚令尹，一老父教之曰："身已贵而骄人者，民去之；位已高而擅权者，君恶之；禄已厚而不知足者，患处之。"孙叔敖再拜曰："敬受命，愿闻余教。"父曰："位已高而意益下，官益大而心益小，禄已厚而慎不敢取。守此三者，足以活楚矣。"（《敬慎》，后同）

魏公子牟东行，穰侯送之，曰："先生将去冉之山东矣，独无一言以教冉乎？"魏公子牟曰："微君言之，牟几忘语君。君知夫官不与势期，而势自至乎？势不与富期，而富自至乎？富不与贵期，而贵自至乎？贵不与骄期，而骄自至乎？骄不与罪期，而罪自至乎？罪不与死期，而死自至乎？"

孔子见罗者，其所得者，皆黄口①也。孔子曰："黄口尽得，大爵②独不得，何也？"罗者对曰："黄口从大爵者，不得；大爵从黄口者，可得。"孔子顾谓弟子曰："君子慎所从，不得其人，则有罗网之患。"

鲁有恭士名曰机氾，行年七十，其恭益甚。鲁君问曰："机子年甚长矣，不可释恭乎？"机氾对曰："君子好恭，以成其名；小人学恭，以除其刑。对君之坐，岂不安哉，尚有差跌；一食之上，岂不美哉，尚有哽噎。今若氾所谓幸者也，固未能自必。鸿鹄飞冲天，岂不高哉，矰缴尚得而加之；虎豹为猛，人尚食其肉、席其皮。誉人者少，恶人者多，行年七十，常恐斧质之加于氾者，何释恭为！"

---

① 黄口，指小鸟。
② 爵，雀也。

三、《说苑》类丛

刘向曰：怨生于不报，祸生于多福，安危存于自处，不困在于早豫，存亡在于得人。慎终如始，乃能长久；能行此五者，可以全身。

子贡不知孔子

子贡见太宰嚭。太宰嚭问曰："孔子何如？"对曰："臣不足以知之。"太宰曰："子不知，何以事之？"对曰："惟不知，故事之。夫子其犹山林也，百姓各足其材焉。"太宰嚭曰："子增夫子乎？"对曰："夫子不可增也。赐①其犹一累壤也；以一累壤增大山，不益其高，且为不知。"太宰嚭曰："然则子有所酌也？"对曰："天下有大樽而子独不酌焉，不识谁之罪也？"（《善说》，后同）

赵简子问子贡曰："孔子为人何如？"子贡对曰："赐不能识也。"简子不悦曰："夫子事孔子数十年，终业而去之，寡人问子，子曰'不能识'，何也？"子贡曰："赐譬渴者之饮江海，知足而已。孔子犹江海也，赐则奚足以识之。"简子曰："善哉，子贡之言也！"

齐景公谓子贡曰："子谁师？"曰："臣师仲尼。"公曰："仲尼贤乎？"对曰："贤！"公曰："其贤何若？"对曰："不知也。"公曰："子知其贤，而不知其奚若，可乎？"对曰："今谓天高，无少长愚智皆知高。高几何？皆曰不知也。是以知仲尼之贤而不知其奚若。"

论曰：子贡、颜回先后曰：夫子之道至大，故天下莫能容。以子贡之贤，而称其不知孔子，非不知也，不知其道之涯际也。诗曰：高山仰止，景行行止。夫子之道其谁知！

---

① 子贡，字赐。

善 喻

　　客谓梁王曰:"惠子之言事也善譬,王使无譬,则不能言矣。"王曰:"诺!"明日见,谓惠子曰:"愿先生言事则直言耳,无譬也。"惠子曰:"今有人于此而不知弹者,曰:'弹之状若何?'应曰:'弹之状如弹。'则谕乎?"王曰:"未谕也。""于是,更应曰:'弹之状如弓,而以竹为弦。'则知乎?"王曰:"可知矣。"惠子曰:"夫说者,固以其所知谕其所不知,而使人知之。今王曰'无譬',则不可矣。"王曰:"善!"(《善说》,后同)

　　庄周贫者,往贷粟于魏文侯。文侯曰:"待吾邑粟之来而献之。"周曰:"乃今者周之来见,道傍牛蹄中有鲋鱼焉,大息(大息,太息,叹息也)谓周曰:'我尚可活也'。周曰:'须我为汝南见楚王,决江、淮以溉汝。'鲋鱼曰:'今吾命在盆瓮之中耳;乃为我见楚王,决江、淮以溉我,汝即求我枯鱼之肆矣。'今周以贫故来贷粟,而曰'须我邑粟来而赐臣';即来,亦求臣佣肆矣。"文侯于是乃发粟百钟,送之庄周之室。

　　论曰:庄子、惠子以善辩著称,此可见其大概。

(四)

拈花一笑

四、拈花一笑

一

下着雨的日子，读读董桥，应该是很不错的。打开书，那种雨湿气迎面而来。他最好的文章大概是在英国剑桥写的。剑桥总在下雨，是那种雾雨，伤感而缠绵。董桥说余光中后期的文章比前期要好，起码没有忸怩的骚气，这点我同意。有些人天生狐媚，就由不得人了。

二

对于寓人而言，最适宜的是夏雨。秋雨固然也好，雨打芭蕉，有一些诗意，但毕竟透着些许伤感。可退一步思量，不管什么季节，雨雪的日子，都属难能。毕竟大多时候，我们和万物都很饥渴。

三

酒是个好东西。"天微雨，思酒，具鸡黍而邀友。"不为喝酒，仅仅为熟悉的面孔聚在一起，就足够了。齐宣王问孟子："独乐乐，与人乐乐，孰乐？"孟子回答："不若与人。"他真是一个有情趣的人！

四

鲁迅不讨人喜欢，他的文章也不讨人喜欢，鲁迅也压根儿不打算让人喜欢。但那个时代，有谁比鲁迅更有价值呢？和鲁迅同时，有些人很招人喜欢，可是今天，还有谁会记起呢？

五

　　小桥流水，白板笏牙，晓风残月，断鸿声里，塞外寒鸦，碧云天黄花地……这是宋人给我们勾画的情景。唐人写了那么多诗，却不如宋词来得潇洒。唐人的胸怀自是后代无法企及的，但宋人的精致、典雅也让人称赏不已。"梧桐更兼细雨，到黄昏、点点滴滴。这次第，怎一个愁字了得。""南朝千古伤心地，还唱后庭花。旧时王谢，堂前燕子，飞向谁家？"愁情本是伤心事，但宋人把它写得如此凄美。仅这份绮靡，唐诗无论如何做不到。

六

　　苏东坡对好友说："何夜无月？何处无竹柏？但少闲人如吾两人者耳。"月与竹柏本无闲与不闲，但风物关人，闲与俱闲。"心似已灰之木，身如不系之舟。问汝平生功业，黄州、惠州、儋州。"既有三州之谪，安得不闲？又安能闲下心来？"江山风月，本无常主，闲者便是主人。"此中况味，大概也只有风月知道吧。

七

　　久居市井，谁不向往山野异趣！"野芳发而幽香，佳木秀而繁阴……临溪而渔，溪深而鱼肥；酿泉为酒，泉香而酒洌；山肴野蔌，杂然而前陈者，太守宴也。"这是欧阳修的野趣。美则美矣，然而铺陈总嫌繁缛，纵在山野，太守还是那么讲究，那么追求唯美，无乃过盛！韩愈就简单得多、自我得多。"坐茂树以终日，濯清泉以自洁；采于山，美可茹，钓于水，鲜可食"。悠然一个人的乐趣、一个人的享受，境与人浑然一体，透着几分洒脱。

八

刘邦初见秦始皇,喟然叹息:"大丈夫当如此矣!"项羽观秦始皇,则曰:"彼可取而代也。"闻其言似项羽略胜,胜在气概。何以结局如此错讹?看来人不但器局要大,留给自己的余地也要大,豪言壮语并不能成就英雄。相比之下,还是喜欢汉光武帝刘秀。他在民间,看到执金吾就觉得威风不可一世,看到阴丽华就觉得美丽无双,因此立志"仕宦当作执金吾,娶妻当得阴丽华"。毕竟他比刘邦、项羽更真实、生动,离我们更近一些。

九

张岱自嘲:"少为纨绔子弟,极爱繁华,好精舍,好美婢,好娈童,好鲜衣,好美食,好骏马,好华灯,好烟火,好梨园,好鼓吹,好古董,好花鸟,兼以茶淫橘虐,书蠹诗魔,劳碌半生,皆成梦幻。"无论雅俗,他无一不好。只有生于繁华,经历家国之丧、身世之感的张岱,才能有这种留恋,言外自有"曾经沧海难为水"的无奈和孤独。他排遣自己:"称之以富贵人可,称之以贫贱人亦可;称之以智慧人可,称之以愚蠢人亦可;称之以强项人可,称之以柔弱人亦可;称之以卞急人可,称之以懒散人亦可。学书不成,学剑不成,学节义不成,学文章不成,学仙学佛、学农学圃俱不成,任世人呼之为败子,为废物,为玩民,为钝秀才,为渴睡汉,为死老魅也已矣。"字里行间,有真性情,其中自有一高贵人在,一桀骜不驯在,一洒脱不羁在,一磊落风骨在。

他又说:"人无癖不可与交,以其无深情也;人无疵不可与交,以其无真气也。"世事洞明,人情练达如此!

十

孔子重礼乐之正,斯可矣,而对口腹之食也不苟且,有言道:"鱼馁而肉败,不食。色恶,不食。臭恶,不食。……割不正,不食。"讲究这么多,是不是太挑剔了?吾人习惯了率性自然,鱼也行,熊掌也行,兼得未必不可。酒肉穿肠过,佛祖心中留。突然看到有人这么谨严,着实吃惊不小。一个人的时候,偶尔想起这几句话,想象夫子正襟危坐,面对案几上的鱼肉,于享用之前,仔细观察它的方正、腥鲜、臭恶,一点儿也不马虎,稍不合规矩,宁可不食。一如列于朝堂,会于诸侯,行朝聘之礼,辨萧韶之乐,那种持正的态度,不也很可爱吗?

十一

洪迈言:"忠义守节之士,出于天资,非关居位贵贱,受恩深浅也。王莽移汉祚,刘歆以宗室之俊,导之为逆,孔光以宰相辅成其事。而龚胜以故大夫守谊以死。……萧道成篡宋,褚渊、王俭,奕世达宦,身为帝甥、主婿,所以纵臾灭刘,唯恐不速。"洵然!忠义死节之事,人人俱可做得,非庙堂者专之。国之兴亡,于外戚阉闱利益攸关,于显贵朱紫最为关切。然肉食者鲜有以身致国,此其惜位乎?逸安畏死乎?是知黄宗羲、顾炎武不受清诏,耻食"周粟",真国士也!礼丧求诸野,国之栋梁未必在朝。

十二

元稹字微之,白居易字乐天,两人在唐元和、长庆间齐名。赋玄宗天宝时事,微之有《连昌宫词》,乐天有《长恨歌》,皆脍炙人口,难分伯仲。读之使人性情摇荡,如身其时、历其事,殆未易以优劣论。洪迈以为,"然《长恨歌》不过述明皇追怆贵妃始末,无它激扬,不若《连昌词》有监戒规讽之意……殊得风人之旨,非《长恨》比云"。陈寅恪却以为,《长恨歌》殊胜于《连昌宫词》,刺而不怨,怨而不怒,更得风人之旨。二人都以《诗经》章法评价元白,结果却迥然不同,是知论诗各有眼目,千人千面,未可轻易甲乙也。

十三

王国维说:"诗人对自然人生,须入乎其内,又须出乎其外。入乎其内,故能写之。出乎其外,故能观之。入乎其内,故有生气。出乎其外,故有高致。"人生百事何尝不如此!入乎其内方能知事之实,出乎其外方能悟事之理;入乎其内方知百事维艰,出乎其外方能高屋建瓴;入乎其内方能"大"天下,出乎其外方能"小"天下。出入之间,如龙戏水,自然生出一新境界。唯其不为物所滞、所牵,才能致之。此庄子所谓鲲鹏与燕雀之别,可辨才资天分之高下。

十四

刘梦得有"山围故国周遭在,潮打空城寂寞回"句,白乐天以为"后之诗人,不复措词矣"。苏东坡却仿之,有"山围故国城空在,潮打西陵意未平",又起一新境界。刘梦得发思古之叹,故国仅余空城,产生寂寞怜惜之情。东坡居士一肚子不合时宜,对故国空城不加措意,只看到潮打西陵的不平。角度新则新矣,只是聊发个人感慨而已,胸怀气度不如梦得。

十五

人言字如其人,这话对也不对,用在某些人身上合适,用在另一些人身上就有些勉强。鲁迅的字劲拙,毛泽东的字恣肆,很像他们的性格。苏东坡天性风趣,字却一点儿不飘逸,见过他几个字,却朴拙如学究。

文如其人也会骗人。谢灵运和王维的山水诗,恬淡纯净,无碍世事,品调很高,但他们做人实在不敢恭维。周作人的文章名士味道很浓,其人又清高自傲,缺少士大夫风骨。

十六

孔尚任《〈桃花扇〉小引》曰:"《桃花扇》一剧,皆南朝新事,父老犹有存者。场上歌舞,局外指点,知三百年之基业,隳于何人?败于何事?消于何年?歇于何地?不独令观者感慨涕零,亦可惩创人心,为末世之一救矣。"可知孔尚任作《桃花扇》,于才子佳人外另有一番寄托,有明一代国破家亡是他心里最柔软的痛。

文艺之道,百业之小小者也。然士子著书,当以救国命世为怀,至于吟弄风月,快意山水,摇羽扇,握麈尾,谈玄论道,妙陈性理,此魏晋之未可救者。

十七

吾少好枣,至今不厌。尝于巷陌购得一箧,携至书房,以佑读书。读至快处,啖一枚,可得兼味。不好枣者,不解此书味;不好书者,不谙此枣味。

十八

人送一宜兴壶,甚精致,谓名士配好壶。虽为人雅相推重,浪得虚名,欣欣有得色。古人言金石器玩夺人心志,此之谓也。晋人称《汉书》可下酒,吾得此壶,聊治好名之症。当使《汉书》入之,水煮之,茶匀之,然后徐啜之,以期茗得古意。

十九

有妇人言：汝终日局蹐一隅，以读书为事，不名一钱，此中何乐？人家丈夫屑屑不为此也。

吾答曰：吾之读书，如子路荷戟，婴城自守，孤兵一旅，可敌万人；自结藩篱，坐守空山，栖迟偃仰，自得其乐。吟咏之间，万一有得，辄击颡称快；适会其意，常欣欣跃如。虽有遗世之讥，回也不改其乐。喻之妇人，形如守节；喻之征夫，责在拥关。其中真味，君不能得之于臣，父不能得之于子。昔羡赤松子之飞升，巢父、许由之隐逸，陶潜、摩诘之结庐，季札、严光之逃名，吾今直不须此。吾隐于斗室方寸之间，隐于烟酒黄白之中，隐于经史虫鱼之卷也。妇人何知，此中之乐非汝所可及也！

二十

孔子说："君子有三戒：少之时，血气未定，戒之在色；及其壮也，血气方刚，戒之在斗；及其老也，血气既衰，戒之在得。"这是他一生的经验之谈，少有人能真正做到戒色、戒斗、戒得。有一个人自称做到了，这个人是东汉杨秉，名臣杨震的孙子。他说："我有三不惑，酒、色、财也。"

二十一

人言读好书是一种享受，这话要仔细说。即如我，碰到好书，总有一种诚惶诚恐的心理，生怕即刻读完，再没有可资消受的佳肴，所以故意拉慢进度，延长享受的过程。也许是孤陋寡闻，能遇到的好书不多，诸如孙犁、汪曾祺的文章，聂绀弩的诗，《洛阳伽蓝记》《桃花扇》之类，读的时候需小心翼翼。有一本小书《好兵帅克》，竟读了几十年，不知有多少遍。每读到结尾，都有一种怅然若失的感觉，恨作家写得太短。有的书却读得很快。一次,无意中找到了钱穆的《中国历代政治得失》,也是薄薄的一本。拿到手,就埋下头一气儿读完。别人看见,说:"你这不是读书,是在吃书!"

近些年,很少能碰到这类好书了。上天与人,总是太悭吝。

二十二

晋乱,索靖见洛阳宫门铜驼,感叹"会见汝在荆棘中耳"。世乱国丧,晋以前多有,然未如此言之痛也!汉乐府有诗云:"十五从军征,八十始得归。道逢乡里人:'家中有阿谁?''遥望是君家,松柏冢累累。'兔从狗窦入,雉从梁上飞,中庭生旅谷,井上生旅葵。舂谷持作饭,采葵持作羹。羹饭一时熟,不知贻阿谁。出门东向望,泪落沾我衣。"此可作比照。

二十三

汪曾祺写过两篇文章,讲读诗不可抬杠,举了相同的几个例子。苏东坡诗"春江水暖鸭先知",有人议论:鸭先知,鹅不能先知邪?林和靖有咏梅诗云:"疏影横斜水清浅,暗香浮动月黄昏。"宋人问苏东坡:这两句写桃、杏亦可,为什么一定是梅花?东坡笑曰:"此写桃杏诚亦可,但恐桃杏不敢当耳!"还有"红杏枝头春意闹",有人说:杏花没有声音,"闹"什么?"满宫明月梨花白",有人说:梨花本来是白的,说它干什么?

汪曾祺说:"对这种人只有一个办法,给他一块锅饼,两根大葱,抹一点儿黄酱,让他一边蹲着吃去。"

又说:"跟这样的人没法谈诗。但是,他可以当副部长。"

对于不解风情的人,手持锅饼,就大葱,抹黄酱,就是最好的享受。或者,让他当副部长,伏在文案上照章办事去。

但不能与他讨论诗。

看来，骂人也要会骂。

二十四

才地之于人，不择地而生。以书法论，宋四大家苏黄米蔡，蔡是蔡襄，取代蔡京。据说蔡京书法蔡襄不能比，且不让苏黄。人言秦桧书法也不让人。明末阮大铖诗、书、艺兼能，所作《春灯谜》《燕子笺》诸剧，才华横溢，艺术成就竟可以比诸《桃花扇》。为了更好地演出，他还蓄倡优，组织编演，轰动京华，人称"东林彦、玉堂班"。近代汪精卫、周作人自不待说。以张爱玲而言，才情不可谓不高。她一生迷恋胡兰成，胡之风流可见一斑。此亦事不可解者也。

二十五

午寝熟睡后，拭脸，沏茶。撮几团墨绿的铁观音，泡入宜兴茶壶，煎开水，洗一遍。少顷，待茶味匀开，倒进骨瓷茶杯，即刻散发出诱人的香味。却不急于喝它，看看窗外怡人的午后云天，以及梧桐树疏阔的枝叶。随即收回眼，于朗照下，随手拿起一本薄薄的《古诗十九首》，此刻的时光瞬间就有了诗意。历史的兴亡陵替，歌者的哀愁幽怨，使人生况味变得生动而沉郁。"盈盈一水间，脉脉不得语"的幽怨，"不惜歌者苦，但伤知音稀"的悱恻，"人生寄一世，奄忽若飙尘"的悲凉，"胡马依北风，越鸟巢南枝"的沧桑，比任何时候都触目惊心。

"生年不满百，常怀千岁忧。"苏东坡看到这样的诗句，不知他能否经受得起！

二十六

如何观察人？孔子说："视其所以，观其所由，察其所安。人焉廋哉？人焉廋哉？"

魏文侯择相，以问李克，克对"居视其所亲，富视其所与，达视其所举，穷视其所不为，贫视其所不取"(《史记·魏世家》)。

班固《汉书·五行志》以为天有五行，人有五事：一曰貌，二曰言，三曰视，四曰听，五曰思。貌曰恭，言曰从，视曰明，听曰聪，思曰睿。又说，人君不由五事，则祸生，败随。

魏人刘劭又发明"八观说"：一曰观其夺救，以明间杂；二曰观其感变，以审常度；三曰观其志质，以知其名；四曰观其所由，以辨依似；五曰观其爱敬，以知通塞；六曰观其情机，以辨恕惑；七曰观其所短，以知其长；八曰观其聪明，以知所达。

盖大千世界，人最难知！

二十七

雨季，最容易勾引人的情丝。雨中的人，沉郁、低迷，抑或还有几分哀怨、伤感，感情湿漉漉的。伊人独处，又见云雾迷蒙、雨打芭蕉，平添许多无助、无奈。那久违的孤独感，隐藏在心底的失意与悲凉，都如丝如缕般涌现出来。这时，阴云、斜雨、梧桐，以及忧郁的人儿，仿佛都被一种情绪控制着。

我家门前是一条小巷，雨欲住未住时，总会有个修伞匠在吆喝："修——雨——伞！"声音一顿一顿的，被雨丝拉得很长。那一声吆喝，总让人寂寞难耐。

二十八

韩退之自言，他作文章，上规姚、姒、《盘》、《诰》、《春秋》、《易》、《诗》、《左氏》、《庄》、《骚》、太史、子云、相如，闳其中而肆其外。柳子厚自言：每为文章，本之《书》、《诗》、《礼》、《春秋》、《易》，参之《谷梁氏》以厉其气，参之《孟》、《荀》以畅其支，参之《庄》、《老》以肆其端，参之《国语》以博其趣，参之《离骚》以致其幽，参之太史公以著其洁。

经史子集，不谙熟则难体其味，非遍览不解其妙，非把玩难会其趣。人人固能为文，然枝叶扶苏、直干云天、高山仰止，则寥寥无几；次之，春华秋实，繁荫茂盛，和风袭人，则万里挑一；再次之，枝繁叶茂，文理条畅，耐人寻味。其余不足道已，以其扎根不深，没有达到醇厚的地步。

"文章一小技，于道未为尊。"杜子美虽如是说，然文章岂小小哉！

二十九

身世之慨，人多有之，交愤之余，语涉偏激也在所难免。《史记·老子伯夷列传》议论道："或曰：'天道无亲，常与善人。'若伯夷、叔齐，可谓善人者非耶？积仁洁行如此而饿死。且七十子之徒，仲尼独荐颜渊为好学。然回也屡空，糟糠不厌，而卒早夭。天之报施善人，其何如哉？盗跖日杀不辜，肝人之肉，暴戾恣睢，聚党数千人横行天下，竟以寿终。是遵何德哉？此其尤大彰明较著者也。若至近世，操行不轨，专犯忌讳，而终身逸乐，富厚累世不绝，或择地而蹈之，时然后出言，行不由径，非公正不发愤，而遇祸灾者，不可胜数也。余甚惑焉，傥所谓天道，是耶非耶？"史迁抱屈于伯夷、叔齐、颜回，疑惑于盗跖，隐隐之中，也寄寓着对自己遭遇的不满。

事有巧合，韩愈也发过这样的牢骚。他在《与崔群书》中说："自古贤者少，不肖者多，自省事已来，又见贤者恒不遇，不贤者比肩青紫，贤者恒无以自存，不贤者志满气得，贤者虽得卑位，则旋而死，不贤者或至眉寿，不知造物者意竟如何，无乃好恶与人异心哉？又不知无乃都不省记，任其死生寿夭邪？未可知也！人固有薄卿相之官，千乘之位，而甘陋巷菜羹者，同是人也，犹有好恶如此之异者，况天之与人，当必异其所好恶无疑也；合于天而乖于人，何害？况又时有兼得者邪！崔君！崔君！无怠！无怠！"

古今情况大致相似。君子贤人多遭遇不淑，故史迁、韩愈均有不胜之叹。稍不同者，韩愈激愤有过于史迁，然所忧对象不同。史迁忧时，韩愈忧己，胸怀、境界使然。

三十

陶渊明《感士不遇赋》谓："夫履信思顺，生人之善行；抱朴守静，君子之笃素。自真风告逝，大伪斯兴，闾阎懈廉退之节，市朝驱易进之心。怀正志道之士，或潜玉于当年；洁己清操之人，或没世以徒勤。故夷皓有安归之叹，三闾发已矣之哀。悲夫！寓形百年，而瞬息已尽；立行之难，而一城莫赏。此古人所以染翰慷慨，屡伸而不能已者也。"

董仲舒也尝作《士不遇赋》，司马相如又为之，陶渊明又为之。吾读之，对此不可说，不可说！

三十一

女子见识固不让与男人。黔娄，春秋鲁人，清贫自守，不愿出仕。死后，曾子吊丧，问其妻：何以为谥？其妻曰：谥"康"。曾子不以为然，其妻曰："彼先生者，甘天下之淡味，安天下之卑位；不戚戚于贫贱，不忻忻于富贵。求仁而得仁，求义而得义。其谥为康，不亦宜乎？"

楚老莱子逃世，耕于蒙山之阳。楚王欲使其守楚政，妻曰："妾闻之，可食以酒肉者，可随以鞭捶。可授以官禄者，可随以斧钺。今先生食人酒肉，受人官禄，为人所制也。能免于患乎？妾不能为人所制。"老莱子随其妻，至于江南而止。

此二妻之见识，碌碌之人可及乎？

三十二

以文字而得罪，不是清人的发明，自古有之。苏轼受其祸至深，

四、拈花一笑

时御史台专门和他过不去，摘章撼句，欲陷其罪。御史舒亶以为苏轼作诗讥切时政，告发说：'陛下发钱以本业贫民，则曰：'赢得儿童语言好，一年强半在城中。'陛下明法以课试群吏，则曰：'读书万卷不读律，致君尧舜终无术。'陛下兴水利，则曰：'东海若知明主意，应教斥卤变桑田。'陛下谨盐禁，则曰：'岂是闻韶解忘味，尔来三月食无盐。'"

舒亶为御史而不知诗乎？非也，排陷他人则罔顾其余。诸诗为苏轼所作，所咏何事且不论，为人用作射己之矢、网己之罟、罗己之罘，应该始料未及。知丘者《春秋》，罪丘者《春秋》。苏轼对此，大概只能仰天长叹：天何言哉！天何言哉！

三十三

人之论人，最忌千人一面。人言吕布多反复，刘备重信义。未可尽信，刘备反复实不亚于吕布。吕先从丁原，后从董卓而杀丁原；与董卓誓为父子，王允诱其杀董卓；投奔袁术、袁绍，又先后叛之。以此被天下视作反复人。曹操擒吕布，时刘备在侧，吕布央求道："玄德，卿为坐上客，我为降虏，绳缚我急，独不可一言邪？"刘备一言不发。曹操欲释吕布，刘备说："不可。明公不见吕布事丁建阳、董太师乎？"曹操点头，遂生杀心。吕布骂刘备道："大耳儿最叵信！"

刘备以信义著称，少用奇谋异术，被人尊为刘皇叔。当他立足未稳时，先后投公孙瓒，投袁绍，投曹操，投刘表，甚而至于投吕布。观察他的行迹，也如吕布一样，投袁绍而背袁绍，投曹操而背曹操，投吕布而杀吕布，投刘表并取而代之，当此时也，其信义者何在？无怪吕布骂他："大耳儿最叵信！"

天下乱离之时，固不当以常理论之，然反复者独吕布邪？

三十四

李白《将进酒》，劝酒、行酒、醉酒，汪洋恣肆，如不羁之风，是一首浪漫主义的行歌。"谪仙"一生意气也于此可见："人生得意须尽欢，莫使金樽空对月"，少年意气；"天生我材必有用，千金散尽还复来"，青年豪气；"古来圣贤皆寂寞，惟有饮者留其名"，乃时不我与之中年不羁之气；至如"呼儿将出换美酒，与尔同销万古愁"，则是无可奈何之气矣。

三十五

三分之说始于楚汉。汉王四年，韩信平齐，为齐王。项羽使武涉游说，欲劝其中立，曰："当今二王之事，权在足下。足下右投则汉王胜，左投则项王胜。项王今日亡，则次取足下。足下与项王有故，何不反汉与楚连和，参①分天下王之？……"韩信谋士蒯通也执此说，谓韩信曰："当今两主之命县②于足下。足下为汉则汉胜，与楚则楚胜。臣愿披腹心，输肝胆，效愚计，恐足下不能用也。诚能听臣之计，莫若两利而俱存之，三分天下，鼎足而居，其势莫敢先动。……"是时，楚、汉、齐有三分之势，故人劝韩信鼎立。

东汉初，刘秀立，时群雄割据，赤眉军虽已败亡，尚有公孙述、隗嚣、窦融等拥兵自重。其中，公孙述据于蜀，自立天子；隗嚣据于天水，自称西州上将军；窦融据于张掖，总领河西五郡事。隗嚣欲结窦融，遗融书曰："……今豪杰竞逐，雌雄未决，当各据其土宇，与陇、蜀合从③，高可为六国，下不失尉他。"刘秀也拉窦融，赐玺书曰："……今益州有公孙子阳④，天水有隗将军，方蜀汉相攻，权在将军，举足左右，便有轻重。……欲三分鼎足，连横合从，亦宜以时定。……"

---

①参，同"三"。

②县，同"悬"。

③从，同"纵"。

④公孙述，字子阳。

两汉初俱有三分之势，均未久。至汉末，魏、蜀、吴鼎立，三分之事始成。

三十六

说话讲艺术，不是现代意识。春秋诸子之一、名家代表邓析说："夫言之术：与智者言，依于博；与博者言，依于辩；与辩者言，依于要；与贵者言，依于势；与富者言，依于豪；与贫者言，依于利；与勇者言，依于敢；与愚者言，依于说。"《鬼谷子》也有这样的话，意思大致一样："故与智者言依于博，与博者言依于辩，与辩者言依于要，与贵者言依于势，与富者言依于高，与贫者言依于利，与贱者言依于谦，与勇者言依于敢，与愚者言依于锐。"

两者区别是：名家循名责实，讲究见人说人话，见鬼说鬼话，以其所长，投其所好；鬼谷子讲术势，反其道而行，对人说鬼话，对鬼说人话，避人之长，揭人之短，是一种御人术。苏秦、张仪于此得真传。古人也狡黠矣！

三十七

常常惊叹华夏文明体系如此完备，五千年来历经沧桑而没有中绝，一如长江、黄河一样源远流长。世界上很少有国家，其域内的河流的发源地和入海口完整地出现在同一块版图上。然黄河这样，长江也这样，脉络分明，横贯东西。河流孕育着文明，河流的完整性是否在某种意义上也象征着文明的命运呢？二者之间有一种什么样的宿命呢？

三十八

好的对联常让人反复吟咏，玩味不已。试举几例：李东阳气暖，柳下惠风和。"李"对"柳","李东阳"对"柳下惠","气暖"对"风和"。此联的妙处在准确。李东阳为人忠厚,所长在"气暖";柳下惠隐逸,所长在"风和"。气暖、风和似乎是一回事,但用在这两人身上就有了区别,点化出他们不同的风度与个性。难得的是,撰联人把两个相距上千年的人物拈出来作对,算得上奇思妙想。此联还有一解:后三字"阳气暖"与"惠风和"也是一对,属于隐对,不细心咀嚼不能发现。

又如:醉翁之意不在,君子之交淡如。此属于集语联。此联本来平平,妙在去掉"酒""水"二字,结构新颖,惹人发噱。此谓化腐朽为神奇。

又如:庭前花始放,阁下李先生。"庭前"对"阁下","花"对"李","始放"对"先生","花始放"对"李先生",字字对得都很稳。此联妙在由花及人,出联描述庭前花,对句却是一声称呼,令人有意外之喜。但从整联来看,还有缺憾:出联显得死板,做了下联的陪衬。

再举一联:《礼记》一书无母狗,《春秋》三传有公羊。此联纯属打趣。《礼记》有"临财毋苟得,临难毋苟免"两句。冯梦龙辑录《古今笑》一书,记载一白字先生将此念作"临财母狗得,临难母狗免"。撰联人以此讽刺。上、下联对得还算工整,但称不上绝对。上联还有些意思,因为有故事在里边;下联落得却不好,平淡无奇。

我曾自撰一则集语联:世事固如是,穷则变,变则通,通则久;学问当求其,苟日新,日日新,日又新。上联集《周易》语,下联集《大学》语。

三十九

快乐的事莫过于旅游,若再偕一二风趣同伴,更为解颐。一次,随朋友自驾游甘肃。饭时,坐进一店,询问服务员有什么特色菜。服务员尚未答言,同行一位插话道:"甘肃三宝"一定要点。大家不解,他又补充一句：土豆、洋芋、马铃薯！惹得大家喷茶。

又一次约了几个人爬山，午时来到一农家乐，点餐的那位煞有介事地一边翻菜单，一边问服务员：鱼是什么鱼？答：黑鱼。又问：哪里的？服务员答不上来。他代为回答：水里的，傻瓜！接着点菜：来一盘番茄炒西红柿。服务员没明白过来，顺口回答：有，得慢点儿。又问：洋芋炒土豆片儿快不快？一桌人笑得前仰后合。服务员明白了，脸色很难看。

四十

治事如下棋，当慎用车、炮。车、炮杀伤力不谓不大，然意图太明显、动静太大，容易暴露目标。善弈棋者，一不急于进攻，二不轻用重器，而是巧于布局，善于推卒，挂角走马，线路晦明莫测，常使对手不明就里，入其彀中。用人也如是，能员当用，细卒也当用；正人君子当用，奇人怪才也当用。天降众庶，不一而足，当识得其才，用得其所。

四十一

人一生大致有四个阶段。其一，"恰同学少年，风华正茂"，"遥想公瑾当年，小乔初嫁了，雄姿英发。羽扇纶巾，谈笑间、樯橹灰飞烟灭"。其二，"出师未捷身先死"，"黑云压城城欲摧"。其三，"东临碣石，以观沧海。水何澹澹，山岛竦峙。"其四，"采菊东篱下，悠然见南山"，"老夫聊发少年狂"。

四十二

今人陈平原写过一篇文章，名为《读书的"风景"与"爱美的"学问》。谈到晋人不可学，称古人言"宁为宋人毋为晋人"，遂下结论：宋人可学，晋人不可学。举例说，清人钱泳在《履园丛话·书学》中论宋四家书法，以为"宋四家皆不可学，学之辄有病，苏、黄、米三家尤不可学，学之不可医也"。提到苏东坡天分绝高，随手写去，修短合度，是其不可及处，但不可学，一学就"毛疵百出"。至于米书过于纵、蔡书过于拘，都不可学。

此是说宋也不尽可学。

不是不好，而是境界太高，常人天分达不到。明董其昌说："画家六法，一曰气韵生动。气韵不可学，此生而知之，自然天授。"气韵不可学，能做到传神就很不易。

至于宋可学而晋不可学，陈的直觉是："同是风流，宋人显得从容不迫，晋人则饱含悲情与愤懑。"宋人靠修养，晋人靠天赋。修养可学，天赋不可学。

如今书画家遍地都是，相当一部分奔着"名利"二字。临池不几日，出门敢换鹅。对此，这里也有一句话：书画家可学，此风不可学！

四十三

方苞传左忠毅公行状，文载，左公光斗被逮系狱，史公可法探视，左公以指拨眦，目光如炬，曰："庸奴！此何地也？而汝来前！国家之事，糜烂至此，老夫已矣！……天下事谁可支拄者？不速去！无俟奸人构陷，吾今即扑杀汝！"史公出，哭谓人曰：吾师心如铁石！

每读此文，吾未尝不涕下沾襟。吾国吾民有幸，每罹国难，有此烈士在，不致亡国灭种也！

又，汉来歙受命平蜀，公孙述使刺客刺之，刀刃犹在来歙胸，驰召盖延，托付后事。盖延见来歙，伏地哭泣，哀不自胜，来歙呵斥道："虎牙[①]何敢然！今使者中刺客，无以报国，故呼巨卿[②]，欲相属

[①]虎牙，指盖延，他当时为虎牙将军。
[②]盖延，字巨卿。

以军事，而反效儿女子涕泣乎！刀虽在身，不能勒兵斩公邪！"盖延遂收泪，受所命。歆又上书光武帝："臣夜人定后，为何人所贼伤，中臣要害。臣不敢自惜，诚恨奉职不称，以为朝廷羞……"写完，投笔抽刃而绝。

二人诚国之肝胆，忠义节烈之士也！

四十四

《论语·述而》有言："子不语怪，力，乱，神。"孔子自己也说："未能事人，焉能事鬼？""未知生，焉知死？"然而他对祭祀却很看重，有言道："祭如在，祭神如神在。"孔子晚年尤喜《易》，序《彖》《系》《象》《说卦》《文言》，韦编三绝，且说："假我数年，若是，我于《易》则彬彬矣。"子贡不明就里，犹言道："夫子之文章，可得闻也。夫子言天道与性命，弗可得闻也已。"是子贡未闻《易传》，抑《易传》初不涉天道与性命邪？

四十五

清理学家颜元①总结宋、明理学之弊，一反"主静""主敬"之说，指出宋人"上不见一扶危济难之功，下不见一可相可将之才，拱手以二帝畀金，以汴京与豫②矣！后有数十圣贤，上不见一扶危济难之功，下不见一可相可将之才，推手以少帝赴海，以玉玺与元矣！"

更有李恕谷者，对明之亡批评尤其见骨："后世行与学离，学与政离。宋后二氏学兴，儒者浸淫其说，静坐内视，论性谈天，与夫子之言，一一乖反。而至于扶危定倾，大经大法，则拱手张目，授其柄于武人俗士。当明季世，朝庙无一可倚之臣，坐大司马堂批点《左

---

①颜元，号习斋。
②豫，指刘豫，金人所立伪齐皇帝。

传》，敌兵临城，赋诗进讲。觉建功立名，俱属琐屑。日夜喘息著书，曰此传世业也。卒至天下鱼烂河决，生民涂炭。呜呼，是谁生厉阶哉！"谓理学先生"纸上阅历多则世事之阅历少，笔墨之精神多则经济之精神少，宋、明之亡，此物此志也"。士大夫只落得"愧无半策匡时难，惟余一死报君恩"，"无事袖手谈心性，临危一死报君王"。

颜元、李恕谷合称"颜李"，以对宋、明理学进行声讨和颠覆性批判著称，是知识分子对儒教正本清源、对理学进行清醒思考的横空之音。他们的声音如晨钟暮鼓，响振一时。

空谈误国，是"颜李"给我们的启示。

四十六

古人提倡通学，也难乎哉！然学问之道，根本在于贯通，固不可局于一时一事。陈寅恪攻唐史，必从魏晋说起，何也？唐之一切流变，源头在魏晋，在隋。唐之制度蔚为大观，不全是唐人的发明，也有历史渐变的结果。即如，租庸调①来源于北朝，科举取士制度来源于隋，府兵制集北朝以来之大成……所有制度都有它的历史走向，到了唐代非如此不可。今人搞学问，研究唐史者不懂秦汉，研究财赋者不知律历，研究文字者不知职官，诸如此类。专业愈分愈细，眼光愈来愈浅，于唐之所以为唐、宋之所以为宋、明之所以为明，殊未了了，是仅知一十而不知二五也。盲人摸象，一人摸到象腿，则误认腿之为象；一人摸到象耳，则误认耳之为象……与此正出于一橐。

四十七

宋人苏舜钦豪放好饮，曾在岳翁家客居，每晚读书，饮酒一斗。岳翁奇怪，私下偷觑。时舜钦读《汉书·张良传》，至"与客狙击秦皇

---

①租庸调，我国古代的一种赋税制度。

帝"处，抚案叹曰："惜乎击之不中！"遂满饮一大白。又读至"良曰：始臣起下邳，与上会留，此天以臣授陛下"。又抚案曰："君臣相遇，其难如此！"复举一大白。翁笑曰："有如此下酒物，一斗不足多也。"

后人称苏舜钦《汉书》下酒。

世之读书者多有，好书而又好酒者不多。以吾之阅世，凡此类者必君子，反之则难料矣。

四十八

汉扶风马融门徒四百人，升堂入室者五十余生。融素娇贵，郑玄在其门下，三年不得见，乃使高业弟子传授郑玄。玄日夜寻诵，未尝怠倦。会融集诸生考论图纬，闻玄善算，乃召见于楼上，玄因从质诸疑义，问毕辞归。融喟然谓门人曰："郑生今去，吾道东矣。"

汉丁宽学《易》于田何，学既有成，宽东归。何喜谓弟子曰："《易》东矣。"

宋人杨时，学者称其龟山先生。初，杨时举进士得官，闻二程之学，即往从之。程颢见时甚喜，每言："杨君最会得容易。"及归，送之出门，谓坐客曰："吾道南矣！"

古人师门之防，有如此之宽。

四十九

君子之推重，莫过宋人。黄庭坚称周敦颐："人品甚高，胸中洒落，如光风霁月。廉于取名而锐于求志，薄于徼福而厚于得民，菲于奉身而燕及茕嫠，陋于希世而尚友千古。好读书，雅意林壑，不为人事窘束，世故拘牵。不由师傅，默契道体。"陈邦瞻谓程颢："资禀既异，而充养有道，纯粹如精金，温润如良玉，宽而有制，和而不流，胸怀洞然，彻视无间，极其德美，非形容所可及。"程颐评价兄程颢："盖自孟子之后，一人而已。"

程颢曾说:"自再见周茂叔①后,吟风弄月以归,有'吾与点也'之意。"程颢弟子朱光庭,见先生后,归语人曰:"光庭在春风中坐了一个月。"

闻此等语,想望其人,恍若沐浴春风之中,不自觉己之形秽也!

五十

魏晋人堪称古今第一流品,读《世说新语》则可知其大概。然士风不振,自鸣孤高,醉意林壑,乐见桑间、濮上之舞,耻闻金戈、鼙鼓之音,终于江山板荡,九州陆沉。故南齐陈显达语诸子曰:"麈尾蝇拂是王、谢家物,汝不须捉此!"也因此,后人言:"士大夫子弟不宜使读《世说》,未得其隽永,先习其简傲。"诚哉斯言!

五十一

清人刘继庄,号为隐士,时人颇推服,梁任公以为"极奇怪的人"。他有一段关于水利的理论,可见一斑。"西北乃二帝三王之旧都,二千余年未闻仰给于东南。何则?沟洫通雨水利修也。……故西北非无水也,有水而不能用也。不为民利,乃为民害,旱则赤地千里,潦则漂没民居;无地可潴,无道可行,人固无如水何,水亦无如人何……水利兴,而后足食,教化可施也。"以此,得出结论:"有圣人者出,经理天下,必自西北水利始。"可以给我们一些启示。

五十二

清人王源,说过一段极慷慨剀切的话:"生死无关于天下者,不足

---

①周敦颐,字茂叔。

为天下士；即为天下士，不能与古人争雄长，亦不足为千古之士。若处士者，其生，其死，固世运消长所关，而上下千百年中不数见之人也。"

五十三

孔子去鲁，适卫、陈、宋、郑、蔡，其道不行。子路问："君子亦有穷乎？"孔子也问："吾道非邪？吾何为于此？"问于子贡，子贡曰："夫子之道至大也，故天下莫能容夫子。夫子盖少贬焉？"又问于颜回，颜回曰："夫子之道至大，故天下莫能容。虽然，父子推而行之，不容何病，不容然后见君子。夫道之不修也，是吾丑也。夫道既已大修而不用，是有国者之丑也。不容何病，不容然后见君子。"颜回之答，也子贡之答，然对夫子之道坚信不渝，对有国者愤愤不平之意，子贡则无之，可见二人之高下。无怪乎颜回死，孔子痛惜不已："天丧予！天丧予！"

五十四

孔子论文艺，曰："弟子，入则孝，出则悌，谨而信，泛爱众，而亲仁。行有余力，则以学文。"一个人具备孝、悌、信、仁，也切实遵行之后，若心力有余，这时就可以放心学文了。学文的条件何以如此之多，这是因为"质胜文则野，文胜质则史"。质胜文容易使人粗野，文胜质则易使人浮华，而有了孝、悌、信、仁的驾驭，正可以使人免于浮华。这个标准可以疗救轻浮文人之病。

这是讲文。

孔子又曰："志于道，据于德，依于仁，游于艺。"孔子的艺有六，即礼、乐、射、御、书、数。一般认为，这四句话是并列的，道、德、仁、艺指修身，也指修身之乐。余以为，与上句话一样，道、德、仁是前提，"游于艺"是所归，只有具备了道、德、仁之后，才能学艺。此解备识者明断。

这是讲艺。

文艺之道，可不慎欤！

五十五

上世纪困难时期，物质匮乏，凡购物必须有票证。有三人相约饭店饱餐一顿，一人既不欲掏钱，也不愿掏粮票，遂背对一人悄声说："此饭我掏钱，你出票。"又对另一人言："我出票，你出钱。"此人竟一文未出，白赚一顿饭。

五十六

周末远赴山塘垂钓，塘方三十余亩，水阔而深，杂草四围，时有鸣禽纵飞。岸边，主人搭一鸡棚，数十只鸡咕咕叽叽，自顾自觅食，偶尔也吵架。一只母鸡下蛋，咯咯哒乱叫，愈增田园野趣。自然界真是奇怪，禽类产卵，唯恐被发觉，对后代不利。偏有鸡，下蛋后唯恐人不知，满世界叫个不停，表功似的。念至此，抿然一笑。

五十七

清湘军水师统领彭玉麟致仕后，朝廷委以长江巡阅史，可"专杀戮，先斩后奏"。任职十余年，处决了许多不法官兵，被沿江百姓视为"江神"。此事，雪帅①自撰一联："烈士肝肠名士胆，杀人手段救人心。"佛教有"菩萨心肠""霹雳手段""杀机沸天地，仁爱在其中"之语，与此联上下义相仿佛。

---

①雪帅，彭玉麟的别称。

五十八

曾国藩在写给弟弟的信中说,"吾人为学,最要虚心。尝见朋友中有美材者,往往恃才傲物,动谓人不如己,见乡墨即骂乡墨不通,见会墨即骂会墨不通"。此种人"只为不肯反求诸己",故"潦倒一生,而无寸进也"。因言"盖场屋之中,只有文丑而侥幸者,断无文佳而埋没者"。

不止为文,做人也当持此心。

五十九

林则徐致夫人函,有言:"做官不易,做大官更不易。人以吾奉命使粤,方纷纷庆贺,然实则地位益高,生命益危。古人一命而伛,再命而偻,三命而俯,①诚非故作矜持,实出于不自觉耳。"

做官者当以此为诫。

六十

晋武帝后宫近万人。《晋书·后妃上》记:"时帝多内宠,平吴之后复纳孙皓宫人数千,自此掖庭殆将万人。而并宠者甚众,帝莫知所适,常乘羊车,恣其所之,至便宴寝。宫人乃取竹叶插户,以盐汁洒地,而引帝车。"人称桀纣"酒池肉林",方之晋武帝当逊色。

常不解羊车何以能乘人?数年前赴湖北郧西,在景区内见一妇人驱一羊,羊拉一车,供游客乘玩。其羊甚巨,仿佛矮驴,两角弯弯,巍巍也,昂藏也。始信古人不我欺。

---

① "古人"句语出《左传·昭公七年》。孟僖子曰:"……故其鼎铭云:'一命而偻,再命而伛,三命而俯。循墙而走……'"

六十一

　　大年初一，早上起床，与家人议论春晚，觉得无趣。一群与我们年龄相仿的人，不甘寂寞，仍守着舞台，真让人为他们害羞。

　　炮声倒是稀疏了，昨晚睡了个安稳觉。打开窗户，春阳可人，空气中少了许多硝烟味。

　　洗漱完毕，出门遛狗，看到炮摊生意冷清，顺便买了几个玩儿。点着一个，扔出去，狗飞快跑去叼回来，赶紧从它嘴里抢，好容易松了口，炮却响了……今年鞭炮的质量真不错！

　　真是开门见喜！

六十二

　　唐代尚武，宋代尚文，而唐以武败，宋以文弱。正古人言：好战必亡，忘战必危。

六十三

　　吾平生殆无以骄人者，然细思之，犹有一睡长于人。吾之睡，必高卧，寐前必读书一二页，辅之以云雾数口。当此时，读书时有所得，为平常所不能有。然性疏懒，不复有所记忆，后常有宛然之叹。然自忖，睡且睡尔，何苦自加负担。

　　此为正睡，其他非时而睡者亦异于人。坐睡、车睡、靠睡，不一而足，随时随地，任意俯仰，即刻入梦。一日，吾随他人出游，至张家界金鞭溪，溪长十数里。因早出，又未午休，路半乏甚，休息间以头抵膝小憩，鼾声即起，被导游推醒。后趁集合他人之际，又埋头作睡，耳边听到导游惊呼："咋又睡着了！"途间，同人皆打趣，而又羡慕不已。吾之好睡，皆此类。

睡觉者，睡而觉，觉而悟也，非睡而不悟。吾常想，不悟而能睡，在余尚难奢求，况睡而能有小悟乎？

东坡有言：无事以当贵，早寝以当富，安步以当车，晚食以当肉。此真人生快事！

六十四

某人养一猫，宠爱异常。猫不幸早死，此人伤痛不已，撰三千字祭文悼之。因情绪低落，与生意伙伴为小事翻脸，损失不胜计。三数月过后，心情平复。每念此事辄追悔不迭，称其猫为"克财猫"。

我养有一犬，每日功课是遛它。一日，经过一小店，见门外拴有一犬，我家犬兴奋起来，欢快地跑去与之嬉戏。未几，一年轻妇人从店内出来，打扮时新，香气扑鼻。伊见两犬玩闹，训斥其犬曰："李德顺，老实点儿！"我诧异："你是叫狗吗？"伊曰："它爸叫李德顺。"我笑了。伊转身要回，又补充一句："它爸还不如狗！"

这里边有故事！

六十五

天水麦积山，壁立千仞，上有石窟。拾梯盘旋而上，举步之间，蹑手蹑脚，颤巍巍不敢下视。三十年前，初登此山，至半山腰，霎时间忽然恐高，身倚岩壁，丝毫不能稍动。当时幸亏有女朋友搀扶，勉强下山，犹喘息未定，引同行者笑。之后，每至此山，辄望洋兴叹，再不敢轻举足矣。

常不解该石窟何由得建、费工几年，后偶读五代王仁裕《玉堂闲话·麦积山》条，记曰：

"麦积山者，北跨清渭，南渐两当，五百里冈峦，麦积处其半。崛起一石块，高百万寻，望之团团，如民间积麦之状，故有此名。

"其青云之半，峭壁之间，镌石成佛，万龛千室。虽自人力，疑其鬼功。……古记云：六国共修。自平地积薪，至于岩巅，从上镌凿其龛室佛像，功毕，旋旋折薪而下，然后梯空架险而上。……由西阁悬梯而上，其间千房万屋，缘空蹑虚，登之者不敢回顾。将及绝顶，有'万菩萨堂'，凿石而成，广若今之大殿，其雕梁画栱、绣栋云楣，并就石而成。万躯菩萨，列于一堂。自此室之上，更有一龛，谓之'天堂'。空中倚一独梯，攀缘而上。至此，则万中无一人敢登者。……"

读此书，方知凿窟办法。乃层层架木，如云梯直达山巅，石匠自上而下，凿迄一窟，即抽取一梯，如是盘旋而下，始毕其功。石窟建成后，乃至下而上"梯空架险"，造成木梯石阶，供人观览。石窟费力甚巨，积五代数十年方成，惜当日"万菩萨堂"之盛况今已不复见矣！

五 读书感会

五、读书感会

黔之驴

　　一些家伙外表吓人，不妨唤他"黔之驴"。

　　此类家伙时下正多。不知什么时候开始，我们身边多了一些哲学导师、心灵导师、国学大师……他们滔滔不绝、口若悬河，大有语不惊人死不休的味道。此辈讲话，除了"感叹号"就是"问号"，世间没有他们不懂的学问，直骇得人张口结舌，委实叹服。自揣还是学问不够，腹内缺少珠玑。

　　这些"学问家"如明星一样，出入各种场合，高朋满座就是他们闪亮登场的时候。久而久之，他就成了所有人的朋友，成了"我的朋友胡适之"。

　　除了毒品，任何兴奋剂都有失效的时候，"学问家"也一样。同样的道理，再高贵的菜品，也有令人倒胃口的时候；再时兴的新衣，也有下架的时候。食品与衣服的命运，还可以归因于审美疲劳，可惜大师们连这点儿理由都够不上。他们今天卖弄一套，明天卖弄一套，不过三套就见底了。三套表演完，他们也就这样了，不过是程咬金的三板斧，迟早会露出自己的"怯"来。仿佛柳宗元笔下的黔之驴，吓得了老虎一时，吓不了老虎一日。

　　把自己视作明星，就免不了人老珠黄的那一天。

　　况且，做学问不是做明星，肚子里有没有才是真的。

　　张岱在他的《夜航船》中讲了一个故事。一僧与一士子同乘夜航船，二人同宿，士子高谈阔论，侃侃而谈，僧则畏慑，拳足而卧。后来僧听出士子话里有破绽，壮起胆，小心翼翼问道："请问相公，澹台灭明是一个人,是两个人?"士子不假思索回答:"两个人。"僧又问:"这等,尧舜是一个人,两个人?"士子曰:"自然是一个人。"僧乃笑曰:"这等说起来,且待小僧伸伸脚。"

士子初看起来是一个"庞然大物",别人被他吓住了,但过不多久,自己就露出破绽。他原先一直伸足而卧,现在也该让让地方了。

冯梦龙为讽刺不学无术的人,举了这样一个例子。一官员到苏州任别驾①,途经一座古墓,他指着墓道石人对随从卖弄道:这就是所谓的仲翁。这事被别人知道了,作诗讥刺他:"翁仲如何称仲翁,只因窗下少夫功。如何做得院林翰,只好苏州做判通。"

这四句话判得好!

顾遂先生说,太阳底下,没有什么新鲜事。

生活中很多事让人不明就里,一些人本来很聪明,也自恃聪明、卖弄聪明,聪明到连自己都不认识了,让人很痛惜。每见他们口若悬河、旁若无人的时候,就忍不住摇头叹息。

一个居士不远万里,找高僧求佛问道。其时高僧正趺坐诵经,诵不几句看他一眼,居士不解,摇摇头,高僧就用木鱼敲他。高僧接着诵,不几句又看他,居士还是摇头不解,高僧又用木鱼敲。如此下来,直敲得居士抚头苦叫:"没来由,没来由,敲得人痛煞!"

看来,世间不懂的事情还有很多。被驴子踢一脚,被木鱼敲几下,那滋味都不好受。

---

① 别驾,官名。汉置别驾从事史,为州史的佐史。魏晋以后均承汉制,诸州置别驾。隋唐改为长史,唐代中期以后诸州仍以别驾、长史并置。宋于诸州置通判,近似别驾之职,后世因沿称通判为别驾。

可 人

"可人"是女人的专利。

桓温经过王敦墓,指曰:可人,可人。晋书说"其心迹若是",指他有问鼎之心。

王敦是东晋大将军。元帝时,以清君侧为名,带兵攻入建康,与从弟王导把持朝政,威胁帝室。桓温野心很大,要做王敦的事业,谓之"可人",是引王敦为知己。

桓温为达到自己目的,曾两次带兵北伐,一次打到长安,一次打到洛阳,自称要恢复河山。但每当得胜,就顿兵不前。他的心思不在疆场,而在朝廷。他想换取伊、周之任,甚至妄想晋帝禅位于他。史书说他久怀异志,有不臣之心。

除了王敦外,桓温还仰慕故司空刘琨。他曾无意中遇到刘琨旧府一名歌伎,她已经沦落为别人家的老婢。桓温问她:自己何如刘琨?老婢答:很像。桓温顿时欢喜。老婢又补充道:"面甚似,恨薄;眼甚似,恨小;须甚似,恨赤;形甚似,恨短;声甚似,恨雌。"说得桓温好多天都闷闷不乐。

称男人"可人",总不如称女人来得自然。

《红楼梦》金陵十二钗中,浓墨重彩的是黛玉。她是贾宝玉心中的可人,但两人不知怎么爱对方,常常因爱生怨,惹出许多悔恨故事。秦可卿是曹雪芹心中的可人,她风姿绰约,只可惜可望而不可即。其他,宝钗是婉约派,妙玉是田园派,晴雯是性灵派……

要论天生丽质、妙姿天成,还得数史湘云,她身上自有一种"天然去雕饰"的自然美。金陵诸钗，史湘云人格最为健全。她不使小性子，也不与人争长论短，想说什么就说什么，因此在众多佳丽中超凡脱俗，尤引人瞩目。

史湘云来看宝玉、黛玉，晚上就宿在黛玉房中。第二天天亮，宝玉就迫不及待来到黛玉房中。"只见他姊妹两个尚卧在衾内。那林黛玉严严密密裹着一幅杏子红绫被，安稳合目而睡。那史湘云却一把青丝拖于枕畔，被只齐胸，一弯雪白的膀子撂于被外，又带着两个金镯子。宝玉见了，叹道：'睡觉还是不老实！回来风吹了，又嚷肩窝疼了。'一面说，一面轻轻的替他盖上。"黛玉睡觉，裹得严严实实，其人守身持正，非如此睡不可。湘云无忌，罗衣宽褪，慵懒娇憨。宝玉是被人侍候惯了的，看到湘云这样也不由心生怜爱。

《西厢记》里的崔莺莺端的是个可人儿。且不论"落红成阵，风飘万点正愁人。池塘梦晓，阑槛辞春。蝶粉轻沾飞絮雪，燕泥香惹落花尘。系春心情短柳丝长，隔花阴人远天涯近。香消了六朝金粉，清减了三楚精神"的自怜与伤愁，只看她"钗鸯玉斜横，髻偏云乱挽。日高犹自不明眸，畅好是懒、懒。半晌抬身，几回搔耳，一声长叹"就惹人无限怜爱，更何况"春意透酥胸，春色横眉黛，贱却人间玉帛。杏脸桃腮，乘着月色，娇滴滴越显得红白"。真不枉了张生待月西厢下，人约黄昏后。对此玉人，谁不魂牵梦萦！

莺莺的天生丽质，以及略带伤感的诗意和浪漫，是春愁绝好的题材。

"懂"与"会"

明清四部小说，读了让人放心不下的是《红楼梦》，读时要夹着小心的是《三国演义》，可以让人心平气和的是《西游记》，而读了《水浒传》，觉着英雄人人俱可做得。

曹雪芹谙熟荣、宁二府生活，懂生活在大观园里的人，尤其懂那里的女人。施耐庵会写故事，他笔下的人物都有各自的故事，都有压箱底的绝活。如，晁盖会识人，宋江会邀买人心，李逵会杀人，武松会打虎，西门庆会勾引女人……

武松打虎，一招一式都在要害，老虎一扑一掀一剪都得其要领。景阳冈一幕谁也没有经过，但看完武松打虎这一段，都要暗自赞许：打虎就应该是这样子的！

"昔我往矣，杨柳依依。今我来思，雨雪霏霏。"杨柳在情人的眼里，除了"依依"再无第二个词可以表达；雨雪在失意的心情下，就是"霏霏"的样子，舍此无他。"几日不来春便老，开尽桃花"，好在自然，没有斧斤痕迹。写诗和写武松打虎一样，要会写，写得让人看不出破绽。

杨志是个失败的英雄。成功了，他是一个英雄。失败了，仍然是一个英雄。即使困顿到卖刀，仍不失英雄气概。

李逵嗜血成性，经常抡起板斧乱砍，见什么杀什么，动辄杀过了头，伤及无辜。他回家搬母亲，半路上老虎把母亲吃掉。在别人是悲伤，在他表现为愤怒，愤怒甚至代替了难过。他说：俺千辛万苦把母亲背到这里，却把来与你吃了！直冲进虎洞，把一窝老虎杀尽。让人觉得，母亲之死又让他过了一把瘾。

西门庆是猎春能手，勾引别人老婆那么难的事，他做起来易如反掌。他做这事几乎不费太多周折，三两个回合就成其好事，看起来轻松自如。

西门庆第一次见到潘金莲，问王婆："干娘你且来，我问你，间壁这个雌儿是谁的老小？"年轻妇女在他眼里都是"雌儿"，对潘金莲也是如此。过程也很简单，他使银子，王婆见钱眼开，从中周旋，一顿酒就做成好事。西门庆办这种事的练达让人吃惊。

施耐庵写西门庆、潘金莲的故事有些仓促，他的着眼点不在此。二人合谋鸩害武大郎从而牵出武二郎，才是作者的真正用意。曲折这一段男女故事，其实是为了表现武松。

写偷情故事写得好的还是冯梦龙。《喻世明言》里有一篇《蒋兴哥重会珍珠衫》，与西门庆的故事有些相仿佛。女主人公三巧儿本是一个良家妇女，生得如仙女一样。她的丈夫是个生意人，长年在外，她一个人独处在家。她从未如潘金莲一样，经常把着窗儿往街上看。她本来能守得住，不料被轻浮男子相中，着了魔似的想方设法地勾引她。这男子也托了一个捐客，叫薛婆，从中"下蛆"。这个薛婆可比王婆下的功夫大，她是守了寡的，深知闺中妇女。她对三巧儿行的是挑逗术，煽得人家欲火中烧。这轻薄郎趁机浑水摸鱼，终得遂所愿。不料二人勾搭成奸后，日久生情，打起了长久主意，三巧儿还把自己贴身的珍珠衫送给对方做定情物。还好，两个人没有闹到奸杀原配的地步。冯梦龙给这个故事缀了一个光明的结局：第三者最终落了个家破人亡、妻离子散，原配夫妻破镜重圆，欢好如初。

施耐庵懂英雄，却不大懂女人，所以他惯于写英雄，却不擅长写男女之事。他笔下的"西门庆""潘金莲"没有冯梦龙写得好，毕竟冯梦龙还写过一部《情史》，是写风月的老手。"珍珠衫"的故事一波三折，比《水浒传》更耐读一些。

五、读书感会

丑 女

一

蒲松龄的《聊斋志异》里,讲述了一个乔女的故事。这个女人"黑丑,壑一鼻,跛一足",仅八个字,她的形象就出来了。她既黑又丑,一个鼻孔朝天,一条腿瘸,简直惨不忍睹。她年二十五六,还无人问津。后被一个丧偶的男人娶回家,二人生了一个孩子。孩子出生不久,丈夫死掉了,留下母子二人相依为命。恰好同邑孟生丧偶,前妻留下一遗腹子,名叫乌头,嗷嗷待哺。孟生无措,托人找到了乔氏女,意欲续弦。但她坚执不可,认为好女不事二夫。孟生郁郁寡欢,不久也死去,留下乌头无依无靠。这时,她主动来到孟生家,照料乌头,操持家务。她把自己孩子放到一边,全力拉扯乌头,送他上学,帮他成家立业。乌头娶妻生子后,她毅然离开了孟生家。她说:自己所做的这一切,只是在回报孟生的知己之遇。

二

刘向《列女传》记载了一个叫钟离春的,是齐国无盐氏之女,长得奇丑无比。"其为人,极丑无双,臼头,深目,长指,大节,卬鼻,结喉,肥项,少发,折腰,出胸,皮肤若漆。"说她长得漆黑,罗锅腰,朝天鼻,粗脖子,发稀疏,头顶凹下,眼睛深陷,身高体壮,形同男人。刘向下笔不仁,把一个女人描绘成这种惨状。人们常说的"貌似无盐"就是这位,也有人给她起了个好名字,叫钟无艳。前些年,香港以她为蓝本,拍了一部电影,比较有趣。她因为相貌丑陋,四十岁还没有出嫁,然而胆量却很大,径自跑去见齐宣王,指出齐国面临"四殆",也就是四种亡国之兆。她说:"今大王之君国也,西有衡秦之患,南有强楚之仇,外有二国之难,内聚奸臣,众人不附。……一旦山陵崩弛,社稷不安,此一殆。渐台五重……万人罢①极,此二殆也。贤者匿于山林,谄谀强于左右……此三殆也。饮酒沉湎,以夜继昼……外不修诸侯之礼,内不秉国家之治,此四殆也。……"无盐女不简单,虽貌丑却眼光远大,颇有一番见识。齐王被打动了,便拆渐台、罢女乐、退谄谀、进直言、选兵马、实府库,一副大有作为的样子。他很感激无盐女的进谏,遂娶她为后。钟无艳为天下丑女争了一口气。

　　大约丽人总在亡人家国,故丑女总在补救。

三

　　《世说新语》载,许允娶一妇,奇丑。婚礼结束后,许允迟迟不入洞房,不愿见丑妇。后来在朋友的劝说下,不得已进到新房,但仍然一肚皮官司。见到新妇,披头就问:"妇有四德,卿有其几?"

　　"四德"指妇德、妇容、妇言、妇功,是班固的妹妹班昭为妇女制定的四种品行。班昭博学多才,《后汉书》载,班固著《汉书》,其中八表与《天文志》未完成就去世了,汉和帝下诏让班昭入宫续书,后宫佳丽都以师事之,号称"大家"。《汉书》问世后,很多人不能通解,大儒马融从班昭习《汉书》,从此《汉书》声名大著。

---

①罢,同"疲"。

五、读书感会

班昭一生命运不济，十四岁嫁人，不久丈夫卒，以后五十余年守寡，未再醮。她做过一篇《女诫》，被奉为闺门之训。《女诫》共有七条：

一曰卑弱，认为妇人应下人、习劳、执勤。这三者是女人之常法、礼法之典教。

二曰夫妇，认为夫妇之道，是天地之弘义、人伦之大节。"夫不贤，则无以御妇；妇不贤，则无以事夫。夫不御妇，则威仪废缺；妇不事夫，则义理堕阙。"故而反对只教男不教女，主张妇女从小要学习礼仪。

三曰敬慎，也即敬顺。她说："阳以刚为德，阴以柔为用，男以强为贵，女以弱为美。"故"修身莫若敬，避强莫若顺。故曰敬顺之道，妇人之大礼也"。柔弱敬顺是女人的美德，也是修身之道。

四曰妇行。女有四行，即妇德、妇言、妇容、妇功。"清闲贞静，守节整齐，行己有耻，动静有法，是谓妇德。择辞而说，不道恶语，时然后言，不厌于人，是谓妇言。盥浣尘秽，服饰鲜洁，沐浴以时，身不垢辱，是谓妇容。专心纺绩，不好戏笑，洁齐酒食，以奉宾客，是谓妇功。"

五曰专心。她说："夫有再娶之义，妇无二适之文，故曰夫者天也。天固不可逃，夫固不可离也。"她反对女人再嫁，认为女人一生只能事一夫。

何为专心？"礼义居洁，耳无涂听，目无邪视，出无冶容，入无废饰，无聚会群辈，无看视门户，此则谓专心正色矣。若夫动静轻脱，视听闪输，入则乱发坏形，出则窈窕作态，说所不当道，观所不当视，此谓不能专心正色矣。"女人应谨守闺门，动不逾矩。

六曰曲从。这一条主要是讲如何讨舅姑（公婆）喜欢的。她说："然则舅姑之心奈何？固莫尚于曲从矣。"具体讲，就是"姑云不尔而是，固宜从令；姑云尔而非，犹宜顺命。勿得违戾是非，争分曲直。此则所谓曲从矣"。除了顺从，还得屈从，以讨公婆欢心。

七曰和叔妹。这一条主要讲如何与叔妹相处。妇人要善于结欢叔妹，因为"我臧否誉毁，一由叔妹，叔妹之心，复不可失也"。具体办法是："然则求叔妹之心，固莫尚于谦顺矣。谦则德之柄，顺则妇之行。凡斯二者，足以和矣。"谦顺包括谦让、逊顺。

以上是"七诫"的大致内容，其中充斥着男尊女卑的观念。过去，我们把这些东西当作封建残余一概摒弃，现在来看有些过激。家庭是社会的基本单元，夫妇之间、婆媳之间、翁姑之间的关系和谐与否，妇女作用至为关键。文明社会不讲节烈观、贞妇观，但基本的行为规范总应该有。从这个意义上说，妇德、妇言、妇容、妇功多少要讲些，否则，满大街女孩都袒胸露脐，成什么体统！专心更要紧。现在不提倡从一而终，但也不能太率性，一见面就住在一起，一言不合就分手。总之，现在的女人被惯坏了，该接受一些妇教。

班昭"七诫"一出，马上被占领统治地位的男人世界所接受。历来约束闺门，总不出这七条。

许允对新人长相不满，却归罪到"四德"上，未必有些蛮不讲理。孰知新妇毫不自惭，反唇相讥："士有百行，君有几？"许允骄傲地回答：我全都具备。新妇反驳道：百行以德为首。君好色而不好德，怎么能说全都具备呢？许允无言以对，暗自称许新妇的见识。从此夫妻相敬如宾，欢好燕尔。

孔子说：吾未见好德如好色者也。用这个标准衡量，许允好色有过于好德。新房舌战，许允先败了一阵。

四

宋玉有一篇《登徒子好色赋》，委实是奇文。登徒子向楚王打小报告，说宋玉好色。宋玉反诘道：登徒子比我更好色。为了证明自己不好色，他拿自己家乡的一个美女邻居来举例。他说这个女人长得异常漂亮，称得上国色天香，"增之一分则太长，减之一分则太短；著粉则太白，施朱则太赤；眉如翠羽，肌如白雪；腰如束素，齿如含贝；嫣然一笑，惑阳城，迷下蔡"。他以此辨解道：如此尤物，美艳动人，却对我情有独钟，登墙窥臣三年，臣心未动，我难道是好色之徒吗？又说：登徒子却不同，他是真好色！他的妻子奇丑无比，"蓬头挛耳，龂唇历齿，旁行踽偻，又疥且痔"。即便如此，登徒子也不放过，竟和她生了五个孩子。以此说来，到底是谁更好色呢？

　　宋玉近乎强词夺理，他的话，表面上一听似乎是那么回事儿，但经不住推敲，反而让人感觉他在欺负登徒子。好色者，好美色也，没有几个人喜欢丑八怪。宋玉是个美男子，绝艳的女人都去找他了，却推脱自己不好色。登徒子娶了一个丑妻，本应同情，宋玉偏给他加上好色之名，实在不讲道理！宋玉巧舌如簧，颠倒黑白，他的这篇《登徒子好色赋》，使天下做文章的人学会了诡辩。

章台柳

"章台柳，章台柳！昔日青青今在否？纵使长条似旧垂，亦应攀折他人手。"

"杨柳枝，芳菲节，所恨年年赠离别。一叶随风忽报秋，纵使君来岂堪折！"

这是唐传奇《柳氏传》里的歌诗，它们散发出的无主、幽怨、凄迷的情绪，常常使人黯然神伤。

张友鹤先生选注的《唐宋传奇选》，是我喜欢的一本小书，常拿出来翻翻。说来也奇怪，大学刚毕业时买了一本，后来不见了。前几年在书店看到重印本，忍不住又买了一本。孰料刚读完，又在书架上发现了原来那本。纸张有些发黄，昔日画的眉批犹自清晰。看到它，令人恍然有隔世之慨。

鲁迅先生对唐传奇情有独钟，在《中国小说史略》中，辟专章绍介。孔尚任说："传奇者，传其事之奇焉者也。事不奇则不传。"（《桃花扇小识》）作为较早的小说故事，唐传奇有它离奇动人的一面。何况作者大多是应制的高手、诗赋的能手，文字的魅力自不待言。

吾尤喜欢其中三篇：《霍小玉传》《李娃传》《莺莺传》，都是才子佳人的故事。我不是情种，不如文怀沙先生率性，敢说"平生只有两行泪，半为江山半美人"那样的话，但伤美人之迟暮、感遇人之不淑、叹华年之易逝、发思古之幽情这样的情怀总是有的。

《霍小玉传》写书生李益，进士及第，遍历长安，搜求名媛，"曲头觅桂子"。经人介绍，他结识了出身高门、沦落里巷的名娼霍小玉。

五、读书感会

二人一见钟情,乃至"引谕山河,指诚日月",很快就坠入爱河,真个是情切切,意绵绵。后李益拔萃登科,赴任前与小玉相约有期,终拗不过母命,与他人完婚。小玉魂牵梦绕,忧郁成疾,沉疴不起,辗转请托,欲见李益,李益却百般不见。有好事者不忍,强逼李益赴会。小玉面责李益负心,含恨而死。

霍小玉与李益的情爱故事倒也无奇,奇的是李益负情后她的表现。李益一直躲着不敢见小玉,被打抱不平的豪士挟持来。其时,小玉已抱疾在身,闻李益来,扶病强起,为之置酒。席间,小玉举杯酒酹地,恨恨然指斥李益道:"我为女子,薄命如斯!君是丈夫,负心若此!韶颜稚齿,饮恨而终。慈母在堂,不能供养。绮罗弦管,从此永休。徵痛黄泉,皆君所致。李君李君,今当永诀!我死之后,必为厉鬼,使君妻妾,终日不安!"说完,长号数声而绝。小玉的形象此时真正立起来了,她的愤怒、决绝成全了一个烈女子。与李娃、莺莺相比,她更多表现了对命运的抗争,她以死为自己赢得了尊严。

《李娃传》讲述了一官宦子弟应父命赴长安应举,偶遇美妓李娃,魂不守舍,前去求欢,得以客居红楼,与李娃缱绻温柔乡。后宦家子糜费净尽,不名一钱,老鸨携李娃匿迹而逃。宦家子流落街头,学会了一门求生技艺——市井人家遇丧,他唱挽歌。其父发现后,以为奇耻大辱,将儿子鞭打一顿,逐出家门。宦家子又一次流落街头,因困饿而日渐病弱。一日,他冒雪乞食,巧遇李娃。李娃这时良心发现,不惜和老鸨闹翻,收留了他。在李娃的精心照顾下,宦家子恢复如初。李娃又督促他攻取功名。两年以后,他文战大捷,策名第一,父子团圆,夫显妻荣。两人历经沧桑,终得花好月圆。

《李娃传》为白居易的弟弟白行简所作。故事曲折动人,富有戏剧性,读之令人唏嘘再三。

《莺莺传》讲一书生名唤张生者游于蒲州,寓居普救寺,适逢崔氏一家。其时乱军惊扰,张生与乱军首领有旧,出面退军,故崔氏未及于难。崔氏谢张生,遂引出女儿莺莺。此女为一二八娇娃,美若天人。张生一见为之倾倒,食不饱,寝不安。生以诗挑之,莺莺以诗答之，互道倾慕。在红娘的撮合下，二人西厢偷情，初尝禁果，有不尽的恩爱绸缪。后张生西去长安赴考，临行前与莺莺诀别，二人盟誓，愿生死相守。谁知张生一去不复返，将莺莺弃之脑后，还把这件事作为艳遇讲给他人。后来二人都有了自己的归宿。日子久了，张生渐渐萌生了想要再见莺莺一面的念头。莺莺这时犹存嗔恨，不愿再见负心郎，只送给他一首诗："自从消瘦减容光，万转千回懒下床。不为旁人羞不起，为郎憔悴却羞郎。"

这篇传奇是唐代大诗人、官至工部侍郎同中书门下平章事元稹所作，又名《会真记》，在唐代传奇中影响最大。鲁迅先生说它"其事之振撼文林，为力甚大"。金人董解元的《弦索西厢》、元人王实甫的《崔莺莺待月西厢记》，都据此为本。

这篇传奇用字雅致、生动。张生初次见莺莺，"凝睇怨绝，若不胜其体者"。初次幽会，"俄而红娘捧崔氏而至。至，则娇羞融冶，力不能运支体……"极写莺莺娇弱慵懒、力不胜情，此处最为醉人。行文中用诗文较多，平添一番韵味，不唯人不厌，而且感受到一种"此曲只应天上有"的浪漫与抒情。

但此文也有硬伤。张生初见莺莺，倾慕不已。问计于红娘，得知其擅长诗赋，写《春词》二首以乱之。莺莺当即回复一首《明月三五夜》，词曰："待月西厢下，迎风半户开。拂墙花影动，疑是玉人来。"以莺莺持身之严，断不会第一次就这样大胆，弹出逾越男女大防的郑卫之音。可见唐人小说着眼于奇，但在故事细节上婉转不够。

意趣不高，观念低俗，也使小说失色不少。开篇写张生不近美色，公开表示："大凡物之尤者，未尝不留连于心，是知其非忘情者也。"孰料才遇莺莺，就把持不住，向红娘以死相要挟。继而始乱之，终弃之——得到莺莺后，视其为敝屣，再也想不起当初的海誓山盟。回到长安，张生把与莺莺的故事作为艳遇讲给众人，风流才子们竞相歌咏，以为雅集。这时张生又大言不惭发表他的"尤物论"："大凡天之所命尤物也，不妖其身，必妖于人。……予之德不足以胜妖孽，是用忍情。"他如此美化自己朝秦暮楚的浪荡生活，把负心称之为"忍情",足可见当时一般士子的才调。显而易见,这也是作者的观念,只可惜了"风流才子多春思,肠断萧娘一纸书"。

唐代是个开放包容的社会,尤其重才情,故李生、张生等不只受一般人推崇,连勾栏名媛也且对他们敬重三分,常常一见钟情,不惜委身事之。同样,年轻士子的风流韵事既可成为他们饭后骄人的谈资,无形中也平添了自己身价,故而张生有"尤物""忍情"之论,尽力表现自己轻描淡写的鄙夷。然而,在他不屑的谈论中,似乎也能稍稍探及他心中的歉疚与掩藏在内心深处的道德上的不安。实际上这二者是互为表里的,既有内心无法排遣的不安,又不愿陷于情中,承担责任,伤及风流才子的潇洒风度,便一概归之为"尤物""忍情",勉强为自己找一个说法,故而让人看起来十分生硬,不合逻辑。唐人传奇盖如此,大都在一种浅薄的立意下展开故事。

《霍小玉传》《李娃传》《莺莺传》共同描绘了唐代上流社会的风情画卷。三个富有才情的姝女的遭遇,以及她们委身的李生、宦家子、张生的情变,残酷地展示了风尘女子的浮沉命运。三女中,霍小玉、李娃均为烟花门里,莺莺出身名门。和所有人一样,她们把自己的终身托付给有情人,梦想花好月圆。不料现实与追求一样轻浮,霍小玉殉情,莺莺于飞,她们的命运如柳丝般飘移不定,又如梅花般萎落为泥。两个出身不同的女人遭遇同样的结果,让人有太多感叹。那个进士及第的李益,第一次见小玉,开门见山就说:"小娘子爱才,鄙夫重色。两好相映,才貌相兼。"他不是来敦情,而是来猎艳的。可怜小玉错以为托身有望,用情太专,误了自己卿卿小命。

唐人传奇,就是如此让人咨嗟不已!

章台柳,章台柳!昔日青青今在否?

通 脱

　　真正做到通脱何其难哉！孔子周游列国，兜售他的治国之道，知其不可而为之，适为长沮、桀溺笑。老子另开一道，主张无为。无为是方法不是目的，目的是行无为之虚而致无不为之实。庄子讽刺列子御风而行，以为他犹有所待，认为只有乘天地之正，御六气之辩，游于无穷，才算是无待。只可惜他还得凭借天地、六气。绝对的通脱是没有的，老子超然物外，则不必埋怨"天地不仁，以万物为刍狗"；庄子身与天齐，则不必感叹"吾生也有涯，而知也无涯"。

　　如此说来，尚通脱何尝不是一种神话。比如人在水中游，入水时间长了，要探出头换换气，这是一种生存需要，谈不到理性。人不是鱼，可以不游水，但总不能离开空气。人可以脱离社会，甚至可以抛弃父母妻子，但总不能不食五谷。做到无待，只是一句骗人的鬼话。画人容易画鬼难，鬼有三变，然其为鬼则一。

　　世间事都是相对的，没有绝对。通脱不能绝尘，也不能离俗，它强调的只是距离。距离不但产生美，而且产生观念和方法。观念的问题是你站在一座山上，可以观照平畴千里；飞到空中，可以观照世间万物。这只是距离远近的问题。距离一旦产生，你就会发现一些奇怪的现象：一棵不中绳墨的树，被木匠看到了，弃而不用；被打柴的看到了，就把它砍了当柴烧。能否终其天年主要在于他所处的地方和所遇到的人。葫芦挂在藤上，似乎一无所用，而把它放在水中，乘桴浮以过海，甚至可以作舟用。妇女冬日洗衣后用的冻伤药，如果卖给军队，就可以大发其财。

仅有距离还不够，应该还有站位。在山下不行，在水中也不行，应该更高些、更远些，一旦有"一览众山小"的感觉就可以了。"不识庐山真面目，只缘身在此山中。"这不行。鲲鹏扶摇直上九万里，斥鷃笑之，因为斥鷃只能飞数仞，它觉得这就够了。这涉及境界问题：境界高，自然站得高，就飞得远；境界低，就勉强不来。

绝对的通脱是不行的，但不讲通脱也不行。屈原出污泥而不染，然身在污泥中，如何能不染呢？伯夷、叔齐不食周粟，只好饿死了事。许由不受尧召，于颍水之滨洗耳，表示不愿让俗世玷污自己。

渔父问屈原：既然举世皆浊尔独清，何不与世推移，却让自己落得进退无据、怀才不遇的地步呢？屈原只好投江，这是不够通脱。

伯夷、叔齐要做逸民也不容易。有人问他们：既然不食周粟，隐于首阳山采薇为活，然首阳山也是周土，薇菜是周土所生，这又怎么说呢？伯夷、叔齐只好不食而饿死。

许由颍水边洗耳，遇见巢父。巢父欲牵牛饮水，不解他在干什么。许由回答：尧要我做九州长，我恶闻其声，所以洗耳。巢父说：你如果真要隐居，就找一个无人知道的地方，自生自灭好了，何必当着别人的面沽名钓誉。你一边待着去，不要脏了牛喝的水。

你看，通脱是那么好做的吗？

马二先生

《儒林外史》里写了一个马二先生,很有趣。

《儒林外史》里太多散发着腐朽气味的人,诸如周进、范进、严监生等。马二先生的出现,给它增添了些许趣味。

马二先生有趣,是因为他有些故事。他在作科举墨程①时,结识了落魄士子蘧公孙。蘧公孙的丫鬟被恶奴拐骗,他打算报官,却不知自己手里有一个朝廷犯官的箱子,早被差人盯上了,又卷入了另一场官司中。差人与恶奴勾结,狠狠敲了与蘧公孙有来往的马二先生一笔竹杠。马二先生为解朋友之难,慷慨解囊,平息了一场狱讼。

于是,马二先生离开嘉兴,来到了杭州西湖。马二先生游西湖这一段写得好,市井风物如在眼前。

"这西湖乃是天下第一个真山真水的景致。且不说那灵隐的幽深,天竺的清雅,只这出了钱塘门,过圣因寺,上了苏堤,中间是金沙港,转过去就望见雷峰塔,到了净慈寺,有十多里路,真乃五步一楼,十步一阁。一处是金粉楼台,一处是竹篱茅舍,一处是柳桃争妍,一处是桑麻遍野。那些卖酒的青帘高扬,卖茶的红炭满炉,士女游人,络绎不绝,真不数'三十六家花酒店,七十二座管弦楼。'

"马二先生独自一个,带了几个钱,步出钱塘门,在茶亭里吃了几碗茶,到西湖沿上牌楼跟前坐下。见那一船一船乡下妇女来烧香

---

① 科举墨程,类似于现在的高考范文评选。

的，都梳着挑鬟头，也有穿蓝的，也有穿青绿衣裳的，年纪小的都穿些红绸单裙子；也有模样生的好些的，都是一个大团白脸，两个大高颧骨；也有许多疤、麻、疥、癞的。一顿饭时，就来了五六船。那些女人后面都跟着自己的汉子，掮着一把伞，手里拿着一个衣包，上了岸，散往各庙里去了。

"马二先生看了一遍，不在意里，起来又走了里把多路。望着湖沿上接连着几个酒店，挂着透肥的羊肉，柜台上盘子里盛着滚热的蹄子、海参、糟鸭、鲜鱼，锅里煮着馄饨，蒸笼上蒸着极大的馒头。马二先生没有钱买了吃，喉咙里咽唾沫，只得走进一个面店，十六个钱吃了一碗面。肚里不饱，又走到间壁一个茶室吃了一碗茶，买了两个钱处片嚼嚼，倒觉得有些滋味。"

张岱写西湖可谓绝响。他那篇《西湖七月半》写尽了西湖盛景，然而那是小品文，铺排绚丽。要论生动，还是马二先生眼里的西湖好，有滋味。

在西湖边，马二先生遇到了一个奇人。这人是个炼金的道士，送给马二先生许多用黑煤染黑了的银子，嘱咐他回去炼金。马二先生白白得了许多银两，于是对道士的炼金术深信不疑。谁知道士又要马二先生入伙，做局骗那些嗜财的阔佬。骗局刚开演，道士却死了，兀自进了化境，马二先生忙不迭地逃跑了。

关于马二先生，吴敬梓就写了这么多，很遗憾。马二先生一身都是故事，如果让他串演小说，应该有趣得多。

对于科举选士，马二先生有一番见地，他对人说：

"举业二字是从古及今人人必要做的。就如孔子生在春秋时候，那时用'言扬行举'做官，故孔子只讲得个'言寡尤，行寡悔，禄在其中'，这便是孔子的举业。讲到战国时，以游说做官，所以孟子历说齐梁，这便是孟子的举业。到汉朝用'贤良方正'开科，所以公孙弘、董仲舒举贤良方正，这便是汉人的举业。到唐朝用诗赋取士，他们若讲孔孟的话，就没有官做了。所以唐人都会做几句诗，这便是唐人的举业。到宋朝又好了，都用的是些理学的人做官，所以程、朱就讲理学，这便是宋人的举业。到本朝用文章取士，这是极好的法则。就是夫子在而今，也要念文章、做举业，断不讲那'言寡尤，行寡悔'的话。何也？他日日讲究'言寡尤，行寡悔'，哪个给你官做？孔子的道也就不行了。"

大约自有科举以来，还没有人说过如此透彻的话，马二先生把这件事琢磨明白了。

《儒林外史》结尾，对儒林诸人都做了安排，不拘好坏，各色人等都登上皇榜，有了功名。这走的是《水浒传》的路子，虽然人死，还能上天做神仙，做三十六天罡星、七十二地煞星。《西游记》乃至《红楼梦》也走的这个路子。作家于现世操持儒家仁义之道，一旦走不通，就借释家轮回之说用一用。仁者于人，总不忍见主人公结局惨然。

皇榜里，赫然有马二先生的名字，他也高高地中了。实际上大可不必，依我对马二先生命运的理解，他是不会赴考的。马二先生是那种"大隐隐于市"的人，江湖才是他的人生。中举这件事，不是他能做来的，否则他就不是马二先生。

求其放心

孟子有一句十分著名的话："学问之道无他，求其放心而已矣。"

这句话出自《孟子·告子章句上》，原文是："孟子曰：'仁，人心也；义，人路也。舍其路而弗由，放其心而不知求，哀哉！人有鸡犬放，则知求之；有放心而不知求。学问之道无他，求其放心而已矣。'"

孟子原是冲着仁义二事说的，指出：仁是人心，义是人心之路，人要做到仁，必须选择正确的道路。人活在世上，往往走着走着就迷失了方向，把本真的自我丢失了。丢了家里饲养的鸡犬，还知道找回来，而把自己的灵魂弄丢了，却没有丝毫意识。所以他总结道，求学问道没有别的路，把自己丧失的善良之心找回来就行了。

这句话的意思后来被人曲解，"学问"二字理解成了狭义的概念，"放心"也非指丧失灵魂，侧重点落到了心安一面。

不管怎么说，这句话都意味深长，值得人反复涵泳。

"放心"二字用得妥帖，看起来随意，分量却很重。世界上的事就这样，深奥的道理用朴实的话讲出来，比刻意雕饰要好。好比一个美女，素面朝天比涂脂抹粉更耐人寻味。

孔子有一个标准，即"质胜文则野，文胜质则史"，文质彬彬，最好。依某看，质胜文固然不好，但总比夸夸其谈要好，毕竟离事物的本真更近。

"求其放心"也涉及标准，是较高的标准，很多人终其一生难以达到。以往，听惯了气壮山河的大话。这些年，正确的废话也听得多了,甚而至于一些人连人话都不会说了,总想听一些结实顶用、直指人心的实在话。突然想起孟子这句话,顿觉茅塞大开!

鲁哀公问政于孔子,曾说:"寡人生于深宫之中,长于妇人之手,寡人未尝知哀也,未尝知忧也,未尝知劳也,未尝知惧也,未尝知危也。"

这是实在话。

汉景帝说:"食肉不食马肝,不为不知味……"

这也是实在话。

汉宣帝说:"与我共治天下者,其惟良二千石乎!"

仍是实在话。

著名学者顾随论诗,说做诗不能只图好看,花里胡哨,要懂得"向咽喉处下刀"。只这一句,顶得上别人许多句。

说实话让人放心,自己也踏实,只可惜我们听到的实在话太少!

稍加理会,就会发现,让人"放心"固然不易,让自己"放心"也难。

做官很难"求其放心"。经过自己的"决策",起了一片高楼,建了一条高速,提拔了一批干部,给当地找到了一条发展的路子……这些事,有成功的,有失败的,有能经得起时间考验的,有让人遗憾的。其中,哪些是善政,哪些是面子工程、样板工程,别人可能不好说,自己心里最清楚。等到退居林下的时候,反思起来,有些事能不能过良心这一关,还很难说。甚至有些人到了寿终正寝的时候,还对一些人和事耿耿于怀,他没有放下心来。

做学问也难"求其放心"。学问必须是踏踏实实做出来的,厚积薄发需要花费心血,靠小聪明,靠抄袭、拼凑,成不了大家。这东西骗不了人,也许骗得了一时,但骗不了长远。人最致命的缺陷,是把自己想得太聪明,把别人想得太愚蠢。有的人做了一辈子学问,甚至著作等身,但有多少学术价值,不用别人说,自己大概最清楚。那些已经付之楮墨——公开印行的所谓巨著,恐不过多浪费了一些纸张而已。王国维先生一生著述不多,他主攻戏曲、诗词,著作总字数也不过三十万字。但其学术成就无法衡量，仅那本薄薄的《人间词话》分量就不轻，他创设的"境界说"至今仍是评价诗文的准的。

做人更难"求其放心"。人一辈子很复杂，绝难用几句话评价。除了圣人之外，多数人既做过好事，也做过坏事；既做过君子，也做过小人。好事能做到不刻意雕饰，而是随心之所向，没有目的，不计回报，做过之后不留痕迹，那就算得上真正的做好事。做坏事也有，有时奔着好事去的，却造成了坏的结果。这都不要紧，只要不是违心做的，处心积虑冲着害人的目的而去，上帝也会原谅。孔子说："君子坦荡荡，小人长戚戚。"他说的就是这个境界。君子无忧无悔，所以心安；小人一生都纠缠在原罪之中，如何心安？

隋文帝一生被杨广的假面目欺骗，屈枉了大儿子杨勇。为了让自己心安，也为了社稷有托，隋文帝反复考察几个儿子，却被善于表演的杨广蒙蔽，废太子杨勇而立杨广。他信心百倍地对朝臣们说：我为你们找到了一个明君，社稷无忧矣！为此下诏书说："人生子孙，谁不爱念，既为天下，事须割情。勇及秀等，并怀悖恶，既知无臣子之心，所以废黜。……今恶子孙已为百姓黜屏，好子孙足堪负荷大业。……皇太子广，地居上嗣，仁孝著闻，以其行业，堪成朕志。但令内外群官，同心戮力，以此共治天下，朕虽瞑目，何所复恨。"（《隋书·高祖下》）隋文帝自矜明辨奸恶，却不料大大地上了一个当，直到人之将死，才识破杨广的真面目。可惜为时已晚，至死也无法心安。

20世纪80年代，一批作家陷入反思，对民族、时代有一种强烈的忧患意识，也有人对自己进行剖析、忏悔。其中，巴金先生是最彻底的一个，有人评价他的回忆录是带血的忏悔。在《随想录》《再思录》中，他对自己近乎苛刻，连那些受时势所迫，不得已做的事也一体承担下来，让人看到了人性的软弱。耄耋之年的巴金，背负着沉重的十字架，他不仅忏悔自己，也替同时代的人忏悔。承担时代的艰难，是中国知识阶层血脉相承的传统。孔子把前代没落的历史责任扛在自己肩上，《春秋》既是控诉，也是不平的哀嚎。鲁迅也这样，他把民族苦难的苦酒吞咽下去，像孤狼一样发出声嘶力竭的呐喊。巴金先生承继了这一传统,他没有辜负自己,没有辜负那个时代,以及那个时代的知识分子。他也对得起自己,对自己的一生可以放心了。

不论做官、做学问、做人,都要尽可能地做到让自己放心。

自己放心并不意味着事情的全部,让别人也对自己放心,才能把自己落到实处,才是表里如一。彭德怀领兵出征朝鲜,毛泽东放心;"两弹一星"交由聂荣臻担当,中央放心。淝水之战,谢安推荐自己的侄子谢玄领大将军。前方激战,谢安却轻松自在地与人弈棋,一副安闲神态。直至前线传来得胜的消息,他也只是淡淡一句"小儿辈已破贼"。之所以能这么沉得住气,源于他相信谢玄的能力,对侄子放心。

一些人喜欢高估自己,但偏偏别人不放心。战国时秦人攻赵,赵王不满意廉颇死守,打算临阵换将,让赵括代替廉颇。赵括是个纸上谈兵的家伙,既自负又自许,谈起打仗,连他的父亲——大将赵奢都说不过他。但赵奢深知,自己的宝贝儿子不是做大将的材料。赵括的母亲也了解这一点,她坚决不同意派儿子领兵作战,对儿子很不放心。赵君却认准了赵括,一意孤行,终于招致长平之败。

诸葛亮兵出祁山,每次都走褒斜道,大将魏延有意见,认为诸葛亮持重有余,赴险不足。他自告奋勇,愿提一万兵马走子午道,直扑长安,打魏军一个措手不及。这个主意原也不错,但诸葛亮不同意,抛开冒险的成分,还有一个重要原因——他对魏延不放心。和众多蜀将不同,魏延自恃有勇有谋,看不上别人,也不愿与人合作共事,这直接导致了他最后的悲惨结局。平心而论,如果是姜维提出这个主张,可能就是另外一种结果。

自己放心,也能让别人放心,不是一件容易的事。

人生格言有很多,让人可畏的还是"求其放心"几个字。放心是一种境界,是人生极难达到的高致。如果有人声称,我一辈子凡做官、做学问、做人都做到了让人放心,那他就很了不起。

选择性悖论

游士陈轸说秦王，举了一例。"楚人有两妻者，人挑其长者，詈之；挑其少者，少者许之。后其夫死而取其长者。或谓之曰：'夫非骂尔者也？'曰：'在人欲其报我，在我欲其骂人也。'"（《战国策·秦策》）

故事很有些味道。一个人挑逗邻居的两个妻子，其中一个年龄大，另一个年龄小，年龄小的和他眉来眼去，年龄大的却把他骂了一顿。不久，她们的丈夫死了，两人成为遗孀。这个人娶了其中一个，谁也没有想到的是，他选择了那个年龄大的。别人不解，问他是何道理。这人回答：一般人都会选择那个与我眉来眼去的女人，而我却相反，喜欢被人骂。

近年来，网络上流行一个词语，叫吊诡。我觉得用它来评价此事比较恰当，不然，真想不出一个合适的词语。年轻人听到这个故事，脱口而出的肯定是一顿骂：犯贱！

但仅有骂是不够的，人家如此选择总有他的道理。

有那么几天，这个违反常理的故事一直浮现在我脑中，它反映的生活现象让人始终难忘。回忆了一下，这类现象实际上经常发生，只是很少引人注意罢了。比如，有两个朋友，一个经常与你意见相左，总在和你争吵；另一个却一直佩服你，随时愿意听命于你。一旦遇到难题，需要听取别人意见，你会选择哪个？大多数情况下，你愿意选择前者。或者，不管你愿意与否，你都会重视前者的意见，而常常忽视后者。

生活中也有这样的怪事。某人的妻子既漂亮又贤淑,认识他们的人都认为这是一宗美满姻缘,经常有人啧啧称羡。但后来发生的事让大家傻眼了:那个男人出轨了!和他偷情的女人,无论长相还是性情,都不能与前妻相提并论。大家眼里的模范家庭破裂了。别人无论如何解不开这个谜,只能归罪于这个男人鬼迷心窍。事实是,那个男人并没有中魔,他知道自己在干什么,也知道自己需要什么。他迈出这一步需要极大的勇气,如何直面人们的指责可能是他最大的心结。别人无由得知他的苦恼,他自己也无法对人提及。真实的情况可能是:他无法忍受妻子的温柔、贤淑以及彬彬有礼,他厌烦了温柔乡。他需要原始的爱情,喜欢轰轰烈烈地混闹、争吵,想干什么干什么。这些东西前妻给不了。

经常见到这样的夫妻,吵架吵了一辈子,别人担心他们随时会分手,但他们始终不离不弃,比恩爱夫妻相处的时间还长。而且,到了垂暮之年,一旦一个死掉,另一个不久也相随而去。《太平广记》有一篇《沈尚书妻》文,言有沈尚书者,始为秦州刺史从吏,其妻暴戾凶悍,生性嫉妒,丈夫苦之,常如在监牢中。后卸任,弃家游历蜀中。遇东蜀守将,乃昔日布衣之交,一见如故,待之甚厚。为其置屋宇,送姬妾仆马,沈遂无心北归。一年后,其妻寻夫而至,发誓愿改前非,沈不得已纳之。其妻初尚和顺,不久即复旧态,一言不合,棍棒交下。姬妾婢仆悉数尽逃,沈尚书脸上也常带伤痕。守将素知其妻悍妒,见沈尚书如此遭际,愤然欲除之,沈尚书固止之。后旬日,沈频遭殴击,逃至守将衙,精神沮丧,苦不堪言。守将闻之,密遣二卒提剑,突其室而杀其妻,弃尸江中。事毕,回报沈。沈闻之,不胜惊悸,失魂落魄,不久也死掉了。

这就是生活的悖论。事物的走向总是违反常理,背离一般逻辑,我们把它叫作选择性悖论。著名心理学家荣格在他的《潜意识和心灵成长》一书中说:"人总是愿意相信,他是自己灵魂的主人。但是,只要他不能控制自己的心境和情绪,只要他不能意识到潜意识的原动力以各种神秘的方式,悄悄潜入他的安排和决定中,他自然不能算是自己灵魂的主人。"控制自己行为的并不总是理性，还有那些非理性的原始冲动。同样，左右人们行为的除理性外，还有其他因素，包括潜意识的东西。

　　薛宝钗端庄可人，贤淑知礼，事夫如君，谨守妇德，属于标准的贤妻良母，故贾家阖府上下都很看好他和贾宝玉的婚事。但贾宝玉就是不喜欢她，厌烦她。林黛玉总给贾宝玉冷脸看，动不动就使小性子，经常和他过不去。但贾宝玉偏偏喜欢这个，常常陪着小心，好言劝慰，不惜赌咒发愿，唯恐失去人家欢心。通常情况下，人们将其归结为贾宝玉的先天叛逆性。对心仪之人的选择，涉及审美情趣问题。薛宝钗是标准的佳偶，一般情况下是男人社会的首选。但这个选择标准不适合于贾宝玉，他排斥、摒弃世俗，仰慕、钟情于林黛玉。林黛玉身上的特殊气质，薛宝钗不具备，它却吸引着贾宝玉，使他如痴如醉。

　　张爱玲一生痴痴地守候胡兰成，明知道他是一个负心汉、采花郎，却无怨无悔，梦想着与之"死生契阔，与子成说。执子之手，与子偕老"。为了这个男人，她甘愿守身如玉，甘愿品尝凄凄惨惨戚戚的苦况。胡兰成给不了她想要的东西。她的一生除了苦苦等待，暗垂相思泪外，剩余就是李清照式的自怜自赏。这是张爱玲的宿命，也是她与生俱来的选择性悖论。

　　"在人欲其报我，在我欲其骂人。"如何一个叹字了得！

庄子行于山

一

庄子行于山中，见大木，枝叶盛茂，伐木者止其旁而不取也。问其故，曰："无所可用。"庄子曰："此木以不材得终其天年。"

庄子出于山，舍于故人之家。故人喜，命竖子杀雁烹之。竖子请曰："其一能鸣，其一不能鸣，请奚杀？"主人曰："杀不能鸣者。"此因不能鸣而丧生。

宋国有一个叫荆氏的地方，适合长楸、柏、桑三种树，人们也喜欢用。凡长到一握粗时，就被砍去做木桩；稍粗的，被砍去盖房子；再粗者，被富人家伐去做棺材了。庄子曰："故未终其天年而中道之夭于斧斤，此材之患也。"

二

在庄子眼里，有用和无用、小用和大用是矛盾，有用而不能终其天年，无用反倒落得长久。有用与否，寿终与否，常常是变化的。"宋人有善为不龟手之药者，世世以洴澼绕为事。"有人买了方子，卖给吴越作战的吴方，吴人因之而胜，吴王裂地而封之。这是小用与大用的区别。

五、读书感会

惠子告诉庄子："吾有大树，人谓之樗。其大本拥肿而不中绳墨，其小枝卷曲而不中规矩。立之涂，匠者不顾。今子之言，大而无用，众所同去也。"庄子回答："何不树之于无何有之乡，广莫之野，彷徨乎无为其侧，逍遥乎寝卧其下？不夭斤斧，物无害者……"以无所用之木置于无何有之乡，不就是它最好的归宿？这是无所用之用。

对于此，庄子认为"夫子固拙于用大矣"，因为境界和视线的原因，不会用大、用于大，所以才会出现把不龟手之药用于洗衣、拥有大树却视为无用的事发生。

三

用与无用，常常可以互换，在一个条件下有用，在另一个条件下就是无用。无所用的用，非真无用，乃无小用，以俟大用也。有用之用，往往为一时之用；而无用之用，才是不世之用。求一时之用，为小用；致长久之用，方为大用。

同老子一样，庄子讲无为，不是真无为，而是无小为。"狸狌"之类，"东西跳梁，不辟高下"，似乎很有本事，但一旦"中于机辟，死于罔罟"，就只好一命呜呼了。但像"斄牛"之类，"其大若垂天之云"，虽"不能执鼠"，但"此能为大矣"。庄子之"为"，小则不为，以俟大为，人以为庄子真无为，误矣！

庄子讲的"用""为"，惠子认为形同于那棵大而无用的樗树，他是真不理解庄子。庄子的用，是有条件的，所以惠子认为的无用，条件转换后就是大用。比如，把樗树置于无何有之乡。

庄子以此戏谑惠子：蠢货！你拥有那么一棵大树，本身就是有用，你还想用它干什么！庄子认为，只有通达机变的人才懂"用通"。他讲："庸也者，用也；用也者，通也；通也者，得也。"懂得用的道理，必须要通达晓畅，视万物为刍狗。只知目下之用者，小用也，庸夫也。给猴子喂食，朝三暮四不行，朝四暮三则可，这就是机变。葫芦之用也是这个道理。葫芦可以盛水是人人知晓的道理，但它盛满水后就会破裂,所以惠施认为无用。庄子说,你何不做一个网子把它套起来,绑在腰上作腰舟,为什么一定要用来装水?世俗很害人,把很多可以做大用的东西视为无用。所以庄子说,无用之用为大用,无为之为为大为。

四

有用也好,无为也罢,是慧眼,是通识,是机变。大未必好,小未必不好。眼里看见了什么,看穿了什么,这里就有一个境界的问题。列子御风而行,能驾驭自然,本事十分不小,已经算是超人了,庄子却认为他"未数数然也"。因为他还是有所凭借,必须有风才行。庖丁解牛,一般人眼中的小数、末技,庄子却赞叹再三。他喜欢庖丁那种踌躇满志的自信、全身心投入的状态,以及游刃有余的技艺。

庄子善用寓言。"北冥有鱼,其名为鲲。鲲之大,不知其几千里也。化而为鸟,其名为鹏。鹏之背,不知其几千里也。怒而飞,其翼若垂天之云。"这是怎样的境界和气势啊!这难道是可以学来的吗?

现时,很多人都在学庄子。学庄子干什么?为了有用,这样就注定你不会学到真正的庄子。庄子的追求是"至人无己,神人无功,圣人无名"。这些如何能学到呢?

五

一个人一生可能有多种遭遇。

(一)你可能是那棵大而无所用的"樗树",因为太大,人不知作何用,最后只好弃之于无何有之乡。因为没有伯乐,千里马混迹于庸马之中,只能拉车运货,陷于泥淖。这是很可悲的。

(二)你虽然不如那棵硕大的"樗树",却拥有"不龟手之药"之类的谋生手段,终其一生也就够了。假如不懂机变,不知用于大,安于浣洗之事，也能对付着过。

（三）你可能安于自己所拥有的，死心塌地做一个只会解牛的"庖丁"，这也很好。但庖丁解牛，"手之所触，肩之所倚，足之所履，膝之所踦，砉然响然，奏刀騞然，莫不中音，合于《桑林》之舞，乃中《经首》之会"。以一般的"中人之资"，你可能会解牛，但不是庖丁。这样，你的正式身份可能只是屠夫，赖以宰割为活。一方活命，需要另一方牺牲，这是绝好的讽刺。

（四）接下来，只好听天由命了。你可能是荆地的楸、柏、桑树，因为有用而中道夭折，也可能因不材而终其天年。世事无常，命运多舛，斤斧加身的事随时会有。偶尔，你会发现自己的生存状况有如牛羊，无法支配自己的命运。

悲观主义者也好，乐观主义者也罢，生活就是这样让人无奈。当你看透了这一切，你可能就真的超脱了。庄周梦蝶，庄周可能是蝴蝶，而蝴蝶也可能是庄周。你是什么呢？

桃花源的魅力

中国古典文学作品中，很少有一篇文章像《桃花源记》这样，具有恒久的魅力。

在陶渊明的诗文中，比《桃花源记》（以下简称《桃》文）胜出者在在皆是。他那首有名的"结庐在人境，而无车马喧。问君何能尔？心远地自偏。采菊东篱下，悠然见南山。山气日夕佳，飞鸟相与还。此中有真意，欲辨已忘言"（《饮酒（其五）》），无论描景、道情都堪称上乘，是山水、田园诗人较少能达到的境界。他的诗不是做出来的，是咏叹出来的，而且是以中和之气出之，所以天工巧成，不露斧斤。"白发被两鬓，肌肤不复实。虽有五男儿，总不好纸笔。阿舒已二八，懒惰故无匹。阿宣行志学，而不爱文术。雍端年十三，不识六与七。通子垂九龄，但觅梨与栗。天运苟如此，且进杯中物。"（《责子》）"秋菊有佳色，裛露掇其英。泛此忘忧物，远我遗世情。一觞虽独进，杯尽壶自倾。日入群动息，归鸟趋林鸣。啸傲东轩下，聊复得此生。"（《饮酒（其七）》）他的诗就是这样，娓娓道来，下句接着上句，自言自语就完成了一首诗。谢灵运也想做成这样的诗，于是下了莫大的功夫。他带着随从浩浩荡荡地开山伐林，探幽寻胜，试图寻得几首佳句，却往往乘兴而来，败兴而归。他的心志不在山林，而在帝都。

陶渊明的诗处处离不开酒。在酒的世界里，精神与现实混一，分不清孰是真世界，孰是假世界。醉眼迷离下，一切都是可堪入诗的题材。人常言，诗有诗眼，岂不知诗更有诗魂。陶渊明的诗魂在于酒。

五、读书感会

因为酒,他的诗方显得洒脱磊落、汪洋恣肆;因为酒,他眼中的世界方臻于完美,才让人产生飘飘欲仙的幻觉;也因为酒,他才暂能摆脱尘世的俗累。一个好诗人,必须涤除掉心灵的污垢,必须善于遗忘生活中的琐屑与阴暗。这类似于酿酒,要能熟练地把握火候,酝酿提纯,取精祛粗,其间经历了吐故纳新,抽丝剥茧。只有经历了这样一个过程,诗人才能达到心灵所应该达到的境界。只有这样,绿水青山、鸡鸣犬吠才格外妩媚、动人。陶渊明要做到这点很容易,别人可能要做复杂的准备,用心修炼。他不用,只要有酒,他就能轻易进入醉眼惺忪的状态。从这个意义上说,他的诗魂无疑可以称为酒魂。他是一个天纵其才的诗人,加上酒,诗的韵味就出来了,忽而酝酽,忽而散淡。不像苏东坡,非依靠黄老不能达此境界。

诗人面对酒,可以是淡定、空灵、虚无,也可以是狂放、豪迈、恣肆,这样就赋予诗人不同的酒风和诗风,例如李白与陶渊明。在酒的作用下,陶渊明进入了柏拉图所谓的迷狂状态,他以酒为媒介,庶不以现实世界为苦,了不以"箪瓢屡空"为忧,他的生活让杜甫写来就是另一回事。愁苦是杜诗的主题,杜甫生来就是味尝人间苦难的,他是一个苦旅诗人。"致君尧舜上"的士子追求和身遭乱世的现实,以及不能任国政、无法赴国难的痛楚,终生缠绕着杜甫。陶渊明的诗里,没有哀怨,没有离情,没有生不逢时的悲愤。他的精神生活唯一可以依托的是诗,而诗的媒介是酒,有了酒,他的世界就能灿烂起来,不再为形而下的生活所困。酒是他充满激情的"凭借"。通过酒,他摆脱了尘世的缠绕;只要有酒,他就可以恬淡自适地活得有滋有味、有声有色。他把有酒的日子当作世外桃源。

历来人们对陶渊明的诗评价很高。王国维说:"三代以下之诗人,无过于屈子、渊明、子美、子瞻者。此四子者若无文学之天才,其人格亦自足千古。故无高尚伟大之人格,而有高尚伟大之文学者,殆未之有也。"(《文学小言》)王国维以境界评价诗歌,诗歌之高下,也即境界之高下。

对于陶渊明,他分析道:"有有我之境,有无我之境。'泪眼问花花不语,乱红飞过秋千去','可堪孤馆闭春寒,杜鹃声里斜阳暮',有我之境也。'采菊东篱下,悠然见南山','寒波澹澹起,白鸟悠悠下'无我之境也。有我之境,以我观物,故物皆著我之色彩。无我之境,以物观物,故不知何者为我,何者为物。此即主观诗与客观诗之所由分也。"(《人间词话》)他认为陶诗超出了一般境界,不着痕迹,天然自成。这应该就是人们所称的化境吧。

诗之外,陶渊明的文章也做得很好,《感士不遇赋》《闲情赋》《归去来兮辞》《五柳先生传》都是难得一见的美文。《闲情赋》可以与曹植的《洛神赋》相媲美,堪称双绝。《感士不遇赋》是陶文中少见的梗概不平的文章。"悲夫!寓形百年,而瞬息已尽;立行之难,而一城莫赏。此古人所以染翰慷慨,屡伸而不能已者也。"《归去来兮辞》《五柳先生传》才见陶渊明本色。"归去来兮,田园将芜胡不归?既自以心为形役,奚惆怅而独悲!悟以往之不谏,知来者之可追。实迷途其未远,觉今是而昨非。""乃瞻衡宇,载欣载奔。僮仆欢迎,稚子候门。三径就荒,松菊犹存。携幼入室,有酒盈樽。引壶觞以自酌,眄庭柯以怡颜。""性嗜酒,家贫不能恒得,亲旧知其如此,或置酒而招之。造饮辄尽,期在必醉"。以心为形役的陶氏,在杯酒面前,享受到活着的乐趣(也只有这一个人生乐趣了),得到了真正的解脱。有了酒的陶冶,"环堵萧然,不避风日。短褐穿结,箪瓢屡空,晏如也"。陶氏的生活境况并不比杜甫强,这与魏晋奢侈的生活风尚形成卓然对比。纵然在这种处境下,他的诗文仍然"跌宕昭彰,独超众类。抑扬爽朗,莫之与京"(昭明太子语)。杜甫一味卖穷,与之相比,就显得矫情一些。

陶渊明的诗、文佳制殊多,然而《桃》文一出,影响超出一般,吸引了古今众多文人雅士,戛戛然有压倒群芳、一枝独秀之势,以至于很多山水、田园诗人相形失色。这篇五六百字的短文自从出现,至今都焕发着夺人的光芒,桃花源也从此成为一个代名词,成为落魄失意,退隐园田,寄寓形骸的理想胜地。王维有"春来遍是桃花水,不辨仙源何处寻"之句。刘禹锡有"俗人毛骨惊仙子,争来致词何至

五、读书感会

此""仙家一出寻无踪,至今流水山重重"。王安石有"避时不独商山翁,亦有桃源种桃者。"

因为如此钟情于桃花源,竟有许多人考究它的所在。有说在武陵境内者,有说在鼎州桃花观者。陈寅恪考据后认为,"真实之桃花源在北方之弘农,或上洛,而不在南方之武陵","真实之桃花源居人先世所避之秦乃苻秦,而非嬴秦"(《桃花源记旁证》)。对此,洪迈认为渊明作记之意乃借秦以喻刘裕。苏轼分析道:"世传桃源事,多过其实。考渊明所记,止言先世避秦乱来此,则渔人所见,似是其子孙,非秦人不死者也。又云'杀鸡作食',岂有仙而杀者乎?"

实际上,桃花源是陶渊明的极乐世界,是他理想的避世胜地。其地"秋熟靡王税","童孺纵行歌,斑白欢游诣","虽无纪历志,四时自成岁"。"靡王税",指它是个自由国度;童孺与斑白"纵行歌""欢游诣",说它是个无忧国;"无纪历",指它其乐无穷。"愿言蹑轻风,高举寻吾契。"这样的世界在现实里并不存在,所以陶渊明才希望轻风高举,掉舟远寻。

陶渊明为我们描绘了现实中并不存在,虚无缥缈的理想的生活场景,犹如童话世界一样虚幻,又像真实生活一样具象。这个理想胜地正如王国维所说,只是一种境界而已,它反映了陶渊明的追求与向往。稍微留心就会发现,就文化层面而言,它并不是无迹可寻。孟子描绘过:"五亩之宅,树之以桑,五十者可以衣帛矣。鸡豚狗彘之畜,无失其时,七十者可以食肉矣。百亩之田,勿夺其时,数口之家可以无饥矣。谨庠序之教,申之以孝悌之义,斑白者不负戴于道路矣。七十者衣帛食肉,黎民不饥不寒,然而不王者,未之有也。"(《孟子·梁惠王章句上》)《礼记》描绘过:"大道之行也,天下为公,选贤与能,讲信修睦。故人不独亲其亲,不独子其子,使老有所终,壮有所用,幼有所长,矜寡孤独废疾者,皆有所养;男有分,女有归……是谓大同。"总觉得桃花源和古人向往的大同世界有相通之处,在精神深处有遥相呼应的地方。大同世界是孟子心中的理想王国,桃花源是陶渊明心中的伊甸园。远隔数百年,陶渊明与孟子冲破时空界限,在桃花源会合了，会合在桃花源这所安谧的思想栖息地。陶渊明为我们描绘了一个活灵活现的现实的大同世界。他勾勒得如此生动，宛如真有其地、真有其人，诱惑了很多人去追寻，去感受这样一个生活梦境。

以儒家为道统的陶渊明，其所追求的大同世界桃花源，何以隐迹世外？令人疑惑。

魏晋时，人尚玄虚，重佛老，儒家之学受到严重冲击，可谓历史上影响最大的一次离经叛道。陶渊明自然也受到很深的影响，他的诗里，老庄味甚浓。但陶渊明的的确确是一个儒士，有任道命世的强烈冲动，《感士不遇赋》《咏荆轲》就是他"猛志逸四海，骞翮思远翥"的真实写照。他的诗外道而内儒，身虽隐而心未隐。

生于东晋，经历刘宋之变的陶渊明，辞官隐逸，与时势抱着极不合作的态度。自称不为稻粱谋，辞官不作，却时隐时仕，莫测所以，似乎又是对当道的戏弄。

在他旷达、吟啸、纵酒的颇有诗意的生活里，内心深处自有几分敬畏，保存着一方神圣的净土。这净土恍若桃花源，一块未被污染的思想者的田园。一如自己出世般，陶渊明把它安放到人迹罕至的溪流深处。太守虽闻名而来，也无由其道，迷路而还。陶渊明生怕它受到世俗的惊扰。

《桃》文的魅力正在于此，它展现的桃花源，正如《红楼梦》之梦幻一样，可遇而不可求。这种既真实又虚无的境界造就了一种别样的美，既具有现实美，又具有虚幻美，织就出美的二维境界。《红楼梦》若无真与幻的强烈冲击，只讲家族衰败史，没有通灵宝玉的离奇诡谲，没有太虚幻境的铺陈，恐就缺少了它迷人的色彩。形而上与形而下的完美结合，使它焕发出独特的魅力。《红楼梦》把《三国演义》《水浒传》的具体而微与《西游记》的虚妄荒诞巧妙结合，加上儒释道及古代方技、谶纬等元素，才使它显示出超拔脱俗的空灵美。《桃》文当然不能与之相比，它也承担不了如此多的任务，但在二维美方面与之有异曲同工之妙。

《桃》文除美学上的意义之外，更有其精神上的象征意义。它为中国知识分子试图摆脱精神迷惑、困顿、偃蹇情绪，提供了一个暂可逃避的地方——桃花源无疑是一个天然避风港。从这个意义上说，桃花源就是一个精神乐园，为失意和看破红尘的人们提供了一个理想的安置灵魂的地方。自古及今，中国知识分子深受《论语》《孟子》的浸淫，有着深厚的士子情怀、家国意识。这些情结几千年来如枷锁一样牢牢地束缚着他们，他们思想的深处嵌刻着"居天下之广居，立天下之正位，行天下之大道；得志，与民由之；不得志，独行其道。富贵不能淫，贫贱不能移，威武不能屈"（《孟子·滕文公章句下》）的烙印。

"回"字有四种写法

孔乙己穿着破旧的长衫，就着几粒蚕豆，在咸亨酒店喝着赊来的酒，向人们卖弄"回"字有四种写法。

但凡读过高中的人都熟悉他。

以前，中学老师教《孔乙己》这篇课文的时候，都把他作为受害者、旧文化的牺牲者来看待。后来，我做了教师，也这么教学生，教学参考就是这么定位的。

随着年事增长，我对很多事的看法没有那么肤浅了，对原来程式化、概念化的东西不再那么迷信，觉得有些事需要澄清。

包括对待孔乙己。

穷困潦倒的孔乙己，念念不忘"回"字有四种写法，人们因此视他为怪物。

包括他总也舍不得丢掉的破旧的长衫。

孔乙己死后，人们把他作为笑柄，讥笑他曾经说过的"回"字的四种写法。

孔乙己的形象，与破旧的长衫，以及"回"字有四种写法纠缠在一起。

孔乙己执着于这两个方面，一定有他的道理。长衫即使破旧，也标志他是个读书人，知道"回"字有四种写法，二者加在一起，稍微能体现他可怜的自尊，以及仅有的可以傲人的东西。他自认为与咸亨酒店其他人不同，是一个读书人，一个先生。可惜没人体悟到这点。他们打趣孔乙己，把他作为贫瘠生活唯一的乐子。这到底是谁的悲哀？

人们没有意识到,因为孔乙己,他们才知道"回"字有四种写法。

文化沦落为一件破长衫,知识分子沦落为孔乙己,成为被嘲笑的对象,可以想见社会的认知水平。

悲哀的人与嘲笑悲哀的人混迹在一起,使悲哀更显得沉重不堪。生活就是这样苦涩,鲁迅先生以超人的忍受力,咀嚼其中的况味。

如果孔乙己穿上光鲜的衣衫,阔绰地花钱,而且会说"回"字有四种写法,人们会怎么看他?

孔乙己需要讽刺,其他人呢?那些咸亨酒店的酒友呢?恐怕这才是鲁迅想要说的话。

孤独者

年轻时,我狂热地喜欢过鲁迅。那时,拼命读他的文章,受鲁迅感染很深。渐渐地,觉得周围的生活很不适应,与别人接触也很少,自我封闭起来。这样过了很久,感觉到了寂寞。后来,意识到如此下去不行,会彻底毁了自己的生活,于是做了很多努力,把自己从鲁迅的世界里拔了出来,投入人们以为应该如此的生活中。之后,我就变成现在的样子,感觉生活很"幸福"。

几天前,因为要写一篇文章,需要引用鲁迅的一句话,遂从书架里把鲁迅的著作搜寻了出来——那一堆鲁迅的单行本散落在书架的角角落落。借用完鲁迅,觉得意犹未慊,随手拿起一本翻看,毕竟暌违多年,当年那种特殊感觉依稀还在,一丝异样油然而生。当初,鲁迅使我品尝到孤独的滋味,三十多年过去了,人生百味,算是都品尝过了,但距离孤独却渐行渐远。猛然意识到,年轻时差一点儿就触及到了生活的真谛,却被自己活生生拽了回来。三十年来,总以为是自己拯救了自己,谁料却荒唐地被自己欺骗。

为了重温当年的思想历程,我把鲁迅的那些单行本拿出来,打算重新读过。《呐喊》《而已集》《伪自由书》《且介亭杂文》,这些熟悉的书仍然和当年一样亲切。读过几本以后,我拿出了《彷徨》。和其他文集不同,这是一部小说集。以前并不喜欢,只是草草翻翻,那时只感觉沉闷,距离自己太远。现在重新来读,体会全然不同,顿时觉得沉重,有一种尖锐的刺激之感。我读得很快,用了不到五个晚上就读完了,都是在睡前,在床头。也许是夜深人静吧,读它的时候,空气凝重,一股压抑感扑面而来,"几乎要压出我心中的小来"。台灯周围,被黑暗笼罩,正是读《彷徨》的最好氛围。读着读着,竟然感觉走进了鲁迅内心,感受到那颗伟大而孤独的心灵的痛苦。他在求索,受着现实、思想的折磨,晦暗的生活挤压得他透不过气来。他试图像蚕蛹一样挣脱这如茧的束缚,从而见到一些光亮,呼吸一些新鲜的空气。但这些企图终究失败。黑云压城城欲摧。在如铅的灰色里,仅能偶尔听到一两声微弱的呐喊,但这并不能使黑暗减少一些。

读到《孤独者》的时候,我彻底失眠了。

与《伤逝》《在酒楼上》类似,《孤独者》也是一篇写新青年的小说。

小说主人公魏连殳是一个孤独者,做事不循常规,待人冷漠。在人们眼里他是一个异样的、古怪的人。他没有亲人,仅有一个外婆也离他而去。他喜欢孩子,但孩子们惧怕和他在一起。他落魄之后,因为与周围格格不入,连生计都成了问题,只能依靠沽卖旧物度日。后来,经人介绍,做了军队一个师长的顾问。人们对他的态度发生了转变,以前攻击他、疏远他的人转而取媚于他,连躲避他的孩子们都愿意围在他身边。但好景不长,魏连殳死掉了,也失败了,失败的痛苦断送了他自己。

小说读讫,感觉有一种东西被撕裂。我有些惧怕,怕耽溺于小说的情绪中,掩卷之后,匆匆入睡。懵懵懂懂睡着,不久又醒来,满脑子都是魏连殳,无论如何也摆不脱。我对自己说,一切等明天再说,今天就这样吧。但不行,似乎大脑已被别人控制,死死地纠缠着我,这是我此前少有的。

是魏连殳的遭遇、命运,抑或是他的孤独打动了我?好像是,又好像不是。

魏连殳说过的一些话纠缠着我。

"请给我一些活下去的理由"

  这话似乎是魏连殳说的,我翻遍小说,却没有。但总觉得他应该说,因为这是困惑他的最大问题。也可能是我把自己的问题强加给了魏连殳,我知道他一直被这个问题折磨。一个人活下去,总是需要很多理由的,一个人结束自己的生命,也需要很多理由。长期以来,这个问题没有人提及,人们觉得活下去就很好,活得富足一些会更好,这是不需要理由的。很多年以前,随着西方思潮的引入,这个问题一夜间风靡起来,很多人苦恼:人为什么活着?这个问题似乎无解,自己无法回答,别人也提供不了答案。于是带着疑惑,人们把这个问题遗忘了,好在时间是处理一切问题的最好方式。活着就很好,活着不需要理由。这可能是一种无意识,虽然言不及义,但足以支撑人活下去。也许没有问题的人是幸福的,思考问题的人常常是自寻烦恼。很多年来,我不愿思考这个问题,也一样感觉很幸福、很快乐。但今天晚上,魏连殳出现了,魏连殳死掉了,他使这个问题在我脑海里重新出现,而且如此清晰,如此强烈,使我不得不直面它。我预感到,从此我的生活将不再轻松。

"我还得活几天"

  这确乎是魏连殳的话,这话他反复说过。"先前,还有人愿意我活几天,我自己也还想活几天的时候,活不下去;现在,大可以无须了,然而要活下去……""愿意我活几天的,自己就活不下去。这人已被敌人诱杀了。谁杀的呢?谁也不知道。"这话有几层含义:魏连殳是一个叛逆者,是很多人的生死对头,他活下去,别人就活不下去,这是其一;其二,他是一个孤独的叛逆者,支持他活下去的人都被敌人诱杀了;其三,他不愿意就这么牺牲,还想孤军奋斗,活不下去的时候却要坚强地活下去，和看不见的敌人做殊死一搏。几个问题纠缠在一起，连魏连殳都不知道哪个更重要一些。鲁迅塑造了又一个问题人物，问题多到使主人公不知所从。

魏连殳不知道他的斗争对象，面对自己看不见的敌人，就如同和风车战斗一样，只不过做着徒劳的努力。这种一个人的战斗使他感到寂寞、无助。魏连殳外祖母死后，大殓仪式结束，别人要散去时，他还坐在草荐上沉思。"忽然，他流下泪来了，接着就失声，立刻又变成长嚎，像一匹受伤的狼，当深夜在旷野中嗥叫，惨伤里夹杂着愤怒和悲哀。"一匹受伤嚎叫的狼，就是魏连殳的形象。他究竟是哭外祖母，或者是哭自己，谁也分不清，也许二者都有吧。一个叛逆者首先是奋斗者，奋斗者会失败，所以注定孤独。小说以主人公外祖母死开头，以主人公死结尾，这就是魏连殳的宿命。

"我还得活几天"这句话无疑是失败者最后的挣扎，是明知失败而又不甘失败的无谓挣扎。

魏连殳死了，一个叛逆者失败了，思想者不复存在。他带走了关于"人这样活着就是对的吗"的思考，带走了"不满足于这样活着"的对生活的抗争，意味着一个带有哲学意义的生命的终结。魏连殳希望活下去，是一个十分沉重的话题，意味着他要背负着流血的十字架，寻找自己的真理和上帝，探求生命的本真。生活是需要思考的，需要抗争的。生活尊重那些奋斗不息的魂灵。生命的意义不纯粹是生活，它比生活的意义更丰富，更接近于本真。满足于生活，是对生命的最大亵渎，也违背了生活的本来意义。有谁能意识到，我们日复一日的生活，竟如此苍白无力、空洞无物？有谁能意识到，我们的生活积累增加了，生活难题却越来越多，距离意识生活愈来愈远？每个人都需要活下去，每个人也都面临自己的困境。无论如何，我们总得为"还得活几天"找出一个合适的说得过去的理由才是。

"我已经真的失败了——然而我胜利了"

魏连殳失败的时候,来访的客人没有了,他自嘲说"冬天的公园,就没有人去"。房东的孩子也拒绝和他来往,"连我的东西也不要吃了",凄凉与无奈笼罩着他。自从他做了师长顾问,发迹之后,客厅里"有新的宾客,新的馈赠,新的颂扬,新的钻营,新的磕头和打拱,新的打牌和猜拳,新的冷眼和恶心,新的失眠和吐血……"他看到了世态炎凉,这些逢迎没有给他带来快感,反而增加了他的憎恶。他把房东女人叫"老家伙",而房东女人却尊他为"魏大人",不无艳羡地称道:"他先前怕孩子们比孩子们见老子还怕,总是低声下气的。近来可也两样了,能说能闹,我们的大良们也很喜欢和他玩,一有空,便都到他的屋里去。"魏连殳曾经把孩子看作希望,总是设法哄孩子高兴,不料孩子也变成和大人一样,这是他始料未及的。

魏连殳奋斗失败的时候,他很冷静,虽然承认失败,但仍在失败中挣扎。但在情况转变以后,他却自认为失败了,表面的胜利掩饰不了内心的孤独。过去的敌人向他伸出了友好的橄榄枝,他却不屑一顾,自甘堕落。"……魏大人自从交运之后,人就和先前两样了,脸也抬高起来,气昂昂的。对人也不再像先前那么迂。你知道,他先前不是像一个哑子,见我是叫老太太的么?后来就叫'老家伙'。唉唉,真是有趣。"魏连殳发达了,连孩子们都知道巴结他,哪怕被侮辱也心甘情愿。"要他买东西,他就要孩子装一声狗叫,或者磕一个响头。"世事就是如此颠倒,魏连殳热爱别人、尊重别人,却得不到回馈;相反,他歧视别人、欺侮别人,却被人家尊重。

生活充满了戏剧性,也充满了悖论。当你认真对待它的时候,它对你不屑一顾,十分悭吝;而当你对它不屑一顾的时候,它却对你百般眷顾。最悲惨的失败,莫过于孜孜追求之后的一无所获;而最无谓的胜利,却是得到了不想得到的。在魏连殳看来,与其做一个胜利的失败者,毋宁做一个失败的胜利者,这是他的追求和准则,也是他活下去的理由和原因。他追求有意义的生活，追求生活的意义，然而无意中竟陷入生活的囚狱。一旦沉沦，生活就向他露出小人的一面。他于此，看到了生活狰狞、可耻的真相。在失败与胜利的颠覆中，魏连殳无法逃避，只有把自己投入绝地。他以死表明了失望，表明了心志，以死与卑劣的生活划清了界限。

　　我们的生活就是这样无常，让人无奈。它习惯于使人在满足中消沉，习惯于让人在它的轨迹中沉浮，习惯于让人在不知不觉中自戕。而一旦你有所警觉，决意要背离，或者与它决绝的时候，生活却对你恋恋不舍，百般示好，直至你心灰意懒，重新回到它的怀抱。生活不接纳到处游荡的幽灵，而喜欢可以收购和买卖的死魂灵。与这样的生活斗争，一个魏连殳远远不够。

皇帝的新衣

近年来,中国南海接连上演"皇帝的新衣"。

中国与南海诸国争端由来已久,表面上看是主权之争、海上战略通道之争、石油资源之争,实则背后还有一个大命题,即建立和重组国际新秩序。这就和美国牵连上了,各国事端迭起,争执不下,不约而同纷纷向美国伸手。于是美国舰队来了,心甘情愿做起了帮凶,方式是军演——美菲军演、美越军演、美印军演、美日韩军演等等,搞得太平洋鱼虾不宁,南海到处飞起地对空、空对空导弹。

有趣的是,每次军演,都会对外界宣称,本次军演与他国无关,不针对第三国。美国如是,东南沿海国家也如是,任谁都不愿撕破面皮。明明撕开了和平面纱,张牙舞爪,伸胳膊踢腿,来一套花拳绣腿,做上台打擂的准备,且抡起十八般武艺呼呼带风,却偏说:我并不上台对打。

美国此次采取的战术是围剿。何以称作围剿?它把与中国有岛屿之争的所有当事国都鼓动起来,呈扇形半包围态势,对中国进行挤压。但又虚张声势,围而不剿,名为宣示主权,实为军事吓阻。

从表面上看美国是来劝架的,但又明显拉偏架,帮倒忙,谁与中国有矛盾,他就帮谁,而且生怕谁家息事宁人。它摇唇鼓舌,千方百计要把事情闹大,把太平洋水搅浑。个中原因很简单,美国是头号军事、经济强国,独一无二的世界警察,见不得哪个国家强大。现在中国发展、壮大了,在世界上举足轻重,不止经济有实力,军事也不甘落后,美国的绝对优势受到威胁,这让它很不安——食不甘,寝不眠。如此强大的国家，却总怕别人赶上它，这让人怀疑它的胸怀。以这样的胸怀领导世界，也让人怀疑它的能力和先进性。

头号帝国主义的招牌的确了得，大旗一挥，随声附和的"家奴"有的是，但仔细分析一下，能称得上铁杆的也就那么几个。菲律宾的阿基诺三世以引进美国大兵为荣，算一个。日本更不用说，骨子里就有恐美症，血液里流着美国人输的红白细胞。韩国、印度、越南首鼠两端，投鼠忌器，它们经常要看看风向，权衡利弊，既想投注，又怕血本无归，各有各的小算盘。这样一分析就会发现，美国麾下虽然旗帜众多，但不都是铁板一块，内部也各色不等。善于抓住主要矛盾，区别对待，各个击破，是马列主义的看家本领。

陈兵压境，世界风云复杂多变，的确让人有些生畏。实际没有什么了不起，只要头脑清醒，站稳脚跟，沉着冷静，随机应变，就能化矛盾于无形，销喧嚣于无声。只要抓住主要矛盾和矛盾的主要方面，声东击西也好，分化瓦解也好，三十六计我们尽有的是办法。所有的策略关键在于主动，我们主动，对方就被动。要善于牵着牛鼻子走，把对方引入我们布的局里，使它的如意算盘失算。此外，还需要有战略思维，讲究策略与战术，以高超的技术手段处理复杂的国际争端。有一个电视剧叫《突围》，我们也要从这个半包围中突围出来。突围既凭实力，又凭手段。战前靠斡旋，交战靠实力。是擒贼先擒王？还是枪打出头鸟？很需要些苏秦、张仪的功夫。合纵也好，连横也罢，打散对方阵线是目的。

明明是来争地盘的，却打着维护地区安全与和平的旗号，为着维持亚太秩序的"正义感"而来。明明开着飞机军舰，拥兵陈境，却号称为"和平"而来。这很有点像那位一丝不挂的皇帝。现在，该是我们为这位皇帝穿件衣服的时候了，这样，也好为他遮遮羞。

关于书房

不知什么原因，一听见别人提书房就别扭，好像抓住了我的短。

也是喜欢文字，除了看书，日常的功课是翻报。如人家抨击的，品着香茗，吸着烟，优哉闲哉。报纸是这样一个怪物，它对坏事的兴趣永远比好事大：它有战争癖，喜欢战争有过于和平；它是一个好乱分子，希望地球每天都乱起来；它是一个偷窥者，总喜欢床帏之间的风流韵事；它是一个瘾君子，麻醉完自己又去麻醉别人。它既嫌贫爱富，又总在怀疑富人的财富来路不正，鄙夷穷人是咎由自取。再也没有一种东西像报纸这样善变，它一会儿是皇室贵族，一会儿是街头流浪汉；一会儿是正人君子，一会儿是无良小人；一会儿是衣着华丽的贵妇人，一会儿是勾栏艺妓；一会儿是圣徒，一会儿是犹大……它像老鼠一样，到处找寻腐败的食物。一旦有什么坏事，它就迫不及待扑上去，像解剖尸体一样，把有用的东西都掏出来，血淋淋地让大家看。有些报纸的确不时给人这样的印象，让人怀疑办报者的导向有问题。

报纸通常都有文艺版，这和它的角色很不相称。文艺这株娇嫩的小草，长在这样的土壤里，能开出"棠棣之花"抑或"恶之花"来？很让人担心。

一般情况下，拿起报纸，通常先翻翻新闻。这时心里很矛盾，害怕发生什么坏事，但真的什么也没发生，心里又有些失望。有时候，人心就如此险恶，但愿自己上天堂，而别人都下地狱。纵使上了天堂，还想知道地狱里的情形，听到地狱里的惨叫声，自己就很庆幸。

五、读书感会

带着这种念头看完新闻，接下来就是文艺版。文艺版的字体、布局也喜欢，比较小巧秀丽，显得很文艺。刊登有读书、时评、札记，以及抒写心灵的文字，五花八门，不一而足。读书可以益智，读报帮助做官，我却独喜欢文艺。很奇怪，如此喧嚣的社会里，竟有如此多的人自愿伏案奋笔，不论文章好坏，这份静气首先让人有好感。大凡物不平则鸣，写文章的人都有些想法，经历过挫折，大小有些不太得意，发发牢骚，吐吐怨气。更有一类感觉没有希望，从而寄情山水，做一些桃源旧梦。"'诗言志，歌咏言.'故哀乐之心感，而歌咏之声发。"（《汉书·艺文志》）文章之源大率如此。

曹丕说："盖文章经国之大业，不朽之盛事。"这话从古到今，不知骗了多少人。历来把立功、立德、立言作为赚取功名的三个途径，美其名曰"三不朽"。自《春秋》《论语》始，著述成为一种自觉。司马迁是第一个实践者，他说："仆诚以著此书，藏之名山，传之其人通邑大都……"之后，立言就成为读书人恒久不渝的追求。但立言何其难哉！文起八代，高不可及，后人只能散发思古之幽情，凭吊兴亡之黍离，拾芥于前人，挣些许散碎名声。

人家写文章，我专职读文章。写文章费心劳神，颠倒阴阳，直落得黄脸偻背，胡须多而毛发少；又或者江郎才尽，搜穷枯肠，夜以继日，裁得数句。读文章则安逸得多，既明心，又益智，还能守静，一切不如意，一切喧嚣，都可以暂时抛却。好文章可以细细品味，行文风格、布局结构、遣词用语、境界品格，尽可以把玩再三。时样文章则一目带过，略不及余。相比之下，还是喜欢似好非好的文章，因为好文章写不来，坏文章不上眼，此则不然，可以让人辨出好坏，有一种亲近感。

同样，投师也未必总挑最有名的。人皆云，选老师要挑高手，这是比较错误的。其中道理，有些和跑步比赛相似。如果前面老有人若即若离，你就有追上他的勇气；否则，刚听到哨声，那人就跑不见影，你肯定会泄气，没有信心。我从过学，也教过学，深感最好的老师是让人既喜欢又略不满的那种。北大孔庆东，人称孔疯子，才气横溢，能在故纸堆里弄出新花样。我读过他几本书，读的时候感觉到新鲜，但读完就完了，什么东西也没有得到。时下很多流行作家的作品都这样，书名虽然吓人，内容和文字却很不讲究，寡淡如水，不像鲁迅的文章，一句是一句，直向咽喉处下刀。做官长也如此，使部下发展最好的不一定是那些个人能力最强的，反倒是表面平庸，内心大度的，"恂恂若无能"。做文章也好，做教师、做官长也好，能给别人留一点儿空间，善莫大焉！教育学、管理学不一定认可我这个观点，个人感受也可能带有偶适性，但我一直坚持。

话说回来，尽管自己是一个读书人，却最怵头人家提书房。有一家报社的报纸开了个专栏，叫"我的书房"，人家连篇累牍地晒书房，搞得我一段时间心绪很糟糕。论理，读书人而没有自己的书房，是一件很没有面子的事。书斋是高雅的所在，何况又有一个雅致的斋名，何其惹人欣羡！归有光的项脊轩、姚鼐的昔抱轩，纪昀的阅微草堂，梁启超的饮冰室，丰子恺的缘缘堂，周作人的苦雨斋……闻其名则可以想望其人，给天下读书人增色不少。书房照例是读书做学问的地方，该有几通一墙到顶的书橱，文案上少不了文房四宝，堆着厚部头、发黄的典籍，有桌，有几，有茶，有棋，有藤椅。茶具自然狼藉散落，棋盘上摆着未对完的一局棋，藤椅里坐着一个须发皓白的通学……一切透着脱俗、儒雅、写意。这是我对书屋的想象。然而我没有，仅有的一堵墙的书柜还安放在阳台，仅八平方米的所谓书房，只有一床、一桌、一椅及一面存放冬季棉被的柜子，把它称作书房有些牵强。有人说，做学问有两个条件，一是有闲，二是有钱。两事可以归一事，衣食无忧才行。俗到底才能雅到头，书房也不是谁都能拥有的。

孔子说，曲肱而枕之，乐亦在其中。没有像样的书房并不影响读书。我之读书，连那个称之为书房的地方也不愿待，或者在沙发，或者在床上，或者在凉台，或坐、或躺、或倚、或卧，姿势很不正规。说实话，即使有别人那样宽敞的书房，我也很难安闲地待下去，受不了正襟危坐的拘束。

家是生活的地方，其他家庭成员看不惯我抱着书乱跑，每每横加干涉，连宠物都起来捣乱。家里养了一条狗，只要我有点儿时间，它就摇尾乞怜地要出去逛街。它最烦我读书，一见我拿书就扑上来撕扯，几本书都被它咬坏了，其上留下清晰的爪痕。这只犬前生可能吃了读书的亏，所以托生为非类，也所以视读书如仇雠。

　　说起来很惭愧，读书人而没有像样的书房，读书人而不在书房读书，很难配称读书人。读书本是一件轻松、快乐的事，想不到因为书房而弄成这样，使人凭空生出几分自卑。久而久之，就有了迁怒书房的意思。像寓言里说的，因为自己秃发，就忌讳人家说光、亮、明一类的词。看来，读书并没有使自己活明白。

烟与酒及其他

蒲松龄说，家家床头都有一个夜叉在。

自从我家夜叉知道二手烟的危害，我就没有好日子过了。每天天蒙蒙亮，送牛奶的都会在楼梯口看见我。他第一次看见我的时候，着实被吓了一跳。我蹲在楼梯口吸烟，因为天有些黑，只有烟头的光一闪一闪……之后，他就习惯了，每逢见面，都对我会心一笑，让人浑身不自在。

家里能够吸烟的地方只有书房，确切地说，是儿子的卧室。儿子开学后，我就被赶到这里，看书、写字、玩电脑，当然也吸烟。这里是我的王国，想干什么干什么，想吸几支吸几支。大隐隐于书房。

为什么喜欢吸烟？这个问题一直缠绕着我，它和为什么喝酒一样，都属于一个范畴的问题。浅薄的回答是习惯，自然也涉及帮助思考、激发灵感之类的辅助答案，统统有些牵强。萧红回忆鲁迅，神来之笔是写到鲁迅吸烟那一节，写出了画面，神情备至，鲁迅的形象跃然纸上。我家夜叉说，凡嗜烟者都是口唇期发育不完整。我不服，难道嗜酒是哺乳期发育不完整？笑话！

吸烟是一个人的快乐，喝酒是一群人的快乐。递人烟一方面出于礼貌，更重要的是希望别人分享自己的快乐。相互碰酒是共享一种快乐，至于把别人灌醉，那是另一个问题。喝酒最能体现国人的人性。出于善的目的在一起喝酒，但喝着喝着就变味了，心里起了歹意，一旦看准了一个对象，大家就会心领神会地一拥而起，把那个人灌醉。不只是喝酒，国人干其他事也如此。林语堂写了一本《中国人》，批评很透彻。可以看到，人由性善到性恶有时是一眨眼的事。荀子讲人性，说人性是恶的，主要指坏人，并不针对好人。一般人理会错了，认为荀子太绝对。实际荀子并不绝对错，一些坏人是天生的，无论如何也没法教育好。孟子心地善良，主张人性善，因为他有美好的理想，他那个极乐的大同世界里没有坏人。还是乃师孔子圣明，从来不提性与命，只讲普世的道德和修养的方法、途径，不管谁好谁坏。

吸烟的环境现在是愈来愈恶劣了，有时真想一戒了之。转念，现已年届二毛，属于自己的快乐越来越少，何必作茧自缚。烟确实在戕害生命，但同时也带来快乐。既然害处和益处一样多，戒不戒似乎就次要了。世上有很多利害参半的事，不见得人不干。比如名利富贵，人人都知道杀敌一千，自损八百，但还是趋之若鹜。汉人主父偃说过一句很厉害的话，即"生不五鼎食，死即五鼎烹"。他最后果然出人头地了，但也死在了名利场上。见事明如孔子，尚坦言："君子疾没世而名不称焉。"可见名利对人的诱惑之大！这句话，后有人改成了"君子病没世而名不称焉"。一字之易，意思就不如原来好。

眼见得当下有很多人捧着一本《老子》读，读完《老子》，读《庄子》，读完《庄子》读《黄帝内经》，似乎对名利一尘不染，实际上不是那回事。他们刚读完"大道不言"，转身就和人吵架去了；刚说过"宠辱不惊"，接着大骂社会对自己不公。

很多时候，生活不像我们期望的那样丰富多彩，平淡无奇充斥着每一天。魏晋中人为了让自己飘逸起来，服食五石散，啸吟山林，扪虱而谈。这个暂时做不到，但吸烟喝酒总是能够。它的作用不过如女人喜欢装扮、购物一样，意在稍微点缀一下生活，给平静的湖面制造一些微澜。

早上散完步回到书房，和煦的阳光照进来，缕缕拂面，禁不住打开阳台的窗户，让阳光照射得更充分一些。打开窗，一股清新的空气扑面而来，沁人心脾，直欲醉人。我不由得把头探了出去，随即看到了一幕动人的画面。楼下是一片绿地，草木掩映中，有一对少男少女相拥相偎。他们一会儿窃窃私语，一会儿笑得前仰后合。两人还不时地亲对方一下,像怕惊的小鸟一样,作试探性的亲昵。我观察良久,不愿拉开视线,深深被他们的幸福感染。

  在一个阳光明媚的日子,我发现了一个秘密,一个属于少男少女的秘密。今天上午,一个爱情故事发生了。不禁想起苏轼的几句咏春诗:"东风未肯入东门,走马还寻去岁春。人似秋鸿来有信,事如春梦了无痕。"

闲思录

钱穆说:"宇宙之大……当你在夜间仰视天空……群星之在太空,恰应似大海上几点帆船,或几只鸥鸟。我们尽可说,宇宙是空虚远超过了真实。虽则那些星群光芒四射,灿烂耀人,但我们也可说,宇宙间是黑暗远超过了光明。"(《湖上闲思录》)

大凡万物都有其长,有其短。动物有食草食肉之分。食草者天敌乃食肉者,然食肉者对它既有威胁,也有裨益。虽则消灭了衰老病弱,却也保留了健壮、康强者,而且逼迫它改良换代。进一步去想,食草者天敌并非食肉者,相反却是水草。水草丰茂充沛,则不虑牛羊麋鹿不繁盛,水竭草枯则岌岌乎殆哉!食肉者也如是,天敌非是同类,却是被食者。无肉可食,则狼罴虎豹日见其少。可见动物组成了一个利益链,一切飞禽走兽都逃不脱自然规律。

食草动物的生存寄托于草,食肉动物的生存寄托于肉,这也注定了它们的命运。它们的生存之道反映出一条规律:只要有所求,就会有缺陷,就会受制于他人。

人也如此,柴米油盐、吃穿住行、生老病死、婚丧嫁娶,这是人的基本需求。需求如此之多,说明人之为人确乎不易。

不止如此,甚至还有物质之外的追求。"仕宦当作执金吾,娶妻当得阴丽华","生当作人杰,死亦为鬼雄"。从满足基本的生活需求,到为理想而奋斗,物质的、精神的、现实的、梦幻的,和动物相比,人的欲望永无止境。

从解决基本的生存问题,到生存得比别人好,再到影响别人的生存，这大概是人之为人而区别于动物的一面。唯其欲望多，缺陷也多。"为天地立心，为生民立命，为往圣继绝学，为万世开太平。"这是儒家哲学，把天、地、人视为一体，和谐共处，构成一片太平气象。"与天斗，其乐无穷；与地斗，其乐无穷；与人斗，其乐无穷。"这是斗争哲学，把天、地、人都视为自己的天敌，与之争胜是最大的快乐。中国人与天、地斗，办法有限，唯与人斗，智慧层出不穷。

　　人生活在社会，就会和人斗；生活在自己的世界，就会与自己斗。人的天敌是谁呢？无疑是他自己。钱穆于群星点点中看出空虚超过了真实，于星光灿烂中看出黑暗超过了光明，我们在人身上能看到什么呢？

　　人的欲望愈多，则心魔缠身，无法挣脱自己的枷锁。老鹰看见小鸡，就有一种本能冲动；罪犯的智商普遍高于常人，他的问题在于无法控制自己。套用一句马克思的话，"资本主义像一个魔法师一样不能再支配自己用法术呼唤出来的魔鬼了"。人的欲望由人而生，最后却受制于它，这是否很可悲呢？

　　人之追求，能实现的叫理想，不能实现的叫幻想、妄想。每个人都该扪心自问，你选择的是依稀可见的目标，还是异想天开的水中月、镜中花？

温良敦厚

做一个士君子，终身信条是什么？儒家认为应"诚意，正心，修身，齐家，治国，平天下"。

为达此目的，主张要把修身作为一生的事业。如何修身？儒家有三个标准：一曰仁义礼智信，二曰温良恭俭让，三曰忠孝勇恭廉。三者分别有指。"仁义礼智信"又称"五常"，指做人的品格；"温良恭俭让"指待人的态度；"忠孝勇恭廉"指应有的价值取向。

另外还有一个"五事"，即"貌言视听思"，指观察人的五个标准与途径。曾国藩把这个"五事"学到了家，与理学修身的功夫结合，达到了一个新境界，即善于料事、明于识人、决绝用忍、顺时而动。一部《止学》无非这些东西。

当今社会，价值多元化，要做到这些，实属难能。社会进步一日千里，天下熙熙皆为利来，天下攘攘皆为利往，周围一片聒噪，独善其身委实是难。外边的干扰太大，常常忽视了做人的基本要义。

人与人之间关系紧张，可能最为突出。社会缺乏"温良恭俭让"的风气，私欲膨胀，个人主义泛滥，怒目而视，挥拳相向的场景动辄可以看到。

因为缺乏平和的心态、礼让的态度。

人与人之间如何相处呢？要讲仁义之道。什么是仁？什么是义？普遍理解很宽泛。董仲舒有一番解释，他说："《春秋》之所治，人与我也。所以治人与我者，仁与义也。以人安人，以义正我，故仁之为言人也，义之为言我也，言名以别矣。……是故《春秋》为仁义法。

仁之法，在爱人，不在爱我。义之法，在正我，不在正人。我不自正，虽能正人，弗与为义，人不被其爱，虽厚自爱，不予为仁。"（《春秋繁露》）以仁待人，以义正己，是仁义之道的不二法门。持如此心，人与人的关系才会和谐，人与人才会相敬相爱。

秉持仁义之道，人与人就能平和相处。过去有一个说法，"温良敦厚"，十分精练，可以治病疗疾。温良讲的是修养，敦厚指的是诚实宽厚，俗话叫老实厚道，讲的是态度；温良对己，敦厚对人。"温良敦厚"提倡的是平和，达到的效果也是平和。"温良敦厚"遵从的是恕道，也即孔子提倡的"己所不欲，勿施于人"。

平和是中庸之道，做人、治国、处理社会关系都应取鉴。《诗经》的诗风，前人总结为"哀而不伤，怨而不怒"，也取一个中和的态度。它里边有相当篇章是《国风》，分为《周南》《召南》《王风》《郑风》《齐风》《唐风》《秦风》《陈风》《豳风》诸篇。风也即讽，是讽劝的意思。通过讽，达到劝的目的，极注意方式和态度。不像现在网络里一开口就是国骂，听不得别人意见。

一个国家要有国风，一个家庭要有家风，一个人也要有君子之风。大家都取"温良敦厚"的态度，庶几可以培植出一种风气。

求救的艺术

向人求救是一件不好张嘴的事，因为比较被动——难就难在以被动的角色说服别人。求救成功的前提是利益，把彼此的利益绑在一起，让对方明白，出面救助是一件有利可图的事，这才有可能成功。

二战时，欧洲是主战场。英、法支持不住，就向美国求援。美国之所以爽快答应，因为它看到了利益——世界新秩序建立以后，可以分得一杯羹。欧洲国家的残破为美元进军扫清了障碍，开辟了道路。

中国主张南海权益，日本、菲律宾、越南，乃至澳大利亚都坐不住了，纷纷把目光投向美国，期望这个"世界警察"来主持公道。美国实际早就按捺不住了，它又看到巨大的商机与利益，一俟菲律宾求援就挺身而出。又是卖军火，又是搞联合军演，又是派军舰飞机介入，恍若青洪帮老大。而且生怕事情闹不大，在东盟各国摇唇鼓舌，搬弄是非，煽动大家一致对付中国。看来它不是充当调停人，釜底抽薪，而是火上浇油，激化矛盾。

原来还自称为"声索国"的菲律宾诸国，一看美国这种架势，分明是要挑起战端，都哑口结舌了。求援的人有些后悔，他希望的是一张谈判桌，而驰援的人救非所救，反而把局势搞得如此紧张，事情有些不靠谱。

看来求救也要讲艺术，分什么时候、什么场合、救到什么程度。

既然是求救，当然要低人一头。救兵搬来了，事事都得听人家的，反客为主也由不得自己。

还算好，没有发展到对主子摇尾乞怜的程度，毕竟保留了一点儿可怜的尊严。

因此联想到春秋战国。二战时，有人说当时的世界有些像战国，现在倒真有些像了。

春秋，齐、晋、楚、秦是大国，争相做霸主，领袖诸侯。它们都有各自的邦国，诸侯会盟是常事，征讨攻伐是家常便饭。与国被欺负了，便会向盟主求救；盟主保护与国，地位才能巩固。这其中，齐、晋表现最为突出。清人顾栋高在《春秋大事表》中议论道："余尝观于齐、鲁之故，而叹春秋之天下不可一日无晋"，"夫桓公一匡天下，而其子孙首坏其法，狼贪鼠窃，昼伏夜行，赖晋乘齐桓之业整饬者数世"。乱世少了盟主还不行。

齐、晋之所以被人推为盟主，表面看它们是大国，有剪恶救乱的能力，更深一层还在于，相对而言，它们尚能主持公道，锄强扶弱，也比较注意自己在诸侯心目中的形象。虽然多少也收一些保护费，但更注意同盟国的稳固与团结——这是与美国的最大差别。它之介入南海争端，表面上看是为了南海诸国，实际打着自己的小算盘，目的是在军事、经济等方面控制东亚，进而遏制中国。

对美国的霸权行径、战争思维需要声讨，权益声索之诸国也难辞其咎。它们料事不周，使自己骑虎难下，进退两难。

邻居吵架，请来打手帮忙，本不是光彩事。打手来后，又反客为主，鸠占鹊巢，事事都要自己说了算。事势发展到这一步，见辱的就不是对方，正是自己。

战国中，齐、楚两家联军击魏，魏国撑持不下，只好派人向秦求救。派出的使者"冠盖相望"———一批接一批，但都没有请来救兵。原因是秦一直在观望，想要坐收渔利。火烧眉毛之时，魏国一个叫唐雎的，毛遂自荐提出赴秦求救。魏王正苦于无人可派，遂喜不自胜地答应了。

秦王一见唐雎来到，没有给好脸色，开口就说："丈人芒然乃远至此，甚苦矣。夫魏之来求救数矣，寡人知魏之急已。"秦王挖苦唐雎：魏国难道无人，让您这么大年纪的人还劳碌奔忙！话头一转，又

五、读书感会

说：我知道你为什么而来。魏王接连派了好几批人前来搬兵，现在又派你来，我知道魏国的情况已十分危急。

唐雎没有理会秦王的态度，待秦王说完，接着他的话头说："大王已知魏之急而救不发者，臣窃以为用策之臣无任矣。夫魏，一万乘之国也，然所以西面而事秦，称东藩，受冠带，祠春秋者，以秦之强足以为与也。今齐、楚之兵已合于魏郊矣，而秦救不发，亦将赖其未急也。使之大急，彼且割地而约从①，王尚何救焉？必待其急而救之，是失一东藩之魏而强二敌之齐、楚，则王何利焉？"（《史记·魏世家》）

唐雎说：秦王您已知魏国陷入绝境，求救心切却不发兵，这是大臣的失职，没有出好主意。魏是东方大国，所以屈居秦之下，与秦交好，乃以秦是强国，讲信用，重盟友。现在齐、楚围魏，秦兵不出，也可能认为还没有到时候。但试想，一旦到那个时候，魏穷途末路，只好与齐、楚割地求和，秦纵使出兵也晚了。这样，秦国失掉了一个盟友，齐、楚因此而壮大，我不知秦的利益在哪里？

秦王听完唐雎此一番话，立刻出兵救魏。

求救并不总处于被动，于被动中找到利益契合点，以利益把双方捆绑到一起，就能变被动为主动，而不是可怜巴巴地屈膝求人。这需要自信，也是一种气质。虽说弱国无外交，但在谈判席上，并不一定是美元与航母说了算。

赵、魏合兵攻打韩国，韩国向秦求救，但秦王始终没有答应。情势危急，韩国相臣对大夫陈筮说：大敌当前，只好委屈您跑一趟了。于是陈筮来到秦国，他先拜见了秦国主政的相臣穰侯魏冉。魏冉一见陈筮，披头就问：韩国的情况是否十分危急，不然，怎么会派您来？陈筮回答：目前还不是太急。魏冉不高兴了："是可以为公之主使乎？夫冠盖相望，告鄙邑甚急，公来言未急，何也？"（《史记·韩世家》，

---

① 从，通"纵"。

后同）陈筮很平静，淡然答道："彼韩急则将变而佗①从，以未急，故复来耳。"听他的语气，好像在说别国。话虽简单，却意味深长，蕴含了几层意思。一是韩国如果到了山穷水尽的地步，就会屈从于赵、魏，割地求和，韩就成了别国的盟友；二是秦国坐视失去韩国而不动心，那韩国只好听之任之，坐受赵、魏宰割；三是目前还没有到此境地，也可以说并不急，秦国如果也认为不急，大可以不出兵。

魏冉听完却不干了，匆忙说道："公无见王，请令发兵救韩。"连秦王都来不及请示，就直接出兵救韩。魏冉是秦王的大舅子，自然有专断之权。

求救因为事急，陈筮却稳如泰山，淡淡几句话反把魏冉逼急了，主动要求出兵。这需要技巧，也是一门艺术。

南亚诸国没有接受过《左传》《战国策》的蒙学训练，所以不懂得求救的艺术。

伍子胥为报父仇，带领吴军打进楚国，占领了郢都。他的朋友申包胥为救楚，赴秦国求援。秦哀公不愿出兵，申包胥就在秦庭外哭求，不吃不喝，一直哭了七天七夜。哀公感动了，马上出兵救楚。

好在菲律宾还没有到这种程度，美国也不是秦王——它随时都想见缝插针。

---

①佗，通"它"。

前后孙悟空

《西游记》里的孙悟空，学成七十二变，大闹花果山，大闹龙宫，大闹蟠桃会，大闹天宫。玉帝动员所有力量对付他，似乎都无济于事。托塔天王、哪吒、二郎神，都不能把孙悟空奈何得了。那时的孙悟空，上天入地，任谁都不放在眼里。一根如意棒舞起来，威风八面，谁见了都头痛。炼丹炉本来要化他，不料想被他炼成了火眼金睛、不坏的金身。命他做弼马温，温良不了几天，又闹将起来，非要做齐天大圣。他称玉帝为"玉帝老儿"，称太白金星为"太白老儿"，称哪吒为"小儿"。玉帝骂猴子没规矩，他也不知道规矩，规矩于他形同虚设。

随唐僧西天取经之后，这时的孙悟空就驯服多了，既没有了野性，也没有了当初的豪气，倒是学会了忍气吞声。《三打白骨精》那一节就很成问题。以前一句话不对付就可能被惹恼，现在三次被唐僧错会好意，受了一肚子窝囊气，也不敢把唐僧如何。负气出逃后，发誓不再保唐僧，别人劝劝就又回来了。性子也好多了，一次次含垢忍辱，仍委曲求全，不离不弃。我们看到了一个全新的孙悟空。

孙悟空的功夫也退化得厉害。以前天上诸神，任谁都不在话下，抡起棍只是打，甚至见了如来也要过几招。现在连人家的坐骑、走兽、书童都斗将不过，每每不得已，还得请主人出来解围。白骨精、蝎子精、金毛兽，这些名不见经传的妖怪，常常把大圣搞得手忙脚乱。他仍然手持金箍棒，仍然会使七十二变，但实在没有当年降妖伏魔的本领了。

常常感到奇怪，孙悟空大闹天宫时专横跋扈，谁不服气就和谁干，谁站出来挑战就和谁干，不知道害怕，也不懂失败，除了如来佛无人能拿住他。被镇压五行山之后，整个人就变了，取经路上受尽了折磨，对手都是无名之辈，却每次都要搬兵出来，弄得颜面无存，威风扫地。按常理，齐天大圣的名头够吓住人了，这些虾兵蟹将却毫不理会，公然与他比试拳脚，毫不示弱。每次遇到妖魔，孙悟空照例要喊上一嗓子：俺老孙是齐天大圣，俺当年……好像也没有吓住哪个。

　　这是怎么回事？

　　渐渐明白了，孙悟空被收服之后就收了心，收了心也收了性，没有了当初那股天不怕地不怕的劲头——他被驯服了。驯服他的工具除了紧箍咒之外，还有那个九九归一的神话。被驯服的孙悟空懂得了规矩，规矩这东西毁了他。取经路上遇到的那些洞妖，他未必不能战胜，只是不便消灭。请洞妖的主人出面收拾残局，于人于己都好，面子上也过得去，落得个皆大欢喜。懂规矩的孙悟空，脑子里既有这么多顾虑，看起来就不如当初率性，也不如当初威风了。

　　遗憾的是，《西游记》后半部，有了一个孙行者，却少了一个孙猴子。没有孙猴子的《西游记》，味道寡淡了许多。

"泼猴"孙悟空

《西游记》里的孙悟空，从一般意义上讲，应该是个正面人物，甚至称得上英雄。儿时最敬仰他。曾看过一部动画片《大闹天宫》，记忆犹存，孙悟空形象至今仍历历在目。

孙悟空之所以被称为英雄，大致有三条。一曰忠。护送唐僧西天取经，一路有他忠心保护，才得正果。虽然因为白骨精闹过一次情绪，但总的来说，大节不亏。屡被唐僧误解而其志不屈，是为忠。二曰勇。这一点最为突出。孙悟空之勇，不只表现在他能耐大，可以七十二变，更多地表现于每当关键时刻，都会义无反顾地挺身而出，千方百计化解磨难，忠勇可嘉。三曰直。上至天宫，下至龙宫，没有孙悟空不敢去的地方，没有他不敢得罪的人。任谁让他抓住短处，就不依不饶，闹个不停，而且非闹出个所以然不可，毫不容情，可谓竹有节节直。

忠、勇、直符合仁义礼智信，符合国人的审美取向和道德传统。孙悟空的英雄形象就这样确立了。

如果仔细检阅孙悟空的成名史，就会发现他的形象并不那么高大。成名初期，孙悟空百无禁忌，不管是玉皇大帝、如来佛祖、列位菩萨，还是二郎神、海龙王、土地诸神，哪个都没放在眼里，没有一个让他服气，搞得大家对他切齿生恨。被收服后，护送唐僧西行，且不论与唐僧、八戒龃龉不断，但凡天上哪位神仙有个短处，他就得理不饶人，指天骂地，动不动还告状，搞得玉皇大帝一见他就头痛。他处处树敌，与人难以相处。

再者本事不佳。孙悟空从其师学得七十二变，学业未成就被逐出师门，功底本没有打好。胆子却很大，与谁都敢过上两手，也竟然少有人可以降伏他。这一点我有些不信，因为后来在西行途中，印象中他靠自己就没有成功收降过一个妖魔鬼怪，都得到天上去请诸神帮忙。读《西游记》常诧异，孙悟空功夫如此了得，如何连一个妖精都斗将不过？后来明白了，功夫如此，骗不得人。

三是撒泼成性。关于这一点，可以说的话很多。孙悟空名号很多，弼马温、齐天大圣是他的官名，孙行者是他的僧名。另外，他还有很多外号，如猢狲、猴头儿、猴精、泼猴等等，不一而足。其中，"泼猴"一名最被叫响。略略搜检了一下，《西游记》全书共出现"泼猴"50余处。吴承恩尊称他的主人公为行者，但别人偏不这么叫。上天诸神，但凡被他气着了，就都"泼猴""泼猴"地骂，故此号出现频率最多。

巨灵神厉声高叫道："那泼猴，你认得我么？"大圣听言，急问道："你是那路毛神？老孙不曾会你，你快报名来。"（第四回《官封弼马心何足　名注齐天意未宁》）

真君道："那泼猴怎么称得起齐天之职？"……"真君闻言，大怒道：'泼猴休得无礼，吃吾一刀。'……一齐挡住道：'泼猴，那里走！'"（第六回《观音赴会问原因　小圣施威降大圣》）

这一番，猴王不分上下，使铁棒东打西攻，更无一神可挡。只打到通明殿里灵霄殿外。幸有佑圣真君的佐使王灵官执殿。他见大圣纵横，掣金鞭近前挡住道："泼猴何往！有吾在此，切莫猖狂！"（第七回《八卦炉中逃大圣　五行山下定心猿》）

不但诸神骂他"泼猴"，连唐僧、八戒、沙僧诸人也均如此称呼。《西游记》出现的许多处"泼猴"中，唐僧就有11次，师父骂得最多。

唐僧发怒道："这泼猴越发无礼。看起来只你是人，那悟能、悟净就不是人？"（第二十七回《尸魔三戏唐长老　圣僧恨逐美猴王》）

长老骂道："悟空这泼猴，他把马儿惊了，早是我还骑得住哩！"

五、读书感会

行者陪笑道:"师父莫骂我,都是猪八戒说马行迟,故此着他快些。"(第二十三回《三藏不忘本 四圣试禅心》)

那呆子捆在地下,气呼呼地道:"闯祸的泼猴子,无知的弼马温!该死的泼猴子,油烹的弼马温!猴儿了帐,马温断根!"(第四十六回《外道弄强欺正法 心猿显圣灭诸邪》)

八戒听说,咬响发狠道:"叵耐这泼猴子,怎敢这般无礼!"……沙僧东冲西撞,打出路口,纵云逃生道:"这泼猴如此怠赖,我去告菩萨去!"……沙僧骂道:"你这犯十恶的泼猴,你又来影瞒菩萨哩!"(第五十七回《真行者落伽山诉苦 假猴王水帘洞誊文》)

孙悟空被众人骂为"泼猴",事非偶然。《西游记》里孙悟空泼性十足,撒泼使赖是他的一贯作风。读者往往以为其猴性如此,更增顽皮可爱,实质上却是他的"泼"性使然。总结孙悟空之"泼",大致也有三点。一是不按规矩办事。孙悟空不懂规矩,不讲秩序,任意行事,随心所欲,大闹天宫即其一也。二是不知天高地厚。初出道时,孙悟空不知道深浅,上天入地,一根金箍棒到处乱抡,捅了许多"马蜂窝",闹得鸡犬不宁,上下不安。三是为达目的不择手段。孙悟空天生是个闹字派,大闹天宫先是闹来了个"弼马温"的官,后又闹了个"齐天大圣"的名。就这样一个人,菩萨还认为他有佛性,让他西天取经,修成正果。

从另一个方面讲,天宫也没有给孙悟空教过好的,诸神一味忍让,惯了他一身毛病。也怪众天神不争气,都有些不干不净。取经途中,凡遇妖怪,只要打听清楚妖怪的底细,孙悟空要么告诸神恶状,要么嬉皮笑脸讨好,要么当面对质,手段花样因人而异,各有不同。所以,孙悟空的"泼",既是天宫绥靖政策造成的,也是钻空子钻出来的。

孙悟空有一段自我道白,很能说明问题:"天地生成灵混仙,花果山中一老猿。水帘洞里为家业,拜友寻师悟太玄。炼就长生多少法,学来变化广无边。因在凡间嫌地窄,立心端要住瑶天。""混仙"

足可为"泼猴"作注,"混""闹"均是手段,"住瑶天"是目的,是野心。

《西游记》不是唐僧记,也不是八戒记,而是孙悟空记——对此人所用笔墨最多,表现得也最充分。毛泽东说《水浒传》,一言以蔽之:投降史。对孙悟空其人,可套用这句话,一言以蔽之:撒泼记。其撒泼之能耐、手段、功夫远在七十二变之上,撒出了一个流氓无产者的嘴脸。

当今改革开放,经济发展,国强民富,最需要团结一致,人心思齐。但也不免大河滚滚,泥沙俱下,焉有不得孙悟空真传者?对此类"泼猴",仅有绥靖政策是远远不够的。

书堪折时直须折

商店里打折的东西很多。冬天来了,夏天的用需打折;夏天来了,秋天的用需打折。一件时兴的衣服,过了季就要打折,因为又有新的样式上柜。电子产品更新尤其快,这个月还是一个价,下个月去看,跳水一半。

人有没有打折的呢?齐景公对孔子说:"吾老矣,不能用也。"孔子也知道不会被用,他不无苍凉地说"甚矣吾衰也!久矣吾不复梦见周公""用之则行,舍之则藏",下决心不再发表意见。"予欲无言。""天何言哉?四时行焉,百物生焉,天何言哉?"夫子生非其时,用非其人,祭非其鬼,只好缄默不言。他被春秋打折了。

下班的时候,顺路去了趟书店,书店是一位教授所开,选书颇讲究,所以经常去。时间长了,对书店的布局、陈列都很熟悉。一进门是新书展,左手旯旮摆着一堆折旧书,进一厅则是琳琅满目的书架,那里总有我想要的。往常对折旧书一直不感兴趣,觉着书籍折旧会伤读者的心。本打算如常时一直往里进,不经意间发现减价书的地方,新竖起一块牌子,写着"书堪折时直须折"。不由如孔子一样莞尔一笑,顿时觉得那个地方生动起来。

吴组缃的妙论

作家林斤澜回忆1960年文艺座谈会（时谓文艺界"小阳春"）那一段昙花之景时，记述吴组缃发言，殊为精彩惹人。

吴教授曰："水浒传一百零八将中，李逵最直也最忠，作战也最勇敢。可是他不能当头，座次也不能排在很前面，他爱砍人，抡起板斧，排头砍去，跟砍菜瓜一般。这谁受得了？

"当领导还得宋江，宋江文不过郓城县小吏，武呢从来上不了阵。但他有一样：会团结人。

"西游记又叫唐僧取经，唐僧百无一用，别人走路他还得骑马，取经还得他牵头。

"猪八戒一路发牢骚，也贪小便宜，也有过开小差的念头。可是，毕竟，一路上那副挑子，是他挑到底。"

吴教授讲完这段石破天惊的话，连主持人周扬都无可如何。但周扬毕竟是周扬，圆了四个字的场："教授风度"。端的是滴水不漏。

对吴教授事迹所知不多，印象中，先生以指章摘句、规范文字为能事，为人论事也该是中正和雅、不偏不激的，岂知竟有此一论。

用人讲究知人者论事，宋江、李逵之别，唐僧、猪八戒之异，确为典型。李逵尽管忠直勇敢，但因为做事做过了头，杀人太滥，所以，即使按今天的用人标准，也不能当头儿，甚至不能"把座位排得很前"。猪八戒有诸多的毛病，小农意识很严重。"可是，毕竟，一路上那副挑子，是他挑到底。"这样，他也不能被重用。《西游记》里，他只排名第三，但在被尊重程度上，连那匹白龙马也不如。宋江、唐僧之类,出身低微,文不出类,武不拔萃,但当头儿,还得是他们。

对吴先生这一段高论,我很佩服。我以为,知道这一点,对中国了解大半。

知己之悟

人生得一知己足矣。

古人这么说,大概是慨叹知己太少吧。而知己又何尝真有,想想也是自欺转而欺人。

大凡这样想的人大多怀才不遇,是日暮途穷,四顾茫然之后的伤感。知己者,知己之才,知己之志,知己之情;是富也知己,穷也知己,热也知己,凉也知己。此而言,知己也难乎哉!

李斯与韩非是同窗知己,韩非却死在了李斯手里。管宁与华歆素称知己,然而终于割席,各奔东西去了。嵇康与山涛结为知己,相约避居林下,但山涛转身就做了晋朝的官。

这样说来,真有些陷于四大皆空的偏颇。

似乎一切都不要说透了才好。丹纳说德国人好思、法国人好浪漫、英国人好冒险,也有人说中国人好悟,一切都在不言中。诗家言,诗家方能看懂,不然,外人怎能看出"僧敲月下门"的"敲"与"推","春风又绿江南岸"的"绿"与"到"有何区别!

不过如今懂"悟道"的人已经多了起来。君不见在学术会上、评奖会上、谈判席上、宴会桌上,虽然说的是外交辞令,大家握手,也哈哈大笑,但有针对性,其中区别很大。仔细琢磨他们的话,意味深长,此中奥妙外人悟不出来。

这条件就是要身在其中,久通此道。俗话说隔行如隔山,一隔当然就不能悟。别人一直卡着你的脖子,现在松口了。为什么松口?这就需要悟。甚至评奖前拍拍你的肩膀,对你会心一笑,都大有学问。

需要你接着，投之以桃，报之以李。悟明白之后，你就懂如何去做了。

这种人还不算老成的，老谋深算者不会如此肤浅。你不懂，他不着急，无意中旁敲侧击一下，似乎说者无意，如果你也无意那就错了。如果还不懂，他也呵呵一笑。这笑声意味深长，够你好好悟一悟的。

这都不是知己。知己是两个人的事，要彼此都知才行。只知己不知彼，是不能互称知己的。

寻求知己，总是因为一方不得意。双方都心满意足，是不需要知己的。

与利益挂钩的不能称知己，两人的关系本应清泉般纯洁，也应如高山流水般琴瑟齐谐。可惜这只是理想。

理想的东西当不得饭吃、当不得衣穿，所以每常看到的都和利益有些关系。知己双方知道对方需要什么，也知道自己能提供些什么，他们因此而合作，被人视作知己。是共同的目的，把他们牢牢拴在一起。

孔明与周瑜共商抗曹，两人想出的计策都是火。这原本不错，周瑜心里却起了妒忌。"既生瑜，何生亮？"一声怒吼，吐血身亡。这也是知己。只怪周郎心底太窄，与孔明知己一场，反结为仇，落得如此下场。惜哉！

为什么要读古书？

读古书于人，可谓大矣！从个人修养上讲，可以"澡身浴德""明心见性"；从做人进取上讲，可以"见贤思齐"；从做人原则上讲，能够妥善处理"出、处、取、与"。从做官上讲，则能够"兼听则明"，也才能立"兼济天下"之志，自强不息，奋发有为。

数十年工作之余，不废书，不释卷，用功于经史子集。尤偏爱读史，曾涉猎前四史，粗览魏晋书及唐、宋、明诸史，并于闲暇之余著作《〈史记〉札记》一书。觉得读书对人生、事业均有裨益。

古代文化博大精深，可资借鉴者十分丰富，是我们这个民族宝贵的精神财富。我以为，读古书至少有以下帮助：

第一，能立志。做人应讲求境界，要有大胸怀、大抱负、大志向。《礼记》开篇就说，要"正心，诚意，修身，齐家，治国，平天下"。明确读书人从一开始，就要涵养心志，以家国天下为己任。志向与其他事一样，取乎上者得乎中，取乎中者得乎下，立意不高，很难有大的作为。孟子说"我善养吾浩然之气"，讲的就是这个道理。

第二，能立身。做人要有原则，原则源自于品德。没有好的品德，即使勉强成功，往往也会出现"德不配位"问题，不能服众。做人的品格，儒家有三个标准：仁义礼智信，这是最基本的做人原则，古人称之为"五常"；与人相处，态度上取"温良恭俭让"，这是君子之风；在价值取向上，要做到"忠孝勇恭廉"，树立高尚的情操，如此，才能在民族大义面前义无反顾。

第三，能养性。养什么性？中和、中庸之性。如何养？宋明礼学家提倡"诚敬守一",有说主敬的,有说主静的,不管怎么变,都围绕涵养性情而言。这是一个大功夫,如今不太有人重视,但去除人性中的戾气、燥气,非如是不行。养性要达到什么境界?温柔敦厚,即平和、诚实、宽厚,对人要遵循"恕道",己所不欲,勿施于人。人生态度要取法于《诗经》,"哀而不伤,怨而不怒"。

第四,能知人。如何观察进而了解人?孔子说:"视其所以,观其所由,察其所安。人焉廋哉?"这是一种方法。魏文侯择相,不知所由,李克回答:"居视其所亲,富视其所与,达视其所举,穷视其所不为,贫视其所不取……"(《史记·魏世家》)这是另一种方法。班固在《汉书·五行志》中总结前人的经验,提出"貌、言、视、听、思"五个观察人的途径,并强调:人君不由之事,则祸生,败随。

第五,能知几。"几"是事物的征兆。古人认为"知几"是非常玄妙的事,因此其带有浓重的神秘色彩。《周易》说:"知几其神乎?君子上交不谄,下交不渎,其知几乎!几者动之微,吉之先见者也。君子见几而作,不俟终日。"我们今天能够认识到,"知几"就是探知事物发展的规律。掌握规律,为我所用,这是读书的最高境界,也是读书到一定境界,厚积薄发的结果。很少有人能做到这一点。但通过读书,观察、了解、掌握事物的走向,增强预见性,是应该能达到的。

第六,能致治。学以致用是读书的最终目的。一个人不能满足于做书虫,而要通过读书,练就"知行合一""格物致知"的本领,从而更好地为人民服务。要读大书,做正人,干大事。有一些人读书比较自私,仅仅局域于书斋,不关风雨,不关痛痒,把国运、民瘼置之度外,他们不可能读出境界来。当前,改革进入深水区,正需要读书人投身改革潮流,与国分忧,与民解忧。干事要读书,读书好干事,应当成为读书人共同的自觉。

后　记

　　三余者，岁之余，日之余，时之余也。吾以命吾斋，也以命吾书。

　　十数年来，吾于公案之余，不废读书。每有所得，辄录于笔记，积沙为漏，猬集下来，汇为是卷。往岁，以之为本，裒辑而成《〈史记〉札记》，付梓之后，先学及同仁颇眷顾。遂兴起，又于笔记中披沙拣金，积年余，遂有是书。

　　全书共分五内容，即史话、读史拾遗、《说苑》类丛、拈花一笑、读书感会等。"史话"集古来治国、用人之灼灼有来历者，可以警世之史实，以为"修齐治平"之鉴，以期唤起历史与精神的自觉；"读史拾遗"抉剔探幽，阐发经史之义，陈一孔之见；"《说苑》类丛"择古代系列经典故事，展示治国之道及士大夫风尚，其中评论有作者微言大义的苦心；"拈花一笑"属语录体小品文，有隽永沉思，有人生感悟，有美好一瞬，都是让人流连不已的会心一笑；"读书感会"以散文笔法、杂文章法，游弋于山川、草木、人物之间，以敏锐的笔触展现灵感的一刹那。《三余堂随笔》亦文亦史，非文非史。细心的读者，可以发现渗透其中的忧患意识、命世意识，体认到中国文化、中国思想的沉重。

　　吾之好史，非为研究，故少免皓首穷经之苦，然也以之多有不通，徒惹方家笑。吾国文化博大精深，泽被后代，故录其灼灼有来历者，以为后来鉴。昔贾谊上书文帝曰："臣窃惟事势，可为痛苦者一，可为流涕者二，可为长太息者六，若其它背理而伤道者，难遍以疏举。"忧国之情，至今恍若眼前。古人以天下为家，匹夫之志有不可

后记

夺者也。岁月奄忽,世风日下,余绪渐衰。余常耿耿于此,每不揣材力,以"修齐治平"为用,以"仁义礼智"为心,以砥砺节行为志,望有补于当世,以蚊蚋之嘤唤雄鸡之唱。

太阳底下没有什么新鲜事。每观历史循环往复,常思杜牧言:"秦人无暇自哀,而后人哀之;后人哀之而不鉴之,亦使后人而复哀后人也……"令人击节叹惋。

韩愈曰:从来学者必有师。吾以无师,故学无根底,粗浅、诬枉之处必多,转念"衣帛,衣帛见;衣褐,衣褐见"之意,腆然少愧矣!

人曰:汝书非文非史,寻章摘句,所言何物?吾答曰:知吾者谓吾心忧,不知者谓吾何求!

"芸窗尽日无人到,坐看玄云吐翠微。"读书之余,每对窗外遥望,云天杳渺,有不尽之意。不远处是唐大雁塔,塔南即为昔日曲江流饮,微风吹拂,柳丝摇曳。江山风物之胜,尽在于此了。

仲夏之日,天气炎暑。读此书者,诸君当善自护持,以养天下读书种子。

诗曰:

> 芸窗披览图饱学,窥室有年期列缺。
> 素抱琴心守穷庐,流光烛影半明灭。
> 发书孔壁辨蝌蚪,断烂文章困天劫。
> 公谷继绝徒述而,吾学东矣叹吁嗟。

在成书过程中,得到西北大学、西北大学出版社的大力支持,校长郭立宏、社长马来十分关注此书的出版。此外,还有西安市社会科学院教授朱利民,作家、翻译家孔保尔,西北大学出版社美术编辑郭学功,乡贤崔煜诸先生鼎力帮助,在此一并谢过!

王宝成

2016年7月20日于西安城南